LE RANCH DE L'AMOUR

LE RANCH DE SILVER STONE, TOME 4

VIVIAN AREND

A Rancher's Love / Le Ranch de l'amour

ISBN : 9781990674211

Correction de la version originale par Anne Scott

Relecture de la version originale par Linda Levy

Traduit par Myriam Abbas et Valentin Translation

Conception de la couverture © Damonza

PROLOGUE

Vingt-deux ans plus tôt, juillet, ranch de Silver Stone.

Tucker Stewart se tenait silencieusement près de son oncle Ashton, les mains fourrées dans ses poches pour s'empêcher de gigoter alors qu'il attendait qu'on le congédie. À chaque fois qu'il arrivait pour sa visite estivale annuelle, ils pratiquaient le même rituel, et même si ça ne devenait pas plus facile, à douze ans, au moins maintenant il s'y attendait.

Son oncle parlait avec *ses* patrons, MM. Stone et Hayes. Puisque c'étaient eux qui étaient chargés d'approuver ou non que Tucker passe tout l'été ici, oncle Ashton disait toujours qu'il était important de faire bonne impression.

Bien sûr, maintenant Tucker s'était rendu compte que tout dans sa visite était arrangé à l'avance, et qu'il était bon pour le service, mais juste au cas où, il ne voulait pas prendre le risque.

Ne pas pouvoir vivre dans le ranch, jouer avec Luke Stone, pêcher, monter à cheval et cueillir des baies avec le reste des enfants Stone signifierait un été qui craindrait. Sa meilleure alternative serait de passer une tonne de temps à la bibliothèque locale de Winnipeg, et même s'il aimait lire, dans la limite du raisonnable, *rien d'autre* que de la lecture...

Ça serait un sort pire que la mort.

— Tu es prêt pour des tâches plus difficiles, cette année ? demanda M. Hayes en croisant ses bras musclés sur son torse comme un super-héros. Je sais que Luke a demandé à travailler davantage avec les chevaux, et il veut ta présence.

Tucker était tenté d'essayer de prendre cette pose lui-même, mais ses bras étaient loin d'avoir cette taille. Inutile d'attirer l'attention sur quoi que ce soit qui aurait pour effet que ces hommes importants se rendent compte qu'il n'était pas très grand. Sa poussée de croissance n'avait pas encore commencé, et c'était une autre chose qui craignait.

Une tête dépassa du bord d'une stalle puis disparut instantanément. Des yeux marron foncé, une queue-de-cheval ondulée. Darilyn Hayes – ce qui signifiait que l'*autre* fille agaçante qui vivait dans le ranch était aussi dans le coin. Parce que là où Dare se trouvait, on était certain que Ginny Stone y était également.

Une autre tête apparut brièvement au-dessus de la stalle la plus proche, comme une taupe sortant la tête d'un trou. L'expression malicieuse de son meilleur ami d'été fit picoter d'excitation le ventre de Tucker.

Luke. Ils iraient pêcher et camper sur la rive du Big Sky Lake. Peut-être qu'ils pourraient camper cette année près des Heart Falls, et aller nager et...

La main de son oncle sur son épaule ramena l'attention de Tucker sur le groupe.

Les deux autres hommes l'examinaient, les visages figés comme s'ils s'efforçaient de ne pas rire.

— Désolé, dit-il rapidement en se redressant délibérément et en croisant le regard de M. Hayes. Oui, monsieur. J'aimerais vraiment ça.

— Tu es sûr que tu veux travailler avec les animaux ? J'ai

entendu dire que tu étais doué avec les ordinateurs. Peut-être qu'il y a un autre travail pour toi. Quelque chose dans la recherche comme tes parents...

— Non, monsieur, l'interrompit Tucker avant de pouvoir se retenir.

Ses mots étaient sortis d'une voix aiguë et légèrement criarde.

Il se racla la gorge, puis réessaya sur une note un peu plus grave.

— Je veux devenir contremaître de ranch comme oncle Tucker.

Walter Stone sourit plus largement à Ashton, mais il inclina le menton.

— Eh bien, si tu veux apprendre, apprends auprès du meilleur.

— Oui, monsieur. Et c'est mon oncle.

Joseph Hayes se frotta la bouche. Le commentaire amusé qu'il adressa à son partenaire fut à peine assez fort pour que Tucker l'entende.

— Je n'ai aucune objection. Peut-être que ses manières déteindront sur nos garçons.

— Peut-être qu'elles déteindront sur nos filles, suggéra Walter. Dieu seul sait où Dare et Ginny ont appris les mots qu'elles se sont mises à utiliser si naturellement l'autre jour. Au fait, Deb a dit que c'était ma faute, alors j'ai dit que c'était la tienne.

— Avoir un bébé surprise en route te rend méchant, Stone.

— C'est ma vengeance pour l'année où ta deuxième est née, quand je me suis retrouvé avec tous les appels nocturnes pendant des plombes, répliqua Walter. Feignasse.

— Sale égoïste.

— Peut-être qu'avant que les insultes ne dévient vers un territoire qui nous attirera à *tous* des problèmes nous pourrions laisser partir mon neveu ? suggéra Ashton d'un ton amusé.

Tous trois reniflèrent moqueusement tandis que Tucker dansait d'un pied sur l'autre, alors que son gang d'amis, qui incluait désormais Walker et Ginny, lui faisait frénétiquement signe plus loin dans l'écurie.

— Il semble que ce soit bon, jeune homme. Écoute ton oncle, et fais ton travail quand il te le dit. Souviens-toi, c'est un effort groupé qui fait fonctionner cet endroit, d'accord ? On ne monte pas à cheval sans supervision, et on ne traîne pas avec les nouveaux chevaux. Compris ? demanda Walter Stone en lui tendant la main comme si Tucker était un adulte.

Tucker la serra solennellement.

— Compris.

— Maintenant, file, dit son oncle, qui éleva la voix alors que Tucker partait en sprintant. Ne croyez pas que nous ne savions pas que vous étiez là. Des vauriens, tous autant que vous êtes !

— On vous aime, M. Stewart, lancèrent en doux chœur Ginny et Dare alors que Tucker filait devant elles, manquant de percuter Luke.

— Viens, l'encouragea son ami.

Comme chaque année depuis aussi longtemps que Tucker s'en souvenait, ils se dirigèrent vers le fenil au-dessus de la très vieille écurie. L'odeur de renfermé, de simple souvenir, se mua en toute nouvelle réalité, et il affichait un grand sourire quand ils grimpèrent péniblement sur les ballots qui grattaient.

C'était peut-être juste là qu'il vivait chaque été, mais le sentiment qu'il éprouvait au fond de lui était tellement plus que ça !

Le ranch était ce qui se rapprochait le plus du paradis dans son imagination.

— Par ici, chuchota Luke en leur faisant signe de le suivre alors qu'il rampait à quatre pattes dans un tunnel de presque trois ballots de long.

Les ténèbres entourèrent Tucker, et des tiges lui piquèrent les bras et les épaules puis soudain, la lumière du soleil l'éblouit. Le tunnel se terminait dans une fosse profonde aménagée pile contre une des fenêtres du mur du loft.

— C'est tellement cool, déclara Tucker en regardant autour de lui alors que Ginny, Dare et Walker sortaient un à un du tunnel pour les rejoindre.

Dare tendit la main par une petite fente entre les ballots et en sortit une couverture robuste, l'étalant sur le fond. Puis ils s'assirent tous, Tucker s'appuyant contre un des ballots. Il allongea ses jambes devant lui tout en inspirant profondément et en regardant ses complices de frasques estivales.

— Salut.

— Un nouveau poulain est né il y a deux jours, annonça Ginny. Et j'ai trouvé une portée de chatons que personne d'autre n'a repérée.

— Papa a dit que nous pourrons camper aux Heart Falls, du moment que Caleb nous aide à choisir l'endroit, dit Luke presque en même temps, ignorant sa petite sœur. Caleb a aidé à construire cette cachette. Papa a dit que Caleb sera un vrai atout pour le ranch, mais il reste un super grand frère, alors je sais qu'il nous aidera si nous lui demandons.

Walker toucha du doigt les panneaux dorés du mur près de la fenêtre. Il abandonna sa tâche et pressa le nez contre la vitre pour regarder dans le jardin.

— J'ai faim.

— Ginny a préparé des cookies, annonça Dare avec obligeance. Est-ce que tu les as apportés ?

Ginny renifla moqueusement.

— Bien sûr.

Elle sortit un paquet de sa poche, et pendant quelques minutes alors qu'ils parlaient et prenaient des nouvelles, ils partagèrent les morceaux de cookies aux pépites de chocolat, un peu cassés – elle avait fourré le sac dans sa poche, et ramper dans le tunnel ne leur avait pas fait du bien.

Mais chaque miette avait le goût du soleil pour Tucker. Il n'avait jamais de cookies faits maison chez lui.

Ce qui était la raison pour laquelle, quand bien même il était excité d'aller camper et la cachette était cool, et malgré tout ce qu'il brûlait d'envie de vivre, il se tourna d'abord vers Ginny.

— Je veux voir les chatons.

Son sourire instantané faisait aussi partie de Silver Stone, des souvenirs et du bonheur. Ils se précipitèrent tous dans le tunnel derrière Ginny, dans leur première recherche de chatons de l'été.

Tout allait bien dans le monde de Tucker.

~

Seize ans plus tôt, juillet.

Il n'y avait rien de pire que de s'entendre dire qu'on ne pouvait pas avoir quelque chose, décida Ginny Stone.

Sa mère, Deb, la regarda durement et lui tendit une autre assiette à laver. Elles se tenaient côte à côte devant l'évier de la cuisine, nettoyant la vaisselle du déjeuner.

— Quelle que soit la bêtise que tu prépares, arrête tout de suite.

Ginny lui lança un sourire innocent.

— Je n'ai aucune idée de quoi tu parles, chère mère.

Un éclat de rire bruyant fusa aussitôt en guise de réponse.

— Oh, ma puce, tu as le diable au corps. Mais je vois clair dans ton jeu, dit Deb Stone en se penchant vers elle. Je t'aime aussi plus que tu ne le sais. Tu es dans une position difficile, et je comprends ça. Mais tu dois laisser un peu d'espace à tes frères aînés en ce moment.

— Pour que Luke puisse aller sucer la pomme de Courtney Masseny ? suggéra Ginny en haussant les épaules. Je suppose que je ne veux pas assister à ça de toute façon.

Sa mère cligna des yeux une seconde.

— Courtney ? Je ne l'avais pas vu venir.

— Arrête. Elle est après lui depuis le CE2, protesta Ginny.

— Et tu sais ça comment ? demanda sa mère avec une vraie curiosité.

— On prend le bus tous les jours, maman. « Le trajet pour aller et revenir de l'école est une éducation en soi », lança Ginny malicieusement. C'est ce que Caleb a dit l'autre jour avec sa voix de « je suis plus âgé et sage que toi ».

— Caleb *est* plus âgé que toi, et avec un peu de chance plus sage, répondit sa mère en secouant lentement la tête. Pour revenir au sujet qui nous occupe, en dépit de ton frère Luke... *suçant la pomme...*, tu dois te souvenir que la différence d'âge entre toi et Dare et les garçons est importante en ce moment.

— Les quatre ans qui nous ont toujours séparés avec Luke. Et seulement deux entre nous et Walker, dit Ginny en souriant. Je sais que les maths ne sont pas mon point fort, mais je suis presque sûre que j'ai compris ça.

— Que le ciel nous vienne en aide si tu dois un jour faire de la vraie comptabilité, la taquina sa mère. Oui, c'est toujours le même écart de quatre ans. Mais ces quatre ans fonctionnent de façon magique quand il s'agit d'êtres vivants. Quand Dustin est né, Shayla avait déjà trois ans. Ils ne faisaient rien ensemble à cette époque-là. Maintenant qu'ils sont plus grands, ils jouent un peu plus ensemble, mais Shayla est toujours capable de faire plus de choses que lui.

— Je suppose que ce sermon va un jour servir à quelque chose, dit Ginny avant d'esquiver le coup du torchon que sa mère fit claquer vers son postérieur. Hé, ce n'est pas juste ! Je ne suis pas armée.

— Tu as un esprit agile, fillette, et une langue bien pendue pour l'accompagner. Apprends quand utiliser l'un ou l'autre, la réprimanda sa mère. Et la morale de l'histoire, c'est qu'une fois que tu seras adulte, quatre ans ne signifieront rien parce que le temps semble se comprimer au fur et à mesure que tu vieillis. Mais en ce moment, tu as treize ans. Luke et Tucker ont quatre ans de plus que toi, ce qui signifie que tu es sur une marche, et eux plus haut. Laisse-les tranquilles un moment.

Ginny fit le calcul dans sa tête.

— Tu dis que je devrais les laisser tranquilles maintenant, mais une fois que je serai adulte, je pourrai les embêter autant que je veux ?

Sa mère roula vraiment des yeux avant de lancer *le* regard à Ginny.

— Tu pourras y aller, mais une fois que tu seras adulte, avec un peu de chance tu auras appris comment agir et pour qui dépenser ton temps et ton énergie. Ils pourront t'envoyer paître s'ils le veulent.

Ce qui signifiait que, si elle avait bien compris, Ginny avait sept ans à attendre.

— Alors quand j'aurai vingt ans ?

— Plutôt vingt et un, dit sa mère en l'étreignant. N'essaie pas de grandir trop vite, ma puce. Une étape à la fois. C'est la meilleure façon de faire quoi que ce soit.

Huit longues années avant d'être adulte. Ginny soupira.

Eh bien, en attendant, elle avait Dare, sa meilleure amie, et elle pouvait passer beaucoup de temps avec ses frères et Tucker, à faire les habituels trucs amusants dans le ranch.

Mais une fois qu'elle serait adulte, elle dirait à Tucker qu'*eux* devaient aller s'embrasser derrière l'écurie. Si Courtney pouvait attendre six ans pour Luke – *beurk* –, Ginny pouvait bien attendre un peu plus longtemps pour Tucker.

Treize ans plus tôt, février.

TUCKER N'AVAIT JAMAIS CONNU un tel silence dans la maison du ranch de Silver Stone en ressentant un tel silence. Ce n'était pas le calme d'une écurie le soir, avec de petits animaux qui se déplaçaient, à l'aise. Ce n'était pas une tranquillité qui parlait de vie, de projets et de renouveau quotidien.

C'était le silence de la mort, de la perte et de la douleur.

Ils les avaient enterrés la veille. Les cinq personnes qui avaient péri dans le tragique accident de voiture. Walter et Deb Stone. Joseph Hayes, sa femme Jacquie et leur plus jeune fille, Shayla.

D'un seul coup, la mort avait volé toute la famille de Dare. Le cœur de Tucker se serrait en voyant la jeune fille de seize ans actuellement enroulée dans une couverture et lovée dans les bras de Caleb. Ses cils mouillés de larmes reposaient sur ses joues tandis qu'elle respirait de façon irrégulière. Elle avait l'air perdue. Tellement perdue.

Caleb croisa le regard de Tucker de l'autre côté de la pièce. Seuls quatre ans les séparaient, mais à vingt-quatre ans, Caleb avait vieilli du jour au lendemain alors que la responsabilité de toute la famille avait atterri directement sur ses épaules.

Parce que la mort avait pris les parents Stone. Et le couple Hayes, ce qui signifiait que toutes les personnes en charge du ranch avaient disparu.

Ashton était encore là, et il ferait tout ce qui était possible, mais il était le contremaître, pas le propriétaire. Le ranch appartenait désormais à Caleb, ses frères et sœurs, et à la fille au cœur brisé dans ses bras.

La maison semblait étrangement silencieuse sans Deb Stone qui riait tout en lançant des ordres à travers la cuisine, ou criait depuis le bureau pour que quelqu'un lui apporte *s'il vous plaît* une tasse de café avant qu'elle ne s'évanouisse d'épuisement comptable. C'était étrange de regarder dans la salle de séjour et de ne pas voir Walter Stone dans son fauteuil préféré, parlant discrètement à l'un d'eux de cette manière pragmatique qu'il avait, qui était absolument ferme et équitable et pourtant absolument aimante.

Tucker s'était hâté d'être là pour ses amis – les gens qui signifiaient plus pour lui que n'importe qui d'autre au monde. Mais maintenant qu'il était au ranch, il était impuissant à faire autre chose que gérer les corvées et lutter contre le nœud en lui qu'il ne comprenait pas.

Il avait vingt ans, et c'était la première fois que la mort s'immisçait aux abords de son monde. Il était ravagé...

Combien pire ce devait être pour ses amis ?

Luke était assis à table, le dos tourné à la pièce, fixant le mur. Walker faisait nerveusement les cent pas dans l'espace entre la cuisine et le débarras extérieur. Dustin, qui avait huit ans, était assis en face de Luke, le visage rougi alors qu'il essayait stoïquement de retenir ses larmes.

Ginny était...

Tucker jeta rapidement un coup d'œil autour de lui, se demandant où elle avait disparu.

Pivotant, il découvrit la jeune fille qui n'avait pas encore seize ans dans la cuisine. Elle avait sorti la cafetière et la bouilloire était en route. Le contenu de ce qui semblait être la moitié du frigo était étalé sur le plan de travail devant elle.

Leur tante était ici, mais au lieu d'aider la jeune fille, elle était assise près de son mari sur le canapé, tous deux se regardant comme s'ils encourageaient l'autre à se dépêcher de parler.

Pendant ce temps, Ginny travaillait. Le visage tendu, les lèvres pincées en une ligne mince aussi différente que le jour de la nuit de son habituel grand sourire joyeux. Elle avait sorti des assiettes, et commencé à préparer des sandwichs pour le déjeuner.

Là. Une chose où il pouvait l'aider. Tucker traversa la pièce et se joignit silencieusement à elle.

Elle marqua une pause pendant à peine une seconde avant

de chercher dans le placard pour en sortir deux énormes pichets. Elle inclina la tête vers le congélateur.

— Tu peux préparer les boissons ? Il y a tout ce qu'il faut là-dedans.

Il lui serra brièvement l'épaule, puis se mit au travail.

Dans la salle de séjour, Frank Stone se racla la gorge.

— C'est dur, mais ça ne va pas devenir plus facile. Heather et moi devons bientôt partir, alors il est temps. Nous sommes prêts à vous aider.

La voix de Caleb semblait avoir baissé d'une octave au cours de la semaine passée. D'un ton éraillé et rauque, glacial et qui frisait l'impolitesse, elle résonna dans le silence.

— C'est ce que vous m'avez dit. Merci pour votre offre, mais ce n'est pas nécessaire.

— Tu ne peux pas y arriver tout seul, dit Heather vivement. Sois raisonnable, Caleb. Je sais que tu es en deuil, mais tu dois regarder les choses en face. C'est logique, et cela doit se passer maintenant.

Ce n'était pas comme si Tucker pouvait éviter d'écouter ce qui ressemblait à une conversation privée. Pas quand Heather criait presque.

Aucun d'eux ne pouvait l'ignorer. Ginny marqua une pause alors qu'elle empilait les sandwichs sur une assiette, le regard rivé sur sa tante.

— De quoi parle-t-elle ? demanda Walker en arrêtant de faire les cent pas pour se tourner vers la pièce.

Un pli se forma entre ses sourcils alors qu'il essayait de comprendre de quoi on discutait.

Heather agita une main, mais Caleb la coupa.

— Nous avons déjà eu cette conversation, et je vous ai dit non.

— Fiston, tu ne réfléchis pas clairement, commença Frank.

— Ce n'est pas ton fils, rétorqua Dustin.

Il abandonna sa chaise et se précipita à travers la pièce pour se tenir près de Caleb comme s'il était prêt à le protéger.

— C'est mon grand frère, continua-t-il.

— Et c'est un bon grand frère, dit Heather, plus douce cette fois. Mais tu es trop jeune pour te passer d'une mère et d'un père, ainsi que Ginny. Et c'est pour ça que vous deux viendrez vivre avec nous.

Le désordre éclata. Des cris, des questions et des refus catégoriques.

— Je ne vais pas aller vivre avec vous, répondit Dustin en plantant les poings sur ses hanches en une posture qui rappelait tellement Walter Stone que Tucker marqua un temps d'arrêt.

Frank Stone se leva et pointa Dustin du doigt.

— Tu vivras là où tu seras en sécurité et où on s'occupera de toi.

Le doigt se déplaça vers Dare qui cligna vivement des yeux, les mains étreignant la couverture alors que Caleb la déplaçait doucement pour pouvoir se lever.

— Une fois que les services sociaux auront emmené la fille Hayes...

— Quoi ?

Ginny se rua à travers la pièce, pâle comme un spectre, glissant devant sa meilleure amie pour l'envelopper dans une étreinte protectrice.

— Dare ne va pas nous quitter, continua-t-elle, son regard filant vers le visage de Caleb. Non. Elle *ne peut pas*.

Caleb les attira toutes les deux contre lui et les serra.

— Chut. Personne n'ira nulle part. Nous sommes une famille, et nous resterons ensemble, dit-il en hochant la tête vers Dare pour l'inclure dans sa déclaration. Dare aussi. J'ai parlé aux services sociaux, et à Dare. Luke est d'accord avec moi, ce qui signifie que personne n'a besoin de partir. Ni Dare, ni Ginny, ni Dustin.

— Sauf eux, dit Ginny d'un ton sec en foudroyant sa tante et son oncle du regard. Vous pouvez partir. Tout de suite, et ne revenez jamais.

Frank écarta les mains comme si le commentaire de Ginny prouvait ce qu'il avait dit.

— Tu vois ce que tu devras gérer ? Tu nous demanderas de prendre la relève avant que l'été n'arrive, retiens bien ça.

Caleb inspira lentement, son froncement de sourcils s'accentuant. Les filles et Dustin s'accrochaient à lui comme à une corde effilochée sur un vieux poteau de clôture. Instable, vacillant, pourtant noué si étroitement qu'ils n'iraient nulle part à moins que beaucoup de temps et d'énergie ne soit dépensé à les détacher.

Luke traversa la pièce, là où Tucker se tenait derrière Caleb. Walker le rejoignit de l'autre côté.

— Nous l'aiderons à prendre soin d'eux, dit Luke doucement, mais avec une certitude absolue.

— Donc, comme Caleb l'a dit, merci, mais non merci, ajouta Walker.

Ce ne fut pas la fin des jérémiades ni des menaces, mais Caleb obtint l'aide de Luke et de Walker, et au final, les cris et les disputes se déplacèrent à l'extérieur pendant que Tucker restait là où il se trouvait et aidait les filles et Dustin à préparer le déjeuner.

Finalement, ils se retrouvèrent tous assis à la grande table familiale.

Caleb regarda la pile d'assiettes et de bols posés à l'endroit habituel devant la chaise de leur père. La chaise que Caleb occupait désormais.

Il déglutit péniblement, inclina le menton, puis, comme un homme se préparant au combat, prit la louche et commença à servir des portions et à les faire passer.

Tout comme Walter Stone avait toujours servi sa famille.

Tucker détourna les yeux et les essuya pour se reprendre avant de perdre ses moyens.

Caleb continua jusqu'à ce qu'ils aient tous un bol de soupe et un sandwich. Puis il se rassit, parlant lentement.

— Ce n'est pas ce que nous voulions, mais c'est ce que nous avons. Et nous *allons* faire en sorte que ça marche. Mais je ne peux pas le faire tout seul, ni simplement avec l'aide de Luke ou celle d'Ashton. Nous devons *tous* faire ce que nous pouvons. Nous devons travailler ensemble. Nous devons nous soutenir les uns les autres, et c'est ce qui nous rendra forts.

— Nous sommes des Stone, dit Ginny fermement, même si sa voix s'étrangla un peu. Nous *sommes* forts.

Les lèvres de Caleb s'incurvèrent pour esquisser le premier sourire que Tucker ait vu au cours de ces derniers jours.

— Nous sommes des Stone. Mais je ne veux pas que nous soyons *seulement* des pierres[1], des rochers sur une montagne. Nous devons quand même nous amuser, même si je sais que ça ne semble pas facile en ce moment, dit-il, son regard filant vers Dustin. Les familles s'amusent ensemble, et j'aurai vraiment besoin de votre aide pour m'en souvenir.

— Faire des ricochets, suggéra Luke. Empiler des cailloux en forme de créatures extraterrestres. Des œuvres en pierre.

Walker se renfrogna.

— De quoi est-ce que tu parles ?

Luke haussa les épaules.

— Caleb a dit que les pierres s'amusent. Il a raison. Je pourrai trouver plein de choses, quand on en sera là.

Devant lui, Tucker voyait la famille commencer à se rassembler.

— *La Soupe aux cailloux*, suggéra Dare. C'est un de mes livres préférés.

— Il y a un livre parlant de faire de la soupe à partir de cailloux ? demanda Dustin d'un air horrifié en jetant un coup d'œil au reste de soupe dans le bol devant lui.

Ginny et Dare échangèrent un coup d'œil puis hochèrent fermement la tête.

— Je parie que nous pourrons emprunter ce livre à la bibliothèque, dit Ginny à Dustin. Une fois que ce sera fait, toi et moi nous pourrons faire de la soupe aux cailloux.

Le plus jeune Stone avait un air soupçonneux, mais il hocha la tête.

— D'accord.

Caleb posa une main sur le bras de Ginny, l'étreignit doucement alors qu'il hochait la tête avec approbation.

La transition avait commencé. Tucker inspira profondément et espéra que les choses allaient continuer de la meilleure manière possible, vu les circonstances.

Cette nuit-là, il se glissa hors des quartiers de son oncle et retourna dans la maison familiale pour prendre un sac qu'il avait oublié. Il passa par la porte de derrière, et le plus léger des bruits attira son attention sur la droite.

Ginny se tenait dans la buanderie, les épaules tremblantes. D'énormes larmes silencieuses roulaient sur ses joues.

Tucker n'hésita pas. Il franchit instantanément la distance entre eux et la serra contre lui. C'était presque sa petite sœur, avec laquelle il avait couru librement pendant des années. Celle qui avait touché à ses piquets de tente et cassé son vélo. Qui avait résolument lutté pour suivre les combines farfelues que Luke et lui tentaient, peu importe qu'elle fasse quarante-cinq centimètres de moins et pèse la moitié de leur poids. Intrépide, excessivement têtue...

Maintenant, elle pleurait, le cœur apparemment brisé, et cela le tuait parce qu'il n'y avait rien qu'il puisse faire pour arranger ça. Aucun mot à dire, pas de réconfort.

Elle se rapprocha et pressa son visage larmoyant contre son torse.

— J'ai mal à l'intérieur.

Sa voix tremblant tant qu'on aurait dit douze mots au lieu de six.

— Je sais, chuchota-t-il. Ce n'est pas grave d'avoir mal. Ce n'est pas grave de pleurer. Putain, c'est bien de hurler si tu en as besoin, mais ça, nous ne le ferons pas dans la maison parce que ça pourrait faire peur à Dustin.

Elle hoqueta. Un petit rire se mélangea à ses larmes.

Il lui tapota le dos et la serra contre lui, debout dans la pièce qui sentait le propre, remplie à ras bord des souvenirs de Deb, de Walter. Des rappels du passé enfui.

Tucker resta là et étreignit Ginny, et dans un déclic, une toute nouvelle compréhension se fit jour.

Silver Stone n'était pas simplement un endroit où il venait tous les étés. Ce n'était pas simplement des gens avec qui il vivait pendant un court moment avant de passer à autre chose. Perdre Deb et Walter Stone signifiait qu'il voyait à quel point il était important non seulement de chérir ce qu'il avait, mais aussi de chérir ce qu'il voulait avoir.

Il voulait que ses amitiés restent fortes.

Il voulait des gens comme les Stone dans sa vie pour toujours.

Plus tard, il voulait avoir une relation comme celle que Walter et Deb avaient partagée, pas les rapports froids et détériorés de ses parents, basée sur d'éternels compromis malheureux.

Ginny prit une nouvelle inspiration tremblante avant de relâcher son étreinte. Posant le front sur son torse, elle fixa le sol.

— Je suis désolée de m'être lâchée comme ça. Je ne recommencerai pas.

— Putain, Ginny !

Tucker leva son visage vers le sien, l'examinant soigneusement. Il y voyait des larmes, mais également de la détermination. Comme si elle se préparait pour la bataille qui viendrait ensuite.

— Tu n'as pas besoin d'être forte tout le temps.

— Si, insista-t-elle. Je ne laisserai pas ma famille se désintégrer. Je ne laisserai pas tomber maman et papa.

Forte comme son nom, Ginny recula et s'essuya les yeux du dos de la main.

— Je le *ferai*. Tu verras.

En cet instant, Tucker sut que quiconque pensait pouvoir se tenir sur son chemin se trompait.

Il ne parierait pas contre elle pour tout l'or du monde.

1

———

Aujourd'hui, réveillon de Noël, ranch de Silver Stone.

Après être restée aussi longtemps loin de Heart Falls, Ginny Stone était incapable de résister au détour. Au lieu de rentrer droit chez elle, elle prit la sortie de la nationale qui menait à son belvédère préféré. Elle gara la camionnette qu'elle avait empruntée et avança péniblement à travers la neige qui lui montait jusqu'aux genoux pour aller jusqu'au banc partiellement enterré dans une congère.

Regarder vers l'ouest révélait les chutes qui avaient donné leur nom à la ville[1] dans toute leur gloire hivernale. Il faisait assez froid pour que la vapeur s'échappant de la cascade ait formé de magnifiques structures ressemblant à de la dentelle. Sous la glace, l'eau coulait encore assez rapidement pour que le lac ne soit pas gelé au pied des chutes. Le reste scintillait alors que la lumière du soleil qui disparaissait se reflétait sur la surface lisse et glacée. Un grondement bas faisait trembler l'air, se substituant au tonnerre estival, mais c'était familier, et l'impression était agréable.

Agréable et étrange tout à la fois.

Ginny était revenue une petite demi-douzaine de fois au cours des trois dernières années. Elle avait pris des vacances durant sa longue formation de compagnon en Europe pour assister aux mariages, être à la maison pour quelques anniversaires clés, et s'assurer que son assurance maladie restait valable.

Depuis juillet, elle était de retour sur le sol canadien à plein temps, mais au lieu de rentrer, elle s'était dirigée dans le Nord, à trois heures de là, et s'était arrêtée à Rocky Mountain House pour aider sa sœur adoptive, Dare, à gérer ses jumeaux nouveau-nés.

Le regard de Ginny dériva vers l'est. Vers les grandes écuries et les enceintes qui formaient Silver Stone en lui-même. Le ranch massif que ses parents avaient créé et qu'il était de la responsabilité de tous leurs enfants de faire marcher. Les six derniers mois, elle était revenue pour de courtes visites, passant du temps avec ses nièces et son neveu et se faisant une idée des dynamiques qui avaient changé dans le ranch maintenant que ses frères aînés s'étaient tous mariés.

De courtes visites qui avaient été à parts égales joyeuses et gênantes. Mais désormais, elle était *officiellement* de retour. Elle était chez elle.

Chez elle. Qu'est-ce que cela signifiait seulement ?

Comme un enfant devenu grand qui serait revenu dans son école primaire, le monde de Ginny semblait simultanément beaucoup plus petit et beaucoup plus grand qu'il ne l'avait été ne serait-ce qu'une semaine auparavant.

Sa montre se mit à sonner, et elle regagna péniblement sa camionnette. Il était presque l'heure du dîner du réveillon de Noël, et elle avait un endroit où aller.

La maison du ranch semblait toujours la même de l'extérieur, en dehors du nombre de véhicules garés devant. Ginny ne s'était pas attendue à en voir autant – en fait, elle avait simplement espéré revenir sans fanfare.

Le volume du bruit à l'intérieur de la maison était stupéfiant. Mais le lieu était chaleureux et dégageait une odeur divine, alors Ginny entra et retira discrètement ses bottes dans le débarras extérieur.

Puis elle se redressa et prit un moment pour regarder.

Elle reconnaissait la plupart des visages. Même pendant qu'elle était partie, continuer à faire partie de la famille avait été important. Entre les appels Facetime et les photos envoyées par textos, Ginny avait suivi les changements, ou en tout cas tenté de le faire.

Cependant, ce n'était pas la même chose que d'être là.

Son regard chercha d'abord ses frères. Les quatre créatures animées par la testostérone qui avaient rendu ses années de jeunesse à la fois agréables et infernales. Des frères typiques, en fait.

Elle ne repéra pas Walker, son frère le plus proche d'elle en âge, ce qui était logique puisque sa femme, Ivy, n'était pas une grande fan de la foule. Mais les trois autres étaient juste là au cœur de l'action.

Caleb, celui qui avait pris le relais pour les élever tant d'années auparavant, souriait franchement alors qu'il mettait les couverts pour la massive table familiale. Son deuxième frère le plus âgé, Luke, et sa femme, Kelli, l'aidaient.

La femme de Caleb, Tamara, et ses trois sœurs étaient toutes dans la cuisine. *Leurs* maris débattaient avec enthousiasme dans la salle de séjour, pendant que le petit frère de Ginny, Dustin, se roulait à leurs pieds, braillant dans ce qui ressemblait à une torture tandis que leurs deux nièces le clouaient au sol et le chatouillaient.

La tension à l'intérieur de Ginny s'apaisa très légèrement. Peut-être qu'elle n'était pas sûre de ce qu'elle devrait faire ensuite, mais elle était absolument certaine que c'était là qu'elle était censée le faire.

— Tata G, tu es là, tu es là, tu es *là* !

Emma, le petit chérubin blond qui était la plus jeune nièce de Ginny, se leva précipitamment et fila à travers la pièce.

Dustin hoqueta comme si on lui avait marché dessus un petit peu négligemment, puis Ginny ne vit plus rien parce qu'Emma avait bondi sur elle, s'agrippant comme une teigne.

D'énormes sanglots échappaient à la petite fille, son visage enfoui dans le cou de Ginny.

— Tu *ne peux pas* repartir, pas avant très, très longtemps.

La tristesse de ses mots était perceptible, mais ce qui frappa le plus Ginny fut la joie d'entendre sa nièce auparavant silencieuse parler aussi énergiquement.

— Oh, bébé. Oui, je suis rentrée et j'ai l'intention de rester.

Des reniflements larmoyants mais légèrement plus joyeux accueillirent son annonce. Ginny lança un coup d'œil par-dessus l'épaule d'Emma, alors même qu'elle tapotait le dos de la petite fille de manière réconfortante.

Tout le monde dans la pièce la regardait. Sa nièce numéro deux, Sasha, se tenait à proximité. La préadolescente tendit les bras pour l'étreindre, lui donner un baiser et d'autres embrassades émues.

C'était le plus charmant des chaos.

Ce ne fut qu'après le dîner que Ginny tenta de comprendre pourquoi la pièce était bondée. Tamara et Caleb l'attirèrent à part alors que tous les autres suivaient une routine confortable en nettoyant et en préparant les activités de la soirée.

— Je ne me suis pas donné la peine de t'envoyer de texto pour te tenir au courant que la horde arriverait avant toi, admit Caleb. J'ai pensé que tu devais rentrer de toute façon, et que quelques personnes de plus ne te feraient pas peur.

— *Quelques ?*

Ginny compta les têtes alors que deux autres invités arrivaient à la porte de derrière. Un cri de joie échappa à Luke alors qu'il filait pour les accueillir, Kelli sur ses talons.

— C'est un désordre parfait, dit Tamara. C'est Diane et Jack. Ils logent avec Luke et Kelli pour les fêtes. Mes sœurs et mon père sont ici ce soir, parce que les familles de mes beaux-frères ont toutes fait des projets de dernière minute – ne t'occupe pas des détails. C'est un méli-mélo, mais en gros, la maison est pleine.

— Mais nous sommes contents que tu sois revenue, insista Caleb en se levant en réponse à un appel à l'aide venant d'un des hommes les moins familiers de la pièce. Nous parlerons demain de tes projets. Ou le jour suivant. Mais bientôt. Nous avons des nouvelles à t'annoncer.

Il était parti avant qu'elle ne puisse creuser davantage. Ginny regarda Tamara.

— Tu es enceinte ?

— Tais-toi, répondit Tamara ironiquement. Je ne suis pas assez masochiste pour recommencer *ça*. Non, ce sont d'autres bonnes nouvelles, mais tu vas devoir attendre que nous ne soyons qu'avec la famille proche.

— Je suis la patience personnifiée, dit Ginny d'une voix traînante.

— Bien, parce que j'ai tellement de retard pour les préparatifs du jour de Noël que ce n'est pas drôle. Nous devons mettre les enfants au lit avant de pouvoir installer le sapin, et avec tout le monde qui a pris d'assaut soudainement le château, il va falloir un miracle de Noël.

— Ou un elfe vraiment fabuleux qui se fait passer pour une tata.

Ça, Ginny pouvait volontiers le faire.

— Laisse-moi m'occuper des filles. Ce sera amusant de prendre des nouvelles, et je peux les occuper jusqu'à ce qu'elles s'endorment.

— Si tu es sûre, j'apprécie. Sasha et Emma seront ravies, dit Tamara en regardant son fils de dix-huit mois actuellement assis sur les genoux de son grand-père, clignant intensément des yeux dans un effort désespéré de rester éveillé. Dieu merci, celui là va s'endormir à l'heure.

Pendant les deux heures qui suivirent, Ginny retrouva le plaisir toujours familier et pourtant renouvelé de s'occuper de ses nièces.

— Tonton Walker a appelé. Il a dit que le Père Noël avait laissé des cadeaux pour nous chez lui, l'informa Emma alors qu'elles étaient assises sur son lit et habillaient des poupées dans leurs plus beaux atours festifs. Lui et tata Ivy les apporteront demain.

— C'est bien. Je suis sûre que parfois le traîneau du Père Noël doit être un peu surchargé.

Le visage de Sasha se plissa en une série d'étranges contorsions, elle pinçait les lèvres comme si elle luttait pour s'empêcher de parler de manière déplacée.

Effectivement, dès qu'Emma s'éclipsa pour aller aux toilettes, Sasha se rapprocha de Ginny et baissa la voix en chuchotant.

— L'affaire du Père Noël, je n'y crois plus. Enfin, le fait que ce n'est pas une vraie personne et que c'est tout le monde. Mais je ne suis pas sûre qu'Emma ait compris pour l'instant, alors *chuuuut*. Je ne veux rien gâcher pour elle. D'accord ?

Elle appuya un doigt contre ses lèvres et hocha la tête fermement.

— Je ne dirai pas un mot, promit Ginny. Je garde bien les secrets.

La conversation se tourna vers l'excitation du lendemain : non seulement elles auraient des cadeaux le matin avec mamounette et papounet, mais leur amie Talia allait venir pour un échange de cadeau d'anniversaire – tout ça était très excitant, et Ginny adorait ce moment où elle pouvait simplement se détendre avec les filles.

Elle avait passé une tonne de temps avec elles, depuis l'époque où elles étaient bébés, mais une absence de trois ans signifiait qu'elle avait raté beaucoup de grands changements récents. Découvrir qui elles étaient maintenant était merveilleux et offrait une leçon d'humilité.

Il y avait tant à réapprendre. Tant à comprendre.

Les lumières enfin éteintes, les baisers de bonne nuit distribués, Ginny rejoignit la bande dans la salle de séjour et les aida à installer le sapin comme le dictait la tradition Stone. Les rires continuaient à fuser dans la pièce, mais il y avait assez de monde pour qu'elle puisse rester facilement dans un coin. Ce qui signifiait qu'elle passait plus de temps à observer qu'à partager ses propres projets.

Seulement, quand elle eut caché son troisième bâillement en moins de cinq minutes, Ginny alla trouver sa belle-sœur et lui fit savoir discrètement qu'elle allait au lit.

— Hmm, à ce sujet, dit Tamara avec un sourire qui semblait un peu à bout. Je déteste avoir à te dire ça, mais il n'y a pas de chambre de libre.

Ginny marqua une pause. Elle avait dormi dans son ancienne chambre au sous-sol les dernières fois qu'elle était venue leur rendre visite, mais il y avait beaucoup d'invités qui veillaient encore.

— Tu veux que je loge avec Dustin dans le cottage ?

Sa belle-sœur secoua la tête.

— Il a un ami avec lui pour les deux prochaines semaines. Tu n'as pas besoin d'aller traîner avec deux jeunes gens de vingt-deux ans. De plus, Luke et Kelli ont leurs amis qui passent la nuit chez eux, et les quartiers des ouvriers sont pleins. Bref, est-ce que ça te dérangerait de dormir dans un des vans ? Celui à côté de l'écurie sud est propre, et il y a des draps, expliqua-t-elle avant de faire la grimace. Mais je ne sais pas si quelqu'un a pris le temps de faire le lit.

— Je peux gérer ça, promit Ginny.

Elle posa une main sur le bras de sa belle-sœur.

— C'est bon. Je suis de la *famille*. Tu n'as pas besoin de me traiter comme une invitée.

Tamara la serra dans ses bras.

— J'ai vraiment hâte d'apprendre à mieux te connaître. J'ai toujours apprécié les moments que nous avons passés ensemble.

— Moi aussi, répondit Ginny honnêtement. De plus, nous devons rappeler à Caleb que tu as été une vraie dure à cuire et que tu l'as envoyé au sol la première fois que tu l'as rencontré.

L'éclat de rire de Tamara était sincère, et l'optimisme de Ginny revint. Peut-être que retrouver le giron familial serait plus facile qu'elle ne l'avait craint.

Mais elle fut contente de pouvoir s'éclipser quelques minutes plus tard. Loin du grondement des rires et de la présence des gens, pour retourner au silence de la nuit hivernale. Ginny attrapa son sac à dos dans sa camionnette et erra lentement, absorbant tous les changements visibles dans ce lieu où elle avait grandi mais dont elle était restée éloignée pendant des années.

Le van dans lequel Tamara l'avait envoyée dormir était récent, en effet garé près de l'écurie sud. Avec peut-être huit mètres de long, il avait l'air solide mais cosy.

Les trois chèvres dans leur enclos à proximité la regardaient avec une grande curiosité, et Ginny les salua en passant.

— Reprenez vos positions, compagnons fauteurs de troubles.

Mais elle ouvrit et referma la porte du van aussi discrètement que possible. Inutile de faire savoir aux chèvres qu'elles avaient une voisine, ou les perturbatrices trouveraient un moyen de s'échapper et de venir la tourmenter pendant la nuit.

Le van sentait étonnamment bon. Elle s'attendait à ce que ça sente légèrement le renfermé, alors l'odeur inhabituelle était à la fois un soulagement et un mystère. De la bergamote ? Du café ? Ces deux-là, c'était sûr, mais avec quelque chose d'autre de familier dont elle se souvenait vaguement...

Suffisamment fatiguée pour simplement vouloir dormir, Ginny s'arrêta dans le petit espace de vie pour se préparer. Elle enleva son pantalon, retira son soutien-gorge sous son haut, ne gardant que son débardeur trop grand pour dormir avec.

— Soyez libres, marmonna-t-elle doucement.

Elle prit une profonde inspiration et savoura la disparition de la pression sur ses épaules sous les bretelles de soutien-gorge. Ses gros seins l'irritaient parfois, littéralement.

— Je m'éclate toute seule.

Ses yeux s'étaient habitués à la pâle lueur de l'éclairage de la cour arrivant par la fenêtre, alors elle ne se donna pas la peine d'allumer le plafonnier. Elle traîna les pieds vers la chambre, soudain méfiante quand un son étrange et incongru résonna dans sa direction.

Ginny lança un coup d'œil prudent au coin.

Nom d'un chien.

Le lit avait en effet des draps comme Tamara le lui avait dit, mais ils étaient en désordre, froissés en petits plis sur la longue silhouette musclée d'un homme nu. Il était sur le ventre, son postérieur bien en évidence. Le début de peur qui avait surgi disparut.

Ginny connaissait son homme mystère.

Allongé devant elle se trouvait Tucker Stewart, le neveu du vieux contremaître de Silver Stone, le complice de son frère aîné Luke durant les étés de leur enfance, sa kryptonite personnelle.

Elle aurait dû rebrousser chemin et trouver un autre endroit où dormir.

Au lieu de quoi elle se tint immobile pendant bien trop longtemps, le fixant simplement du regard.

Le temps n'avait fait que le rendre plus délicieux. Son visage était essentiellement enfoui dans l'oreiller, mais ses lèvres étaient visibles. Pleines, entrouvertes, elles laissaient échapper un léger grondement que seule une personne désobligeante aurait décrit comme un ronflement.

Elle n'avait pas besoin de voir ses yeux pour se souvenir de leur teinte bleu pâle. Elle n'avait pas besoin de le voir réveillé pour pouvoir se rappeler ses bien trop brefs sourires, toujours accompagnés d'une étincelle dans ses yeux, comme s'il était stupéfait qu'elle lui ait soutiré une expression qui ne soit pas son habituelle mine bourrue.

Non, sa mémoire peignait plein de tableaux de ce qu'elle ne pouvait pas voir. Quant à ce qu'elle voyait ? *Sainte Vierge.* Tucker avait pris du muscle pendant les trois ans où elle ne l'avait pas vu.

Avec des triceps définis même dans le sommeil, son avant-bras visible était couvert d'une fine couche de poils châtain clair. Sa grande main était posée sur le matelas, où ses doigts forts étaient écartés comme s'ils étaient prêts à prendre un de ses seins.

Ses grandes mains *talentueuses*. Des mains que Ginny avait apprécié de sentir passer sur tout son corps. De larges épaules dans lesquelles elle avait enfoncé ses ongles alors qu'ils s'envolaient ensemble, transpirant, vers un orgasme, torride et extrêmement agréable.

La courbe de sa hanche la taquinait, une de ses cuisses était remontée pour protéger les parties de son corps plus délicates. Le creux ombré qui cachait son aine la fit sourire et déplacer son attention vers la star du spectacle : son postérieur. Le drap était assez écarté pour souligner chaque creux musclé et la rangée de cicatrices rondes marquant sa fesse droite.

C'était comme ça qu'elle l'avait reconnu. *Hum hum.*

Elle avait non seulement profité de la vue intime de ses fesses nues auparavant, mais elle avait été là quand son frère Luke avait fait cette cicatrice à Tucker. À douze ans et prétendant qu'ils organisaient un duel de magie, Tucker avait réagi au *sort* de Luke avec détermination, se projetant en arrière, seulement pour atterrir involontairement en force sur un râteau.

Tucker n'était plus ce jeune garçon. Ni l'adolescent qu'elle avait suivi comme un chiot fou amoureux. Pas même le sérieux jeune homme qu'elle avait enfin convaincu qu'elle était assez adulte pour savoir ce qu'elle voulait... ce qui incluait du sexe déchaîné et vigoureux avec lui.

De longues lignes minces, une peau nue qu'elle voulait toucher...

Elle avait dû émettre un son parce qu'il se réveilla. Son corps se tendit, mettant merveilleusement en valeur son postérieur.

Il roula sur le côté. Ginny se força à détourner le regard des petits bouts tentants – les *parties* ; ce n'était *pas* un « petit » bout – apparaissant bien en évidence. Il se déplaça pour croiser son regard.

Tucker cligna des yeux, puis les cligna de nouveau, alors qu'un sombre regard de braise apparaissait.

— Ginny Stone. Eh bien, eh bien, *eh bien*. Joyeux Noël à moi.

2

Quel cadeau tentant se présentait sur le pas de sa porte !

Tucker Stewart se redressa, prenant son temps pour profiter de la vision qui se tenait immobile dans l'embrasure de la porte de sa chambre.

« Pulpeuse » fut le premier mot qui lui vint, suivi rapidement par « magnifique » puis « nom d'un chien putain », parce qu'il était vraiment dans la mouise jusqu'au cou.

Cela faisait trois ans qu'il ne l'avait pas vue en personne. À partir de huit ans, il avait passé l'essentiel de ses étés au ranch de Silver Stone, en théorie pour passer du temps avec son oncle. La vérité était probablement bien plus complexe que ça, mais cela signifiait qu'il avait eu des années pour construire des amitiés avec les enfants Stone. Surtout avec Luke et Walker, mais également avec Ginny, qui avait quatre ans de moins que lui, et son amie, Dare.

Quelques années plus tôt, dans un passé pas si lointain, quelque chose de bien plus physique qu'une simple amitié s'était développée avec la femme qui se tenait devant lui.

Des photos de Ginny étaient apparues souvent sur son téléphone au cours des dernières années, transmises dans des notes venant de Luke ou de Walker alors qu'ils essayaient de le tenir au courant d'où était et de ce que faisait leur petite sœur. Les messages lui avaient fait mal et l'avaient rendu heureux. Sauf pendant la période où elle s'était décoloré les cheveux en une horrible teinte rose et blanche, et tout ce qu'il avait pu penser avait été de la secouer et de lui dire d'arrêter de toucher à la perfection.

Heureusement, ses cheveux avaient maintenant retrouvé leur teinte naturelle brun foncé, et cascadaient, longs et bouclés, sur ses épaules claires.

Naturelle, comme la poitrine pleine et lourde qui se pressait contre le tissu fin de son débardeur. Il continua avant d'être hypnotisé par ses mamelons qui se tendaient sous le textile.

Le haut s'arrêtait juste en dessous de ses hanches, le bleu glacé de sa petite culotte pointait dessous comme l'emplacement tentant d'une carte au trésor.

Ses longues jambes étaient bien musclées de haut en bas, et le vernis rose pâle sur ses orteils soulignait la délicatesse de ses pieds.

Putain, il voulait la dévorer une bouchée à la fois. Il commencerait par le bas, se perdrait au milieu pendant un long moment, puis se délecterait de ses lèvres pleines quand il arriverait enfin jusque-là.

Les coins de la bouche de Ginny s'incurvèrent de plus en plus au fur et à mesure que le regard de Tucker s'attardait.

Elle croisa les bras sur cette superbe poitrine et croisa son regard.

— Je suis presque sûre que ma belle-sœur n'avait pas l'intention que je trouve un homme nu dans mon lit. Soit ça, soit elle est maintenant ma personne préférée au monde.

— Quelle belle-sœur ?

— Tamara.

— Elle ne sait probablement pas que je suis là, admit Tucker.

Se sentir amusé était dangereux, mais cette sensation était plutôt inévitable avec Ginny. Cette fichue femme avait tendance à lui faire perdre toute clarté mentale.

— Ça te dérange si je m'habille, ou est-ce que tu prévois de te joindre à moi ?

C'était une blague, mais à la manière dont les yeux de Ginny s'illuminèrent... *seigneur*.

Non. Il fallait étouffer ça dans l'œuf...

— Recule, Ginny, et laisse-moi mettre des vêtements, ordonna Tucker.

À la place, elle se rapprocha, baissant son regard sur un territoire dangereux.

— Mais je suis prête à me coucher.

Les mots rauques caressèrent sa verge aussi fermement que si elle avait utilisé ses mains.

Et puis zut. Ignorant le fait qu'il était nu comme un ver, il se déplaça résolument. Il repoussa les draps et glissa vers elle. Une seconde plus tard, il était debout, et leurs poitrines étaient totalement collées l'une contre l'autre. Ce qui signifiait que sa verge instantanément dure se pressait contre la douceur de son ventre, et il repensa aux fois et aux endroits où rien n'aurait jamais dû se produire.

Mais putain, il les revivait bien trop souvent.

Contrôle-toi. Reprends ton sang-froid, imbécile.

Il l'attrapa par les épaules et l'immobilisa, peau contre peau, chaleur contre chaleur. C'était une torture de la plus délectable variété. Surtout quand elle le regardait fixement avec cette touche de défi et de bravade qui le provoquait.

— T'avoir en dessous moi, ce serait une sacrée soirée parfaite. Tu n'as qu'un mot à dire, et je ferai en sorte que ça arrive, dit Tucker en laissant traîner le dos de sa main lentement sur sa joue, puis il dessina le contour de ses lèvres charnues du bout du doigt. Seulement, tu ferais mieux d'espérer que personne de ta famille ne se mette dans la tête de passer, parce que je ne vais pas leur mentir en les regardant dans les yeux si nous sommes surpris à enflammer les draps. On ne garde plus secret ce qu'il y a entre nous.

Le soupir qui échappa à Ginny fit trembler tout son corps, mais elle recula et le laissa passer.

— Tu es méchant, se plaignit-elle.

— C'est toi qui as insisté légitimement sur le fait que tout ce que nous faisions était nos affaires et celles de personne d'autre, lui rappela-t-il. Mais les secrets ne restent pas secrets si nous sommes surpris en flagrant délit.

— Tu as raison. Et aussi, arrête de te la péter avec ton fichu intellect.

Mais elle ricana, le regard toujours fermement rivé sur lui alors qu'il enfilait un vieux jogging qui lui servirait de pantalon de pyjama.

— Tu présentes bien, Tucker.

Il renifla moqueusement.

— Arrête de chosifier mon cerveau.

— Ha. C'est la moindre de tes ressources, inutile de spéculer.

— Tu profites de *The Full Monty* ?

Elle laissa échapper un soupir mélancolique.

— À chaque fois, putain.

Ils se sourirent, et quand il ouvrit grand les bras, elle y plongea, et cette fois elle poussa un cri perçant comme une petite fille. Le contact n'était pas sexuel mais de retour sur la piste des *amis* et de la *famille*, et exactement là où ils devaient être.

Exactement là où ils devaient être, ce que Tucker détestait.

La seule bonne chose dans tout ça, c'était d'être plus proche que jamais auparavant, d'arrêter cette mascarade par laquelle il leur était impossible, à Ginny et lui, de partager autre chose qu'un plaisir clandestin. Il avait besoin d'un peu plus de temps pour actualiser son grand projet avant de dire quoi que ce soit.

Inutile de se précipiter avant qu'il n'ait tout agencé correctement.

Ginny posa la tête sur son torse.

— Tu m'as manqué. *Nullos.* Tu es nul pour garder le contact.

— Moi ? C'est toi qui étais de l'autre côté de la planète. Je n'allais pas me prendre la tête avec les décalages horaires et toutes ces histoires.

Elle l'étreignit de nouveau puis s'assit sur la chaise contre le mur.

— Qu'est-ce que tu fais ici ? Et je ne parle pas du van, mais du ranch ?

— Un foirage technologique.

Il s'installa en face d'elle, tendant la main dans son sac de sport pour en sortir un sweat-shirt. Il continua tout en l'enfilant :

— Oncle Ashton m'a envoyé un texto à trois heures du matin disant que je devais ramener mes fesses ici aussi vite que possible.

Ginny cligna des yeux sous l'effet de la surprise, son expression se mua immédiatement en inquiétude.

— Est-ce qu'il va bien ? Je ne l'ai pas vu dans la maison, mais ça ne sortait pas de l'ordinaire. Il est habituellement dans le coin le jour de Noël, pas la veille.

— Il va bien, lui assura Tucker. Enfin, un peu moins bien après que je lui ai crié dessus.

Cela avait été un truc très étrange. Le téléphone de Tucker se coupait entre minuit et cinq heures du matin sauf pour les numéros d'urgence, et son oncle était une des rares personnes qui pouvaient le joindre quoi qu'il arrive.

Ginny aussi en faisait partie, mais il n'allait pas lui dire ça à ce moment-là.

— J'ai essayé de le rappeler, mais pas de réponse. Après une demi-heure à glander, je me suis dit que je pouvais aussi bien prendre la route. J'ai attendu qu'il soit six heures ici pour contacter Luke, ce qui signifiait que j'avais presque quatre heures de conduite derrière moi.

— Tu as fait tout le trajet depuis Winnipeg depuis ce matin ? demanda Ginny en secouant la tête. Putain, je suis désolée de t'avoir réveillé. Je déteste conduire plus de trois heures, et tu en as fait plus de treize.

— Les routes étaient bonnes, alors je suis arrivé un peu plus vite que ça, répondit-il d'un air sérieux. Nous n'avons pas besoin de dire ça à mon oncle.

— Où est Ashton ?

— Il va bien. Luke n'arrivait pas à le trouver au début, et il ne répondait pas à son téléphone. Il s'est finalement pointé après le déjeuner, et Luke m'a dit qu'il était totalement surpris d'entendre que j'étais en route. Il jure qu'il ne m'a jamais envoyé de texto.

Ginny sortit un pull de son sac à dos et le posa sur ses épaules.

— Eh bien, je suis contente qu'il aille bien, mais c'est bizarre.

— Très. Mais puisque j'étais presque arrivé, Ashton m'a dit de venir pour les fêtes.

— J'espère que tu n'auras pas besoin de faire demi-tour dans quelques jours.

Il l'avait déjà fait, mais pouvoir profiter d'un séjour prolongé était bien pour de nombreuses raisons.

— J'ai contacté mon patron pendant que je conduisais. Les Écuries J&R m'ont donné deux semaines de congé. Il m'a dit que de toute façon ils avaient décidé de tourner avec du personnel réduit puisqu'ils avaient besoin de faire des travaux avant que les clients ne puissent revenir. Ils ont des problèmes d'électricité, alors c'est probablement pour le mieux.

— Eh bien, c'est une bonne nouvelle, dit-elle en se couvrant la bouche, dont un bâillement s'échappa tout de même. Je suis désolée. Je me plaindrais bien que ça a été une longue journée, mais la mienne était loin d'être aussi pesante que la tienne.

— Ce n'est pas un concours, répondit Tucker d'une voix traînante.

— Ha. Dis ça à Luke.

Ce déclencha en lui une chatouille de bonheur. Après tant d'étés passés ensemble, Luke était un très, très bon ami, mais ils avaient tendance à faire ressortir leur nature compétitive.

Les yeux de Ginny s'illuminèrent.

— Je suis contente que tu sois là. C'est comme des retrouvailles estivales, sauf qu'on est au milieu de l'hiver. Sans protection solaire.

Il fit un geste vers la chambre.

— Tu as besoin de sommeil. Tu es moins cohérente que d'habitude.

Ginny marqua une pause.

— Je croyais que tu ne voulais pas qu'on se fasse surprendre dans le même lit ?

— Ce ne sera pas le cas. Tu vas prendre le lit, et je dormirai ici.

— C'est idiot, affirma Ginny en se levant, tendant la main vers son manteau. Je vais trouver un autre van dans lequel dormir.

— C'est idiot, répéta-t-il. Celui-ci est chauffé, ce qui a pris un demi-siècle, d'ailleurs. Il fait sacrément froid dehors, et c'est une perte de temps. Tu prends le lit, moi je reste là. Et tout ira bien quand quelqu'un se faufilera demain matin pour te surprendre.

Ginny rejeta cette idée.

— Ils seront trop occupés à fixer le sapin de Noël et à s'empiffrer des brioches à la cannelle de Tamara pour se demander où je suis.

Elle essaya d'étouffer un autre bâillement.

Exaspéré, et approchant de ses limites, Tucker l'attrapa par les épaules et la fit reculer dans la chambre.

— Va dormir. Tu auras largement le temps de me tourmenter dans les jours à venir.

— Tu devrais prendre le lit, dit-elle, mais quand il la foudroya du regard, elle jeta son pull et s'allongea sur le matelas.

Tucker regardait ses fesses. Il n'y avait aucun moyen humain de résister.

Sa tête toucha l'oreiller et elle tira en vain sur les draps. Il abandonna et l'aida, la bordant. Évitant tout contact accidentel avec des zones sensibles – il était prêt pour une fichue canonisation après ça.

Les yeux de Ginny s'ouvrirent à demi alors qu'elle s'humectait les lèvres.

— Tu es gentil. Tu sais, tu aimes agir comme un mec grognon et dur, mais en fait, tu es un vrai cœur tendre.

— Tais-toi, dit-il en riant, s'agenouillant sur le lit près d'elle pour pouvoir se rapprocher et déposer un baiser sur son front. On ne balance pas les secrets, tu te rappelles ?

— D'accord, dit-elle en le regardant avec ses grands yeux. Tucker ?

— Oui ?

Il ne se donnerait pas la peine de se faire un lit. Il coucherait simplement par terre.

— Pendant que tu seras là, on pourra coucher ensemble ?

Il jura doucement, instantanément excité.

Un rire s'éleva alors qu'elle s'étirait paresseusement, ses seins soulevant dangereusement la couverture.

— Je ne dirai rien. Cela restera aussi notre petit secret.

— Endors-toi, femme maléfique.

— Ce n'était pas un non, signala-t-elle, les mots disparaissant sur une douce expiration.

Tucker ferma résolument la porte entre eux. Il lança la

couette sur le sol et s'écroula dessus. Entre la conduite et le démon femelle profondément endormi à moins de trois mètres de lui, il était plus qu'épuisé.

Il était aussi fichu, parce qu'elle avait raison. Il ne lui avait pas dit non. En fait, à la première occasion, toutes les vilaines choses qu'ils pouvaient imaginer seraient totalement au menu.

Garder des secrets pourrait finir par lui coûter cher, mais il aurait traversé l'enfer pour goûter de nouveau à Ginny Stone.

À DEUX DOIGTS de se réveiller, Ginny se pelotonnait plus profondément dans la chaleur agréable autour d'elle quand la porte du van s'ouvrit. Le faible crissement métallique des gonds qui protestaient contre le froid était assez fort pour passer le mince panneau de la porte de la chambre.

La voix de son frère Luke résonna un instant plus tard.

— Tucker ? Qu'est-ce que tu fiches par terre ? Est-ce que quelque chose ne va pas avec le lit ?

Un grondement bas s'éleva de Tucker.

— Ferme la porte. Tu laisses sortir toute la chaleur.

— Tu devais être éclaté hier soir, dit Luke avec un petit rire. Tu as oublié à quoi ressemble un lit ?

Ginny quitta précipitamment le matelas et s'avança vers la porte. Elle l'ouvrit brusquement avant que Tucker ne puisse répondre.

Le regard de Luke fila vers elle, ses yeux s'écarquillèrent pendant une seconde avant qu'il ne plaque une main devant son visage comme pour bloquer une vision dangereuse.

— Putain Ginny, tu es indécente. Enfile des vêtements avant que je ne devienne aveugle.

Elle croisa les bras sur sa poitrine.

— Grandis un peu. Je suis plus que correctement couverte. De plus, ce ne sont que des nichons.

— Ce sont les nichons de ma *sœur*, ce qui signifie que je ne veux pas les voir, corrigea Luke avant d'agiter une main vers Tucker. *Il* ne veut pas les voir.

Oh, comme Ginny avait envie de rétorquer à ce moment-là !

Heureusement, avant qu'elle ne puisse mettre les pieds dans le plat, Luke se réveilla assez pour capter le vrai problème.

Son regard alla de l'un à l'autre, puis il enguirlanda Ginny.

— Qu'est-ce que tu fais ici ? C'est le van de Tucker.

Tucker était debout, le torse délicieusement nu avec le bas de son jogging que retenaient à peine à ses hanches minces.

— Tamara n'a jamais su que j'étais là, alors elle a envoyé Ginny là aussi. C'est bon.

— Putain, désolé que tu aies dû dormir par terre, s'excusa Luke en regardant Ginny qui avait cédé et enfilait un pull et un jogging pour apaiser sa mortification. Ginny, je n'arrive pas à croire que tu ne l'aies pas laissé dormir dans le lit après le trajet qu'il venait de faire.

— Je lui ai proposé, dit Ginny d'un ton pince-sans-rire, totalement amusée. Il a décliné.

Les yeux de Tucker brillèrent en guise d'avertissement, mais ses lèvres tressaillirent devant la vérité absolue qu'elle venait d'exposer.

Luke ne semblait pas savoir que son meilleur ami et sa petite sœur étaient des adultes, parce qu'il continua gaiement, toute trace de sous-entendu sexuel ignorée.

— Si tu es assez réveillé pour manger, nous faisons un brunch chez nous à onze heures. Viens quand tu seras prêt et je te donnerai d'abord du café.

Tucker s'étira, faisant dangereusement onduler ses muscles. Ginny ne pouvait pas en détacher les yeux.

— Le café, c'est bien. Un café que je n'aie pas à préparer, c'est encore mieux, déclara Tucker en hochant la tête solennellement. Donne-moi quelques minutes, et j'arrive.

Luke lança un coup d'œil prudent à Ginny comme s'il craignait qu'elle ait retiré une épaisseur.

— Toi aussi, je suppose. Ou tu pourrais aller dans la maison principale et aller voir Caleb et les filles. Un peu comme au bon vieux temps.

C'était une question à laquelle Ginny avait beaucoup réfléchi et dont elle avait discuté avec sa sœur adoptive et meilleure amie, Dare. Les six derniers mois lui avaient donné le temps d'envisager la bonne manière de procéder.

— Non. Ils développent de nouvelles traditions familiales, et même si j'ai hâte de passer plus de temps avec eux, je ne vais pas me mêler de ça. Toi et Kelli, vous êtes coincés avec moi, je vais m'incruster chez vous.

Luke eut l'air pensif pendant un instant, puis il inclina le menton.

— Oui, tu as probablement raison. Viens, alors, et je te présenterai à Diane et Jack. Je crois que tu ne les as pas encore rencontrés.

— Pas en personne, confirma Ginny aussi joyeusement que possible en évitant de trop en faire.

— Tu vas te régaler. Ce sont des gens bien.

Luke donna une tape sur l'épaule de Tucker puis passa la porte, sifflant joyeusement.

Ginny laissa échapper un lent soupir avant de remarquer le regard de Tucker sur elle. Son expression était loin d'être sa préférée, pleine de chaleur ardente. Non, celle-là lui faisait bien plus penser à un super détective qui était déterminé à aller au fond de tous ses secrets.

— Quoi ? demanda-t-elle.

Il resta silencieux un instant, puis haussa les épaules.

— Ça vient juste de me frapper, à quel point ce doit être étrange pour toi de revenir et de te demander quelle est ta place.

Elle devait être bouche bée.

— Ton commentaire est tombé presque dans le mille.

Un sourire ironique plissa les lèvres de Tucker.

— J'ai été à ta place. C'est la sensation à laquelle je faisais face chaque année, en venant séjourner ici pour l'été. Je passais l'année entière à rêvasser sur tout ce qu'on allait faire pour s'amuser, avec Luke, et Walker également, expliqua-t-il, ses lèvres tressaillant. Avec Dare et toi, quand vous n'étiez pas d'agaçantes petites morveuses.

Ginny leva une main.

— Coupable.

Il hocha lentement la tête.

— À la vérité, je revenais toujours et je m'attendais à ce que les choses aient changé. Que Luke ait un nouveau meilleur ami, ou que je ne me sente pas le bienvenu de la même manière.

Il s'avança vers elle, passa les doigts sous son menton, et leva son visage vers lui.

— Tu sais quoi ? demanda-t-il.

Elle secoua la tête, la chaleur de ses doigts caressant sa peau de façon bien trop séduisante.

— Ça n'est jamais arrivé. Pas une fois durant toutes ces années je ne me suis senti rejeté ou exclu.

Il se rapprocha, et pendant une seconde, elle crut qu'il allait peut-être l'embrasser.

À la place, il lui offrit un de ses rares sourires véritables.

— Ça ira, chérie. Fais-moi confiance. Fais-*leur* confiance. C'est ta famille, et tout se passera bien.

C'était ce qu'elle avait espéré et ce dont elle avait rêvé pendant tout le temps où elle avait été absente.

Elle posa une main sur le torse de Tucker, parce qu'être aussi près de lui sans le toucher était impossible. Les battements réguliers de son cœur sous sa paume lui offraient un équilibre et de la force.

— Je l'espère.

— Je le sais, corrigea-t-il avant d'incliner la tête vers la chambre. Maintenant, bouge-toi les fesses et habille-toi. J'ai besoin de café, en plus nous allons dévaliser le frigo de Luke. C'est n'importe quoi, ces bêtises de brunch à onze heures. Je suis un garçon en pleine croissance.

Cela ne répondait pas à toutes ses inquiétudes, mais c'étaient les propos rassurants dont elle avait besoin, en tout cas ici et maintenant.

La voix de sa mère résonna dans sa tête, même après toutes ces années. *Accomplis une chose après l'autre, ma puce. Parfois le chemin n'aura pas de sens avant que tu n'aies fait la suivante.*

Ginny attrapa son sac à dos et alla dans la chambre pour s'habiller. Quand elle sortit, Tucker l'attendait, les cheveux humides et fraîchement peignés.

— La salle de bains est à toi.

Il tourna le dos et commença à ranger les affaires dans son sac de sport.

Elle se lava rapidement, ce qui signifiait que, quelques minutes plus tard, ils étaient dehors dans la journée hivernale de Noël.

Le trajet jusqu'à la maison de Luke depuis le van, qui se trouvait sur le côté opposé des écuries, leur fit largement contourner le manège principal. Dans le froid du matin et sous le ciel dégagé, Ginny inspira profondément, profitant de l'air vif hivernal qui s'installait dans ses poumons.

— Il y a quelques autres changements cette fois, remarqua Tucker.

Il leva une main vers une toute nouvelle écurie avec un terrain d'entraînement attenant.

— Joli, ajouta-t-il.

Ginny était d'accord. C'était bien de voir Silver Stone continuer à se développer. Les chevaux constituaient une grande partie de l'activité, mais les élever ou les dresser n'avait jamais été un domaine auquel elle avait beaucoup contribué.

Elle lança un coup d'œil vers la serre démesurée nichée à

l'ouest de la maison principale et se promit de l'examiner attentivement plus tard ce jour-là. Pour l'instant, il y avait plein d'autres choses dont elle voulait entendre parler.

— Et toi ? demanda-t-elle. Quels sont les changements de ton côté ? Aux dernières nouvelles, tu travaillais avec la société de ventes aux enchères de pur-sang à Winnipeg.

Il claqua la langue.

— Ginny, il y a au moins trois mises à jour à faire. Maintenant, je travaille dans une des écuries à la périphérie de la ville. Ça me donne une expérience différente, et c'est une exploitation très réputée.

— Tu les aides à prendre soin des chevaux que les gens mettent à l'écurie là-bas ?

— Et je donne des cours. De temps en temps, nous avons eu l'occasion de faire quelques dressages sérieux avec des animaux qui réclament un peu plus d'attention avant de devenir de bonnes montures, expliqua-t-il en continuant à regarder autour de lui alors qu'ils marchaient. Chaque endroit où j'ai travaillé est comme une petite pièce du puzzle de cet endroit.

— Tu devrais vraiment travailler ici, dit Ginny. Je ne sais pas pourquoi tu n'as jamais postulé.

L'expression de Tucker devint solennelle. Il secoua la tête.

— Le timing n'obéit pas toujours à nos désirs.

Ils marchèrent en silence sur le reste du trajet, puis Tucker lui fit signe de passer devant lui pour monter les marches menant à un porche en bois devant la maison de Luke.

— Les dames d'abord.

— Tu veux simplement regarder mon popotin, murmura-t-elle doucement alors qu'elle passait devant lui.

Le toussotement qui échappa à Tucker fut une récompense en soi.

3

Tucker était en territoire dangereux et détestait ça de toutes ses forces. Non seulement il devait être prudent parce que Ginny semblait prête à n'importe quelle espièglerie, mais il devait l'admettre, il était inquiet.

Comme il l'avait avoué à la jeune femme plus tôt, une partie de lui avait de nouveau douze ans, incertaine de la place qu'il occupait à Silver Stone. La sensation avait empiré parce qu'il savait exactement à quoi il *voulait* que la réalité ressemble.

Entrer dans le réconfort chaleureux de la maison tentaculaire du ranch lui donna à nouveau l'impression d'être déchiré entre le passé et le futur. L'odeur du café et de quelque chose de sucré et d'épicé flottait dans l'air.

Il aida automatiquement Ginny à enlever son manteau, l'accrochant sur la patère près de la porte.

Puis il marqua une pause parce qu'elle le regardait fixement, son expression flottant entre de l'amusement et un sourire parfaitement narquois.

— Quoi ?

Elle fit une petite révérence rapide.

— Merci d'être un gentleman.

Cela l'aurait enchantée qu'il roule des yeux, alors à la place il l'attrapa par les épaules et la poussa dans la pièce principale.

— D'abord, du café. Tu es trop difficile à interpréter quand je manque de caféine.

— Pauvre bébé, ronronna-t-elle. Tu sais quoi, je vais te trouver ce café, toi, tu dévalises le frigo. Luke ne sera pas aussi grincheux si c'est toi qui fouilles là-dedans.

— D'accord.

Leur entrée dans la maison avait enfin été remarquée. Luke et son épouse Kelli étaient assis sur un canapé très vaste mais qui avait l'air ancien. En face d'eux, sur un canapé tout aussi énorme et légèrement plus récent, se trouvait un couple élégamment habillé et très attirant.

— Tucker, appela Luke en se levant pour lui faire signe de s'approcher. Viens faire la connaissance de tout le monde.

L'homme à la peau brune sur le canapé se leva également, lui tendant la main.

— Joyeux Noël. Je suis Jack Emmet. Voici mon épouse, Diane Jakarta.

— Joyeux Noël à vous deux. J'ai beaucoup entendu parler de vous, dit Tucker en serrant la main de Jack puis faisant de même avec Diane.

La magnifique femme noire portait la masse de ses cheveux frisés nattés en un réseau complexe et rassemblés en une abondante cascade sur son épaule droite.

— Vous devez avoir un extraordinaire sens de l'humour si vous traînez avec ce gars depuis un certain temps et que vous l'appréciez encore, dit-il en pointant Luke du pouce.

— Chéri, Luke et Kelli sont deux de nos personnes préférées, dit Diane.

Sa voix avait la douceur d'un miel du Sud.

— Et à la manière dont il parle de vous, vous êtes une de *ses* personnes préférées, continua-t-elle.

— C'est parce qu'actuellement il me devance dans notre

compétition estivale annuelle de *qui est meilleur que l'autre*, dit Tucker d'un ton conspirateur. Mais je compte changer ça très vite.

— Tu m'as aussi défoncé la dernière fois que nous nous sommes battus, lui rappela Luke, mais je ne suis pas rancunier. Pas trop.

— Ce n'est pas ce que j'ai entendu dire... répliqua Tucker avant de se racler la gorge et de regarder le sapin. Oh, regardez. Des décorations.

Ils riaient encore alors que Tucker se tournait vers Kelli, qui avait bondi sur ses pieds et s'approchait maintenant avec un grand sourire. Il la connaissait également depuis très long-temps. La seule femme parmi les ouvriers du ranch de Silver Stone, et s'il se rappelait correctement, elle était là depuis l'été où il avait eu dix-neuf ans. Elle n'était désormais plus ouvrière de ranch, mais mariée à l'homme que Tucker considérait toujours comme son meilleur ami, et dont le changement de statut l'amusait.

— Kelli James... Excuse-moi, Kelli *Stone*. Félicitations et, putain, tu as toujours su comment choisir le meilleur !

Elle l'étreignit étroitement, lui tapotant le dos avec enthousiasme.

— Tu nous as manqué, se plaignit-elle alors qu'elle reculait en lui lançant un regard noir inhabituel. Le premier été où tu ne t'es pas pointé, je me suis retrouvée coincée avec l'essentiel de tes corvées pourries.

— Désolé pour ça. J'avais beau adorer venir ici, la réalité d'un travail à plein temps a surgi.

Il y avait eu plus en jeu que ça, mais cette réponse suffisait pour l'instant. Il lança un coup d'œil sur le côté, cherchant Ginny.

Cette fichue femme était dans la cuisine.

— Hé, Ginny ! Viens dire bonjour à nos amis, ordonna Luke.

— J'arrive. Il faut juste que je me réveille un peu.

Elle attrapa deux mugs et s'avança hardiment vers eux en en tendant un à Tucker avant de poser le sien sur le bar latéral et de suivre la routine des salutations.

— C'est vraiment agréable de vous rencontrer enfin, dit-elle sincèrement à Jack et Diane.

— Vous aussi, répondit Jack en se renfonçant sur le canapé, le bras enroulé autour des épaules de Diane.

Kelli vibrait pratiquement d'excitation.

— Je sais que j'ai pu te serrer dans mes bras hier soir, mais ça n'a pas suffi. En plus, j'ai envie de répéter un peu ce qu'Emma a dit et de déclarer que tu n'es pas autorisée à jamais repartir. Tu m'as manqué, copine.

— Tu m'as manqué aussi, acquiesça Ginny en la serrant contre elle.

Tucker était le seul dans la pièce à pouvoir voir le visage de Ginny, la lente inspiration qu'elle prit, et la manière dont ses yeux se fermèrent intensément. Son expression était teintée de tellement de tristesse – ce qui semblait étrange, associé avec ce que les deux femmes avaient toutes deux déclaré être un heureux événement.

Il chassa sa curiosité, attendant que Ginny soit libre pour lui faire signe d'aller vers le seul autre fauteuil des sièges disposés en U.

— Assieds-toi. Je vais nous chercher à manger.

— Je peux attendre, répliqua Ginny. Assieds-toi.

Rien n'était jamais simple avec cette femme. Cependant, il n'allait pas commencer à protester devant les amis très classe de Luke. Tucker posa ses fesses dans le fauteuil géant.

Puis il se retint tout juste de recracher son café quand Ginny s'installa sur l'accoudoir surdimensionné, la hanche contre son torse.

— Combien de temps allez-vous rester ? demanda Ginny à Diane.

— Deux semaines, répondit Diane en lançant un coup d'œil par la fenêtre et en frissonnant de manière visible. Ce qui montre à quel point je vous adore, parce qu'il y a *de la neige* sur le sol.

— N'est-ce pas ? Qu'est-ce que c'est que ça ? demanda Jack, sérieusement pince-sans-rire. De la neige en Alberta en décembre ! Qui l'aurait cru ?

Diane rit, mais elle donna un petit coup sur son épaule.

— Arrête.

Ginny croisa les jambes, ce qui pressa un peu plus étroitement sa hanche contre les côtes de Tucker. Il ne se remettait pas de l'indifférence dont Luke et Kelli faisaient preuve alors que Ginny était à quelques centimètres d'être assise sur ses genoux.

Il se concentra pour garder une prise ferme pendant qu'il prenait une gorgée.

— C'est une bague très brillante, commenta Ginny. Il me semble me souvenir que Luke m'a dit que vous n'étiez pas mariés, alors le « M. et Mme » doit être un ajout récent.

— Oui. Brillante et toute neuve, répondit Jack en resserrant son étreinte autour des épaules de Diane, avant de désigner Luke et Kelli. Je me suis inspiré d'eux et j'ai enfin réussi à convaincre ma femme de nous marier en toute discrétion.

Diane se pelotonna contre lui, et appuya sa main gauche contre son torse. Les diamants brillaient assez pour aveugler.

— Il m'a fait la surprise en venant ici. Nous nous sommes arrêtés dans cette mignonne petite chapelle avant même d'arriver à l'aéroport. L'instant d'après, nous avions dit « je le veux », et l'affaire était faite.

Kelli ricana légèrement.

— Pour ainsi dire.

Diana agita un doigt.

— Tu es une si vilaine fille !

Près de Kelli sur le canapé, Luke avait un large sourire.

— Je suis content que ça se soit bien passé pour vous. Vous n'avez aucune idée des problèmes que nous avons rencontrés quand nous avons décidé impulsivement d'organiser un mariage tout de suite.

— Vraiment ? fit Ginny en fronçant les sourcils. Qui vous a causé des problèmes ? Je croyais que c'était super romantique que vous ayez appelé M. Fields et ayez prononcé vos vœux près des Heart Falls ? Putain, vous aviez même des chevaux sauvages comme témoins.

— Ça faisait partie du problème, répondit Kelli en fronçant le nez. Aucun d'eux n'a apposé sa signature. Nous avons dû recommencer une petite cérémonie, juste pour que tout soit légal.

— O.K., c'est logique. Le gouvernement provoque toujours des problèmes, déclara Ginny en croisant les bras sur sa poitrine tout en tenant son mug dans le creux de sa main libre. Je pensais que peut-être quelqu'un dans la famille éloignée vous avait embêtés, ce qui aurait été mal accueilli.

— Tout s'est arrangé au final, lui assura Kelli. Pour moi, nos vrais vœux ce sont ceux prononcés près de la chute d'eau.

— Souviens-toi, nous ne t'avions pas pour nous défendre, la taquina Luke. Ça signifie que nous avons dû suivre les règles.

Si Ginny n'avait pas été assise sur l'accoudoir de son fauteuil, Tucker ne l'aurait même pas remarqué. Mais avec son corps au contact du sien, le très léger raidissement de sa colonne vertébrale fut aussi bruyant qu'un cri.

Jack reporta toute son attention sur Tucker.

— Luke nous a parlé de votre virée sauvage pour arriver ici. Nous avons toujours apprécié de passer du temps avec Ashton quand nous venons ici. Est-ce que votre oncle va bien ?

Ça, il pouvait facilement y répondre.

— En dehors du fait qu'il n'a pas la moindre idée de la raison pour laquelle il y a un message sur mon téléphone qui n'est pas dans le sien, il va bien. Nous avons passé l'après-midi d'hier à échanger des nouvelles. Je ne sais pas d'où il tient son énergie, mais j'espère vraiment que c'est de famille. Je veux crapahuter dans tous les sens quand j'aurai soixante ans. En dépit des mystérieux textos au milieu de la nuit.

— Il a de la chance de vous avoir, dit Diane doucement. C'est bon de savoir qu'on a de la famille prête à venir vous soutenir sans hésiter.

— Oui, m'dame. C'est le meilleur genre de famille, acquiesça Tucker.

Ce n'était pas son imagination. Ginny était de plus en plus mal à l'aise, perchée sur l'accoudoir de son fauteuil. Pendant qu'il répondait à des questions sur son travail dans les écuries et écoutait leurs projets pour les deux prochaines semaines, il se demanda ce qui se passait.

Cela devait faire partie de ce truc dont ils avaient parlé. De trouver où était leur place. Ils avaient tous les deux été absents pendant longtemps, mais même si cet endroit avait été important pour lui en grandissant, c'était le foyer de Ginny.

Il laissa la discussion tourbillonner autour de lui jusqu'à ce que son estomac proteste assez bruyamment pour qu'ils l'entendent tous, et, suivi par des éclats de rire, il alla dans la cuisine pour manger un morceau.

Il avait du temps. Deux semaines… même s'il lui semblait qu'il ne pourrait pas passer autant de temps avec Luke qu'il l'avait espéré, puisque son ami et Kelli devaient s'occuper de leurs invités.

Malgré tout, Tucker était à Silver Stone. D'une manière ou d'une autre, cela améliorait les choses. Quand Ginny se faufila à côté de lui, volant un muffin sur son assiette, il décida que ce serait sympa de profiter de son temps avec les personnes disponibles.

~

GINNY PRIT CONGÉ dès que la vaisselle du brunch fut lavée.

— Je vais vers la maison principale.

— Nous serons là pour le dîner, promit Kelli avant de secouer la tête vers Diane. C'est étrange de prévoir de vous laisser seuls ici.

— Mon amie, Jack et moi qui pouvons partager un dîner de Noël simple, tout seuls ? C'est un des meilleurs cadeaux que vous pouviez nous offrir, insista Diane avant de prendre l'air légèrement penaud. Et par « simple », je veux dire que nous avons tout acheté préemballé et préparé, alors avant de partir, montre-moi comment utiliser ton four.

Les rires continuèrent à résonner derrière elle alors que Ginny s'en allait à grands pas dehors sur le chemin menant au bord du Big Sky Lake.

Elle marcha moins d'une minute avant de se rendre compte que la neige crissant sous ses pieds semblait exceptionnellement bruyante, ce qui lui fit jeter un coup d'œil derrière elle.

— Qu'est-ce que tu fais ? demanda-t-elle à Tucker, qui suivait ses traces.

Il haussa les épaules et la rattrapa.

— Je n'en suis pas sûr. Je voulais juste leur donner un peu de temps ensemble.

Ils marchèrent silencieusement un moment. La démangeaison sur sa nuque continuait de grandir. Ginny détestait vraiment cette sensation.

Et puis zut ! Elle avait besoin d'une remise à zéro mentale.

La vérité était qu'elle avait passé les trois dernières années à faire face à ses peurs et à accomplir une chose après l'autre. Des choses simples comme gérer des problèmes de langue, ou de plus difficiles comme se pointer dans des fermes reculées pour des boulots qui n'étaient pas ce qu'ils étaient censés être.

Être mal à l'aise et incertaine avait fait partie intégrante de sa vie pendant longtemps. Elle devait utiliser cela à son avantage. Oui, le ranch était peut-être son foyer, mais c'était pratiquement un pays étranger en cet instant.

Elle savait mieux comment gérer de nouveaux lieux que le nœud présent dans ses tripes ne l'annonçait.

L'autre sujet qui lui mettait le sang en ébullition pouvait être écarté un peu plus longtemps.

Impulsivement, elle se cogna contre Tucker.

— Tu veux faire quelque chose d'amusant ?

Son expression sévère était revenue, mais une touche d'intérêt la nuançait.

— Oserais-je poser la question ?

Oh, elle n'avait même pas pensé à *ce* genre d'amusement-là. Ce qui était vraiment une honte étant donné qu'elle était sérieuse quand elle lui avait posé la question la veille. À un certain stade, elle espérait que le sexe serait une option.

— Rien de pervers.

Le visage de Tucker se détendit légèrement.

— Pour l'instant, ajouta-t-elle.

Le soupir exaspéré de Tucker était délicieux.

— Ginny.

— Allons voir Dustin. S'il n'est pas là, allons voir ton oncle.

— Et s'il n'est pas là ?

Elle leva les mains au ciel.

— Toi et tes fichus programmes. Si nous ne pouvons trouver aucun d'eux, nous irons voir les chatons dans l'écurie. Parce qu'il y a *toujours* des chatons dans l'écurie.

Il se tenait là, les mains enfoncées dans ses poches et une expression pensive sur son visage solennel.

— Évitons Dustin pour l'instant. Il a un ami qui lui rend visite. Je sais que tu veux voir mon oncle, mais j'ai passé quatre heures avec lui hier.

— Alors les chatons ? demanda-t-elle joyeusement.

Il opina du chef.

— Les chatons.

Grimpant dans le fenil par l'échelle usée et lisse sous ses doigts, Ginny prit son temps. Elle savoura la sensation, parce que c'était un de ses plus anciens souvenirs. La douce odeur du foin, une touche de chatouillis à l'arrière de son nez à cause de la poussière omniprésente. La piqûre vive à travers son jean alors qu'elle rampait à quatre pattes vers un des nids préférés à travers les années.

— Bingo.

La voix profonde de Tucker résonna presque à son oreille alors que son corps puissant était à quelques centimètres et se rapprochait pour regarder dans le creux entre les ballots.

— Oh, c'est un joli groupe, ajouta-t-il.

Ginny ignora l'envie de rouler sous lui, à la place elle regarda dans l'espace empli des miaous aigus des chatons.

— Waouh. Marron avec de petites pattes blanches, la portée tout entière. Ils ont l'air d'avoir enfilé des bottes de neige.

La maman chat les regardait avec méfiance alors que les chatons étaient alignés le long de son ventre en ribambelle et qu'ils se nourrissaient goulûment.

— N'y touchons pas, dit Ginny doucement. Cette maman a l'air extra-protectrice.

Tucker ne dit rien. Il s'allongea simplement sur le ventre avec les bras croisés pour pouvoir poser le menton sur ses mains et fixer les petites créatures poilues.

D'accord. Ginny l'imita, s'étirant à côté de lui. Leurs respirations ralentirent, et la magie de l'écurie s'empara d'elle.

Elle était rentrée depuis moins de vingt-quatre heures. Cela prendrait du temps pour se sentir de nouveau à l'aise. Elle ne pouvait pas faire semblant de n'être jamais partie – et ne l'aurait pas voulu, parce qu'elle *avait* appris un tas de choses fascinantes pendant qu'elle avait été absente. Trop de leçons qu'elle voulait un jour partager avec les gens importants pour elle.

Mais elle ne pouvait pas non plus prétendre que le monde n'avait pas changé pendant son absence. Elle devait l'accepter.

Des voix résonnèrent, et elle se releva. Elle atteignit la balustrade et baissa les yeux juste à temps pour voir la famille de Caleb arriver dans l'écurie. Suivie par...

— Walker. Et Ivy. Oh mon Dieu ! Préparez-vous, lança-t-elle en avertissement.

Aussi tentant qu'il soit d'utiliser l'ancienne méthode de Kelli et de s'élancer du grenier pour atteindre plus vite le sol, Ginny était plus à l'aise en sentant le sol sous ses pieds. Cela ne lui prit que quelques secondes avant de se jeter dans les bras de Walker.

Son chapeau s'envola alors qu'il la faisait tourner sur elle-même, la serrant fort.

— Morveuse. Tu m'as manqué.

— Ça semble être le thème de la journée, dit Ginny aussi joyeusement que possible. Je suis contente d'être rentrée.

Il saisit son message muet parce qu'il lui tapota encore le dos avant de la libérer.

— Tu viendras nous rendre visite cette semaine ? demanda Ivy.

Ginny avait plein de souvenirs d'adolescence de la femme discrète qui était maintenant sa belle-sœur. Ivy avait toujours l'air fragile, avec ses cheveux d'un blond argenté et son ossature fine, pourtant étrangement elle semblait bien plus forte qu'avant.

— Ça me plairait beaucoup, répondit Ginny honnêtement avant d'étreindre Ivy avec un peu moins d'exubérance que Walker en tentant de ne pas briser cette femme en deux.

— Nous allons faire du cheval, dit Emma alors qu'elle tirait sur la manche de Ginny. Toi aussi ?

— Bien sûr. Nous n'allons pas très loin, n'est-ce pas ? demanda Ginny en vérifiant sa montre. Tu n'as pas une amie qui doit passer ?

Les yeux d'Emma s'écarquillèrent, et elle hocha vigoureuse-ment la tête.

— Papounet a dit que nous monterions dans le manège jusqu'à ce que Talia reparte.

— Waouh, c'est une bonne idée.

Caleb passa tranquillement, émettant un petit rire, la selle hissée sur son épaule.

— Tu n'as pas besoin de dire ça comme si c'était une surprise inédite. J'en ai de temps en temps, tu sais.

— Chut, répondit Ginny en faisant semblant de chuchoter. On crée des liens entre filles. Ne nous interromps pas.

Emma posa les mains sur sa bouche et rit doucement.

Un instant plus tard, Sasha était là également. Seulement, elle avait les poings sur les hanches et regardait Ginny avec méfiance.

— Maman a dit que les sorties entre filles étaient pour créer des liens, mais nous sommes trop petites pour y aller. Kelli dit qu'il faut fournir du travail avant de pouvoir s'amuser.

Certaines choses ne changeraient jamais. Les citations de Kelli que Sasha ressortait existaient encore et restaient hilarantes.

— Tu as raison, et Kelli a raison. Mais créer des liens entre filles n'est pas *réservé* aux adultes. Il s'agit aussi de passer du temps spécialement avec des gens, et cela signifie qu'à n'importe quel âge ça compte.

Sasha y réfléchit un instant.

— Alors aujourd'hui est un jour spécial parce que Talia vient nous rendre visite.

— Oui.

Mais une autre vague idée se faufila.

Ginny mit de côté cette pensée pour un autre moment, parce qu'entre les visites d'une amie pour un anniversaire et les cadeaux de Noël, les filles avaient probablement assez d'excitation pour les faire bondir pendant les prochaines quarante-huit heures.

Peu de temps après, l'essentiel de la famille était à cheval, discutant tranquillement tandis que les bêtes avançaient lentement le long de la clôture. Deux par deux, se mélangeant et s'associant à tour de rôle.

Quand l'amie d'Emma arriva avec son père et la bonne amie de celui-ci, Ginny s'écarta pour observer un peu plus attentivement.

Son regard alla infailliblement vers Tucker. Il ne montait pas mais se tenait près de l'écurie avec un pied sur le barreau du bas de la clôture, les bras posés sur celui du haut alors qu'il discutait avec Ivy.

Un autre souvenir fit surface. Tucker connaissait toute la famille Fields, dont Ivy, depuis longtemps. Il faisait vraiment partie intégrante de leur passé.

Le voir là semblait naturel, normal.

Quelque chose en elle désirait ardemment sa chaleur et ses mains talentueuses.

Comme si les grands esprits se rencontraient, le regard de Tucker dériva sur la droite et leurs yeux se croisèrent. Personne ne regardait, ce qui signifiait que Ginny n'avait pas à s'inquiéter de cacher ce qui bouillonnait en elle.

Deux semaines. Si c'était tout ce qu'elle avait, alors elle ferait de son mieux pour le convaincre qu'ils devaient tirer avantage de chaque occasion.

Des éclats de rire aigus s'élevèrent sur la gauche, et Ginny se hâta d'aller voir ce que ses nièces et leur amie traficotaient.

Toutes trois étaient dans l'enclos à chèvres, chacune coincée par une biquette en guise de garde du corps personnel.

Le reste de l'après-midi et le dîner passèrent extrêmement vite, jusqu'à ce que la famille Stone soit de nouveau rassemblée dans la maison principale du ranch. Les cadeaux sous le sapin, les nouveaux jouets et les petits bouts de papier cadeau du matin étaient déjà bien en évidence.

Mais l'instant présent était dédié à la famille au complet, et pendant qu'Ashton jouait de son violon et que Dustin dansait une gigue avec Sasha, Ginny se retrouva avec Tyler, dix-huit mois, dans les bras.

Le petit chenapan semblait fasciné par le collier qu'elle portait. Se penchant, il renifla la surface en céramique comme un chiot qui cherche son odeur. Parfois il babillait, tapotait la joue de Ginny de la main et attrapait les extrémités de ses cheveux. Mais c'était surtout le pendentif en céramique qu'elle portait qui l'hypnotisait.

— Quoi que tu aies là-dedans, j'en ai besoin d'une grande quantité, dit Tamara d'un ton pince-sans-rire. Je jurerais que pour Tyler c'est de l'herbe à chat. Habituellement, il râle à cette heure-ci, mais tu produis un effet magique sur lui.

— Je vais t'en trouver, promit Ginny. À base de plantes et sans risque pour les enfants et les animaux de compagnie... j'ai vérifié deux fois.

Tamara articula *merci,* puis se dirigea à côté du sapin où Caleb venait de se lever.

Le frère aîné de Ginny regarda lentement dans la pièce, vérifiant que tout le monde était présent. Emma et Sasha avaient été envoyées au sous-sol avec un nouveau film, donc seuls les adultes de la famille étaient là. Ainsi qu'Ashton et Tucker, bien sûr.

Caleb se racla la gorge.

— J'ai l'impression d'avoir fait une annonce comme celle-ci hier, mais Tamara m'a rappelé que cela fait au moins deux ans. J'ai des nouvelles sur l'état des finances de Silver Stone, et je veux que vous écoutiez tous attentivement.

4

———

C'est ce qu'on appelait être au mauvais endroit au mauvais moment. Tucker leva la main pour attirer l'attention de Caleb, puis fit un geste vers la porte.

— Je vais sortir.

Caleb lui fit signe de se rasseoir.

— Reste. Cela concerne Ashton, ce qui signifie qu'il aura besoin de toi pour échanger des idées, répondit-il, son expression se muant en demi-sourire. Il me semble me souvenir que tu étais là en quelques occasions assez capitales pour nous, les Stone. Tu mérites de profiter de celle-ci.

Tucker se réinstalla près de son oncle, les mains levées en signe d'accord.

Le frère aîné des Stone inspira profondément, croisant le regard de chacun de ses frères et sœur.

— Il y a quelques années, nous nous sommes retrouvés ainsi, essayant de trouver une liste de moyens pour sauver le ranch. Peut-être que nous n'étions pas tous là physiquement, mais ensemble, nous avons partagé des idées, chacun de nous. Parce que c'est comme ça que nous avions dit que nous ferions les choses. Depuis cette première réunion familiale après la mort de maman et papa, quand j'ai promis que nous resterions ensemble, comme une famille. Cela a été un sacré voyage, mais entre le dur travail et un peu de chance, nous sommes dans une toute nouvelle position maintenant.

Dustin fronça les sourcils.

— Je croyais que les finances allaient bien depuis que le programme de reproduction avait décollé.

— Ça a été un tournant, oui. Mais j'ai d'autres nouvelles pour vous.

Putain, il souriait carrément alors qu'il prenait la main de Tamara.

— Les droits relatifs au pétrole et au gaz viennent d'être obtenus. Le beau-frère de Tamara possède la société qui utilisera la concession, et il nous a généreusement octroyé une part des dividendes plus large que la normale.

Un chœur de questions résonna dans la pièce qui vibrait d'excitation.

— Nous avons trouvé du pétrole ? demanda Kelli. Je ne les ai vus forer nulle part.

— Parce que nous avons choisi des zones moins accessibles, donc moins visibles. Avec la nouvelle technologie que l'équipe de Finn utilise, c'est à notre avantage.

— Alors nous avons... du *pétrole* à Silver Stone ? demanda Ivy, qui était dans son coin comme d'habitude, mais ses yeux brillaient. Est-ce que le prix du pétrole n'est pas en baisse, et le coût de production en hausse ?

— La roue tourne, mais une partie de ces problèmes de prix provient des corporations qui veulent la part du lion, répondit Caleb en hochant la tête, mais son sourire resta ferme. C'est une bonne question, mais en bref, même sans cette découverte nous nous en sortions bien, mais maintenant nous avons une réserve. Cela nous donne une base financière solide, ce qui signifie que nous pouvons rêver un peu.

— Et nous n'aurons jamais à vendre ? demanda Dustin,

apparemment au bord des larmes, l'émotion prenant à l'évidence le dessus.

Caleb hocha fermement la tête.

— Nous aurons peut-être encore des hauts et des bas, parce que c'est de l'élevage, et nous ne savons jamais ce que la météo et la vie vont nous réserver. Mais nous sommes doués pour gérer ces urgences. Je voulais que vous sachiez tous que nous avons maintenant l'opportunité d'envisager différemment le futur.

Luke hocha la tête, irradiant nettement de bonheur alors qu'il mesurait ce que cela signifiait.

— Le programme de reproduction tourne au ralenti, mais s'il y a davantage d'argent dans le budget, nous pourrions augmenter un peu le rythme.

— Il y a de grosses réparations que nous avons retardées ou pour lesquelles on s'est contenté de rafistoler... On devrait s'y attaquer d'abord, suggéra Tamara en faisant un geste vers Ashton. Je parie que tu as une liste.

— Pas si longue que ça, répondit-il ostensiblement.

L'oncle de Tucker se renfonça dans son siège et croisa les bras sur son torse, mais son expression était franchement fière.

— Ce sera bien de détendre un peu les cordons de la bourse, mais je ne me suis pas senti traité injustement. Tu diriges bien cet endroit, Caleb, continua-t-il en lançant un coup d'œil pour inclure le reste d'entre eux dans ses compliments. Vous avez tous bien travaillé, et je suis fier d'en avoir fait partie.

— Nous avons de la chance d'avoir eu ton expertise pendant toutes ces années, répondit Walker avec assurance. Ce sont vraiment de bonnes nouvelles, Caleb. Mais c'est un peu surréaliste.

— Ça ne va rien changer du jour au lendemain, dit Tamara fermement. Nous voulions que vous le sachiez maintenant pour que vous puissiez penser à ces rêves que nous avons évoqués. Est-ce qu'il y a des projets que vous avez retardés et que vous aimeriez mener à bien ? Pas seulement pour Silver Stone, mais ailleurs. Dans Heart Falls, ou au-delà.

— Si tu veux passer quelque temps à faire des études, trouve où, et nous ferons en sorte que ça arrive, dit Caleb à Dustin. Réfléchis-y.

Kelli agita une main de là où elle était assise à côté de Luke.

— Et s'il n'y a rien à changer ? Par exemple, nous avons déjà tout l'argent dont nous avons besoin et nous sommes assez heureux de ce que nous avons ?

Luke émit un petit rire en lui prenant la main et lui embrassa le poing.

— Demande mademoiselle l'héritière, qui refuse de manière répétée tous les cadeaux que son grand-père lui offre.

— L'argent ne fait pas le bonheur, insista Kelli.

— Tu as raison, dit Caleb avec un hochement de tête. Nous n'avons pas l'intention de changer énormément les choses ou d'essayer d'atteindre le style de vie des riches et des gens célèbres. Mais nous pouvons respirer et profiter davantage de la vie. Profiter les uns des autres comme une famille. C'est une réussite à célébrer.

— Je suis d'accord, acquiesça Walker en s'avançant vers Caleb pour le prendre dans ses bras, lui tapotant fermement le dos. Merci pour tout ce que tu as fait au cours des années.

Tout le monde s'embrassa et se tapa fraternellement sur l'épaule. Tucker était fier de fêter ça avec eux.

Mais un sentiment grandissait en lui. Son profond désir de faire vraiment partie de cette famille. Il voulait tellement de choses !

Il était temps qu'il passe lui aussi du rêve à l'action.

Heureusement, Ashton décida qu'il fallait laisser la famille Stone passer le reste de la soirée entre soi. Il donna un petit coup sur le bras de Tucker.

— Viens avec moi. J'aimerais bien avoir un peu de temps pour parler.

Ce qui signifiait probablement que son oncle voulait échanger des idées sur les moyens d'améliorer le ranch.

Tucker leur dit au revoir, s'arrêtant pour serrer la main de Caleb.

— Parfois, la chance tombe sur les gens bien.

Caleb haussa les épaules.

— Si ça n'était pas arrivé, comme Kelli l'a dit, nous aurions été parfaitement heureux, répondit-il, ses lèvres s'incurvant. Mais je ne vais pas refuser cette opportunité d'offrir un futur un peu plus aisé à Tamara et à mes enfants.

— Comme je l'ai dit, sur des gens bien, répéta Tucker en désignant Tamara d'un geste du menton Tamara avant de suivre son oncle.

LES OREILLES DE GINNY SIFFLAIENT. Elle ne savait pas si c'était à cause du sang qui martelait suffisamment fort à travers elle pour résonner, ou parce que la maison était enfin redevenue calme.

Après l'annonce capitale de Caleb, la famille avait continué à discuter un petit moment, mais Luke et Kelli étaient partis rejoindre leurs invités. Walker et Ivy s'étaient esquivés, son frère marquant une pause pour embrasser Ginny sur la joue et la serrer dans ses bras en lui rappelant qu'elle avait promis de leur rendre visite dans la semaine à venir.

Tyler était endormi, et les filles regardaient encore leur film.

Ginny resta parce que, à la vérité, les émotions qui tourbillonnaient en elle couvraient toute la gamme, de la joie jusqu'à l'intense colère, et elle avait besoin de gérer cette dernière avant qu'elle ne devienne amère et tranchante.

Avouer était le seul comportement honnête à adopter avec des gens qu'elle aimait tellement.

Tamara s'installa dans ce qui était à l'évidence devenu son

coin du canapé, près du fauteuil de son mari. Caleb lui apporta une tasse de thé, et elle lui lança un baiser.

— Merci, chéri.

— De rien, répondit Caleb avant de se tourner vers Ginny. Voilà la tienne. Ce n'est pas un mélange de plantes aussi bon que celui que tu faisais, mais il s'en approche.

Elle la prit prudemment avant de s'asseoir sur le canapé en face d'eux.

— Pouvons-nous parler ?

— Bien sûr, répondit Caleb en levant le repose-pieds de son fauteuil et en se renfonçant avec un soupir de contentement. Tu dois avoir toutes sortes d'idées. Je serai excité de les entendre une fois que tu auras eu l'occasion d'en dresser la liste.

Ginny se sentait mal de ne pas suivre cette voie. Son grand frère était à l'évidence ravi des bonnes nouvelles dont il leur avait fait part ce soir-là. Elle l'était aussi, et pourtant...

Devait-elle reporter cette conversation encore un peu ? Quel droit avait-elle de lâcher sa colère sur lui maintenant ?

Ils ne peuvent rien réparer s'ils ne savent pas que c'est brisé.

La voix de sa mère lui revint, comme toujours, pile quand elle en avait besoin. Un ange gardien ou un psychisme simplement très équilibré qui savait quand trop, c'était trop ?

Ginny soupira.

Le regard de Tamara s'aiguisa, et elle parla avant que Ginny ne le puisse.

— Qu'est-ce qui ne va pas ? Je sais que nous n'avons pas passé beaucoup de temps ensemble, mais il est clair que quelque chose te gêne.

Ginny hocha la tête puis croisa le regard de Caleb sans hésitation.

— Pourquoi vous ne m'avez rien dit quand la situation du ranch s'est aggravée ?

Caleb cilla.

— Nous l'avons fait. Nous t'avons appelé et avons recueilli tes idées sur les moyens de…

— C'était au dernier moment, quand les seules options étaient soit un miracle, soit de vendre.

Ginny parlait lentement, mais son ferme optimisme habituel s'était transformé en un chuchotement presque tremblant.

— Je n'étais pas là, et j'aurais dû y être, ajouta-t-elle.

— Tu te consacrais à la chance d'une vie…

— … qui n'aurait présenté aucun intérêt si nous avions perdu Silver Stone.

Sa gorge se serrait, mais elle devait l'exprimer.

— Par certains aspects, j'ai l'impression que mon travail ne signifie rien, de toute façon, parce que je n'étais pas *là*, je ne faisais pas partie de la famille pour gérer les inquiétudes et les épreuves de tous les jours.

— Je ne voulais pas que tu aies à y faire face. Aucun de nous ne le souhaitait, répondit Caleb en se penchant en avant sur ses coudes, toute son attention concentrée intensément sur elle. Mais tu étais avec nous. Tes appels et tes visites étaient des temps forts pour tout le monde.

— Je suis contente de l'entendre, vraiment. Mais quand même, il y a eu une bonne année et demie où les choses auraient pu mal se passer, et vous ne me l'avez jamais dit. J'ai même été à la maison pendant un mois au milieu de cette période, et personne n'a dit un mot, déclara-t-elle avant de secouer la tête. Peut-être que tu ne souhaitais que j'aie à faire face à cette inquiétude, mais en ne me le disant pas, tu m'as tenue à l'écart, Caleb. Tu ne m'as pas donné la chance de faire partie de la solution. D'être là pour vous aider à affronter cette épreuve plus facilement.

— Tu aurais dû abandonner ton apprentissage.

— Et je l'aurais fait en un clin d'œil. Parce que je fais partie de cette famille, et je veux être là pour toi. Tu as toujours été là pour nous. Découvrir plus tard que je n'en faisais pas partie ne me donne pas l'impression d'avoir été protégée. Ça me met en colère. On aurait dû me le dire.

Tamara était restée silencieuse pendant toute la conversation jusque-là, mais la main qui tenait sa tasse s'était assez crispée pour que ses articulations blanchissent.

Elle posa la tasse et se tourna vers Caleb.

— Je n'ai jamais su tout ça.

Cette fois il tourna son regard confus vers sa femme.

— Su quoi ?

Tamara fit un geste vers Ginny.

— Que ta sœur n'était pas complètement consciente des défis auxquels nous faisions face. Nous parlions d'elle tout le temps... de ce qu'elle pourrait faire pour nous aider quand elle rentrerait, avec les jardins et dans d'autres domaines. Mais on dirait que tu ne lui as jamais fait part d'aucune de ces réflexions.

— C'était des projets pour plus tard, répondit Caleb, de plus en plus confus. Je suis perdu.

Il secoua la tête alors qu'il regardait Ginny.

— Depuis que tu es partie, j'ai été un peu mieux entraîné dans l'art subtil d'écouter quand on me dit quelque chose, alors je vais recommencer. Ginny, nous ne t'avons jamais informée du sérieux de nos difficultés... pour des raisons qui me paraissaient logiques à ce moment-là. Tu me dis que ce n'était pas la bonne décision.

Il marqua une pause et lui donna une chance de répondre.

— Ça ne l'était pas, confirma Ginny avant de déglutir malgré le nœud coincé dans sa gorge. Je suis si heureuse d'être à la maison ! Je suis si heureuse d'avoir un foyer dans lequel revenir, et je sais que ça a signifié beaucoup de travail et de sacrifice de votre part à tous.

Elle incluait également Tamara dans son commentaire.

— S'il te plaît, ne pense pas que je ne suis pas reconnaissante. Ce n'est pas du tout ça. Et tes bonnes nouvelles sont incroyables, et j'ai l'impression que vous parler de ça, c'est un caprice de gamine, piétinant le magnifique gâteau que vous m'avez présenté. Mais ça brûle en moi depuis très longtemps, et je ne veux pas que ça vienne salir ce que nous allons faire à partir de maintenant.

— Putain, sœurette ! Je suis désolé, dit Caleb en se levant et en ouvrant les bras. Viens là.

Un instant plus tard, elle était étreinte et les larmes coulaient librement. Trouver refuge dans les bras de son frère était normal...

Mais elle n'était plus une enfant.

— Je ne suis pas partie pour aller flâner dans la campagne en vacances. Je sais qu'aller par monts et par vaux à travers l'Europe a l'air excitant en théorie, mais en réalité, ça ne l'était pas toujours. C'était un travail pénible, et parfois j'avais peur. Ou je terminais la journée sale et épuisée, comme si j'avais été à la maison. Mais je *n'étais pas* à la maison, et je l'aurais été si j'avais été au courant.

Cette fois, elle l'avait dit clairement. Pas avec des tremblements dans la voix, juste dans une totale honnêteté. Puis, sans crier, sans rien exiger, elle termina calmement :

— S'il te plaît, ne m'exclus plus. J'ai besoin de savoir que *je suis* précieuse pour toi. Et me protéger en me laissant dans l'ignorance n'est pas une façon de me le montrer.

— Je te le promets, dit Caleb avec un petit grognement contre sa tempe. Bien sûr, je ne peux pas promettre que je ne foirerai pas du tout, parce que commettre des erreurs, c'est ce que les grands frères font le mieux.

— Ha, répondit-elle avant de laisser échapper un long soupir. Je suis désolée de t'avoir balancé ça ce soir.

— Fais-moi confiance. Je suis bien plus heureux que nous ayons géré ça maintenant avant que tu n'aies un approvisionnement complet d'herbes à ta disposition, dit Caleb en reniflant alors qu'elle enfonçait ses doigts sous ses côtes. Tes élixirs magiques sont dangereux, sorcière.

Tamara haussa un sourcil.

Ginny sourit paisiblement.

— Un thé laxatif. Je ne me souviens même pas de ce qu'il avait fait, mais il l'avait mérité.

Deux petites filles entrèrent en courant dans la pièce, filant à toute vitesse vers Caleb alors qu'il lâchait Ginny.

— Papa, le film était tellement rigolo, lança Sasha.

— Sasha a gloussé tellement fort que de l'eau est sortie de son nez, dit Emma doucement, les mains pressées contre sa bouche.

Il était impossible de ne pas sentir la joie qui irradiait des deux petites. Ginny s'accroupit et examina Sasha de près.

— On dirait qu'il n'y a pas de dommages permanents.

Sasha fit une grimace qui rappelait tant Caleb que c'en était étrange.

— C'était de l'eau, pas de la colle.

Derrière elles, Tamara renifla moqueusement.

— C'est une observation très spécifique dont je ne veux connaître aucun autre détail, je pense. Vous deux, allez avec votre père et préparez-vous à vous coucher. Je viendrai vous dire bonne nuit dans une minute.

— Bonne nuit, tata Ginny, dit Emma en levant le visage pour être embrassée. Tu seras là demain, hein ?

— Pendant énormément de demains, lui promit Ginny.

Elle reçut une autre étreinte de Sasha, et une autre, impulsive, de son frère. Caleb déposa un baiser sur son front.

— Je suis content aussi que tu sois là demain.

Les filles s'éloignèrent en tournoyant comme de joyeuses feuilles vives qui dansaient autour de la silhouette robuste de son frère.

Tamara posa une main sur le bras de Ginny.

— Je veux te présenter mes excuses. J'ai sérieusement foiré.

Ginny secoua la tête.

— Tu as dit que tu n'étais pas au courant. Je ne vais te rendre responsable d'une erreur que Caleb a commise. De plus, je comprends que *c'était* une erreur, et qu'il avait de bonnes intentions. C'est fait, et nous pouvons laisser ça derrière nous.

— Tu as raison, et nous dépasserons ça, mais je dois encore m'excuser parce que j'aurais dû être plus maligne, dit Tamara, l'air penaude. Tu connais l'expression « croire et savoir, ce sont deux choses différentes, surtout pour ne pas avoir l'air bête » ?

Ginny hocha la tête.

— Toi et moi, nous avons parlé souvent au cours des deux dernières années. La technologie peut laisser à désirer pour gérer la nuance. Mais je n'ai jamais évoqué quoi que ce soit des projets concernant les finances ou le travail parce que je présumais que tu ferais ce qu'il fallait quand tu serais prête. Je croyais que Caleb te tenait informée, et que tu gérais d'autres priorités.

Putain.

— Tu croyais que j'avais choisi de rester là-bas au lieu de venir vous aider ?

Étonnamment, Tamara marqua une pause, l'expression pensive.

— Tu sais, je peux honnêtement dire que je n'ai pas tiré de conclusion hâtive sur les raisons pour lesquelles tu ne rentrais pas. Je n'ai pas passé les deux dernières années à penser du mal du toi, si c'est ce qui t'inquiète. Tu t'étais engagée, et tu t'y tenais, et – honnêtement – je t'admirais pour ton courage et le risque que tu avais pris en partant aussi loin.

Ginny prit une inspiration tremblante avant d'avouer :

— Parfois, c'était bien trop loin.

Tamara attira Ginny tout contre elle et la serra de toutes ses forces. Il semblait que les étreintes de sa belle-sœur étaient tout aussi apaisantes que celles de son grand frère, bien que beaucoup moins musclées.

— Tu es rentrée, maintenant. *C'est* ton foyer, et je suis désolée si j'ai fait quelque chose qui t'a donné l'impression que tu étais indésirable ou inutile.

— Tu es assez facile à aimer, admit Ginny. Sans oublier toutes les autres choses merveilleuses chez toi, telles que le fait que tu aimes mon frère et mes nièces, et que tu as fait un bébé vraiment mignon. En plus, tu sais vraiment bien cuisiner !

Tamara se mit à rire alors même qu'elle attrapait une boîte de mouchoirs et la lui tendait.

— Il y a quelque chose de spécial chez les sœurs. J'en aurais bien besoin d'une de plus dans ma vie.

Ginny s'essuya le visage puis s'assit, prenant enfin une gorgée du thé que Caleb lui avait préparé, le laissant apaiser la tension dans sa gorge.

— Ensuite, dit Tamara, avant que je ne doive aller border les puces : je te suggère de continuer à habiter dans le van pour l'instant.

Stupéfaite, Ginny en perdit ses mots.

— Parce que j'ai réfléchi, continua Tamara. Je sais que ta chambre était ici au sous-sol, mais je ne crois pas que ce soit une bonne solution sur le long terme. Dustin est dans le cottage où j'ai cru comprendre que Dare habitait avant. Il a un ami qui loge avec lui pour les fêtes, alors nous ne pouvons pas encore les mettre à la porte, mais il n'y a aucune raison pour qu'il ne puisse pas rejoindre les quartiers des ouvriers au final.

— Si ça ne dérange pas Dustin, j'adorerais avoir le cottage, admit Ginny. Dare est ma meilleure amie depuis une éternité, alors j'ai passé autant de temps là-bas que dans cette maison.

— Je ne pense pas que ça dérangera Dustin. J'ai le pressentiment qu'il pourrait bien partir sur les routes lui-même dans un futur proche, déclara Tamara en inclinant le menton. D'accord. Ça te donnera un peu plus d'espace de vie pour les deux semaines à venir. Mais tu es libre de passer quand tu veux, et n'hésite pas à venir utiliser la machine à laver et le sèche-linge. Et je dirai aux filles que le van est interdit. C'est ton espace.

Ginny ouvrit la bouche pour mentionner la situation avec Tucker quand Tamara leva une main.

— Avant que je n'oublie.

Elle tendit la main sous le canapé et en sortit un objet en forme d'étroite mallette et le tendit à Ginny.

Le paquet était enroulé dans du papier sulfurisé blanchi par le temps et défraîchi par endroits. La carte sur le dessus affichait le prénom de Ginny d'une écriture qu'elle n'avait pas vue depuis plus de treize ans.

— Oh mon Dieu !

Ginny suivit du doigt les lettres.

— Je l'ai trouvé en vidant des cartons qui avaient à l'évidence été emballés depuis l'accident. Il y en avait quelques autres tout emballés, avec un prénom sur chacun d'eux. Ta mère était une planificatrice vraiment douée, alors c'est de sa part. Pour toi.

Le paquet sur les cuisses de Ginny pesait comme une enclume. Elle leva les yeux et lut la compassion sur le visage de Tamara.

— Je ne crois pas pouvoir ouvrir ça maintenant, admit Ginny.

Tamara hocha la tête.

— Emporte-le avec toi. Laisse-le dans un coin un moment si tu en as besoin, et si tu veux de la compagnie quand tu le déballeras, fais-le-moi savoir. À moi ou à Caleb... il ferait absolument n'importe quoi pour toi.

Ginny s'étranglait de nouveau.

— Je sais. C'est le meilleur, vraiment.

Tamara sourit, clignant des yeux pour retenir ses larmes.

— Je suis moi-même plutôt partiale envers lui.

— Nous devons arrêter ça, dit Ginny en faisant semblant de se plaindre. Je suis la sœur marrante, et tu es la poulette en chef qui veilles à ce que les projets se réalisent. Nous ne sommes *pas* des pleurnichardes.

— La poulette en chef ? répéta Tamara en ricanant. Je vais accepter ça plutôt que de nombreux autres surnoms que tu aurais pu trouver. Fais-moi un câlin pour que je puisse aller sauver Caleb avant qu'on ne le supplie de lire « juste un autre chapitre » pour la septième fois.

Une dernière étreinte, et Tamara disparut à l'arrière de la maison. Ginny ramassa les trois tasses abandonnées, les lava et les laissa dans l'égouttoir. Elle enfila ses bottes et son manteau, puis plaça prudemment le cadeau de sa mère dans un sac de courses réutilisable pour le protéger de la neige légère qui tombait à l'extérieur.

Elle retourna au van, où, puisqu'aucun d'eux n'avait rien fait à ce sujet, pour autant qu'elle le sache, elle trouverait Tucker.

Une partie du nœud inextricable concernant son retour avait été bien géré et complètement résolu. Dieu merci. Ginny avait espéré que ça se passerait aussi simplement. Mais cela lui avait demandé beaucoup d'énergie mentale et émotionnelle d'avouer ce qu'elle ressentait, et maintenant elle se sentait à plat et tellement, tellement fatiguée.

Seulement, sous la poussée d'adrénaline due au cadeau du fantôme du passé qu'elle transportait, peu importe à quel point elle était fatiguée, l'énergie vibrait en elle.

Tendue à l'extrême.

Elle renifla carrément d'amusement alors qu'elle montait les marches vers le van. Pauvre Tucker ! Il n'allait pas savoir ce qui lui arrivait quand il rentrerait.

Le logement d'Ashton était peu spacieux, à peine plus grand que les quartiers du personnel pour les ouvriers. Tucker regarda autour de lui avec intérêt l'agencement des deux chambres ressemblant à un motel.

La chambre d'Ashton se trouvait sur la gauche, la seconde chambre, aménagée en bureau, sur la droite. Entre les deux se trouvait la salle de bains. Sur le devant, un espace de vie ouvert avec un petit coin cuisine le long d'un mur et une table assez grande pour accueillir quatre joueurs de cartes. Propre et rangé avec un minimum de désordre, c'était parfaitement Ashton... à un détail près.

Des macramés colorés étaient accrochés sur presque tout le mur entourant la porte de la salle de bains. Ils étaient jolis, et bien construits. Ce n'était pas qu'ils étaient voyants...

O.K., quand il y en avait autant, ce n'était plus charmant, mais légèrement ridicule.

Tucker n'avait rien dit la veille, mais maintenant il lui était impossible de résister.

— Tu t'es mis aux travaux manuels pendant ton temps libre ?

Ashton alluma la bouilloire, sortit un paquet de bœuf séché et le lança sur la table.

— Ce sont des cadeaux. Putain, comment peut-on dire à quelqu'un d'arrêter d'offrir des choses ?

Tucker s'assit à table.

— En disant : « Merci, mais arrête » ?

— Bien sûr. Dis-moi que tu dirais ça à Emma. « S'il te plaît, arrête de faire des dessins pour que je les mette sur mon frigo. »

— Emma n'a pas fait de macramé, dit Tucker d'une voix traînante.

— Quelle femme agaçante, ronchonna Ashton.

Ce qui répondit à la question suivante que Tucker aurait posée. Il n'y avait qu'une femme qu'Ashton décrivait en ces termes. La grand-mère d'Ivy, Sonora Fallen. La matriarche de la famille Fields et la perpétuelle épine dans le pied d'Ashton.

— Tu devrais simplement admettre que Sonora te plaît, dit Tucker.

— J'avouerai si tu fais la même chose, répliqua Ashton instantanément.

Oh, putain. Son oncle ne lui parlait pas d'avouer son admiration pour Sonora.

Tucker tenta de faire l'innocent.

— Je ne vois pas de quoi tu parles.

Son oncle le foudroya du regard.

— Ne me fais pas perdre mon temps en prétendant ne pas avoir rêvassé sur Ginny Stone depuis qu'elle est adulte. De plus, je suis sûr qu'au cours des dernières années cette rêvasserie a dépassé le stade des simples fantasmes.

Ce n'était pas le commentaire auquel Tucker s'était attendu. Pas de la part de son oncle, en tout cas.

À un certain moment, il s'était dit que Kelli, ou peut-être Tamara, poseraient des questions sans équivoque, parce que rien que ce jour-là il s'était surpris bien trop de fois à regarder Ginny obsessionnellement quand elle était là.

Mais son oncle ? *Putain.*

Tucker se carra sur son siège et étira ses jambes.

— Je suis surpris que tu ne m'en dissuades pas.

— Alors tu l'admets ?

Tucker hocha la tête. Il leva rapidement une main.

— Mais rien n'est arrivé entre nous avant qu'elle ne soit assez grande. Je n'aurais rien fait de déplacé. Je le jure.

Un reniflement moqueur vraiment inattendu échappa à Ashton.

— Fiston, c'est la dernière chose que tu aies besoin de m'assurer. Je suis presque sûr qu'elle t'a séduit.

Eh bien, nom d'un chien.

— Quoi ? demanda Tucker avant de secouer la tête. Non. Ne réponds pas. Je ne veux pas savoir.

Son oncle avait l'air bien trop amusé.

— Si tu ne l'as pas en triple exemplaire sur ton agenda, ça ne se produira pas. Et cette fille est un ramassis de problèmes... Correction. Cette *femme* est un ramassis de problèmes, et elle a toujours su ce qu'elle voulait. Je ne vais pas te remonter les bretelles alors que vous êtes tous les deux des adultes qui peuvent prendre leurs propres décisions.

Le ciel soit loué de cette petite preuve de clémence. Il pourrait aussi bien admettre une partie alors... mais pas le sexe.

Tucker haussa les épaules.

— Oui, elle me plaît. Bien plus que ça. Si c'était possible, je ferais ce que je pourrais afin que ce qu'il y a entre nous se concrétise.

Un aveu qu'il ne s'était jamais attendu à faire à cet homme. Ashton avait toujours été un bon oncle, mais ce n'était pas le genre de conversation auquel ils s'adonnaient habituellement.

— C'est ce que je pensais. Alors dans le cadre de ces rêves dont Caleb vient de parler, j'ai une proposition pour toi.

Curieux. Tucker posa les coudes sur la table.

— Continue.

— Puisque je sais que tu préfères que tout soit planifié bien à l'avance, une habitude agaçante que tu tiens de tes parents et qui a persisté malgré toutes mes tentatives de t'en débarrasser, sors tes feuilles de calcul et mets-toi au travail.

Ashton croisa les bras sur son torse.

— Tu as raison. Je m'intéresse à Sonora, continua-t-il en pointant un doigt vers le visage de Tucker, et tu ne dois répéter ça à *personne*. Mais ça signifie qu'à un certain moment, je veux être prêt pour la suite.

— C'est logique. Mais qu'est-ce que ça a à voir avec moi ? Ou Ginny ? Ou des feuilles de calcul ?

Son oncle lui lança un sourire rusé.

— Je veux que tu sois prêt pour prendre le relais en tant que contremaître quand le moment sera venu.

5

Je veux que tu prennes le relais.

Les mots résonnèrent dans la tête de Tucker, faisant pratiquement trembler son cerveau.

— Tu veux prendre ta retraite ?

— Un jour. Je ne veux pas arrêter complètement, mais j'y arrive, admit Ashton. J'aime ce que je fais, gamin, mais à cinq heures du matin, après être resté debout jusqu'à trois heures à gérer un désastre ou un autre, j'aime beaucoup moins ça. C'est la tâche d'un jeune homme, et j'ai quitté la jeunesse il y a un paquet d'années.

Tucker se redressa et laissa cette nouvelle information rouler sur lui. L'idée d'Ashton s'associa aux objectifs qu'il avait depuis longtemps dans ses projets et leur fournit une toute nouvelle réalité.

Il semblait qu'ils allaient être directs. Qu'il en soit ainsi.

— J'avais prévu de demander à être embauché comme ton apprenti à plein temps l'été où j'ai eu vingt ans.

Tucker regarda son oncle calculer mentalement avant que la tristesse n'empreigne son expression.

— Oui, confirma-t-il, c'était l'année où nous avons perdu

les Stone et les Hayes. Ils avaient souvent été des mentors pour moi jusque-là, ainsi que toi, et Walter m'avait plus ou moins dit que c'était la prochaine étape. Mais après l'accident, Caleb a fini par élever non seulement sa famille, mais aussi Darilyn Hayes, et il était inimaginable qu'ils puissent se permettre de me prendre. Alors j'ai abandonné cette idée.

— Cet accident a mis la vie de tant de personnes sens dessus dessous... Fichus conducteurs ivres. Qu'ils soient maudits, dit Ashton en secouant la tête avant de croiser le regard de Tucker. À la vérité, ça aurait été un timing parfait.

— Nous ne pouvons pas changer le passé. Mais je ne suis pas resté les bras croisés depuis, lui assura Tucker.

Le commentaire qu'il avait fait à Ginny plus tôt dans la journée lui vint à l'esprit : toutes ses expériences profession-nelles passées avaient été une tranche de Silver Stone. Cela avait été délibéré de sa part.

— Puisque je ne pouvais pas être ici, j'ai fait ce que je pouvais pour apprendre ailleurs. Je ne suis pas prêt à bondir pour prendre la relève aujourd'hui, mais j'ai une bonne base.

— Et comment ! répondit Ashton avec une expression pleine d'approbation cette fois. Je me demandais pourquoi tu ne restais jamais nulle part plus d'un an ou deux. Pendant un moment, je me suis inquiété, pensant que tu avais la bougeotte comme Ginny.

Tucker avait vu le visage de Ginny lorsqu'elle fixait le plafond du loft et s'était pratiquement liquéfiée, plongeant dans le confort de la vieille écurie familière. Il n'était pas sûr qu'elle ait vraiment eu envie de voyager non plus, mais ce n'était pas le sujet pour l'instant.

— Laisse-moi créer un C.V. officiel, proposa Tucker. Si tu penses que c'est une évolution que Caleb approuvera, nous devons fixer une date pour que je puisse parler à mon patron actuel et donner mon préavis.

— Caleb m'a dit il y a des années d'engager quelqu'un et de

commencer à le former selon mon jugement. Puisque pendant tout ce temps je me suis assuré que tu ne deviendrais pas un enfoiré en grandissant, je pense que je peux travailler avec toi, déclara Ashton en levant un sourcil. Tu me ressembles plus que mon propre frère.

— Je vais prendre ça comme un compliment, dit Tucker d'un ton pince-sans-rire.

Sa relation avec ses parents était pratiquement inexistante.

Son oncle l'examina, durement.

— Tu as eu beaucoup de contacts avec tes parents, récemment ?

— Non, répondit Tucker avec l'air songeur. Et toi, c'était quand la dernière fois que tu as contacté ton frère ?

— Il y a un mois, répliqua Ashton avant de faire la grimace. C'était comme parler à un mur. Un mur malheureux.

— Parce qu'ils *sont* malheureux. Rien ne se fait à moins qu'ils ne soient tous les deux d'accord sur chaque décision, ce qui signifie qu'ils ne cessent de faire des compromis sur des idioties qui les rendent tous les deux misérables.

Cela avait été difficile pour Tucker de comprendre ne serait-ce qu'en partie ce qui motivait ses parents – leurs priorités ne lui paraissaient pas du tout logiques. Comme s'il avait été échangé à la naissance avec l'enfant d'un couple bien plus terre à terre. Mais connaître la vérité lui avait facilité la tâche pour s'éloigner délibérément encore plus de la sphère d'influence de ses parents.

Après une rapide vérification mentale pour voir s'il trouvait la plus légère trace d'un quelconque intérêt qui s'attarderait – ce qui ne fut pas le cas –, Tucker haussa les épaules.

— Ils ont fait leurs choix, qui clairement ne m'incluaient pas.

— Je sais qu'ils sont nuls, mais...

— Ils s'en fichent, l'interrompit Tucker, énonçant simplement la vérité. J'ai fait un ultime effort en octobre dernier et je leur ai proposé de venir les voir pendant Thanksgiving. Ils m'ont dit qu'ils avaient déjà des projets, et que si je me pointais, il y aurait un nombre impair de personnes à table.

Son oncle jura doucement.

Tucker avait suffisamment d'autres personnes dans sa vie qui tenaient à lui pour compenser ses parents, parmi lesquels l'homme qui se tenait devant lui.

— J'ai également fait mes choix. Je penche vers le travail manuel simple et honnête. Vous m'en avez appris la valeur… toi, Walter et Joseph, avant qu'ils ne meurent. Tu en as fait plus pour moi au cours des années que mes parents n'en ont jamais fait. Laisse-moi être là pour toi maintenant. J'adorerais travailler pour Silver Stone, mais j'aimerais aussi améliorer ta vie à partir de maintenant. Alors, merci pour cette opportunité.

Ashton opina du chef, se pencha en avant et tapa sur la table.

— Alors c'est décidé. Réunis ta paperasse pour que nous puissions rendre ça officiel, mais dès que tu en auras terminé avec ton boulot dans l'Est, nous te ferons commencer. Je ne dirai rien à personne d'autre que Caleb. Nous le ferons savoir au reste de l'équipe et à la famille une fois que tu auras une date.

Il lui tendit la main, et comme à la vieille époque, Tucker la serra fermement, le regardant dans les yeux.

— Je ne te laisserai pas tomber.

— Je sais que non, fiston, dit Ashton avant de soupirer lourdement, se renfonçant sur sa chaise et fermant les yeux. Maintenant, file.

Tucker émit un petit rire.

— Je file.

Il sortit dans la neige et le froid, l'esprit tourbillonnant du changement de projets et des possibilités qui s'étendaient devant lui.

Fiston.

C'était vrai. Pour lui, Walter, Joseph et Ashton avaient tous été comme des pères, bien plus que l'homme qui l'avait engendré. Ses deux parents étaient des personnes froides et amères. Moins ils auraient d'influence sur sa vie à partir de maintenant, mieux ce serait.

Il était à mi-chemin du van quand il se rendit compte qu'après le commentaire initial sur Ginny et lui, son oncle ne l'avait plus mentionnée. Il avait fait les trois quarts du chemin jusqu'au van quand il se rendit compte que pas une fois ce jour-là il n'avait évoqué auprès de qui que ce soit la double réservation de leurs quartiers.

Il était sur les marches du van et pénétrait dans la chaleur avant de reconnaître que c'était exactement là ce qu'il voulait. Rentrer à Silver Stone.

Rentrer auprès de Ginny.

La chaudière tournait, l'air autour de lui était chaud. Il retira ses bottes et jeta un coup d'œil autour de lui à la recherche d'un signe d'elle.

— Ginny ? Tu es réveillée ?

— Par ici.

Il s'avança vers la porte de la chambre et regarda à l'intérieur.

Elle était assise sur le lit, le dos calé sur des oreillers. Un pantalon de pyjama rose pâle recouvrait ses longues jambes, associé à un débardeur de couleur coordonnée, des chaussons duveteux aux pieds et une couverture drapée vaguement sur les épaules.

Son regard était fixé sur l'enveloppe d'un jaune passé qu'elle tenait dans ses mains.

— Qu'y a-t-il ? demanda-t-il doucement en se rapprochant pour pouvoir s'installer au pied du lit.

Toutes ses inquiétudes au sujet de qui dormait où furent ignorées, parce qu'il avait rarement vu cette expression. Perdue, fatiguée et effrayée, c'était celle que Tucker savait que Ginny

Stone détestait jusqu'aux tréfonds de son être. Celle qui disait qu'elle n'avait pas assez d'énergie pour gérer quelque chose.

La respiration qu'elle prit fut si profonde que tout son corps se souleva légèrement.

— Tamara a trouvé un cadeau. Il était caché depuis des années, répondit Ginny en croisant son regard, les yeux humides. Il vient de ma mère.

— Nom d'un chien, chuchota Tucker alors même qu'il se rapprochait, se glissait près d'elle et lui passait un bras autour des épaules.

C'était instinctif de lui offrir du réconfort alors qu'elle continuait de tenir l'enveloppe.

Sa main tremblait et le papier s'agitait.

Ginny se pelotonna contre son torse.

— Je dois l'admettre. Je n'avais jamais tout à fait compris ce que le mot « tourneboulé » signifiait jusqu'à maintenant. Tourne-*boul*-é. On dirait une fellation déplaisante.

Il ricana.

— Ginny.

— Si je ne plaisante pas, je vais pleurer, admit-elle. Et je ne plaisante qu'en partie parce que, putain, je ne m'attendais pas à ça en plus du reste de la journée.

Il retira l'enveloppe de ses doigts, l'émerveillement et la stupéfaction se mêlant alors qu'il remarquait l'écriture encore familière sur l'enveloppe.

— Est-ce que tu es assise ici à essayer de trouver le courage de l'ouvrir ?

Elle agita une main vers le côté de la pièce.

— Le reste est là-bas. Toute une boîte venant du passé, et non. Je ne veux pas l'ouvrir maintenant. J'ai plutôt envie qu'elle ne soit pas là. Qu'elle ne soit pas dans mon cerveau, que ce ne soit pas une possibilité. Parce que j'ai terriblement envie de l'ouvrir, mais j'ai peur.

Tucker la serra tendrement et la chaleur du haut du corps de Ginny contrastait avec le froid de ses doigts et de ses bras.

— Mon Dieu, Ginny. Depuis combien de temps es-tu assise là ?

— Je ne sais pas.

Et puis zut. Il changea de position jusqu'à ce qu'elle se retrouve pratiquement sur ses cuisses. Il tira sur le couvre-lit pour les recouvrir tous les deux.

— As-tu appelé Dare ?

Toutes les deux avaient été comme cul et chemise pendant des années. Si quelqu'un pouvait guider Ginny là-dedans, ce serait sa sœur.

Ginny frotta sa joue contre son torse. Lentement, presque comme un des chatons dans l'écurie.

— J'y ai pensé. Mais c'est Noël, Tucker. J'ai déjà gâché Noël pour un de mes frères. Je ne veux pas ajouter du stress à quelqu'un d'autre.

— De qui as-tu gâché le Noël ? demanda-t-il, surpris.

Ginny soupira de nouveau, aussi bruyamment que si elle avait été une montgolfière qui se dégonflait.

— J'ai enguirlandé Caleb pour ne m'avoir jamais dit que le ranch avait des problèmes financiers.

Tucker était totalement sous le choc.

— Tu te fiches de moi.

Elle se tendit dans ses bras, et il se hâta de la rassurer :

— Ce n'était pas dirigé contre toi. Tu n'as jamais su que les choses étaient tendues ? Personne ne te l'a dit ?

— Non, répondit-elle en lui tapotant le torse. Vous, les grands types forts, ressentez le besoin de protéger les délicates petites créatures comme moi.

Elle pencha la tête en arrière.

— C'est bon. Il s'est excusé, et c'est fait, alors il n'est plus nécessaire pour personne d'être indigné. Je n'aurais même pas dû te le dire. Je ne le dirai *à personne d'autre*. C'est terminé et oublié. Je suis sérieuse.

Elle se redressa et posa une main contre la joue de Tucker.

— Je ne dirai pas un mot, promit-il sans y être incité. Mais je suis content que tu me l'aies dit. C'est un sacré tas de bazar à gérer d'un coup.

Même s'il comprenait bien trop intimement le besoin de protéger Ginny, il gardait encore cette image d'elle en ce jour lointain. Si obstinément fière de pouvoir donner aux autres. Insistant tellement sur le fait qu'elle *serait* forte.

Découvrir qu'elle avait été tenue à l'écart des affaires familiales avait dû être comme recevoir un coup de poignard. Putain, ça l'avait énervé que son oncle ne lui ait rien dit jusqu'à ce qu'il l'intimide pour qu'il crache le morceau sur ce qui le dérangeait tellement.

Oh.

Oh.

Les commentaires taquins de Luke sur le fait que Ginny n'avait pas été là avaient dû la blesser profondément. C'était de la frustration qu'il avait lu sur son visage plus tôt.

Maintenant elle tournait de nouveau ses grands yeux emplis d'émotion vers lui, mais ce n'était pas de la frustration, et ce n'était pas de la tristesse. Les profondeurs brillaient sous l'espiègle créature sexuelle qui l'embrouillait tellement qu'il n'avait aucune chance de résister.

— C'est quoi ce regard ? demanda-t-il prudemment.

Elle remua jusqu'à se retrouver à califourchon sur ses cuisses. Son fessier parfait reposait sur lui, et la chaleur de son intimité était toute proche de sa verge qui se redressait derrière son jean.

— Il faut qu'on parle.

Putain. Les mains de Tucker étaient posées sur ses hanches, et ses doigts bien trop enthousiastes s'étaient faufilés sous son haut de pyjama. La peau nue de Ginny était brûlante contre ses paumes alors qu'il les glissait jusqu'à sa taille.

Involontairement, vraiment. Il ne le faisait pas exprès.

— J'ai oublié de parler à quelqu'un de nos soucis de lits, avoua-t-il. Ça m'est sorti de la tête.

Les mains de Ginny, posées sur les épaules de Tucker, passèrent sur son torse, dessinant du bout des doigts de petits cercles sur ses pectoraux alors qu'elle le caressait presque comme un animal.

— L'un de nous aurait dû l'écrire sur un Post-it, parce que ça m'est sorti de la tête aussi. En fait, Tamara m'a informée que ce van était tout à moi pour les deux prochaines semaines. Une zone où les enfants ne sont pas autorisés.

N'était-ce pas une sacrée tentation ?

Tucker aurait voulu secouer la tête pour se remettre les idées en place, mais il perdait rapidement toute volonté d'être raisonnable. Ce qu'il voulait, c'était se concentrer sur l'instant présent. Se perdre dans le plaisir et rendre également Ginny heureuse – au moins deux ou trois fois.

Seulement, était-ce la bonne décision ? Parce que même s'il adhérait complètement au programme, pour que cela débouche sur la conclusion logique, il avait une vision d'ensemble à préparer.

Il allait emménager dans le ranch. Il pourrait enfin travailler dans le seul endroit où il voulait rester à plein temps. Tout cela créait la parfaite occasion de tenter sa chance avec Ginny, sur le long terme et pour toujours.

Il était presque sûr que ce n'était pas le genre de futur qui devait commencer par un nouvel épisode de leur liaison en cours.

Ginny lui caressa les cheveux, se rapprocha doucement et croisa son regard sans hésiter.

— Deux semaines. Cédons et profitons sérieusement l'un

de l'autre pendant les deux prochaines semaines. Sois honnête, tu sais que tu en as envie.

Zut. Ce n'était pas simplement une tentation, c'était une tentation offerte sur un plateau d'argent.

Ashton avait dit de ne parler à personne du changement potentiel dans sa situation professionnelle avant que Caleb n'en ait été informé. Et Tucker *était* là pour les deux prochaines semaines, peu importe ce qu'il prévoyait pour son travail à Winnipeg.

Un petit rire doux s'échappa des lèvres parfaites de Ginny.

— Tu réfléchis trop intensément.

— Le diable se cache dans les détails, l'avertit-il alors même qu'il passait les mains autour d'elle pour masser les muscles tendus aux creux de ses reins.

Et puis mince. Elle n'aimait pas qu'on lui mente ? Il allait lui dire la vérité.

— Le sexe avec toi, ça me plaît. Que nous nous bécotions, ça me plaît, et je suis totalement partant pour coucher avec toi.

Après toute la tension et les émotions refoulées de la soirée, Ginny savoura la bulle de joie qui l'enveloppa.

— J'adore vraiment la manière dont ta liste a commencé par le sexe puis a progressé vers « coucher ensemble ».

Les lèvres de Tucker tressaillirent comme s'il luttait contre un sourire.

— Je suis honnête. Quand je t'imagine dans mon lit, aucun de nous ne pique un roupillon.

— Tu m'as imaginée dans ton lit ?

Seigneur, d'où lui était venue cette voix de minette ?

Il regarda fixement ses lèvres.

— Ne pose pas de questions dont tu connais les réponses, chérie.

C'était étonnant comme cela procurait une sensation agréable à Ginny.

— Est-ce que tu es partant pour l'idée du sexe ?

La chaleur irradiait de lui alors qu'il glissait ses grandes mains talentueuses sur ses hanches puis, oh putain *oui*, l'attirait plus près de lui jusqu'à ce que seul le fin tissu de son pyjama recouvre l'entrejambe de son jean.

— Oui, sauf que nous avons un léger problème.

Ginny pensait que c'était qu'il ne l'embrassait pas encore. Ou qu'aucun d'eux n'avait retiré ses vêtements, ou que le lit n'était pas en train de trembler pendant qu'il la pénétrait avec enthousiasme.

— Un seul ?

Il passa les doigts sous son menton et le releva pour qu'ils soient face à face, leurs lèvres à quelques centimètres de se toucher.

— Tu as des préservatifs ?

Ginny jura au moins en cinq langues, ce qui fit rire Tucker, d'un ton bien trop amusé.

— Je suppose que c'est non.

Une seconde plus tard, elle se retrouva sous lui, allongée sur le lit. Les biceps saillants appuyés de part et d'autre de son corps, Tucker posa les hanches entre les cuisses de Ginny et s'appuya suffisamment pour que le cœur de celle-ci se mette à battre la chamade.

— Je suppose que cela signifie que je dois être créatif, conclut-il.

Oui, s'il te plaît, avec la bouche en cœur.

Mais Ginny aussi avait quelques idées.

— Enlève tes vêtements, ordonna-t-elle en tirant de façon inefficace sur son tee-shirt.

Tucker relâcha encore un peu son poids, la clouant efficacement sur place.

— C'est moi qui commande, l'informa-t-il.

— Ha ! s'exclama-t-elle. Jusqu'à ce que j'enroule mes lèvres autour de ta queue. Là on verra qui commande.

Alléluia, un vrai sourire apparut sur son beau visage.

— Même avec tes lèvres autour de ma queue, ce sera toujours moi.

Ses mots avaient été prononcés dans un quasi-grondement, et Ginny en eut la chair de poule. Tucker Stewart, imposant et aux commandes, était un être magnifique.

Seulement, si elle avait parié qu'il se hâterait de rendre les choses carrément salaces, elle aurait perdu.

À la place, Tucker prit son visage gentiment entre ses paumes, et son regard glissa sur ses traits, s'attardant au coin de ses yeux avant de se baisser vers ses lèvres.

Est-ce qu'elle avait l'air d'avoir pleuré ? Avec les émotions à leur comble, elle devait être...

Tucker l'embrassa, et toutes ses pensées entremêlées et meurtries s'enfuirent, ne laissant rien d'autre derrière elles qu'une douce passion qui montait. La bouche de Tucker s'unit lentement à la sienne dans une caresse intime, suivie de minuscules mordillements avant que la pression n'augmente et qu'il ne faufile sa langue entre ses lèvres. Contrôlant sa réaction instantanée, l'apaisant par une cadence bien plus retenue que celle qu'elle aurait établie.

Il fixait une ligne d'arrivée différente, cette fois. Alors qu'il en soit ainsi...

Ginny se laissa aller.

Peut-être pas pour de bon, mais pour l'instant, elle écarta ses inquiétudes et ses peurs. Elle repoussa la tristesse qu'elle avait portée en elle parce qu'elle était partie très longtemps et qu'elle se sentait à l'arrière-plan de sa famille unie. Une étrangère qui regardait, bienvenue mais pas vraiment un membre chéri.

Des doigts forts saisirent son menton, la séparant de lui. Le regard bien trop malin de Tucker revint sur elle.

— Tu es avec moi, déesse ?

Un bonheur instantané envahit Ginny. Il était le seul à utiliser ce surnom.

— Oui. Je me débarrasse juste de quelques casseroles.

Une expression de sérieux apparut dans les yeux de Tucker.

— Je peux t'aider à t'en débarrasser plus vite.

Il lui retira son haut puis son pantalon de pyjama, la laissant nue.

L'air frais caressait sa peau, mais le regard de Tucker... n'était que chaleur brûlante. Il pressa de nouveau les paumes contre sa taille, mais cette fois, la caresse régulière remonta jusqu'à ce que ses mains soient sur ses seins.

Un soupir heureux échappa à Tucker.

— Tu m'as manqué. Et toi aussi.

Il passa un pouce sur un mamelon puis sur l'autre alors qu'il parlait, et Ginny rit carrément.

— Pendant une seconde, j'ai cru que tu me parlais. Est-ce que tu leur as donné un nom ?

— Mien, et Mien Aussi.

Elle riait encore quand le plaisir déferla en elle et transforma le son en un gémissement. Tucker souleva ses seins, les pressant l'un contre l'autre. Il posa la bouche avec une précision sans faille sur un mamelon tendu et fit danser sa langue dessus et autour, changeant de côté jusqu'à ce que des picotements s'étendent sur tout son thorax comme un réseau étoilé.

Il referma les lèvres et suça, et une ligne aiguë de désir se précipita directement entre les jambes de Ginny.

— Tu m'as manqué aussi.

Le doux aveu sortit involontairement. Mais Ginny ne voulait pas qu'il arrête, alors elle caressa ses cheveux et l'encouragea à continuer à mordiller ses seins.

Une fois qu'il eut reculé, son expression sérieuse était revenue.

— Toi aussi tu m'as manqué. Vraiment.

Leurs lèvres s'étaient ressoudées avant qu'elle ne puisse s'inquiéter d'avoir brisé leur élan. Au lieu de ça, la chaleur entre eux continua à monter, ainsi qu'un autre flot de contentement et d'émerveillement.

Son vieil ami était là. Son amant parfois, oui, mais un ami avant toute chose. C'était ça qu'elle ne voulait pas rater.

Elle avait l'intention de faire en sorte que cet ami se sente vraiment bien.

— Enlève tes vêtements.

Cette fois, elle le chuchota au lieu de l'exiger.

Tucker se redressa, passa les mains par-dessus sa tête et retira son tee-shirt.

Il y avait tant de peau chaude à caresser. Tant de muscles desquels suivre la forme avec ses doigts alors qu'elle se redressait à la hâte et tendait les mains vers lui.

— Tu es devenu assez costaud, mec. Ça te va bien.

— J'ai commencé à m'entraîner avec l'équipe locale des broncos. Mais j'ai tendance à prendre trop de muscle pour être bon dans la compétition.

Ginny effleura son pectoral droit et son épaule du bout des doigts, la main grande ouverte prenant son biceps et son triceps.

— Tu as fait du rodéo ?

Il gratta légèrement des ongles la peau de Ginny, les coins de sa bouche de nouveau relevés.

— Tu veux vraiment en parler maintenant ?

— Je fais simplement la conversation, le taquina-t-elle.

— Je dois occuper ta bouche, répliqua-t-il.

Elle se dirigea vers le bouton de son jean.

— Je suis partante.

Il repoussa ses mains et s'occupa lui-même des détails. Un centimètre après l'autre, une peau lisse fut exposée alors que le jean disparaissait.

Un centimètre après l'autre, son érection fut également

révélée. Dure et se dressant vers son ventre alors qu'il lançait ses vêtements.

Mais quand Ginny tendit la main, avec l'intention de prendre possession de sa récompense, Tucker la repoussa encore une fois contre le matelas, la dominant de sa taille, sévère et sexy.

— Ne bouge pas.

Lentement, très lentement, il s'abaissa. Sa peau chaude rencontra des baisers enfiévrés, et toutes les inquiétudes de Ginny disparurent.

C'était ça qui lui avait manqué le plus. Pas le sexe, mais l'intimité dans tout ça. La langue de Tucker qui taquinait la sienne avant de s'esquiver pour la tourmenter sous son oreille, sur le dessus de sa clavicule et sur la courbe de son sein jusqu'à son mamelon.

Pendant tout le temps où Tucker l'embrassait et la mordillait, il se frottait contre elle. Son corps était dur, chaud, possessif et parfait.

Il glissa une main plus rapide que ses lèvres, la posant fermement sur son sexe. Là, il y avait davantage de chaleur, il frotta lentement sa paume contre l'emplacement sensible au milieu. Alors qu'il suçait un mamelon, il pressa un doigt entre ses poils bouclés et le glissa dans son intimité humide.

Le front de Tucker toucha sa poitrine et il respira en tremblant.

— Tu mouilles tellement, Seigneur.

— Tu m'excites, admit Ginny. Tu es pratiquement une machine à faire des rêves obscènes.

Cela lui attira le reniflement d'amusement qu'elle avait espéré.

Cela lui obtint également plus qu'elle ne s'était imaginé, parce qu'en un instant, toute lenteur fut oubliée.

Tucker se laissa tomber entre ses cuisses, plaça la bouche sur son sexe et s'en donna à cœur joie. Sa langue caressa ses grandes lèvres puis se glissa entre elles longuement et intensément. Ensuite, sous des caresses rapides et nettes, son clitoris bourdonna pratiquement, signe avant-coureur de la tempête qui approchait rapidement.

Tucker glissa de nouveau son doigt à l'intérieur, la taquinant toujours, et les picotements s'étendirent encore plus.

Il ajouta un autre doigt, la caressant lentement, puis plus vite, la stimulant exactement au bon endroit jusqu'à ce que ses hanches vibrent presque.

— C'est ça, ma beauté. Jouis sur mes doigts. Montre-moi la manière dont tu vas enserrer ma verge la prochaine fois qu'on couchera ensemble. Parce que je vais te prendre durement. Te plier en deux et te pénétrer jusqu'à la garde, puis je te ferai l'amour jusqu'à ce que tu te sentes cotonneuse.

Ses doigts... si profondément en elle. Elle était si comblée. Il la taquinait, la caressait et...

Ginny explosa. Son orgasme arriva précipitamment, tourbillonnant pendant une seconde avant de se transformer en un million d'étoiles qui s'échappaient dans une déflagration cosmique.

Tucker jura, ajusta sa position et se mit à genoux sur le lit près d'elle. Il tenait sa verge en main, pompant furieusement tout en fixant Ginny des yeux. Son regard passait de ses seins à ses lèvres, puis entre ses jambes où elle se caressait paresseusement pour prolonger le déferlement de plaisir.

— *Nom d'un chien.*

Le gland épais de sa verge apparaissait et disparaissait dans sa main encore et encore. Ses abdominaux se tendirent encore plus lorsqu'il laissa tomber sa tête en arrière, le sperme gicla sur les hanches et le ventre de Ginny en lignes d'un blanc pâle alors qu'il déversait son orgasme.

Parfaitement obscène. Obscène et parfait.

Tucker se rassit sur ses chevilles, son torse se soulevait à chaque brusque inspiration alors qu'il s'efforçait de reprendre son souffle.

— Toi, alors.

— Eh oui...

Ginny étira les bras au-dessus de sa tête, les ramenant lorsque ses articulations cognèrent la paroi du van.

Il sourit d'un air narquois.

— L'espace est restreint.

— C'est ce qu'ils disent tous.

Ce qui provoqua un autre de ses rares sourires.

— J'apprécie que tu sois une fille salace, admit-il, seulement j'avais plutôt en tête qu'il n'y a pas assez de place pour t'emmener dans la douche et te laver.

— Plutôt pour me pilonner contre le mur, le taquina-t-elle. Tu as fait ça une année, tu te souviens ? Quand nous nous sommes retrouvés à Banff.

— Fais-moi confiance, affirma Tucker en se penchant pour attraper son tee-shirt, le glissant sur le ventre de Ginny en une caresse prudente pour la nettoyer un peu. Chacune de nos escapades est gravée dans mon esprit et dans mes rétines. Tu es une femme sexy, Ginny. Je n'ai aucun mal à me souvenir de chaque moment coquin que nous avons partagé.

Elle attendit qu'il ait terminé, puis écarta les draps et lui fit signe de venir.

— Après toi.

Tucker marqua une pause pour remettre son boxer.

Ginny se redressa sur un coude et le regarda avec une satisfaction profonde.

— Tu te sens timide ? Tu veux que je mette mon pyjama ?

— Oh que non, répondit-il rapidement, la rejoignant sur le matelas.

Il se plaça de façon qu'elle se retrouve enroulée dans un burrito du nom de Tucker, son dos nu pressé contre son torse, son derrière collé contre le tissu recouvrant sa longue verge.

— Je m'assurais seulement qu'il y a au moins une barrière pour que je ne commence pas à penser que je fais le rêve du siècle avant de découvrir que nous sommes partis dans une direction que nous ne voulons pas prendre sans préservatif.

— Bonne idée, dit Ginny en se détendant contre lui. Tucker ?

Il répondit plus lentement, plus doucement.

— Oui ?

— Je suis contente que tu sois là. À Silver Stone, mais aussi que tu sois au lit avec moi.

Elle n'avait jamais été du genre à se retenir. Pourquoi commencer maintenant ?

— Moi aussi. Maintenant, tais-toi et dors avant que je ne devienne grincheux.

— Comment peux-tu être grincheux après que tu viens juste de...

Il lui couvrit la bouche de la main, frotta son nez contre son cou alors qu'il chuchotait :

— Ferme-la, déesse.

Elle ricana, puis lui lécha la paume.

Tucker émettait encore un tout petit rire lorsqu'elle se nicha contre lui et s'endormit.

6

———

Un bourdonnement insistant chatouilla les oreilles de Ginny. Elle était tellement bien au chaud qu'il lui était difficile de se réveiller et cela parut encore plus difficile quand elle se rendit compte que *la raison* pour laquelle elle était aussi à l'aise, c'était la présence du corps musclé et élancé de Tucker contre elle.

Ils avaient tous les deux roulé sur le dos, mais leurs jambes étaient emmêlées, et la chaleur enveloppait leurs corps.

Bzzz, bzzz, bzzz.

Quand une nouvelle série de sonneries se déclencha, cette fois de l'autre côté de la pièce, accompagné d'un étrange son cliquetant, elle comprit brusquement. Elle avait des messages, et le téléphone de Tucker, à l'autre bout de la pièce, sonnait aussi.

Elle sortit de sous les draps et attrapa d'abord le sien, regardant une série de messages qui illuminaient son écran et qui venaient de Dare.

Elle les ignora un instant et se dirigea vers le jean de Tucker abandonné sur le sol. Son téléphone bourdonna encore,

93

cliquetant contre le linoléum. Elle sortit l'engin de sa poche et aperçut le prénom de son frère Luke.

Ginny lança un coup d'œil vers le lit.

Tucker s'étirait paresseusement, ses yeux bleu pâle l'examinant avec une passion grandissante.

— Pose ce téléphone, et je vais trouver un meilleur moyen de te réveiller, promit-il.

Ginny résista à l'envie de lui lancer l'appareil. À la place, elle chercha dans le sac de Tucker et en sortit un de ses tee-shirts qu'elle enfila tout en lui adressant un grand sourire.

— Je pense que tu devrais répondre à tes messages. Juste pour que mon frère ne se mette pas en tête de venir ici deux matins de suite pour un réveil matinal.

Tucker se redressa brusquement, tendant la main.

— Oui, bonne idée.

Ginny bondit d'abord sur le lit, puis sur les cuisses de Tucker, plongeant pour recevoir un baiser matinal avant de pouvoir y réfléchir à deux fois.

Il ne semblait pas avoir découvert le concept de la désagréable haleine matinale. Rien que la pression de ses bras autour d'elle alors qu'il la serrait fort... tout allait bien dans ce scénario.

Mais elle recula rapidement, juste au cas où.

— Ma sœur m'a envoyé des messages. Laisse-moi voir ce qu'elle veut.

Tous deux devaient avoir l'air sérieusement échevelés. Ils réorganisèrent les oreillers, s'y adossant confortablement pour regarder leurs téléphones.

— Je jure devant Dieu que nous devons avoir l'air d'une de ces pubs désastreuses sur les réseaux sociaux. « Plus personne ne communique... » marmonna Tucker doucement, mais il ouvrit quand même ses messages du pouce.

Ginny ricana puis baissa les yeux pour voir ce que Dare lui avait balancé.

Dare : *Il est sept heures, réveille-toi, réveille-toi.*

Dare : *Boxing Day[1], et je dois faire un million de choses, mais je veux te parleeeeeeeeer.*

Dare : *Réveille-toi, la marmotte. Je n'arrive pas à imaginer qu'il te soit arrivé quoi que ce soit qui t'aurait épuisée au point que tu dormes encore.*

Dare : *Ding*

Dare : *Ding*

Dare : *O.K., je vais arrêter maintenant, juste au cas où tu dormirais vraiment. Feignasse. Envoie-moi un message !*

Ginny émit un petit rire en lui répondant.

Ginny : *La maternité n'a pas du tout augmenté ta patience.*

Dare : *Je te ferai savoir que je suis extraordinairement patiente dans certains domaines. Tu n'es pas l'un d'eux. Le rassemblement Coleman aujourd'hui se fait au ranch de Whiskey Creek pour des combines de Boxing Day, comme dirait Lisa. Quel méfait commets-tu ?*

Ginny lança un coup d'œil à Tucker, qui faisait des grimaces alors que ses pouces se déplaçaient sur l'écran. Oh, elle avait bien certains méfaits en tête. En parlant de ça...

Ginny : *D'une. J'ai dit à Caleb ce qui me contrariait, comme tu me l'as suggéré, et tout est cool, terminé et oublié.*

De deux. Tamara m'a donné un cadeau de ma mère qui est resté emballé pendant presque quatorze ans.

De trois. Je suis actuellement au lit avec Tucker.

Elle appuya sur « envoyer » avec jubilation.

Tucker lui donna un coup de coude dans les côtes.

— L'expression sur ton visage en ce moment est carrément machiavélique.

— Parle à mon frère et ignore-moi. Je m'amuse avec ma sœur, ordonna Ginny, mais elle se pencha, regardant l'écran de Tucker. Est-ce que tu lui parles de nous ?

Il soupira.

— Je suppose que ça signifie que tu viens de dire à Dare où nous sommes, non ?

Avant que Ginny ne puisse répondre, son téléphone résonna de trois *ding* rapides d'affilée.

— Je reviens vers toi là-dessus, répondit Ginny à Tucker.

Sur son téléphone, Dare faisait tout sauter.

Dare : *Nom d'un chien !*

Dare : *C'est pour tes trois bombes.*

Dare : *Est-ce que tu t'es amusée ? Tu t'es protégée ?*

Bien sûr, Dare se concentrait sur la partie avec Tucker.

Ginny : *Oui, maman. Plus protégée qu'une certaine* autre *personne que je connais.*

Dare : *Arrête. Nous avions utilisé des préservatifs. En tout cas, est-ce que c'était bien ?*

Ginny : *Comme toujours. Raconte-m'en plus là-dessus, la prochaine fois. En ce moment, je suis un peu plus concentrée sur le cadeau de maman.*

Cette fois, le message mit un peu plus de temps à arriver, et Ginny craignit que sa sœur ne soit probablement en train d'écrire une énorme missive. Elle lança un coup d'œil vers Tucker et l'examina de nouveau.

Il avait posé son téléphone et la regardait.

Elle pouvait aussi bien s'en tenir à la vérité.

— Oui, j'ai dit à Dare que toi et moi étions au lit ensemble. Elle est au courant pour toutes les autres fois. Je te l'avais dit, et tu m'avais répondu que c'était bon.

Il haussa les épaules.

— Je m'assure de bien tout comprendre pour qu'il n'y ait pas de malentendu plus tard.

Ça ne ressemblait pas à « hé, ho, pas de souci ».

— Qu'est-ce que ça veut dire ?

Il se pencha en avant.

— Ça veut dire qu'une fois que tu auras terminé de parler

avec ta sœur, nous aurons une autre conversation sur les affaires sexuelles, *capisce* ?

Ding.

Ginny agita une main.

— Je reviendrai vers toi aussi là-dessus. Mon personnel appellera ton personnel.

Cela lui fit gagner un tressaillement de lèvres. C'était stupide à quel point cela lui procurait une sensation agréable.

Dare avait vraiment écrit un mini-roman.

Dare : *D'abord, je suis contente que tu aies parlé à Caleb. Je suis contente que ce soit derrière vous.*

Je dois te le dire... tu es tellement douée pour dire la vérité, et j'en suis contente. À ta place, j'aurais mariné dessus pendant trois ans et j'aurais fini par détester tout le monde, y compris moi-même. Mais comme tu l'as dit, tu en as parlé, c'est terminé, c'est fait. Je t'aime.

Dare : *Ensuite. Le cadeau de ta mère. J'ai lu ça, et je te le jure, un paquet de papillons se sont envolés dans mon ventre. C'est le truc le plus incroyable que j'aie entendu depuis longtemps.*

Comment vas-tu ? Veux-tu que je descende et que je sois là quand tu l'ouvriras ? Veux-tu que... je ne sais même pas quoi proposer. Dis-moi ce dont tu as besoin, et je serai là pour toi.

Je t'aime tellement, et je suis tout aussi excitée que terrifiée pour toi en ce moment.

Oui. Sa sœur comprenait totalement.

Il lui fallut un moment pour rédiger sa propre réponse.

Ginny : *Je t'aime aussi. En ce moment, le cadeau se trouve sur le dessus de la commode, planant d'un air menaçant. Merci beaucoup de m'avoir proposé d'être là quand je l'ouvrirai, et je te prendrai totalement au mot en dehors du fait que ce n'est pas une bonne idée, parce que c'est toi qui as des bébés, et tu veux venir à moi ? Si j'ai besoin que tu me tiennes la main, je l'admettrai et je traînerai ma carcasse jusqu'à toi.*

Ginny : *Mais c'est déjà un peu moins paralysant. Je pense que je vais peut-être ouvrir d'abord l'enveloppe pour voir à quel point maman avait décidé d'être émotionnellement dévastatrice. Ce pourrait être une carte avec un chien qui pète dessus, et il n'y aura pas vraiment de réaction violente devant ça. Tu comprends ce que je veux dire ?*

Dare : *Je vois bien ta mère faire ça.*

Ginny : *Moi aussi.*

Dare : *Mes bébés m'appellent, et mon homme agite frénétiquement les bras. Je dois y aller. Appelle-moi si tu as besoin de moi.*

Ginny : *Sans faute.*

Dare : *Je t'aime, Truth[2].*

Ginny : *Je t'aime, Dare.*

Ginny fixa son téléphone pendant une minute, la formulation faisait tellement partie de son passé.

Tucker passa les doigts sur son bras en une douce caresse.

— Ça va ?

C'était bon de répondre, encore une fois, honnêtement.

— Je pense que oui.

Elle avait des gens bien autour d'elle. Tellement de personnes prêtes à la soutenir et à l'aider, et c'était ce qu'elle avait voulu être pour eux. D'un grand soutien.

Le germe d'une idée commença à grandir.

À PEINE plus de sept heures, et la journée s'annonçait déjà spectaculaire. Tucker se redressa pour que Ginny et lui soient face à face.

— Comment va Dare ?

Un véritable sourire de contentement apparut sur le visage de Ginny.

— Elle va bien. Ses trois bouts de chou sont adorables, et son mari est tellement raide dingue d'elle que c'est plutôt énervant d'être dans la même pièce qu'eux. De plus, elle a une horde de Coleman à sa disposition.

— Oui, mais elle ne t'a plus, signala Tucker.

Ginny hocha lentement la tête.

— J'étais contente d'avoir terminé mon apprentissage de compagnon à temps pour être là quand Dare a eu ses jumeaux. Et même si j'ai maintenant eu trop de nuits sans sommeil pour un humain qui ne soit pas un parent, j'ai adoré être là-bas avec les bébés. Mais maintenant, il est temps de passer à autre chose. Pour nous deux.

— Ce qui se traduit par ta présence au ranch ? demanda Tucker.

Il avait vraiment besoin de connaître la réponse. On l'avait laissé entendre la veille, mais jamais dit franchement. Tous ses projets ne serviraient à rien si elle ne restait pas. Parce que, pour autant qu'il veuille aider son oncle, pour autant qu'il aime Silver Stone...

Ginny était le facteur décisif.

Elle se redressa, les seins compressés dans le tee-shirt de Tucker. Il ramena son regard sur les yeux de Ginny, et elle sourit d'un air narquois.

— Tu es si facile à distraire.

— Réponds à la question, toi.

— Oui, dit-elle en hochant fermement la tête. Je suis *chez moi*, et je prévois d'être la meilleure... *quelque chose*. Je n'ai aucune idée de la façon de terminer cette phrase pour l'instant, parce qu'il y a beaucoup de choses en suspens, semble-t-il.

Elle n'avait pas idée.

Tucker agita son téléphone.

— Luke m'a dit qu'un match de hockey commençait à onze heures.

Ginny fronça les sourcils.

— Quelles équipes ont un match pour Boxing Day ?

Un rire lui échappa avant qu'il ne puisse s'en empêcher.

— *Ginny*. Du hockey sur l'étang. Tes frères et moi. Le

pauvre gentleman du Sud qui n'a probablement jamais été sur des patins à glace de sa vie.

— Oh, ce genre de hockey, dit-elle, l'espièglerie dansant sur son visage. Je me demande si mes anciens patins sont encore au sous-sol.

— Tu peux être gardienne pour mon équipe, proposa Tucker.

Elle en resta bouche bée après un hoquet dramatique.

— Primo, il n'y a pas moyen que je me tienne debout sans défense pendant que mes frères me lancent des palets durs comme de la pierre.

Comme elle ne continuait pas, il fronça les sourcils.

— C'est quoi le secundo ?

— Il n'y a pas de secundo. Le primo dit pratiquement tout. J'aime bien mes dents dans ma bouche, merci.

Il passa un bras autour d'elle et les fit rouler pour qu'elle se retrouve au-dessus de lui.

— J'aime bien comment tu es constituée aussi. Des dents, des lèvres, des seins spectaculaires.

Elle croisa les mains sur le torse de Tucker et posa le menton dessus.

— Vraiment ? C'est un intéressant rebondissement dans la conversation.

— Je continue simplement celle que j'ai entamée avant. Concernant le sexe.

Elle ne se raidit pas, mais Tucker en connaissait assez sur le langage corporel de Ginny pour interpréter qu'elle était en mode « observons ce qui va se passer ». Un peu prudente au cas où il lui balancerait quelque chose d'inattendu.

Il n'était pas encore prêt à lancer la véritable grenade, mais à un certain moment, cela arriverait. Jusqu'à ce que Caleb leur donne le feu vert, Tucker ne pouvait pas présumer que sa place était acquise. Ce qui impliquait de ne pas changer leur relation.

Pas encore.

Seule une chose n'était pas négociable.

— Nous avons eu de bonnes raisons de garder nos aventures secrètes. Jusqu'à ce qu'il y ait besoin de changer ça, ça me convient que Dare soit la seule à être au courant.

O.K., Ashton avait aussi laissé entendre qu'il avait des soupçons...

Tucker croisa le regard de Ginny sans hésiter. Ça ne prendrait que quelques jours au maximum avant qu'il ne puisse l'avouer.

Ginny tourna légèrement la tête.

— Tu n'as pas encore prononcé le « mais », n'est-ce pas ?

— Quelle femme intelligente. Le « mais », c'est... si quelqu'un le découvre, nous acceptons de dire la vérité et nous ne paniquons pas comme si nous vivions dans une sitcom gênante. Nous lui disons que nous sommes des adultes, et que notre décision ne concerne personne d'autre. Cacher quelque chose à mes amis parce que ce ne sont pas leurs affaires, c'est complètement différent de leur mentir en les regardant dans les yeux.

Ginny leva une main en l'air.

— Je suis la personne la plus honnête de toute la famille Stone. De plus, je suis d'accord avec toi, mais s'il te plaît, pouvons-nous éviter de cracher le morceau, si c'est possible ? Je ne veux vraiment pas que quelqu'un te tabasse. C'est déjà assez grave que Luke et toi vous vous bagarriez... je n'approuve toujours pas, au fait.

Tucker haussa les sourcils, ignorant son commentaire sur la baston parce que c'était une confrontation inévitable, et il ne voulait pas l'avoir maintenant.

— Je suis sûr que Luke clamerait que c'était ta faute. Ce qui est tout à fait le cas, si on est honnêtes.

— Tu me désirais tout autant que je te désirais, dit Ginny.

Ça avait été le cas, après qu'il s'était remis du choc quand elle l'avait dragué.

— Je n'avais jamais rien suspecté, mais je suis vraiment content que tu m'aies fait des avances à ce moment-là. En tout cas, avec le recul.

Elle lui fit un immense sourire.

— Oui, une fois que tu as cessé d'essayer d'être héroïque. Puis une fois que tu as cessé d'être scandalisé à l'idée de te faire la sœur de Luke. Et une fois que tu as cessé de...

— Tu vas bientôt finir ? demanda-t-il d'une voix traînante.

Elle le tapa sur les côtes puis transforma ça en chatouilles.

Elle connaissait tous ses points sensibles, et en tira impitoyablement avantage. Le temps qu'il l'attrape par les poignets et la tire jusqu'à ce qu'elle se retrouve en position de cuillère contre lui, ils étaient de nouveau détendus et contents, à l'aise l'un avec l'autre, ce qui amena Tucker à dériver de nouveau vers des pensées très spécifiques.

C'était agréable d'avoir une relation simple et directe. Tout le reste était compliqué ces temps-ci. Même un des messages de Luke avait été un peu étrange. Au milieu de la discussion sur le hockey et un plan qui impliquait des motoneiges, l'ami de Tucker avait lâché une bizarrerie.

« Il faut qu'on trouve un moment pour parler aujourd'hui. »

Hum, ouais ? Tucker était à fond pour, mais ce mystérieux commentaire lui avait fait se demander si Luke avait une vague idée de la véritable relation qu'il entretenait avec Ginny.

Actuelle relation, que Tucker avait hâte de faire passer au niveau supérieur.

Ginny serra le bras qu'il avait passé autour d'elle.

— Laisse-moi me lever. Je dois savoir.

Elle sortit du lit alors qu'il restait là, curieux de ce qu'elle allait faire.

Avant qu'ils ne commencent à se bécoter, elle avait placé l'enveloppe sur le cadeau en équilibre au-dessus de la commode. Maintenant, elle revenait avec l'enveloppe à la main, la fixant comme si c'était un serpent sur le point de frapper.

— Tu vas ouvrir ton cadeau ? demanda-t-il doucement.

Après une longue et lente inspiration, elle secoua la tête.

— Juste ça.

Puis, putain, elle rampa droit sur les cuisses de Tucker. Elle plaça les bras de celui-ci à son goût, s'en entourant le torse jusqu'à ce qu'il la retienne en place.

Elle ouvrit l'enveloppe et en sortit une carte.

— *Merde*[3], chuchota Ginny.

Tucker déposa un rapide baiser sur sa joue.

— Arrête si c'est trop dur.

— Je veux le faire.

Elle releva la carte à la verticale et la tint devant elle pour qu'il puisse la voir aussi. Elle avait été achetée en magasin, et présentait une scène bucolique et idyllique à l'avant. Au premier plan, des chevaux paissaient et d'énormes montagnes s'élevaient derrière eux.

Elle entrouvrit le bord, et un morceau de papier plié et une chaîne en argent glissèrent sur ses cuisses. Ginny les ignora et termina d'ouvrir la carte.

L'intérieur était vide en dehors de deux textes séparés.

« Joyeux seizième anniversaire à ma petite fille, qui n'est plus si petite que ça maintenant. L'année à venir sera pleine d'aventures, de même que toutes les années qui suivront. Je sais que, quoi que tu choisisses de faire, tu y seras brillante, parce que tu es ma pile électrique. Toujours pleine d'énergie, égayant tout où que tu ailles. Joyeux anniversaire, ma puce.

Ton papa »

« Joyeux anniversaire à ma fille de la nature. Te regarder grandir a été une joie et un plaisir. Seize ans, c'est un anniversaire particulier, alors profite de tes nombreuses bougies et amuse-toi bien. Je t'aime.

Maman »

Ginny s'appuya contre Tucker, posant la joue contre la

sienne. Elle caressa ses doigts et fixa la carte pendant un instant.

— Est-ce bête de dire que je peux entendre leurs voix en lisant ces mots ?

— Pas du tout, répondit Tucker en l'étreignant. Je suis content. C'étaient des gens bien, et ton père avait raison. Tu illumines chaque endroit où tu vas.

Les yeux de Ginny étincelèrent.

— Merci. C'est très gentil de dire ça.

Elle baissa la main et prit la chaîne.

— C'est le collier le plus étrange que j'ai jamais vu, dit Tucker.

— Moi aussi.

Ginny leva le pendentif dans sa paume. Ce n'était pas tout à fait un carré, pas tout à fait un triangle, le bois était d'un doré poli, mais rien de super chic.

— Je veux dire, c'est joli, mais c'est un morceau de bois, ajouta-t-elle. Un vieux morceau de bois.

Tucker souleva le papier plié.

— Tu es prête à faire ça maintenant ?

— Putain, pourquoi pas ?

Elle déplia lentement la page et ils s'immobilisèrent.

7

La page devant eux n'avait aucun sens. Essentiellement des dessins, sommairement esquissés et inexplicables.

— Mon père, dit Ginny d'un ton aussi pince-sans-rire que possible, parce que la déception l'avait envahie. Je suis presque sûre qu'il pensait être malin, mais ses talents pour le dessin étaient affreux. Est-ce un cheval, ou un éléphant ?

— Un hippopotame, suggéra Tucker. Quoique, le fait que tu vis dans un ranch indique probablement que c'est un cheval. Ou une vache.

— Probablement, mais pas sûr.

Oh, non. Elle croisa le regard de Tucker sans hésiter.

— C'est là que je dois maudire un peu mon moi à seize ans. Tu sais ce qui m'obsédait le plus durant cette période ?

Tucker grimaça.

— Suis-je censé dire le nom d'un *boys band* là ? Oh, je sais. Kenney Chesney[1]. Il a toujours été là, non ?

En matière de supposition, ce n'était pas mal.

— Cette année-là, c'était ma phase de puzzles et de trucs geek. J'ai écrit toute une rédaction en klingon. Quand le professeur s'est plaint, je l'ai recommencée, seulement, cette fois en

105

haut-elfique. J'envoyais des messages à Dare en classe en utilisant le carré de Playfair, puis je les laissais délibérément tomber sur le sol pour que d'autres gamins les ramassent et soient perdus.

Il haussa les sourcils.

— Tu penses que tes parents t'ont donné une énigme pour ton anniversaire ?

Elle agita le papier en l'air.

— Cette partie-là, en tout cas.

Ce n'était pas le coup au cœur qu'elle avait craint, et par certains aspects, c'était bien.

Elle lança un bref coup d'œil à la boîte puis secoua la tête.

— D'accord, la carte s'est avérée être moins bouleversante que je ne m'y attendais, mais je ne suis plus prête à tenter le sort. Le reste du paquet devra attendre plus tard.

Tucker acquiesça.

— Si c'est ce que tu veux, alors continuons notre journée. Tu veux que je te fasse un café pendant que tu prends une douche ?

C'était un homme très, très bien.

— Puisque les fées du préservatif magique ne sont pas apparues, je vais accepter la seconde option, toute proche de la première, pour me faire gâter.

Il avait le visage impassible, mais elle voyait bien qu'il était amusé.

— Je vais devoir te rappeler à quel point le sexe est agréable. Ça ne me dérange pas que le café soit une seconde option, mais elle ne devrait pas être toute proche de la première.

— Un café et *une douche*, souviens-toi de ça, dit Ginny.

Elle se jeta sur lui et lui vola une autre étreinte. Elle inspira son odeur et se demanda quels dommages pouvait subir un système nerveux en faisant le yoyo en succession folle pendant un paquet de jours d'affilée.

Le café était prêt comme promis quand elle sortit de la salle de bains. Et miracle parmi les miracles, il y avait de la nourriture dans le frigo, alors pendant que Tucker se douchait, elle prépara le petit déjeuner. Le premier petit déjeuner, comme des hobbits, parce que quelle que soit la maison dans laquelle ils iraient ensuite, c'était sûr que quelqu'un les nourrirait à nouveau.

Mais quand Tucker dévora trois des sandwichs aux œufs qu'elle avait préparés sans marquer de pause pour respirer, elle sut que cuisiner avait été la bonne décision.

Il se radossa enfin à sa chaise, hochant la tête avec approbation.

— Merci. Je sais que les œufs au plat ne sont pas ce que tu préfères, mais ça m'a aidé à avoir une bonne base pour que ne pas mourir pas de faim avant la fin de la matinée.

Avant qu'ils ne partent, couverts contre le froid, Tucker la surprit sérieusement quand il la serra étroitement dans ses bras et l'embrassa férocement.

Elle profita de chaque seconde, y compris les étoiles flottant devant ses yeux quand il la lâcha enfin.

— Waouh. Merci ?

Il lui lança un clin d'œil.

— Puisque nous voulons garder ça entre nous, j'avais besoin d'une recharge avant que nous nous montrions en public.

Ils sortirent et se retrouvèrent dans le champ couvert de neige blanche aveuglante.

— Je pense que j'aimerais aller dire bonjour aux filles. Également connues sous le nom des mignonnes à croquer dans la maison de mon frère.

— Je vais voir si Luke a encore des restes à manger. Il m'a demandé de le rejoindre.

Tucker agita la main et se dirigea dans la direction opposée.

C'était trop tentant. Ginny ramassa de la neige et la

comprima rapidement en une boule bien ferme. Elle recula le bras et visa…

Tucker ne regarda pas en arrière, il lança simplement par-dessus son épaule :

— Si tu me lances quoi que ce soit, je me vengerai.

Eh bien, zut.

— Quand t'es-tu fait installer des yeux à l'arrière de la tête ? demanda-t-elle.

— Je vois tout. Je sais tout.

Elle leva la boule plus haut, menaçante, mais il se mit à rire et pointa le rétroviseur de la camionnette devant laquelle il passait.

— Je plaisante, dit-il.

Ginny gloussait encore lorsqu'elle s'approcha de la porte de derrière de la maison où elle avait grandi. S'avançant sans regarder pour prendre le petit virage légèrement en retrait qui rejoignait le porche, elle faillit se cogner les genoux sur un banc qui n'était pas là la dernière fois qu'elle était venue.

Familier. Tout nouveau. Elle rebondissait entre ces deux sensations à chaque fois qu'elle se retournait.

Mais lorsqu'elle entra dans la maison, l'odeur dans la pièce était parfaite.

— S'il vous plaît, dites-moi que vous n'avez pas mangé tout le bacon, annonça Ginny bruyamment.

Six têtes pivotèrent vers elle depuis la massive table ronde de la cuisine, où la famille de Caleb, plus Dusty et son ami étaient assis. Sept, lorsqu'elle remarqua Tyler dans sa chaise haute.

Tamara lui fit signe d'approcher.

— Joins-toi à nous. Il y en a plein.

— Je n'ai besoin que du bacon, admit Ginny. Et « besoin » est probablement un mot trop fort parce que j'ai déjà mangé. Seulement, du bacon… n'importe quand, n'importe où, je me trompe ?

— Vous avez bien raison.

Le jeune homme dégingandé à la peau noire près de Dustin était debout, s'essuyant la bouche avec une serviette avant de lui tendre une main.

— Je m'appelle Shim. Tenez. Il y a une chaise de plus pour vous.

Quand il recula la robuste chaise à droite de sa propre chaise, Ginny se mordit la lèvre pour s'empêcher de plaisanter.

À la place, elle sortit ses bonnes manières.

— Merci.

Elle s'assit, regardant Tamara. L'amusement de sa belle-sœur fut évident pendant une fraction de seconde avant qu'elle n'attrape l'assiette avec le bacon restant et la fasse circuler autour de la table jusqu'à Ginny.

— Tu as mangé ? Ça veut dire que tu as trouvé les provisions, alors.

— Oui. Merci. C'était agréable de cuisiner quelque chose de simple quand j'en ai eu envie.

— Je me suis dit que ça avait pu te manquer dernièrement.

Tyler frappa son plateau et émit un cri de protestation.

Tamara offrit un autre morceau de pain badigeonné de beurre de cacahuète à Tyler.

— Arrête de grogner comme un ours, s'il te plaît. Ou grogne plus doucement pour que nous puissions nous entendre.

— Grrr, provint de Sasha, qui sourit d'un air extrêmement narquois puis donna un coup de coude à sa sœur. *Grrrrrrr*.

Emma gloussa et se joignit brièvement à elle avant de dire sérieusement à Tamara :

— Nous sommes les trois ours, mamounette.

Caleb leva son café, cachant un sourire derrière son mug. Toute la famille était tellement à l'aise et authentique, et Ginny était contente d'être de retour au beau milieu de tout ça.

Dustin contourna Shim pour attirer l'attention de Ginny.

— Hé. Tu viens au lac pour nous encourager ? Shim et moi nous allons nettoycr la glace après le petit déjeuner.

— Je pensais aller chercher mes vieux patins au sous-sol, avoua Ginny. Ça date un peu, mais je pense que je me souviens encore comment on fait.

— Vous voulez être dans notre équipe ? demanda Shim.

Dustin grogna.

— Oh, s'il te plaît. Non.

Un reniflement moqueur échappa à Ginny, mais elle le couvrit du mieux qu'elle put.

— Est-ce que ce *non* était pour moi ou Shim ?

— Shim, répondit Dustin instantanément. *Et* toi. Il y aura bien trop de gars sur la glace. Tu devrais patiner dans un endroit plus sûr.

Sasha avait écouté attentivement et s'immisça à ce moment-là dans la conversation.

— Qu'est-ce que ça veut dire ? Ce ne sera pas sûr de patiner ?

— Euh, commença Shim, sa tête tournant d'un côté à l'autre alors qu'il essayait de suivre la conversation. Je croyais simplement que...

— Papounet, nous voulons patiner aussi, l'interrompit Emma, la tristesse dégoulinant de sa petite voix.

— Oui. Nous le ferons, dit Sasha en lançant un coup d'œil à son petit frère. Je dois apprendre à Tyler comment patiner.

— Bien sûr, ma puce. C'est pour ça que Dustin va dégager un second espace pour que toi, Emma et tes amies puissiez l'utiliser pour patiner. N'est-ce pas ? demanda Caleb en levant le regard vers son plus jeune frère.

— Bien sûr, répondit Dustin en se penchant de nouveau en avant. Tu pourras patiner sur celle-là, Gin.

— Eh ben, merci, *Dus*.

Il la foudroya du regard.

— Ce n'est pas drôle.

— C'est tordant, rétorqua-t-elle avant de l'ignorer et d'empiler soigneusement trois morceaux de bacon.

Elle les souleva et croisa le regard d'Emma.

— Tu sais ce que c'est ? lui demanda-t-elle.

— Arrête de jouer avec la nourriture, ronchonna Caleb, mais il était clairement amusé.

— Tu ne joues pas au hockey avec nous, gronda Dustin, un son ressemblant étonnamment à Tyler.

— Un bacon... commença Emma en fronçant les sourcils. Je ne sais pas.

Sasha pencha la tête alors qu'elle annonçait :

— Un sandwich à trois étages sans pain ?

— Trop à mettre dans ta bouche en une seule fois ? dit Tamara presque en même temps.

Plus la conversation agitée et chaotique durait longtemps, plus les yeux de Shim s'agrandissaient, son sourire également.

Cette fois, ce fut Ginny qui se pencha sur la table, contournant Shim alors qu'elle agitait le bacon en l'air vers Dustin.

— C'est de la vitamine pour super-patineuse, ce qui signifie que dans une minute, je serai inarrêtable.

Elle croqua dedans avec vigueur. Le bacon se brisa en minuscules morceaux délicieux dans sa bouche, et Sasha et Emma exultèrent de joie.

Malheureusement, le morceau toujours entre ses doigts se brisa lui aussi, arrosant le pauvre Shim d'une fine couche de graisse croustillante.

Il se mit à rire alors même qu'il époussetait les miettes et regardait autour de la table.

— Vous êtes géniaux.

— Tu es enfant unique, n'est-ce pas ? demanda Caleb d'un ton pince-sans-rire.

— Oui, monsieur, répondit Shim avant de tousser quand Dustin le frappa sur le torse. *Ouille*, pourquoi tu as fait ça ?

— Il n'est pas un *monsieur,* c'est mon frère, dit Dustin d'une voix traînante avant de croiser le regard de Caleb. Enfin, tu es génial et tout, frangin, mais putain...

Les lèvres de Caleb tressaillirent, mais il ignora Dustin et examina son ami.

— Tu peux m'appeler Caleb si tu veux, mais peu importe, choisis ce qui te met à l'aise. Ça ne me dérange pas.

Le jeune homme hocha la tête.

— Merci.

Ginny ne se souvenait pas que Caleb souriait autant avant. Maintenant, il souriait presque d'un air narquois en agitant la main d'un air dédaigneux vers Dustin et Shim.

— Si vous avez assez mangé, mettez-vous au boulot pour dégager les patinoires. Le reste de la bande sera là en un rien de temps.

Ils bondirent sur leurs pieds, remercièrent Tamara pour le repas et se dirigèrent vers la porte.

— Eh bien, c'était le repas le plus calme et paisible que nous ayons eu depuis des lustres, dit Tamara alors que Tyler commençait à se plaindre.

Elle le hissa hors de la chaise haute et le tendit à Caleb.

— Tenez, monsieur. Un enfant pour vous divertir. Laisse la vaisselle. Je m'en occuperai tout à l'heure. Pour l'instant, Ginny et moi devons aller trouver des patins à glace, parce qu'elle a un match pour lequel se préparer.

— Foutrement vrai, confirma Ginny, qui enchaîna immédiatement par : Oups, je voulais dire, tu as bien raison.

Emma gloussa, et Sasha se mit à rire. Caleb secoua la tête, mais il embrassa Ginny sur la joue puis rassembla ses enfants.

— Venez. Votre maman mérite une pause. Vous serez mon équipe de nettoyage.

— Ce qui signifie que toi et moi, nous avons un trésor à trouver, dit Tamara à Ginny fermement alors qu'elles descendaient les escaliers.

Un trésor. Un rappel du mystérieux cadeau et de l'énigme

que Ginny devait résoudre. Mais pour l'instant, ceci était plus important. Du temps en famille, avec ses nièces et ses frères.

Du temps pour botter les fesses de son petit frère. Elle avait vraiment hâte.

TUCKER ne se donna pas la peine de frapper en rejoignant la maison de Luke. Cependant, il lança un coup d'œil avant d'entrer dans la cuisine, juste au cas où. Inutile de faire une peur bleue à qui que ce soit.

Enfin, sauf peut-être à Luke. Lui faire peur serait impayable.

La cafetière était en route, mais personne ne se trouvait dans la pièce. Tucker s'approcha à grands pas et fit comme chez lui, remplissant un mug à ras bord et l'arrangeant comme il fallait.

Il se retourna et faillit sauter au plafond. Luke se tenait à quelques centimètres derrière lui, souriant férocement.

— Enfoiré, ronchonna Tucker alors que du café chaud débordait sur ses doigts.

Il passa son mug dans son autre main et plaqua énergiquement sa paume contre l'épaule de Luke pour l'écarter de son chemin.

— Bonjour, sale imbécile.

— Bonjour, rayon de soleil, répondit Luke en prenant son propre mug de café. Est-ce que tu as trouvé la nourriture que j'ai mise dans le frigo ? J'ai vu que tu avais déjà des trucs dedans, mais je me suis dit : « Pourquoi pas ? Je pourrais aussi bien la laisser. »

— Oui, merci.

Inutile de s'étendre sur ce commentaire.

Luke lui fit signe d'aller vers les deux fauteuils devant la cheminée. Ils étaient disposés sur un côté de la salle de séjour, un endroit cosy pour que deux personnes y passent une matinée.

— Assieds-toi une minute, ordonna son ami.

— C'est un chouette coin.

Tucker regarda autour de lui avec approbation. Rien d'excessif. La construction de la maison était solide, mais tous les meubles semblaient venir d'un magasin de seconde main.

— Je parie que c'est là que Kelli et toi vous vous asseyez le matin quand vous en avez l'occasion.

— Tu as tout compris, acquiesça Luke avant de faire la grimace. Bien sûr, que nous ayons tous les deux notre matinée n'arrive que deux fois par semaine. Ashton fait de son mieux, mais il est presque impossible d'éviter d'assigner l'un de nous ou les deux à une équipe du matin.

— Peut-être que c'est quelque chose qui peut changer.

En fait, si Tucker avait son mot à dire, il s'en assurerait.

Oui, son oncle avait des années d'expérience, mais si la situation changeait comme il l'espérait, c'était une chose qui devait se faire.

Luke avait l'air confus.

— Tu connais un moyen de diviser le temps des corvées par deux ? Ou un moyen d'ajouter des heures à la journée ?

— Je connais un moyen parfaitement simple de diminuer vos heures de travail, dit Tucker d'un ton laconique.

Il marqua une pause, prit une gorgée de son café et émit un son de satisfaction.

— Putain, continua-t-il. C'est bon.

Luke se carra dans son fauteuil et se mit à rire.

— Arrête de faire l'idiot. Dis-moi.

Tucker haussa les épaules.

— Il semble que l'annonce de Caleb signifie qu'il y a un peu plus d'argent dans les caisses. Engagez plus d'ouvriers. Tu es le meilleur pour certains boulots. Kelli est incroyable dans ce qu'elle fait – et aucun de vous n'a besoin de continuer à faire du travail non qualifié.

Son ami cligna intensément des yeux.

— Nom d'un chien.

Un petit rire bas échappa à Tucker.

— Sérieusement ? Cette idée ne t'a jamais traversé l'esprit ?

Luke secoua la tête.

— Ma première pensée a été pour tout l'argent que je prévoyais de dépenser dans le troupeau et l'équipement de dressage.

— Tu vas devoir décider de tes priorités, mais il me semble qu'avoir plus de temps à passer avec Kelli est suffisamment précieux pour trouver un moyen de faire en sorte que ça se produise.

L'estime se lut sur le visage de son ami alors qu'il hochait lentement la tête.

— C'est bon de savoir que tu n'es pas seulement un péquenaud avec une belle gueule.

— Relou, dit Tucker laconiquement.

Luke se pencha, son mug de café posé sur le côté alors qu'il croisait intensément le regard de Tucker.

— Voilà le truc. Je me suis senti mal hier. Je ne voulais pas te faire partir précipitamment ni te donner l'impression que je ne voulais pas de toi dans le coin.

Ce fut au tour de Tucker d'être surpris.

— Je n'ai aucune idée de ce dont tu parles.

— Avec la présence de Jack et Diane, je n'ai pas remarqué que j'aurais dû prendre le temps de faire des projets avec toi, expliqua Luke en écartant les mains un instant. Je n'ai pas fait une très bonne transition, mais je veux que tu saches que je suis content que tu sois là. Et même si j'apprécie la compagnie de Jack, je veux aussi passer du temps avec toi. Ça fait bien trop longtemps.

Pouvoir passer du temps avec Luke était aussi sur la liste

« oh que oui » des super raisons d'emménager au ranch. Mais puisque Tucker ne pouvait encore rien dire...

Il cala un pied sur son genou et se pencha en arrière.

— Oui, tu m'as manqué aussi, trésor.

Luke renifla moqueusement.

— Bon. Pour le match de hockey aujourd'hui. Certains des gars de la caserne des pompiers et des ranchs du coin viennent aussi. Ce devrait être un bon moment.

— J'ai hâte, admit Tucker. Bien sûr, tu sais que je vais marquer plus de buts que toi.

— Dans tes rêves. Je parie que je vais en marquer au moins deux de plus que toi, rétorqua Luke d'un ton sec.

— Oooh, voyez qui est prétentieux maintenant. Tu crois que tu vas marquer au moins deux fois ?

— Tu es un vrai enfoiré, dit Luke mais il se mit à rire. Viens. Allons cuisiner. Jack et Diane se lèveront bientôt, et Kelli va revenir de l'écurie. Nous ferions aussi bien de préparer le repas pour pouvoir passer le reste du temps à te trouver de l'équipement afin que je puisse te botter les fesses.

— Est-ce que ça signifie que nous ne serons pas dans la même équipe ?

Tucker pensa à Ginny. Cela faisait des lustres qu'elle n'avait pas patiné sur la glace.

— Bien sûr que si, dit Luke. Je marquerai quand même plus de buts que toi, mais est-ce que tu as vu la taille de notre capitaine des pompiers ? Il est bâti comme un yeti. J'ai besoin de toi dans mon équipe pour équilibrer les chances.

La météo coopéra de manière considérable, le ciel était bleu avec une très légère trace de vent. Juste avant dix heures, Tucker s'assit sur le banc près de la zone dégagée sur Big Sky Lake et inspira profondément l'air frais jusqu'à ce que ses poumons le picotent.

Ginny se laissa tomber sur le banc près de lui et sourit.

— Hé, cow-boy.

— Tu as trouvé des patins.

Elle retira ses bottes et se mit à enfiler une paire de patins noirs et usés pour hommes.

— On dirait qu'on t'a équipé aussi.

Tucker se leva, vérifia son équilibre et regarda la foule qui grandissait sur la glace autour de lui.

— Ils sont un peu étroits, mais c'est jouable.

— Tu t'en sors bien dans les lieux étroits, le taquina-t-elle.

Les endroits que son esprit visita...

— Friponne.

Ginny leva les yeux alors qu'elle nouait les longs lacets au-dessus du patin, faisant une double boucle.

— Hé, va faire un tour vers la glace récréative. Caleb a dit qu'il voulait te parler.

Eh bien, mince. Il ne s'était pas attendu à être appelé aussi vite. Tucker inclina le menton alors qu'il attrapait sa crosse de hockey.

— On se voit dans un instant.

Il traversa la glace, testant les lames et résolvant quelques-uns des problèmes. Jack passa en lui adressant un pouce levé, tournoya, et continua avec un jeu de jambes chic de différents styles.

Eh bien. Qui l'eût cru ? Luke avait amené un pro.

Tucker ralentit alors qu'il descendait l'étroit chemin pour une personne qui avait été creusé au tracteur entre le terrain de hockey et le second de forme arrondie, envahi par beaucoup de personnes plus jeunes. Diane patinait près de Kelli, lente et prudente. Les filles de Caleb étaient là, et beaucoup de leurs amies. D'autres bancs étaient alignés du côté enneigé, et certaines des patineuses plus jeunes poussaient des chaises sur la glace pour garder leur équilibre.

Caleb se tenait au centre comme un grand arbre entouré par des fées malicieuses qui dansaient.

Tucker approcha prudemment, s'assurant de ne pas interrompre les filles qui chantaient.

Mais Caleb lui fit signe d'avancer.

— Ce n'est pas le cadre le plus professionnel, mais je me suis dit que tu voudrais savoir le plus vite possible. Ashton m'a parlé de ses projets. Il a dit qu'il allait te former pour pouvoir prendre sa retraite quand il le voudrait.

— J'ai déjà beaucoup de compétences...

Caleb agita la main.

— J'approuve. Tu n'as pas besoin de m'en convaincre. En fait, c'est presque exactement ce que je voulais. Ashton est un homme bien, mais il mérite de travailler un peu moins.

— Ce qui signifie que je peux travailler plus, promit Tucker avant de tendre une main à Caleb qui la serra fermement. Merci. J'apprécie vraiment cette opportunité.

— Nous rédigerons la paperasse dès que possible. Et nous parlerons de te trouver un logement plus permanent où vivre. Ça te va, là où tu es en ce moment ?

Tucker garda un visage parfaitement impassible.

— Je suis à l'aise.

Les pieds d'Emma se dérobèrent sous elle et elle atterrit sur la glace dans un *plop*. Caleb lui tendit la main tout en regardant par-dessus son épaule.

— Retourne à tes occupations. J'ai des gens avec qui patiner.

De retour de l'autre côté de la glace, Tucker se demanda si les lames de ses patins touchaient vraiment le sol. C'était l'entretien d'embauche le plus simple qu'il ait eu de sa vie. Putain, qu'est-ce qu'il appréciait les hommes directs comme Caleb ! Le lendemain, il éclaircirait les choses pour son travail dans les écuries.

Mais aujourd'hui, il était l'heure de jouer.

Un sifflet bruyant résonna à l'autre bout du terrain ouvert. Tous les joueurs de hockey se rapprochèrent, se tenant vaguement en demi-cercle autour de l'homme noir aux cheveux argentés qui les examina avec une satisfaction amusée.

— Je suis Malachi Fields. Je suis celui qui décidera si un but est valable ou pas...

— Sérieusement ? Du hockey sur étang avec un arbitre ?

Cela provenait d'un des pompiers volontaires.

— Tu n'as à l'évidence jamais joué avec nous, dit Luke d'une voix traînante. Considère ça comme à un demi-cran seulement de la coupe Stanley.

— Nous prenons notre hockey au sérieux, ajouta Dustin.

— J'espère que tu patines mieux que tu ne danses, cria un autre homme.

Dustin venait de prendre part à une levée de fonds pour la communauté, et il tournoya sur la glace puis écarta les bras en un geste bon enfant.

— Assez de jacasseries. Choisissez les équipes.

Luke et l'un des ouvriers en chef, Alex Thorne, furent nommés capitaines. Tucker essaya d'emmagasiner les noms qui étaient appelés, mais cela allait trop vite. Finalement, il était dans la même équipe que Luke, Dustin et son ami, Shim.

Étrangement, Ginny finit dans l'équipe adverse.

L'action fut rapide dès le premier instant, le palet volant sur la glace et ne disparaissant qu'occasionnellement hors du terrain délimité par des congères empilées.

Tucker trouva une échappée et fila sur le terrain, prêt à lancer le palet vers l'homme dans le filet quand quelque chose de la taille d'un camion fonça sur lui par le côté.

Tucker glissa de l'autre côté de la glace dégagée et termina dans la neige durcie.

Bradley Ford, le capitaine des pompiers contre qui on l'avait mis en garde, s'approcha et lui tendit une main.

— Désolé.

Tucker lui adressa un grand sourire alors qu'il attrapait son poignet et l'utilisait pour se relever.

— Pas de problème. Gardez votre crosse sur la glace.

Oui. Un cran en dessous de la coupe Stanley ? C'était loin d'être techniquement aussi bon, mais leur enthousiasme et leur détermination s'en approchaient vraiment. Le palet filait parfois si rapidement qu'on aurait pu croire qu'il y en avait plus d'un sur la glace.

— Hé. Qui a lancé les palets supplémentaires sur la glace ? rugit Dustin, ce qui fit bêtement rire Tucker.

Surtout quand Ginny fila à côté de lui, volant le palet sous la crosse de son frère et se dirigeant droit vers le filet. Seul Shim lui barra le chemin, et tous deux tombèrent comme une masse.

Elle se mit à rire quand elle se releva, mais Shim s'attarda assurément dans le coin trop longtemps au goût de Tucker.

La fois suivante quand le palet se mit en branle et que Dustin et Shim effectuèrent un mouvement en tenailles sur Ginny, Tucker décida qu'il était temps de changer de tactique. Ignorant complètement le filet, il patina derrière ses propres coéquipiers, donnant tranquillement un coup de coude à Dustin en direction de la glace rugueuse à l'extrême bord du terrain.

— Hé. Nous sommes dans la même équipe, se plaignit Dustin, cherchant frénétiquement à rester debout.

Tucker se retourna et patina en arrière, levant les mains en feignant de s'excuser.

— Désolé.

Il lança un coup d'œil par-dessus son épaule, planifiant sa trajectoire.

Ginny frappa la crosse de Shim avec la sienne.

— Ne me force pas à être méchante, l'avertit-elle.

— Montrez-moi votre meilleur coup, dit le gamin avec bien trop de sous-entendus. Je peux encaisser.

Le palet se dirigea droit sur eux trois, Luke criant le nom de Tucker.

Avec un air désinvolte de compétence, Tucker déplaça sa

crosse à la dernière seconde pour que le palet glisse, droit vers Ginny. L'instant d'après, il percutait Shim, sa masse et son élan les envoyant tous les deux voler jusqu'à ce qu'ils s'écroulent dans la neige sur le bord de la patinoire.

Tucker parla doucement alors qu'il foudroyait du regard le visage surpris du jeune homme.

— Surveille tes manières avec Ginny, l'avertit-il.

Puis il se leva et retourna à l'endroit où Ginny levait les deux bras en l'air après avoir marqué un but contre l'équipe de Tucker.

Luke patina à côté de lui, le visage dégoûté.

— Putain. Je n'avais aucune idée que cela faisait tellement longtemps que tu n'avais pas été sur des patins que tu avais perdu toute notion de coordination.

Tucker regarda Ginny, qui lui sourit, parfaitement consciente qu'il l'avait aidée.

— Oui. Je suppose que je dois travailler là-dessus.

8

―――――――――

Ginny délaçait ses patins à glace quand son frère Walker s'accroupit devant elle.

— Tu veux rentrer avec nous ? Nous pourrons passer l'après-midi ensemble puis je te ramènerai.

Elle était partante, mais elle avait aussi désespérément besoin d'aller en ville pendant que les magasins étaient ouverts, et c'était un excellent prétexte.

— Je prendrai ma propre voiture. Je veux prendre une douche, et je dois aller en ville pour acheter quelques trucs. Tu veux que j'apporte quelque chose ?

Il secoua la tête, se relevant.

— Nous te préparerons un déjeuner tardif. J'ai hâte de prendre de tes nouvelles.

— Moi aussi, dit-elle honnêtement.

Tucker n'était nulle part en vue quand elle arriva au van pour se changer et prendre son sac à main, pas même quand elle monta dans la camionnette qu'elle avait empruntée et se dirigea vers Heart Falls.

Elle aurait aimé acheter des préservatifs dans un lieu un peu plus éloigné, mais ne pas acheter de protection n'était pas une option. S'ils n'avaient que deux semaines, elle devait s'assurer de ne manquer aucune occasion.

Ses achats, des barres chocolatées, des préservatifs et un paquet de bonbons à la menthe, lui attirèrent les haussements de sourcils attendus, mais au moins le gamin inconnu qui tenait la première caisse était suffisamment jeune pour ne pas dire quoi que ce soit tout haut.

Elle était heureuse d'éviter l'autre caisse où Mme Wilson, son institutrice de CM1 à la retraite, discutait bruyamment avec la cliente actuelle. Mme Wilson l'aurait cuisinée puis aurait informé tout le monde en ville que Ginny Stone était rentrée et avait l'intention de s'envoyer en l'air.

Les deux étaient vrais, mais ça n'avait pas vraiment besoin de devenir un mème local.

Ginny fourra ses achats dans son sac de courses réutilisable et le posa sur le siège de la camionnette.

La maison d'Ivy et Walker était située près du cimetière à l'extrémité de Heart Falls. Ils avaient fait des travaux dans le cottage, réparant le porche et rafraîchissant la peinture, mais ça n'avait rien à voir avec les nouvelles maisons qui poussaient sur les terrains libres partout dans Heart Falls.

Le regard de Ginny s'attarda sur le cimetière. Les parents de Dare et sa petite sœur Shayla y étaient enterrés.

Impulsivement, Ginny franchit la courte distance vers l'entrée en fer forgé. D'autres personnes étaient venues depuis la dernière chute de neige, et les sentiers piétinés dessinaient une douce boucle dans la quiétude silencieuse.

Les pierres tombales de Joseph et de Jacquie étaient propres et nettes. De toutes nouvelles fleurs artificielles sortaient de la jardinière à la base.

La tristesse envahit le cœur de Ginny. Tant d'occasions avaient été perdues parce que ces personnes spéciales n'étaient plus de ce monde ! Mais ils avaient laissé quelque chose de bien qui allait de l'avant.

— J'ai parlé à Dare ce matin, dit Ginny sur le ton de la conversation, de la même manière qu'elle l'aurait fait après avoir sprinté sur la distance entre la maison du ranch et le cottage des Hayes, tant d'années auparavant. Elle va très bien. Ses bébés sont tous adorables, avec leurs joues rebondies et leurs gigotements. Joey est un grand frère merveilleux pour eux, et Dare s'amuse tellement à leur courir derrière. Elle tient toujours son blog. Il a changé au cours des années, et ses articles ne sont plus tout à fait aussi interminables qu'avant. Vous seriez fiers d'elle.

L'effort qu'elle fournissait pour ne pas pleurer était tel qu'elle n'avait même pas remarqué qu'elle n'était plus seule avant que quelqu'un ne s'avance près d'elle et passe prudemment un bras autour de ses épaules. Le geste était tellement familier qu'elle sut en un instant qui c'était.

Elle s'appuya contre Walker.

— Hé, grand frère.

— Hé, morveuse.

Il la serra et ne la lâcha pas.

Ils restèrent là pendant encore une minute avant que Ginny ne lui attrape les doigts et le ramène par le chemin d'où ils étaient venus.

— Alors. Comment c'était de patiner sur la patinoire pour bébés ?

Walker émit un petit rire.

— Loin d'être aussi dangereux que ce que tu manigançais.

— Je vis pour le danger, lança Ginny malicieusement.

— Ce n'est pas nouveau.

Elle lui lança de la neige d'un coup de pied, filant devant lui jusqu'à pouvoir se retourner et le regarder. Elle fourra les mains dans ses poches.

— Ça va ?

— Très bien, dit-il bien plus sérieusement. Viens, et nous

allons nous mettre à l'aise avant de commencer à prendre des nouvelles.

L'intérieur de la maison était impeccable et pourtant confortable. Ginny n'avait aucun scrupule en prévoyant de mettre ses pieds sur le canapé. Mais d'abord, elle fut enveloppée dans une étreinte. Ivy, avec son teint de porcelaine, la serrait avec une force étonnante.

— Je suis contente que tu sois revenue, dit Ivy de sa voix douce.

— Ça semble être le consensus général. Mais je suis quand même surprise à chaque fois que je l'entends, la taquina Ginny. Enfin, je ne suis pas un ogre, mais je suis presque sûre que c'était beaucoup plus calme sans moi par ici.

— À qui le dis-tu ! répondit Walker en sortant la tête de la cuisine d'où émanaient des odeurs délicieuses. Une tasse de thé ?

— Oui, s'il te plaît. Avec un peu de miel.

— Compris.

Ivy se pelotonna dans un rocking-chair à l'aspect confortable, faisant signe à Ginny de s'asseoir où elle voulait.

— Tu veux nous parler de la période où tu étais partie, ou est-ce que tu cherches à réfléchir sur ce qui va se passer maintenant ? Ou les deux ?

— Waouh. C'est un choix difficile, répondit Ginny en acceptant le mug de Walker. Merci.

Quelle différence une journée pouvait faire ! La veille, un de ses frères aînés lui avait tendu une tasse de thé, et elle avait presque vibré d'anxiété et de colère. Et maintenant, elle n'était que douceur et lumière face à tant de choses à attendre avec impatience.

Ce devait être l'orgasme que Tucker lui avait donné la veille. Impossible d'y échapper. Elle se surprit à sourire alors qu'elle prenait une gorgée de thé.

— Il n'est pas aussi bon que le tien, dit Walker en s'installant dans le fauteuil à côté de celui d'Ivy. Je veux que tu fasses ce qui te rend heureuse, mais est-ce horrible si je te dis que j'espère que tu décideras qu'il faut absolument que tu te remettes à préparer des décoctions à base de plantes ? Même si c'est un hobby.

— Je n'ai même pas jeté un coup d'œil à la serre, avoua Ginny.

— Tu n'es officiellement rentrée à la maison que depuis un peu plus de vingt-quatre heures, souligna Ivy avec amusement. Et puis c'est les fêtes. Je pense que tu as le droit de laisser ça de côté un peu plus longtemps.

Ce qui était vrai, mais maintenant tout ce qu'elle avait ignoré s'empilait soudain en une interminable liste de choses à faire.

— Je pense que nous devrions parler de nos objectifs pour le futur, dit Ginny résolument. J'aime réfléchir avec Walker. Habituellement, il est plutôt doué pour ça.

— Parce que je ne te disais pas dans laquelle de tes idées tu devais te lancer ? avança Walker.

— Quoi ? Tu n'étais pas autoritaire ? Comment est-ce possible ? le taquina Ivy.

— Je ne suis autoritaire que lorsque je dois l'être, dit Walker en souriant.

— Ooh, dégoûtant. Arrêtez les trucs mièvres.

Le bonheur la submergea alors même qu'elle se moquait.

— Non, n'arrêtez pas, continua-t-elle. Vous avez toujours été tellement mignons ensemble !

— Donc revenons à nos moutons, dit Ivy en souriant, tentant à l'évidence de prendre le contrôle de la situation. La serre n'est pas restée vide pendant tout le temps que tu étais partie.

Ginny secoua la tête.

— J'ai sous-traité mes paniers d'ASC, agriculture soutenue par la communauté, auprès d'une famille du coin pendant deux ans, c'était le temps que j'étais censée être absente. Comme j'ai dû rester un peu plus longtemps pour terminer mon engagement de compagnon, nous avons rallongé l'accord ASC d'un an. Tamara avait parlé de se charger d'une partie, mais c'était plus facile de laisser quelqu'un d'autre gérer le tout.

— Alors tu pourrais recommencer ce printemps ? demanda Walker. Planter des graines, faire pousser des trucs... Te mettre en rapport avec tes contacts pour ce que tu ne veux pas faire pousser ?

— Je pourrais, acquiesça Ginny.

Seulement, c'était là que l'annonce de Caleb avait chamboulé son idée d'origine. Elle avait beaucoup appris durant ses voyages et était excitée de mettre ses nouvelles compétences en pratique. Mais elle avait également appris qu'il y avait certains aspects du travail avec les autres dont elle ne voulait absolument plus.

Elle croisa le regard doux d'Ivy.

— Voilà une partie de ce que j'ai fait ces dernières années : beaucoup de travail fastidieux. Ce qui était bien parfois, mais aussi frustrant. Certains des agriculteurs n'honoraient pas très bien le principe d'enseigner à son compagnon de nouvelles compétences.

Walker grogna, désapprobateur.

— Je suis désolé de l'entendre. J'espère que tu l'as signalé.

— Oui, quand c'était approprié, dit Ginny doucement. Parfois c'était peut-être moi qui étais à blâmer pour ne pas avoir compris pour quoi je signais à cause des problèmes de langue. Et parfois les plus grandes leçons arrivaient quand je m'attelais au travail, même si c'était un peu tiré par les cheveux. Mais je peux apprendre de mes erreurs, et je sais ça : je ne veux plus simplement jardiner. C'est précieux, mais ce n'est pas le cœur de mon travail.

Ivy hocha la tête.

— Savoir ce que tu ne veux pas est important. Mais je suis

aussi désolée d'entendre que tu te sentais frustrée.

— Merci, dit Ginny en reniflant son thé et prenant note d'aller voir le jardin de menthe du ranch quand elle rentrerait. Je dois faire une liste de pour et de contre. Trouver quel est l'usage le plus avantageux de mon temps et de mon énergie.

Walker se pencha en avant.

— Souviens-toi, tu n'as pas besoin de gagner une tonne d'argent avec ce que tu fais. Alors cette liste devrait impliquer beaucoup de choses qui te rendent vraiment heureuse.

Une vérité absolue.

— Oui, tu as raison. Et ça va me demander de la réflexion, mais je suis presque sûre qu'à un certain moment je produirai quelque chose à base de plantes. C'est une des choses dont je suis sûre, déclara-t-elle en passant les bras autour de ses jambes, les regardant l'un et l'autre. Et je suis heureuse d'être là. C'est bon de savoir qu'alors que les choses avancent pour la famille, je peux en faire partie.

— Une partie importante, dit Ivy fermement.

— Je t'aime bien, répondit Ginny, regardant le sourire d'Ivy s'agrandir. Et pour vous ? De quoi de nouveau est-ce que vous rêvez ?

Walker et Ivy échangèrent un coup d'œil. Leur bonheur était si éclatant que cela aurait été agaçant si ça n'avait pas été incroyable.

— Nous parlons de quelque chose depuis un moment, et il semble que nous soyons prêts à avancer, dit Walker résolument.

Ginny lança un coup d'œil dans la maison.

— Des rénovations ? Des ajouts ?

Un petit reniflement échappa à Ivy.

— Assurément des ajouts. Nous voulons adopter.

— Oh mon *Dieu* ! s'exclama Ginny en bondissant sur ses pieds.

Elle se rapprocha d'Ivy pour l'étreindre à nouveau.

— C'est tellement excitant. Vraiment ? Quand, qui ?

— Nous n'avons pas encore de calendrier, dit Walker avant de recevoir son étreinte.

Il attendit que Ginny se soit rassise pour continuer :

— Nous avons passé un moment à faire des recherches et à vraiment parler de ce que nous pouvons gérer. La prochaine étape sera les démarches légales. Beaucoup de visites des services sociaux. Tout mettre en place.

— Tu connais Alex Thorne ? L'ouvrier de Silver Stone ? demanda Ivy.

Comme Ginny hochait la tête, elle continua :

— Il a grandi dans le système d'accueil, et il a une sœur qui accueille activement, alors nous lui avons demandé ce qu'il en pensait.

— Être famille d'accueil semble toujours très difficile, dit Ginny, un peu nerveuse parce que, bien qu'Ivy soit physiquement délicate, Walker avait le cœur le plus tendre de tous les gens qu'elle connaissait. Je ne pense pas que je pourrais le faire.

— Après avoir parlé à Alex, nous pensons que ce serait trop dur pour nous, admit Walker lentement. Les gens qui peuvent offrir ce genre de soutien, sont merveilleux, mais nous avons besoin de quelque chose de différent.

Ginny rassembla les morceaux et émit une hypothèse.

— Vous n'adoptez pas un bébé, n'est-ce pas ?

Ivy secoua la tête.

— Nous voulons des enfants plus âgés. Une fratrie, si possible.

— Une partie des rêves que nous voudrions réaliser grâce à Caleb, c'est de faire bouger les choses. Quand ça arrivera, je resterai à la maison à plein temps jusqu'à ce que je puisse retourner à un temps partiel, dit Walker. Ivy ne peut pas quitter son travail de directrice et de professeur au pied levé, mais je peux facilement être remplacé au ranch.

Ce n'était absolument pas vrai.

— Tu es irremplaçable, mais je suis d'accord, vous ferez de super parents, leur assura Ginny.

— Nous sommes excités, dit Ivy. Et avoir une famille recomposée ne m'inquiète pas... je n'ai connu que ça.

C'était vrai. Ivy et ses trois sœurs avaient toutes été adoptées.

— Eh bien, souvenez-vous que tata Ginny sera toujours disponible pour vous aider, dit-elle avant d'agiter un doigt vers Walker, qui avait l'air d'être sur le point de décliner son offre. J'ai passé six mois à aider Dare à prendre soin de ses enfants. J'en ai adoré chaque minute... Non, c'est un mensonge. Je n'aimais pas les couches pleines de caca. Mais puisque vous aurez des enfants plus grands, et que les couches ne devraient pas figurer au programme, j'ai vraiment hâte de vous aider aussi. Je vous aime. Vous deux, *et* vos futurs enfants.

Ivy avait les yeux un peu humides.

— Tu es une merveilleuse petite sœur.

Ses sœurs. Ginny faillit hoqueter.

— Tes sœurs doivent être aux anges. Et tes parents. Et ta *grand-mère*.

Walker et Ivy se mirent à rire.

— Oui, il y a un tas de gens qui vont être très excités. Mais nous venons de commencer le voyage. En attendant, nous rêvons.

Cela semblait être un moment approprié pour enchaîner. Ginny posa ses pieds sur le sol pour pouvoir se pencher en avant.

— Bon. Vos conditions de logement. Quel est le grand projet ? Des rénovations ici, ou est-ce que vous déménagez ?

La conversation passa aux besoins plus immédiats de Walker et d'Ivy pour aménager leur domicile afin d'accueillir une plus grande famille. Alors que l'après-midi avançait, Ginny fit des suggestions et savoura le reflet du bonheur de son frère et de son épouse.

Rentrer à la maison au moment où se mettait en place ce nouvel avenir était important. Ginny était si contente de partager l'excitation et l'espoir qui emplissaient leur foyer !

~

Tucker profita d'un déjeuner tardif avec son oncle, se tenant au courant des récents changements dans le ranch. C'était la fin de l'après-midi lorsqu'il prit congé pour retourner au van et gérer tout ce qu'impliquait de changer de travail.

Contacter son patron actuel lui offrit une nouvelle surprise.

— Tu viens de m'épargner d'avoir à t'annoncer de mauvaises nouvelles, confia l'homme plus âgé. L'inspecteur a examiné les bâtiments et nous a stupéfiés. Pour répondre aux normes, nous devons recâbler tout le réseau, ce qui signifie que tout ce que nous pouvons légalement accueillir, c'est une douzaine de chevaux dans l'unique écurie neuve. Autrement dit, nous n'aurons pas besoin d'ouvriers pendant un moment.

— Vous voulez dire que vous étiez sur le point de me virer ? demanda Tucker en riant.

— Tu auras toutes les références élogieuses que je peux t'offrir, promit Raymond. La seule chose que je ne puisse pas te donner, c'est un boulot. Je suis content que tu aies quelque chose de prévu. J'ai apprécié de t'avoir ici.

Aller de l'avant était toujours super.

— Je vais devoir revenir chercher mes affaires. Vous avez un délai pour ça ?

— Le plus tôt sera le mieux, répondit rapidement son désormais ex-patron. Quand j'ai dit tout le réseau, ça voulait aussi dire les logements. J'aurais bien besoin d'aide pour déplacer tous les animaux dans les quartiers temporaires ou les transférer dans de nouveaux hébergements.

Eh bien, zut. Tucker devait prendre la route.

— Laissez-moi consulter la météo pour les deux prochains

jours. Si l'occasion se présente, je reviendrai pour me lancer là-dedans immédiatement.

— Cela m'aiderait vraiment. Pendant que tu seras là, nous pourrons boucler tes derniers documents.

Après avoir raccroché, Tucker s'assit à table et inspira profondément. Il semblait qu'il était désormais officiellement sans emploi. Temporairement, mais tout de même. Rien d'officiel n'avait encore été signé avec Silver Stone.

Comme cela lui ressemblait peu de simplement foncer sans s'arrêter pour tout planifier d'abord ! L'impulsivité de Ginny déteignait enfin sur lui.

Son expression espiègle apparut dans son esprit.

Mince. Tucker lança un coup d'œil à sa montre. Seize heures trente, le jour du Boxing Day. Quelles étaient les chances qu'il puisse arriver à temps dans un magasin pour acheter des préservatifs ?

Il devait essayer. Il se leva précipitamment et enfila son manteau, ouvrant brusquement la porte et faisant presque tomber Ginny des marches.

— Holà, cow-boy. Tu poursuis des chiens ?

Il accepta automatiquement le sac qu'elle lui tendait, reculant hors de son chemin alors qu'elle avançait vers lui.

— Je dirais que je devais aller au magasin, sauf que tu as probablement été brillante, n'est-ce pas ?

Le temps qu'elle enlève son manteau, il avait regardé dans le sac, soupirant joyeusement lorsqu'il en sortit une très grande boîte de préservatifs.

Elle la lui arracha des doigts.

— Ils sont à moi.

Bon Dieu. Cette femme.

— O.K. Je veux te voir les enfiler.

La passion qui apparut dans les yeux de Ginny le brûla.

— Oh, tu peux absolument regarder.

La température de cette conversation venait de grimper en

flèche et était partie dans une direction complètement différente de celle qu'elle aurait dû prendre.

— Garde ça en tête.

Elle hésita.

— Vraiment ?

— Fais-moi confiance, nous ferons bon usage de ton achat
très vite, mais j'ai quelque chose à te dire.

Maintenant, elle avait retiré ses bottes. Elle l'attrapa par la
boucle de sa ceinture et le tira dans l'espace de vie.

— Quelque chose d'assez sérieux pour mettre le sexe en
pause, même si ça fait des années ? D'accord, je suis toute à toi.

Ce qui était en gros ce qu'il avait toujours espéré. Maintenant, il devait commencer à faire en sorte que ça devienne vrai.

— Tu as dit que tu voulais qu'on couche ensemble pendant
les deux semaines où je serais ici en vacances.

Comme elle hochait la tête sans rien dire, Tucker fonça.

— Une fois que je serai retourné à Winnipeg pour faire mes
valises, je vais rester plus longtemps à Silver Stone. En fait, je
vais rester pour de bon.

Il pouvait pratiquement voir les engrenages tourner rapidement dans son cerveau alors qu'elle additionnait deux et deux.

— Si tu ne repars pas, ça veut dire que tu as un travail ici,
non ? demanda-t-elle, écarquillant les yeux. Je parie que c'est
Ashton. Nom d'un chien, est-ce qu'il prend vraiment sa
retraite ?

— Je suis plutôt flatté que tu aies conclu que je prends la
relève aussi vite, admit Tucker.

Ginny agita la main.

— Oh que oui ! Enfin, ouais, il y aura des choses que tu
devras apprendre, mais tu as passé plus de temps dans notre
ranch que la plupart des ouvriers qui font actuellement partie
du personnel. Est-ce qu'Ashton va rester pour être ton
mentor ?

— C'est le plan.

Qu'elle ne flippe pas parce qu'il allait rester dans le coin… c'était un signe encourageant, n'est-ce pas ?

Elle s'écroula sur le canapé, totalement détendue.

— Félicitations. Ce doit être vraiment excitant.

Il entrelaça ses doigts aux siens, plongeant un peu plus loin.

— Merci. Maintenant je dois prouver que je peux vraiment le faire.

Il frotta l'arrière du poignet de Ginny du pouce. Les yeux de celle-ci s'arrondirent légèrement alors qu'elle levait les yeux vers les siens. Mais au lieu d'évoquer la possibilité de prolonger leur aventure sexuelle de deux semaines, elle enchaîna sur tout autre chose.

— Je suis dans le même cas. Pour la partie où je dois *le prouver*.

C'était un tel changement de direction, alors qu'il était sur le point de lui demander de sortir avec lui, que Tucker resta bloqué. Il se reprit assez rapidement pour ne pas rester silencieux trop longtemps.

— Qu'est-ce que tu veux prouver ? demanda-t-il.

Elle regarda dans le vide.

— Tout le temps où j'ai été absente, je n'ai cessé d'imaginer ce que je ferais quand je rentrerais à la maison pour faire une différence. Depuis les trucs à cultiver pour gagner de l'argent, en passant par le fait de m'assurer que tout le monde aurait les fruits et les légumes frais qu'ils voulaient… et maintenant Caleb dit qu'une partie de tout ça n'est plus nécessaire.

— Mais une partie reste grandement précieuse, signala Tucker. Ce n'est pas pour rien que les gens vont au marché des producteurs. Ce n'est pas pour rien que les gens achètent bio. Si c'est ce que tu veux faire, c'est précieux.

— Ça l'est, dit Ginny en hochant lentement la tête. Je suis encore en train d'assimiler tout ça. Je ne suis pas assise là à penser « Oh, pauvre de moi, il n'y a rien que je puisse faire. » Je suis plutôt assise là à penser à *ce que je pourrais faire*.

Ce qui était beaucoup mieux.

— C'est très bien de choisir dans quoi tu veux travailler.

— Et c'est ce que je veux, insista Ginny. Travailler. Je ne veux pas que la chance que le ranch a reçue soit une excuse pour devenir feignante ou complaisante.

Il lui serra les doigts jusqu'à ce qu'elle croise de nouveau son regard.

— Déesse, sois réaliste. S'il y a un défaut que tu n'as jamais eu, c'est la fainéantise.

— Bien, alors il n'y a pas de raison de commencer maintenant, dit-elle gaiement. Je pense que nous devrions nouer un pacte pour travailler ensemble.

Là, ils allaient quelque part.

— Je suis d'accord.

— Si je fais une chose, ce sera de montrer d'une manière ou d'une autre à ma famille l'importance qu'elle a pour moi. À chacun d'eux.

Elle regarda de nouveau dans le vide, réfléchissant intensément.

— Je pense qu'ils le savent, dit Tucker doucement. Vraiment.

Elle sourit.

— Merci.

Un instant plus tard, elle combla la distance entre eux. La position familière de ses fesses reposant sur ses cuisses alors qu'elle l'enfourchait éveilla par anticipation chaque nerf du corps de Tucker.

Ginny lui caressa les cheveux.

— L'opération « Prouve-le » est maintenant en place. Peu importe le temps que ça prendra, tu vas montrer à ton oncle, à mes frères, et aux ouvriers du ranch à quel point tu es brillant.

— Seigneur, je n'avais pas mortellement peur avant que tu ne le dises comme ça, se plaignit-il.

Elle émit un petit rire diabolique.

— Pendant ce temps, je vais chercher de nouvelles idées pour créer une différence. Pour faire de Silver Stone un endroit encore meilleur pour ma famille, et ma communauté. *Gah*, fit-elle alors que son visage prenait une expression terrifiante. C'est simple, vraiment. En partant de zéro sans rien et aucune instruction, pas même celles d'IKEA écrites en suédois, avec des sacs d'écrous et de vis mal étiquetés.

Tucker décida qu'il était plus amusé qu'alarmé.

— Et comment assurons-nous le suivi de l'opération « Prouve-le » ?

Elle y réfléchit alors même qu'elle commençait à le titiller, ses doigts le taquinant de haut en bas sur la patte de sa chemise. Déboutonnant un, deux, trois boutons...

— Une fois par semaine, nous ferons le point. Nous rapporterons notre plus grand échec, mais nous célébrerons aussi notre plus grand succès. Cela nous permettra de nous plaindre de ce qui ne se sera pas bien passé et de remettre quand même les choses en perspective, parce que n'importe quelle avancée est bonne à prendre, n'est-ce pas ?

— C'est vrai, acquiesça-t-il, se penchant pour qu'elle puisse repousser la chemise de ses épaules.

Il était plus que prêt à l'aider à le déshabiller.

— Marché conclu ?

Elle tendit la main dans l'espace étroit entre leurs corps.

Il enroula une main autour de sa nuque, l'autre pressée contre le creux de ses reins pour l'attirer plus près de lui.

— C'est un marché définitivement conclu.

Elle soupira contre sa bouche, se laissant aller contre lui alors que leurs langues se liaient. Un lent et profond baiser qui alluma bien trop rapidement le feu qui couvait en lui. Il devait encore clarifier leur relation, mais putain, il ne pouvait pas s'empêcher de faire ça d'abord.

Satisfaire une faim qu'il avait maîtrisée bien trop longtemps.

9

Regarder Ginny retirer son haut était un festin visuel, qui devint encore meilleur quand elle tira sur le tee-shirt de Tucker jusqu'à ce qu'il se libère de son jean. Ensemble, ils s'activèrent jusqu'à se retrouver tous les deux nus jusqu'à la taille et que Tucker ait de nouveau accès à ces merveilleux seins.

Une déesse, en effet. Une terre-mère dévergondée avec des seins qui le faisaient saliver. Tucker les empoigna alors qu'il gardait leurs lèvres soudées pendant encore un petit moment, l'embrassant jusqu'à ce qu'elle en tremble. Chaque inspiration rapide bousculait la poitrine de Ginny et ses seins se frottaient contre les paumes de Tucker.

Il la hissa plus haut, s'empara d'un mamelon et le suça suffisamment fort pour qu'elle hoquette. Alors qu'il était sur le point de la lâcher, elle indiqua clairement que ce n'était pas ce qu'elle voulait, lui agrippant la tête pour le maintenir en place.

— Encore, réclama-t-elle.

— Où sont les préservatifs ? cracha-t-il pendant la seule seconde où il détacha les lèvres de sa peau.

Elle fit un geste sur le côté.

Il tâta de la main le canapé à l'aveuglette, continuant de la savourer, de la lécher et de la mordiller.

Sans savoir comment, ils réussirent à ouvrir la boîte. Sans savoir comment, il réussit à ouvrir sa braguette, à sortir sa verge et à la couvrir. Ginny avait perdu son pantalon et sa petite culotte pendant ce temps-là et, merveilleusement nue, elle grimpa sur lui pour frotter son intimité brûlante et humide contre son membre.

Le sexe entre eux avait toujours été bon. Non, il avait toujours été *spectaculaire*, mais ce jour-là, encore plus, Tucker savoura le moment où ils s'unirent. L'extrémité de son membre glissa entre les replis de Ginny, dont les cuisses puissantes fléchirent alors qu'elle se laissait lentement tomber dessus.

Si chaud, tellement naturel, Seigneur. Tucker grogna d'émerveillement.

Ginny appuya son front contre celui de Tucker, lui souriant. Puis ses yeux s'écarquillèrent. Elle se redressa brusquement, ce qui le fit entrer encore plus profondément, et tous deux réagirent par un gémissement doux.

Mais l'expression de Ginny... quelque part entre la panique et une espièglerie qui disait : « Oh mon Dieu, ça va mal finir. »

— Oh. Tu vas *rester*. À Silver Stone.

Tucker s'accrocha à elle, parce qu'il était impossible qu'il la laisse lui échapper, pas maintenant. Mais en même temps, l'amusement le gagna jusqu'à ce qu'il éclate de rire.

— Garde ça en tête, ordonna-t-il, même si ses mots résonnaient de joie.

Puis il la souleva, se déplaça en traînant les pieds jusqu'à ce qu'il ait repoussé son jean. Il la porta dans la chambre et s'installa sur le matelas, s'allongeant avec elle sur lui.

Ce n'était pas le moment pour une conversation.

S'arrimant aux hanches de Ginny, il fit des va-et-vient en elle, savourant le mouvement, la pression hallucinante. La manière dont ils s'unissaient.

Ginny bougeait avec lui, l'aidant quand elle le pouvait, mais quand elle prit ses seins sous ses paumes, un frisson parcourut Tucker de haut en bas.

— Donne-les-moi, ordonna-t-il.

Ça ressemblait plus à un grognement qu'à des mots articulés, mais étrangement, elle comprit. Elle se pencha et pressa un de ses mamelons contre ses lèvres, et il l'aspira, sollicité de toutes parts pour son grand plaisir. Il était sur le point de perdre la tête, de se perdre, de vraiment abandonner tout contrôle, ce qui, au bout de quelques minutes à peine, était sacrément pathétique.

Il glissa les doigts entre les cuisses de Ginny là où ils étaient joints, récoltant ses sécrétions pour enduire son clitoris et le caresser en cercles ciblés jusqu'à ce qu'elle gémisse.

— *Oui.*

Bingo. Ralentissant tout d'un demi-cran, Tucker la taquina jusqu'à ce qu'elle soit prête à exploser. Cette chaleur qui s'élevait entre eux était tout ce qu'il désirait et dont il avait besoin. Il l'encouragea à se rapprocher de nouveau pour déposer un baiser sur son sein, un baiser sur son cœur.

— Je vais te caresser jusqu'à ce que tu jouisses, promit-il.

Il changea très légèrement le mouvement de sa main, un peu plus rapide désormais avec un pincement léger de son pouce et son index à chaque caresse.

— Oh mon Dieu. Oui, ça, *ça,* gémit Ginny.

Ses ongles s'enfoncèrent dans les épaules de Tucker alors qu'elle balançait durement les hanches contre lui, le chevauchant, s'élevant au-dessus de lui comme la déesse qu'elle était.

Il ne pourrait pas tenir longtemps. Le sexe de Ginny l'enveloppait étroitement, et ses ongles lui grattaient la peau. Ses lèvres vinrent à la rencontre des siennes alors qu'elle se pressait pratiquement contre lui comme pour essayer de les faire fusionner.

Il avala son cri tremblant, la suivit dans l'envol, et jouit puissamment.

Tenant son corps contre le sien alors que le plaisir continuait à affluer encore un moment… Dieu merci, il était allongé, parce qu'autrement il serait peut-être tombé et se serait évanoui, tellement cela avait été bon.

Ginny ralentit ses mouvements agités, passa une main sur son torse d'une caresse apaisante.

— Waouh.

Et l'amusement de Tucker était de retour.

— J'ai rendu Ginny Stone sans voix. Je me sens assez fier.

Elle fit rebondir le bord de son poing sur son torse, mais prit ensuite le visage de Tucker.

— Merci de prendre soin de moi, chuchota-t-elle gentiment avant de lui offrir un doux baiser.

Pour toujours. Pour l'éternité.

Mais ce n'était pas les mots appropriés à prononcer à cet instant, et il le savait.

Malgré tout, il profita du baiser et lui en offrit un avant de s'écarter et de la placer à côté de lui.

— Laisse-moi faire un brin de toilette, puis nous pourrons parler.

— D'accord.

Il attrapa ses vêtements et les prit avec lui. Quand il revint de la salle de bains, Ginny s'était habillée et fouinait dans le réfrigérateur.

— Tu as faim ? demanda-t-elle.

— Toujours, répondit-il honnêtement. Luke a dit qu'il avait laissé de la nourriture pour nous. Pour moi.

Ginny renifla moqueusement.

— Tamara a aussi rempli le frigo. Elle a dû se pointer la première, ou elle se serait demandé pourquoi il y avait déjà des provisions.

— Ce qui nous mène bien vers la réponse à cette question que tu avais.

Elle referma le frigo et le regarda sans détour.

— Je ne me souviens pas d'avoir posé de question. Je me souviens juste m'être rendu compte que j'ignorais complètement à quel point le fait que tu restes dans le coin allait changer les choses.

Tucker se prépara.

— Je veux que les choses changent. Ce que nous faisons, je veux dire.

— Oh, fit-elle en s'occupant aussitôt, fouinant de nouveau dans le réfrigérateur en lui tournant le dos. O.K., je suppose. Si c'est ce que tu veux.

Oh putain. Tucker posa une main sur son épaule et la fit pivoter vers lui.

— Ne tire pas de conclusions hâtives, l'avertit-il. Je ne veux pas simplement qu'on baise, Ginny. Seulement, nous n'avons jamais été au même endroit en même temps quand avoir plus aurait été approprié.

Il ne s'était jamais fait assez confiance pour prendre le risque, mais maintenant ? Il la désirait assez pour lutter contre les démons personnels de Ginny.

Elle réfléchissait de nouveau, d'après cette expression intensément concentrée indiquant que le programme magique et mystique qu'elle transportait dans son cerveau passait les options en revue à la vitesse de la lumière.

— Tu veux plus que cette simple aventure occasionnelle ?

— Oui. *Putain,* oui.

— Oh, fit-elle en penchant légèrement la tête. Explique-moi. Qu'est-ce que ça signifie exactement ?

Il l'attrapa par les mains, son contact était doux et très innocent, alors qu'ils venaient de jouir comme des fous pas même cinq minutes auparavant.

— Je veux sortir avec toi. Je veux apprendre à mieux te

connaître et découvrir si, ensemble, nous pouvons construire quelque chose.

— Nom d'un chien, chuchota-t-elle.

Tucker lui caressa les doigts de ses pouces.

— Nom d'un chien, bien ? Ou nom d'un chien, « je n'aurais jamais imaginé que ça arrive et comment est-ce que je vire cet abruti de mon van » ?

Elle roula des yeux.

— Je t'en prie, c'est moi qui suis censée être la *drama queen* dans cette relation.

— Ne te gêne pas, sois dramatique, mais j'ai encore besoin d'une réponse à ma question.

Ginny inclina la tête vers la table.

— Assieds-toi. Tu veux une bière ?

— Pourquoi pas.

Elle en prit deux puis s'assit en diagonale par rapport à lui, non pas en face. Ensuite elle lui attrapa la main la plus proche d'elle pendant qu'elle levait sa bouteille en l'air de l'autre.

— À l'opération « Prouve-le ».

Ils trinquèrent puis burent.

Ginny posa sa bouteille prudemment sur la table avant de croiser son regard.

— Je pense que tu es un des hommes les plus sexy de la planète.

C'était un bon début. Peut-être ?

— Merci.

— Je craque aussi pour toi depuis que je suis adolescente, mais tu le sais déjà parce que je t'ai fait part de ces détails quand j'avais vingt et un ans et que je t'ai convaincu de coucher avec moi. Même si ce n'était qu'une ou deux fois par an.

— Tu me l'as dit, oui, répondit Tucker en ignorant sa bière et entourant ses deux mains autour des siennes. Je pense que nous devrions faire ça comme avec un pansement. Arrache-le, très vite. Est-ce que tu vas me dire de dégager ?

Elle s'humecta les lèvres, soudain... *timide* ? *Ginny*, si sûre d'elle et extravertie, évitait son regard ?

— Je ne vais pas te dire de dégager, dit-elle doucement. Je pense que nous avons une belle histoire, et une alchimie incroyable...

Putain.

— Je viens d'entendre un « mais ».

Elle le regarda droit dans les yeux.

— Le timing est crucial. Tu es sur le point de prendre un poste qui est plutôt important, et même si sortir ensemble n'est pas impossible, ça pourrait provoquer des problèmes. Il y a Ashton, il y a mes frères, et il y a tout le personnel de Silver Stone. Tu vas devoir gagner leur respect – que tu mérites totalement parce que tu possèdes les compétences. Mais la plupart vont penser que tu as tes entrées à cause de ta relation avec Ashton. Ajoute à ça une relation avec moi, et...

— Je peux gérer ça.

Mais elle continua :

— Je ne suis *pas* prête à gâcher ça pour toi. Ce dont nous avons besoin, c'est d'une sorte de compromis, parce que je ne veux pas non plus continuer sans toi. Je veux qu'on passe du temps ensemble pour l'opération « Prouve-le », et je veux du sexe.

Elle plissa le nez.

— Cela me rend probablement plutôt superficielle d'avoir inclus ça.

— Non, je veux vraiment cette partie-là aussi, admit Tucker.

Elle leva la main de Tucker et effleura sa propre joue de ses doigts.

— Je ne dis pas non, je dis lentement.

— Nous attendons quelques mois avant de commencer officiellement à sortir ensemble ?

Elle hésita.

— Pas de durée définie. Nous verrons comment les choses se passent.

— Mais je te veux dans mon lit, confia Tucker. Et je dis ça littéralement, sexe compris.

— J'aime bien dormir avec toi aussi, répondit Ginny en faisant la grimace. Oui, sexe compris, mais nous pouvons trouver une solution.

— Tu emménages dans le cottage des Hayes, n'est-ce pas ?

Il était pile sur la colline dégagée. Tout le monde le verrait s'il passait lui rendre visite.

— Nous serons créatifs, continua-t-il. Mais je suis sérieux, Ginny. Dès que les choses se dérouleront correctement, je te demanderai officiellement de sortir avec moi. Et prépare-toi à être gâtée.

— J'ai hâte.

La joie sur le visage de Ginny était réelle, et flattait vraiment l'ego de Tucker.

— Je veux vraiment que tu sois mon petit ami, Tucker Stewart, mais nous avons été patients pendant si longtemps ! Un peu plus de temps, ce n'est rien, n'est-ce pas ?

C'était une opinion sage, mais Tucker était presque sûr qu'en acceptant, ça reviendrait plus tard lui botter les fesses à plus d'un titre.

— Alors j'espère que ça ne te dérange pas que nous dépensions un peu d'énergie encore quelques fois ce soir. Peut-être aussi demain matin, déclara-t-il en déposant un baiser sur son poing. J'ai parlé à mon patron. Je dois retourner à Winnipeg pendant une semaine.

Elle lui lança un clin d'œil impertinent, laissant traîner ses doigts sur son épaule alors qu'elle se levait et retournait vers le réfrigérateur.

— Eh bien, je suis déçue que nous n'ayons pas ces deux bonnes semaines coincés ensemble dans cette cave de l'amour, mais plus vite tu partiras, plus vite tu reviendras. Préparons le dîner pour avoir assez d'énergie pour nous ravager mutuellement autant que possible ce soir.

En matière de plan, celui-là semblait en béton à Tucker.

TôT LE LENDEMAIN MATIN, Ginny laissa les draps reprendre leur place alors que Tucker fermait la porte derrière lui.

Il valait mieux de le laisser faire tout ce qu'il devait faire avant de commencer son long trajet, et il n'y avait rien qu'elle puisse faire pour l'aider en cet instant de toute façon.

Elle s'étira paresseusement, appréciant les petites douleurs de son corps provenant de ce qui avait fini par être un marathon sexuel spectaculaire. Elle était contente d'avoir chopé les préservatifs.

Tucker Stewart voulait sortir avec elle.

Ginny étira les bras au-dessus de sa tête et laissa échapper un cri de joie. O.K., cette pensée était exactement aussi excitante qu'elle l'aurait voulu à quatorze ans.

Mais elle était sérieuse en disant ne pas vouloir interférer dans son installation à Silver Stone. Peut-être que si la situation avait été différente, par exemple si Tucker avait été là chaque année, ou que ses parents et les Hayes aient encore été là... Avoir comme mentors un groupe solide d'hommes plus âgés aurait donné un tel avantage à Tucker !

Elle était presque sûre que ses frères approuveraient en théorie. C'était à l'évidence le cas de Caleb, et Luke tenait Tucker en haute estime.

Mais si elle était impliquée, est-ce que ses frères se prendraient la tête en pensant à elle comme à une petite sœur à protéger, au lieu de se concentrer sur Tucker en tant que collègue à encourager et à mettre à niveau ?

Elle soupira. Être adulte, ça craignait, mais voilà où ils en étaient.

Ce qui signifiait que ses projets de jongler avec une chose après l'autre tout en ayant de fréquents plans cul étaient à ajuster. D'une certaine manière, ce pourrait être bien de concentrer toute son attention sur les nouvelles à prendre auprès de vieux amis et sur ses futurs projets pour rester dans le ranch.

Le paquet au-dessus de la commode attira son attention. Elle était suffisamment agitée par l'excitation bouillonnant en elle et par le soupçon envahissant qu'elle serait de toute façon une épave émotive ce soir-là, une fois qu'elle aurait intégré qu'elle ne pourrait pas faire un câlin à Tucker.

Elle attrapa le paquet sur la commode et se rassit sur le lit.

Dérouler la vieille ficelle lui donna le temps de changer d'avis, mais maintenant sa curiosité tournait à plein régime.

Elle défit prudemment le fragile ruban adhésif qui retenait le papier sulfurisé et découvrit une boîte en carton simple mais robuste. Le couvercle se souleva facilement, révélant deux journaux reliés assortis.

Un souvenir lui revint précipitamment...

— MAMAN ?

Ginny retira ses bottes à côté de la porte de derrière et s'avança davantage dans la maison. Quelque chose bouillonnait sur la cuisinière, alors sa mère devait être à proximité.

— Ici, lança sa mère. Juste une minute.

Ginny arriva dans le bureau de sa mère juste à temps pour la voir ramasser son journal rouge brillant et le ranger dans le tiroir du haut du bureau.

— Oh. Tu écrivais dans ton journal, la taquina Ginny.

Sa mère croisa les mains.

— Oui. Un jour, tu l'apprécieras.

— Pas si tu écris des trucs sur toi et papa là-dedans. Il y a des choses que je n'ai pas besoin de savoir, insista Ginny.

— Attends de tomber amoureuse. Alors tu pourrais être curieuse d'entendre les histoires des autres personnes.

Ginny haussa les épaules.

— Peut-être. Ne retiens quand même pas trop ton souffle. En tout cas, Dusty se cache dans l'écurie. Il refuse de rentrer à la maison parce qu'il a eu une mauvaise note à une interro, et maintenant il pense qu'il va être viré de CE1, mais encore pire, que papa pourrait lui retirer le droit de monter à cheval.

Deb Stone fit la grimace.

— Le gamin n'a probablement pas tort en ce qui concerne les chevaux. Quel genre d'interro ? demanda-t-elle en regardant Ginny durement. Comment se fait-il que tu le saches, et pourquoi me le dis-tu ?

— Parce que moi, en tant que grande sœur bien-aimée, qui ai presque huit ans de plus, je sais tout et je vois tout.

— Ginny. Crache le morceau sans en rajouter, si c'est possible, demanda sa mère.

— Tu n'es pas drôle. Bien, Dusty était grognon pendant le trajet de retour en bus, alors je lui ai demandé ce qui n'allait pas, et il me l'a dit. La raison pour laquelle il a eu une mauvaise note, c'était qu'il se tenait en fait dans le couloir car il avait été puni quand le professeur a donné l'interro.

Leur mère croisa les bras sur sa poitrine.

— Tu n'arranges pas les choses pour ton frère, là.

Ginny leva un doigt.

— Ah, mais voici la partie que ni le professeur ni Dusty ne te raconteront. Il se trouve que je sais que Dusty a été envoyé dans le couloir parce qu'il a dit à Jeremy Dane d'aller se faire voir et d'arrêter de taquiner Fern Fields parce qu'elle a une prothèse au bras. Et quand Jeremy a fait un geste impoli, Dusty s'est assis sur lui. Ce qui était probablement inconfortable parce que Jeremy est cagneux comme un sac plein de cailloux. Personnellement, j'espère que Dusty ne s'est pas fait de bleus.

Deb se pinça l'arête du nez.

— Merci pour ce petit commentaire haut en couleur.

— Bref. Rose et Tansy m'ont raconté cette partie-là, parce que Fern leur a dit, alors j'ai dit à Dusty que j'étais sûre que tu comprendrais, qu'il avait fait ce qu'il fallait, mais que si on devait en arriver là, je l'aiderais à étudier pour une interro de rattrapage. Et je vais préparer des cookies au beurre de cacahuète pour que, lorsqu'il rentrera, il ait quelque chose qui le rende heureux, d'accord ?

Sa mère se leva du bureau et vint la serrer dans ses bras.

— Ça me paraît bien. Je suppose que je vais mettre mes bottes et aller à la chasse au Dusty.

— Cherche les chatons les plus proches. La dernière portée que nous avons trouvée est dans le coin sud du loft, suggéra Ginny alors qu'elles retournaient dans la cuisine et que sa mère commençait à accumuler les couches de vêtements d'extérieur. Maman ? Qu'est-ce que tu *écris* dans ton journal ?

Deb ajusta son bonnet et enfila des gants chauds pour l'hiver.

— Des souvenirs. Des joies et des tristesses. Des rêves. Parfois j'écris la chose la plus étrange possible, juste pour me faire sourire.

— Quelque chose d'absolument flamboyant et ridicule comme papa qui prendrait le relais des comptes ?

Sa mère se mit à rire.

— Quel manque de respect ! Non, mais j'essaie parfois d'imaginer le futur.

— Le futur immédiat inclut l'odeur paradisiaque des cookies au beurre de cacahuète vous enveloppant, toi et ton fils bien-aimé, quand vous reviendrez de votre quête, dit Ginny en s'inclinant exagérément.

— Je t'aime, ma fille. Maintenant, laisse-moi aller trouver ton frère.

CE N'ÉTAIT qu'un souvenir. Ginny avait vu le journal de nombreuses fois au cours des années, au moins le rouge sur la droite qui était cabossé et un peu usé. Le second était identique, seulement le brillant sur la couverture était encore immaculé, et au lieu de rouge, la couverture était bleu ciel.

La couleur préférée de Ginny.

Elle passa les doigts sur les deux, et un nœud grossit dans sa gorge alors qu'elle repensait à toutes les fois et à tous les endroits où elle avait vu sa mère le tenir. Pelotonnée dans un fauteuil près du feu. Assise sur la balançoire du porche. Traînant dans le fenil, le journal ouvert sur ses cuisses alors qu'elle écrivait ou relisait les pages usées.

Oh, bon Dieu, Ginny allait encore pleurer. Au moins, cette fois il n'y avait personne pour en être témoin alors qu'elle soulevait ce petit morceau du passé et le serrait prudemment contre elle.

Un Post-it qui avait perdu tout son collant voltigea sur le couvre-lit près de la hanche de Ginny.

Tout ce qu'il disait, c'était « 2 sur 3 ».

Ginny ouvrit le journal rouge dans l'espoir qu'il y aurait davantage d'explications. Un autre petit mot lui était adressé, l'attendant entre les pages, de la magnifique écriture claire de sa mère.

« TU ME DEMANDES TOUJOURS ce que j'écris dans mon journal, alors comme deuxième cadeau lors de cet anniversaire important, je vais te le montrer.

Ce n'est qu'un prêt, cela dit. Certaines choses écrites dans ces pages sont très personnelles, pour moi et pour d'autres personnes, mais je te fais confiance pour garder privées les choses qui doivent le rester. Mais je te fais également confiance pour partager ce qui doit être partagé quand et si c'est approprié.

Je suppose que c'est un peu démodé et légèrement misogyne de penser automatiquement que tu devras un jour devenir l'archiviste de la famille. Cette corvée semble typiquement tomber sur les femmes, mais je ne me suis jamais plainte parce que c'est quelque chose que j'apprécie. J'espère que ce sera le cas pour toi aussi.

Il y a toujours des questions, il y a toujours les moments « te souviens-tu ? », et c'est en partie pour ça que je tiens un journal. La mémoire de personne ne dure pour toujours, alors poser les choses à plat sur le papier est un bon moyen de regarder en arrière.

Parfois nous le faisons pour célébrer les bons choix que nous avons faits. Parfois nous le faisons pour voir où nous avons pris le mauvais chemin, pour corriger la trajectoire.

Dans tous les cas, tu n'as pas à faire ça seule. J'en ai fait une partie avant toi, et j'en ai fait une partie pour toi (jette un coup d'œil dans ton nouveau journal et tu verras ce que je veux dire.) Et alors que l'été passe, j'ai hâte de m'asseoir avec toi sur la terrasse, à écrire dans nos journaux. Partageant nos espoirs et nos rêves et, comme c'est inévitable quand tu es impliquée, je suis sûre qu'il y aura des rires.

Je t'aime. Je nous souhaite de créer des souvenirs.

Maman »

VERS LE MILIEU de la lettre, les larmes débordèrent. Ginny avait beau avoir mal à l'intérieur, cet instant restait magnifique. Oui, c'était douloureux qu'elle n'ait pas pu profiter de l'été que sa mère avait imaginé.

Mais en repensant aux années passées, Ginny pouvait honnêtement dire qu'il y avait eu d'autres joies. Il y avait eu des expériences avec ses frères – de bonnes expériences – qui ne seraient jamais arrivées si leur monde n'avait pas été mis aussi affreusement sens dessus dessous.

Elle tourna une page, examinant les dates qui ne se suivaient pas. Remarquant les petites poches qui avaient été ajoutées sur certaines des pages avec des papiers supplémentaires fourrés dedans. Sa mère avait transformé le journal en une masse de notes et de gribouillages.

C'était un trésor auquel Ginny ne s'était pas attendu.

Elle le posa prudemment et prit le nouveau journal. Feuilletant les pages, elle s'arrêta avec surprise en découvrant qu'il n'était pas vide et vierge. En haut des pages, ici et là, se trouvaient des notes de sa mère. Des questions, ou des ordres provenant de l'au-delà.

« Quelque chose *que j'apprécie chez moi.* »

« Qui est mon/ma meilleur(e) ami(e), et qu'est-ce que je fais pour lui montrer que c'est vrai ? »

« Si j'avais une journée entière pour moi, qu'est-ce que je ferais ? »

Il y en avait d'autres. Ginny pressa le journal contre sa poitrine et le serra fort alors qu'elle laissait la tristesse en elle s'échapper une dernière fois.

Puis elle s'essuya les yeux, se lava le visage, et prépara le petit déjeuner. Les journaux furent prudemment remis au-dessus de la commode comme les trésors qu'ils étaient.

Ce jour-là représentait une autre sorte de chasse au trésor. Elle sortit son téléphone et passa quelques appels.

10

———

Sortir d'un lit chaud et s'éloigner d'une Ginny encore plus chaude et douce avait été l'enfer. Tucker se consola en se concentrant sur le fait que plus vite il sortirait d'ici, plus vite, il pourrait revenir.

Il retrouva Ashton dans l'écurie, surpris d'y voir aussi Luke et Jack. Les trois hommes étaient appuyés confortablement contre le mur et la barrière latérale à l'extérieur d'une stalle qui contenait une des plus jolies juments que Tucker ait vue depuis longtemps. Elle était pleine, et Luke lui tapotait affectueusement les naseaux en parlant.

Tucker se montra lentement pour éviter d'effrayer la jument.

— Vous vous êtes levés de bonne heure, dit-il avant de se concentrer sur Jack. Je croyais que tu étais en vacances.

Jack sourit.

— Diane m'a jeté hors du lit. Elle a dit que je devais aller me distraire ailleurs un moment.

— On avait les mains un peu trop baladeuses, hein ? fit Luke en émettant un petit rire malveillant tandis qu'il s'éloignait de la jument et réussissait quand même à éviter le petit coup sur son épaule de son ami. Hé, soit tu as une femme qui aime le sexe le matin, soit non.

C'était terrible que la première pensée qui traverse l'esprit de Tucker soit que Ginny aimait le sexe quelle que soit l'heure de la journée. En fait, habituellement elle le réveillait, et le souvenir de ce matin-là le frappa avec une poussée de chaleur.

Sa seule planche de salut fut qu'Ashton avait croisé les bras sur son torse et lançait un regard désapprobateur.

— Arrête de te vanter de ta vie sexuelle.

— Rien ne dit que tu ne peux pas te joindre...

Luke se tut instantanément puis leva les yeux, comme s'il admirait les chevrons.

— Voyou, marmonna Ashton.

— J'interromps cette conversation remarquable, avança Tucker laconiquement. Ashton, est-ce que Luke est au courant ?

— Est-ce que je suis au courant de quoi ?

À l'évidence non. Tucker aurait adoré faire traîner ça plus longtemps et torturer Luke, mais il n'était pas prêt à gaspiller autant de temps.

— Ashton a proposé de me prendre comme apprenti. Caleb a approuvé hier.

— Félicitations, le congratula Jack en donnant un coup de poing sur le bras de Tucker. Je suis content pour toi.

— Nom d'un chien ! C'est fantastique, déclara Luke, qui non seulement lui frappa dans le dos, mais l'attira aussi dans une étreinte. Il était temps que nous puissions voir plus souvent ta sale tronche par ici.

Avec un peu de chance, ce serait comme ça que Luke continuerait à voir les choses, une fois que le plan de Tucker de se lancer plus sérieusement avec Ginny se réaliserait.

— Merci, répondit-il sincèrement avant de lever les yeux vers Ashton. Je suis entré en contact avec Raymond des étables de Winnipeg. Il a besoin que je vide les lieux immédiatement, de plus je dois aller chercher Braggart. Je pensais prendre la route maintenant. Ça te convient ?

Ashton hocha la tête.

— Aux dernières nouvelles, la météo a l'air sympa pour quelques jours.

— Si tu as besoin que je signe quoi que ce soit pendant que je serai absent, envoie-moi simplement un e-mail.

Une conversation marmonnée entre Jack et Luke prit fin et Luke s'avança.

— Nous venons avec toi, annonça-t-il.

— Arrête, protesta Tucker. L'aller-retour va prendre deux journées entières, et je vais rester au moins deux jours à aider mon ancien patron avec quelques dernières tâches.

Ce fut Jack qui répondit cette fois, avec un sourire étincelant.

— Je suis en vacances, tu te souviens ? Une partie de ce que j'aimerais faire, c'est de découvrir un peu plus le Canada.

Un ricanement échappa à Luke.

— Bien essayé, mais personne ne croira que c'est l'argument de vente pour nous en aller. Nous roulerons vers l'est à travers certaines des terres les plus plates que Dieu ait créées.

— Bien vu, répondit Jack, puis il regarda Tucker dans les yeux. J'ai été contremaître pour les écuries de ma famille pendant plus de quinze ans, et j'adore parler. Considère-moi comme ton chargé de questions-réponses.

C'était une occasion en or. Malgré tout...

— Tu penses que ça ne gênera pas ta femme – vos *femmes* – que vous partiez pendant plusieurs jours au milieu de votre visite ?

Il incluait Luke dans sa question.

— Elles prévoyaient déjà un truc entre filles pour lequel nous ne pouvions pas être présents, répondit Luke en haussant les épaules. Elles s'en sortiront. Donne-nous vingt minutes et nous serons prêts à partir.

Tucker aurait été un idiot de refuser de passer du temps avec son ami et un engagé volontaire qui pourrait rendre son futur plus facile.

— Si vous en êtes sûrs, j'aimerais beaucoup avoir de la compagnie, admit-il.

Jack cria d'enthousiasme. Luke lui tapa dans le dos, et tous deux filèrent en courant comme des adolescents avec un mot d'excuse du prof.

Même oncle Ashton était amusé.

— Ce sont des gens bien, dit-il à Tucker. Je suis content que tu n'aies pas ignoré leur offre assurant que tu pouvais te débrouiller tout seul.

Habituellement il l'aurait fait, se rendit compte Tucker, sauf que cette option ne lui avait pas semblé pertinente.

— Il y a quelque chose à Silver Stone qui me donne envie d'en faire un travail d'équipe.

L'expression d'Ashton devint sérieuse.

— Tu sais, c'est presque mot pour mot ce que Walter Stone disait souvent. Le truc sur le travail d'équipe. Que c'était le fait que chacun fasse sa part qui rendait le travail plus facile. Que cela assurait que les choses importantes étaient gérées.

Son oncle lui dit au revoir en lui promettant de chercher de quoi mieux le loger pour son retour.

— Je suppose que s'il le faut, tu pourras rester dans le van, mais c'est seulement temporaire.

En ce qui concernait Tucker, du moment que Ginny faisait partie de l'hébergement, il n'avait aucun problème.

Il conduisit sa camionnette jusqu'à la maison de Luke qui surplombait Little Sky Lake pour prendre ses compagnons de route. Pendant qu'il attendait, il sortit et se tint dans le froid, admirant le paysage couvert de neige.

Luke avait construit son foyer sur une petite butte, et bien que les bâtiments principaux du ranch et la maison de Caleb soient assez proches sur la gauche, la maison en elle-même était orientée un peu plus au Nord-Ouest, offrant une vue imprenable de la nature sur le plus petit des deux lacs.

Ce paysage hivernal n'était pas quelque chose dont Tucker avait souvent pu profiter. Il avait passé énormément d'étés ici, mais la première fois qu'il était venu au ranch en hiver, cela avait été pendant le mois de février de l'accident. Il était venu chaque année après ça pour une commémoration informelle. Cela lui avait semblé normal de s'assurer d'être là.

Cela avait été pendant une de ces visites hivernales personnelles que Ginny l'avait convaincu de coucher avec elle.

Souriant maintenant à ce souvenir, il laissa errer son regard sur des sentiers de la zone forestière, les suivant au loin vers l'endroit où les Heart Falls devaient être magnifiques, figées dans la glace. Il regarda vers le sud et repéra des hommes déjà au travail dans le manège. Des camionnettes quittaient le parking des ouvriers du ranch devant le dortoir. Les travailleurs partaient s'occuper des tâches qu'Ashton leur avait assignées.

Quelque chose de comparable à de la terreur lui emplit les veines. Il désirait tellement tout ça ! Faire partie de Silver Stone. Avoir le droit d'être ici, et pas simplement pour le travail. Être l'homme dont Ginny avait besoin.

Son opération « Prouve-le »... il ressentait l'envie de réussir jusqu'aux tréfonds de son âme.

Luke sortit brusquement par la porte avec Jack sur ses talons.

— Wouhou, que la fête commence !

Kelli et Diane sortirent la tête dehors et leur firent un signe d'au revoir.

Luke tendit un mug de voyage à Tucker.

— J'étais prêt à te verser une boisson virile, mais Kelli m'en a empêché.

— Je t'aime, Kelli, lança Tucker vers la porte. Quand tu voudras quitter ce loser, appelle-moi.

— Mais je l'ai à moitié dressé, se plaignit Kelli. Amusez-vous bien, les garçons.

Des rires féminins suivirent alors que les dames disparaissaient dans la maison chauffée.

Tucker souriait encore alors qu'il prenait la route principale et les dirigeait sur le chemin le plus court à travers les champs.

— Merci pour le café.

— Tu dois arrêter de flirter avec mon épouse. Trouve-toi ta propre femme, dit Luke d'un ton laconique.

Tucker n'allait pas aborder ce sujet-là. Pas encore.

Ça n'aidait pas que Jack s'en tienne au même refrain.

— Il y a quelqu'un à qui tu dois dire au revoir pendant que nous emballons tes affaires ? demanda-t-il depuis le siège arrière.

— Personne, lui assura Tucker. Emballer mes affaires ne prendra pas longtemps, mais mon patron a besoin d'aide pour déplacer les chevaux. Avant que nous repartions, je prendrai mon van pour pouvoir ramener ma monture avec nous.

— Braggart est toute douce, dit Luke à l'adresse de Jack. Ashton l'a dressée, et je pourrais jurer qu'elle sait lire dans les pensées de Tucker, parfois.

— Le meilleur genre de femme, dit Jack avec un grand sourire. Humaine ou équine.

Tucker émit un petit rire.

— Je suis presque sûr que c'est le genre de discussion qui te fait jeter du lit le soir en plus du matin. Tu sais, la comparer à un cheval.

— Est-ce que tu plaisantes ? demanda Jack. Diane sait que c'est un compliment de premier ordre quand je commence à parler de cheval.

— C'est simplement déplacé, se plaignit Luke. Tu me donnes tellement d'ouvertures pour des blagues grossières, quand j'essaie d'être poli et de ne pas choquer Tucker.

— Je pense que tu étais à deux doigts de choquer mon oncle, dit Tucker.

Il n'allait pas leur apprendre ce qu'Ashton avait avoué, mais il était curieux de savoir à quel point son oncle avait bien gardé ses secrets.

— Avec ma petite bourde façon « pourquoi est-ce que tu n'avoues simplement pas ce que tu trafiques » ? Oui, ce ne sont pas mes affaires, mais putain, c'est tentant de le taquiner parfois, répondit Luke en prenant une gorgée de café avant de se détendre sur son siège. Il ne m'a pas trop démonté quand j'ai entamé ma relation avec Kelli, alors j'aime mieux le laisser un peu tranquille sur sa vie amoureuse.

— J'espère que ma situation amoureuse sera beaucoup moins compliquée quand j'aurai la soixantaine, dit Jack. C'est bien de l'établir quand nous sommes jeunes.

— Pour que vos dames puissent bien vous dresser ? les taquina Tucker.

— Assurément, répondit Jack en riant. Fais-moi savoir si tu as besoin d'aide pour trouver quelqu'un. J'ai quelques dresseuses compétentes que je pourrais t'envoyer si tu es célibataire.

Tucker lança un coup d'œil à Luke.

— Est-ce qu'il me prostitue ?

— Ce n'est pas ma faute, protesta Luke. Peut-être que tu devrais accepter. Faire venir du sang neuf. Il n'y a personne en ville. Bien sûr, je ne devrais pas dire ça. Tu connais les sœurs Fields. Et il y en a quelques autres qui...

— Je ne cherche pas un entremetteur, dit Tucker rapidement.

Treize heures sur la route. Ce serait un voyage infernal s'il devait passer tout ce temps à convaincre ses amis qu'il n'avait pas besoin de compagnie féminine.

Tucker lança un coup d'œil à côté de lui et découvrit que Luke souriait d'une oreille à l'autre.

— Nous allons arrêter maintenant. Tu es probablement concentré sur cette affaire de mentor, et je comprends. Je suis moi-même plutôt motivé, admit Luke. Et quelle façon de commencer ! Les virées en bagnole, c'est le top. Quand bien même je ne devrais pas être copilote, mais derrière le volant.

— Oh que non, rétorqua Tucker. Quand ton père nous a appris à conduire, il a dit que j'étais un bien meilleur élève que toi. Soucieux de la sécurité et avisé.

— Lèche-bottes ennuyeux. Tu as de la chance qu'il ne t'ait pas vu faire des dérapages sur le parking du centre communautaire un mois plus tard, répondit Luke d'un ton sec.

— Tu étais trop froussard, dit Tucker laconiquement puis il se prépara pour l'inévitable.

Et effectivement...

Tout son corps trembla quand Luke lui donna un bon coup de poing sur le biceps.

— Abruti.

— Enfoiré.

Un rire provint de l'arrière.

— C'est comme un spectacle humoristique canadien, avec moins de *eh*[1] qu'on ne s'y attendrait.

Tucker leva une main et lui fit un doigt d'honneur, ricanant quand il se rendit compte que Luke avait fait exactement le même geste près de lui.

— Vous m'éclatez, dit Jack avant de grogner puis de soupirer lourdement. Réveillez-moi quand nous serons à cinq minutes de notre prochain arrêt, voulez-vous ? Je ne me suis toujours pas adapté au décalage horaire.

— D'accord, lui assura Luke.

Il baissa la voix d'un ton et parla doucement à Tucker :

— En attendant, prenons des nouvelles. Qu'est-ce que tu as fait récemment ?

Tucker raconta son quotidien, les événements ordinaires de

sa vie depuis la dernière fois qu'ils avaient été ensemble, et c'était un petit bout de paradis.

La seule amélioration possible aurait été d'avoir Ginny près de lui aussi.

~

GINNY AVAIT TRAVERSÉ la moitié de la cour quand Dustin arriva en courant.

— Hé, Gin. Attends une seconde.

Il était tellement agaçant !

Elle foudroya son petit frère du regard.

— Je suis presque sûre que tu n'es pas trop fatigué pour sortir les deux syllabes qui composent mon prénom. C'est mon dernier avertissement, ou je convaincrai tout le monde de recommencer à t'appeler Dusty.

Son sourire prétentieux s'agrandit plus qu'il n'aurait dû.

— Bien. Je ne faisais que te taquiner. Les vraies nouvelles de la journée, c'est que Tamara et Caleb m'ont prévenu que tu emménageais dans le cottage. Je voulais te dire qu'il n'y avait pas de problème.

— Merci.

Ginny était en fait un peu surprise qu'il soit prêt à abandonner aussi facilement. Peut-être que la prémonition de Tamara sur le fait que Dustin n'allait pas rester très longtemps était exacte. Si c'était le cas, Ginny voulait le savoir maintenant pour pouvoir s'assurer que ce que son petit frère prévoyait tenait la route.

— Tu as des projets ?

Il ricana.

— Je jure qu'on aurait dit maman à l'instant.

Une vague de tristesse l'envahit, disparaissant en un éclair.

— Je vais prendre ça pour un compliment.

— Il y a beaucoup de choses dont je ne me souviens pas,

mais j'ai bien ces scènes-là dans ma tête. Parfois, je me demande si je ne les ai pas à moitié inventées, en me basant sur les clichés que j'ai trouvés dans les albums photo ou les histoires que les gens m'ont racontées, déclara Dustin en lui lançant un sourire ironique. Je pense qu'elle avait l'habitude de faire admettre des choses aux gens sans jamais vraiment les demander directement.

— Elle était comme ça.

Ginny se mit à rire doucement.

— Maman te posait une question directe qui était à cent quatre-vingts degrés de ce que tu allais finir par avouer. C'était de la magie, confia-t-elle.

Dustin hocha la tête, pensif maintenant, et cela rappela à nouveau à Ginny à quel point il était jeune quand leurs parents étaient morts. Le peu de souvenirs qu'il avait vraiment avec eux.

— En tout cas, pour répondre à la question que tu as posée *et* à celle que tu n'as pas posée, la taquina Dustin, je ne suis pas sûr à cent pour cent que je veuille m'essayer au rodéo. Pas avec toutes les possibilités par ici. Mais en attendant, Shim reste dans le coin pendant au moins deux mois. Il meurt d'envie de vivre dans les quartiers du personnel, alors Ashton nous a trouvé de l'espace dans le dortoir.

— Il est... commença Ginny, ne sachant pas comment dire ça sans que ça ait l'air offensant. Il n'est pas du coin, n'est-ce pas ?

Son petit frère s'essuya la bouche, dissimulant un rire.

— Non. Une éducation très urbaine, des parents très collet monté, intellectuels et qui n'aiment pas les activités en plein air. Mais c'est un mec bien, alors je me suis dit, pourquoi pas ? J'ai déjà vécu dans les quartiers du personnel.

— De plus, ça ne te dérange pas de manger au réfectoire, n'est-ce pas ? dit Ginny laconiquement.

— Nous avons un des meilleurs cuistots du pays, répondit Dusty en vérifiant sa montre. Je dois y aller, sinon Ashton va me remonter les bretelles. Tout a été dégagé dans le cottage, alors tu peux emménager quand tu veux.

C'était inattendu.

— Déjà ?

Dustin haussa les épaules, marchant à reculons.

— Je n'avais pas beaucoup d'affaires à la base.

Il s'éloigna à grands pas, l'air soudain tellement adulte que Ginny aurait pu le confondre avec un de ses grands frères. Elle lança derrière lui :

— Hé, Dustin. Je vous inviterai pour dîner un de ces quatre, d'accord ?

Il leva le pouce, mais continua à marcher.

Elle connaissait ça. Être en retard à un rendez-vous avec Ashton était un impair que personne ne commettait souvent...

Elle fut frappée par une soudaine prise de conscience. Nom d'un chien. C'était celui que *Tucker* deviendrait. L'homme qui, quand il donnerait un ordre, arrêterait les hommes au milieu de leur conversation avant qu'ils se dépêchent de retourner au travail.

Oui, être prudents en entamant une relation officielle entre Tucker et elle était très important. Cela dit, elle ne voulait vraiment pas renoncer à Tucker. Même pas temporairement.

Il était temps de se donner quelque chose d'autre auquel penser plutôt que de ressasser. Ginny passa devant la maison principale du ranch et se dirigea vers la longue serre basse qui avait été son domaine avant qu'elle ne parte.

À l'extérieur, la température était bien en dessous du gel, alors entrer à l'intérieur revenait à changer instantanément de saison. Le chauffage était encore réglé sur « hiver », juste suffisant pour empêcher les tuyaux et le matériel de geler. Mais suffisamment chaud, car quand Ginny prit une profonde inspiration par le nez, et la riche odeur de la terre et des plantes temporairement en sommeil emplit ses sens.

Le toit au-dessus de sa tête et les murs étaient tous d'un

matériau polycarbonate semi-transparent. Il laissait entrer la lumière mais était loin d'être aussi transparent que du verre ordinaire, contribuant à empêcher les plantes de brûler à la lumière directe du soleil. Il conservait également mieux la chaleur que du verre transparent, transformant l'intérieur du bâtiment en une cachette secrète qui rayonnait de lumière et de chaleur.

À cette extrémité de la serre, il y avait un certain nombre de parterres surélevés, couverts de planches pour l'instant. Les lampes de croissances au-dessus étaient éteintes, mais tout était prêt pour les prochaines semences afin de prendre une longueur d'avance sur le printemps.

Elle marcha lentement entre les allées, au-delà des parterres surélevés, puis entra dans la zone où la terre était bien fertilisée et tamisée pour pouvoir planter directement dans le sol.

À l'extérieur, vers l'ouest et le sud, se trouvait le reste de l'étendue des jardins. Ils étaient recouverts pour l'instant d'une couverture blanche, mais alors qu'elle regardait dehors par la seule fenêtre en verre transparent à l'extrémité de la serre, il semblait que tout attendait.

Attendait qu'elle prenne une décision sur la suite.

Dommage qu'elle ne connaisse pas encore la réponse.

Était-il correct de changer de cap et de dévier de la voie qu'elle avait arpentée pendant des années ? Elle n'avait peut-être pas passé les trois dernières périodes de pousse à Silver Stone, mais elle les avait passées dans des exploitations qui étaient très similaires. Dans des fermes et des vignobles, et dans un cas précis, une communauté qui s'était rassemblée pour créer un jardin partagé. Le travail dans chacun d'eux avait suivi les saisons, et Ginny devrait faire de même ici. Ce qui imposait de se décider bientôt – ce n'était pas une chose qu'elle pouvait garder sous le coude pendant des semaines ou des mois.

C'était la raison pour laquelle elle avait besoin d'inspiration.

Pendant l'heure qui suivit, elle erra d'une extrémité à l'autre de la serre. Elle enfonça les doigts dans des pots de terre, renifla des seaux, fouilla sous les éviers, et en somme, se salit. Ce lieu, plus encore que la maison où Caleb et Tamara vivaient, était devenu son foyer après la mort de ses parents.

La serre avait été le domaine de Ginny. Elle avait aimé avoir de quoi s'occuper.

Oh.

Elle s'arrêta net, s'asseyant au milieu du chemin. Elle passa les doigts sur le béton irrégulier.

— J'ai l'impression de ne plus être aux commandes de ma vie.

Elle prononça la phrase à haute voix, doucement, mais dans le silence, c'était une déclaration profonde. Mais également fausse, parce qu'elle devait absolument se décider.

Mais sur quoi ?

Fais une chose après l'autre, ma puce.

Ginny soupira alors même qu'elle répondait à la voix dans sa tête. *Super conseil, maman, mais il n'y a plus aucune liste de choses à faire.*

Et jusqu'à ce qu'elle en établisse une, il était inutile de commencer quoi que ce soit.

Elle se releva précipitamment, s'épousseta les mains et retourna à sa camionnette. Pour l'instant, elle avait besoin de quelque chose d'autre que d'écouter la terre. Elle avait besoin de ses amies.

Une demi-heure et un texto plus tard, Ginny franchit la porte du « Buns and Roses ».

— Attention, j'arrive.

Ce fut le seul avertissement que Ginny reçut avant de se retrouver enveloppée dans une énorme étreinte. Tansy Fields la serra encore une fois intensément avant de reculer assez pour lui agripper la tête et lui donner une série exagérée de bises sur les joues, d'un côté, puis de l'autre, puis encore de l'autre.

— Arrête de la malmener, exigea Rose, la sœur de Tansy, avant de prendre le relais et d'étreindre Ginny tout aussi étroitement. Il était temps que tu arrives.

Ginny fut réchauffée jusqu'à ses orteils.

— Je n'étais pas sûre que je devais passer à votre travail. Je ne veux pas vous interrompre.

Tansy la tira sur le côté de la pièce où à l'évidence elles avaient une table.

— Le dimanche, c'est notre jour de repos. Enfin, une fois la pâtisserie du matin terminée.

— Ce n'est plus le lundi ?

Ginny aurait dû apprendre ça durant ses visites au cours des six derniers mois, mais la plupart de ces brèves excursions ne l'avaient conduite que droit au ranch pour tirer avantage de chaque minute qu'elle pouvait passer avec ses nièces et son neveu.

— Le dimanche *et* le lundi, dit Rose joyeusement avant de faire un geste vers le comptoir.

Leur plus jeune sœur, Fern, fit un signe de la main en retour, sa prothèse brillante ressemblant ce jour-là à un bras d'androïde.

— Fern nous aide pendant les fêtes, mais nous avons embauché quelques autres personnes pour pouvoir prendre plus de repos.

— Je suis contente pour vous, dit Ginny, impressionnée et heureuse pour elles.

Tansy s'assit, gardant un bras passé autour des épaules de Ginny.

— Est-ce que tu as assez voyagé une bonne fois pour toutes ?

— Et même plus, admit Ginny doucement.

Elle appuya la tête contre Tansy et lança un coup d'œil à

Rose. Elle examina ses deux amies, qui faisaient partie de sa vie depuis aussi longtemps qu'elle pouvait s'en souvenir.

— Je veux prendre de vos nouvelles. Je veux tout savoir sur les changements, surtout les bons, comme le fait que vous vous en sortez assez bien pour pouvoir engager du personnel supplémentaire. Mais je veux aussi juste passer du temps avec vous.

— Pareil, acquiesça Tansy en s'éloignant juste assez pour poser les coudes sur la table et croiser le regard de Ginny directement. Tout le monde partage cet avis, alors prépare-toi. Nous avons une soirée entre filles cette semaine, et tu es l'événement principal.

Ginny n'avait pas besoin d'être le centre de l'attention.

— Je veux simplement voir tout le monde.

Fern apporta un plateau avec des boissons, des brownies et des parts de tarte assez grosses pour arriver à faire ciller Tucker.

— Salut, Ginny. Contente que tu sois revenue. Tes frères étaient tellement excités ! Dustin a dû me dire dix fois que tu serais rentrée dans quelques jours.

Intéressant. Ginny garda une expression neutre. Est-ce que son frère tentait quelque chose avec Fern ?

— Vraiment ?

— Lui et son ami m'ont aidée à fabriquer les accessoires pour la levée de fonds de Noël, expliqua Fern en posant le dernier mug de café devant Rose. Shim semble sympa.

Oh, en voilà un rebondissement.

— Il est très sympa. Il séjournera à Silver Stone pendant encore un moment.

Fern glissa le plateau sous son bras et cligna plusieurs fois des yeux avant de se redresser brusquement.

— Oh, c'est bien.

Elle se retourna et s'éloigna alors même que Ginny la fixait du regard, souriant d'une oreille à l'autre.

Un coup d'œil vers ses amies ne fit qu'augmenter son amusement.

— Allons. Dites-moi que ce n'est pas la première fois que vous entendez parler du coup de cœur de Fern pour Shim ?

Rose avait l'air toujours complètement abasourdie.

— Qui est ce Shim ?

— Je croyais qu'elle faisait les yeux doux à Dustin, chuchota Tansy avant d'attraper la main de Ginny. Vite. Crache le morceau sur ce gars pour que je sache si je dois l'empoisonner ou pas.

— Arrête. Tu ne peux pas l'empoisonner. Cela ruinerait la réputation du « Buns and Roses ».

Une lueur mauvaise passa dans les yeux de Rose.

— J'utiliserai de la ciguë.

— Et ça ne ruinera pas notre réputation ? demanda Tansy.

— Bien sûr que non, dit Rose en reniflant moqueusement. Ça a un côté horticole. Pile mon style.

Les rires fusèrent, et entre les délicieuses odeurs devant elle et les plaisanteries familières de ses amies, Ginny eut enfin, *enfin,* l'impression que les choses allaient vraiment bien se passer.

Elle n'était pas sur la voie qu'elle avait eu l'intention de suivre, mais ce n'était pas grave. Peut-être que les meilleures nouvelles aventures signifiaient de commencer ici dans son propre jardin.

11

Le lundi fut glacial, avec un vent qui faisait de la perspective d'être à l'extérieur le dernier désir de Ginny. Heureusement, elle avait plein d'autres choses pour occuper son temps.

— Tu n'as pas à m'aider pour ça, répéta-t-elle à Tamara alors qu'elles se tenaient dans le petit coin salon-cuisine de ce qui était à l'origine le cottage des Hayes.

Tamara haussa un sourcil.

— Si, vraiment.

Elle marqua une pause, écoutant les gloussements enfantins qui s'échappaient de la seconde chambre.

— Et elles aussi. Nettoyer le cottage est une bonne tâche, à chacun son tour. Étant donné que pratiquement tout le monde a séjourné ici à un moment ou à un autre.

Ginny essaya encore une fois.

— Dustin a dit qu'il avait nettoyé.

— Ha.

Tamara toussa, puis s'excusa.

— Je suis sûre qu'il *pense* qu'il a nettoyé. Je déteste dire ça, mais je peux voir que ton plus jeune frère a été entraîné par quelqu'un qui nettoie des écuries.

— Nos écuries sont propres, rétorqua Ginny sur la défensive.

Tamara pencha la tête.

— Elles sont très propres pour des écuries. Moi, par contre, je travaillais dans un hôpital.

Tout était dit. Ginny souleva le seau dans sa main.

— Je ferais mieux de m'y mettre alors. On dirait que les inspections vont être rudes.

Elles travaillèrent dur, mais il y eut autant de rires que d'huile de coude, surtout lorsque les filles s'en mêlèrent et les aidèrent. C'était une bonne occasion d'apprendre à connaître un peu mieux Tamara et de lui poser des questions sans équivoque.

— Puisque tu n'étais pas là la dernière fois que j'étais aux commandes des jardins, tu ne sais pas ce qui a changé. Permets-moi de te poser une question à la place, dit Ginny en se penchant par-dessus la table de la cuisine vers sa belle-sœur durant une pause dans le récurage du cottage. Y a-t-il quelque chose que tu aurais aimé pouvoir trouver juste en allant dehors ? Y a-t-il quelque chose que tu avais à Rocky Mountain House et sans trouver de quoi le remplacer ici à Heart Falls ?

Tamara eut l'air pensive.

— Il est en fait plus difficile de répondre à la première question, parce que j'ai grandi dans un ranch. J'ai appris auprès de mes tantes qu'on utilisait ce qu'on avait et qu'on se débrouillait avec. Quand je prépare des repas, je ne me pose pas là en souhaitant avoir des asperges quand ce n'est pas la saison.

Elle prit une gorgée de thé et continua :

— Nous avons notre propre jardin. De plus, tu as donné le bail des jardins à la famille Singh. Ils me laissaient m'en servir pour que je puisse cuisiner à l'avance quand c'était possible.

Ginny s'était demandé si cette famille le ferait. Ce n'était pas requis, mais la plupart des projets d'agriculture soutenus par la communauté essayaient de fonctionner sur le mode du troc autant que possible.

Elle avait organisé une rencontre pour le début de la semaine suivante, ce qui signifiait une date butoir. Elle devait savoir quoi leur dire d'ici lundi. Un jeu d'enfant.

— Je suis contente que les choses aient bien marché pour eux, dit Ginny. On dirait qu'ils ont eu de bonnes années de récolte.

— Pas d'inondations, pas de sécheresses. Plus la serre, qui est d'une grande aide, signala Tamara. Pour répondre à ta deuxième question, ce sont les thés à base de plantes qui me manquent, ce qui semble être dans ton style. Une des dames à Rocky était obsédée par l'idée de faire sécher des herbes pour élaborer ses propres décoctions. Je lui en ai commandé la première année où j'étais ici, mais l'année dernière elle a décidé de retirer la vente en ligne de son commerce. Maintenant je reçois des paquets quand mon père vient nous rendre visite.

Elle fit la grimace.

— Quand il s'en souvient.

Pendant les deux jours qui suivirent, à chaque fois que Ginny tombait sur quelqu'un, elle posa des questions similaires. Elle n'allait pas mener sa vie en fonction des décisions des autres, mais si elle voulait entre autres rendre la vie meilleure pour sa famille, fournir quelque chose dont celle-ci avait envie d'emblée était un bon point de départ.

Le mardi, à l'heure du dîner, son cerveau était rempli d'idées. Elle était complètement installée dans le cottage, ce qui semblait vraiment surréaliste.

Son téléphone sonna, et elle l'attrapa, le coinçant entre son oreille et son épaule alors qu'elle enfilait précipitamment ses bottes et son manteau.

— Hé.

— Hé toi-même, dit Tucker, sa voix profonde lui caressant la peau. Je n'ai qu'une minute, mais je voulais que tu saches que je pense à toi.

— Est-ce un appel sexuel ? le taquina Ginny. Parce que c'est tout à fait sur ma liste des choses à faire avant de mourir, mais là, je dois sortir.

— La soirée entre filles chez Luke et Kelli. J'en ai entendu parler.

Cet homme avait des contacts.

— Comment se passe le développement des liens virils ?

La joie pure de la voix de Tucker disait tout.

— Luke est solide, comme toujours. Drôle à se tordre de rire, et je ressens toujours occasionnellement l'envie de le tuer. Puis, pendant que je suis en train de me demander de quelle manière commettre ledit meurtre, Jack débite ces perles de sagesse et je laisse tomber ce que je fais pour prendre des notes.

— Je parie qu'il répéterait tout, aussi souvent que tu voudrais.

— Tu as raison. Ce sont des gens bien, lui dit Tucker. Et nous partageons des quartiers exigus, alors je t'appelle rapidement pendant qu'ils sont sortis de la pièce. J'espère être rentré demain, même si c'est tard.

Elle ne se donna pas la peine de lui parler du changement de logement. Il n'avait pas besoin de s'en inquiéter maintenant.

— Puis un tout nouveau jeu commencera.

Il jura doucement.

Ginny se mit à rire.

— Tu t'en sortiras très bien. Je dois filer. Conduis prudemment, et on se voit bientôt.

Elle se hâta jusque chez Kelli, rencontrant une autre amie sur le pas de la porte.

— Brooke, la salua Ginny en l'étreignant puis reculant pour l'examiner de près. Alors, c'est ça que ça te fait d'être *mariée*.

La grande mécanicienne sourit.

— Ça a été l'éclate. Mais allons à l'intérieur avant que je ne me gèle les miches.

— C'est moi qui suis censée me plaindre du froid après ne pas avoir connu l'hiver au Canada depuis trois ans, releva Ginny.

Un instant plus tard, il n'y avait aucun besoin de s'inquiéter du froid. En fait, Ginny retira non seulement sa veste, mais aussi le pull qu'elle avait mis dessous. La maison de Luke et Kelli était bien plus chaude que le petit cottage. Elle devrait trouver un moyen de gérer le problème de chauffage.

Le son des voix et des rires les appelait, et dès qu'elles eurent retiré leurs bottes, Brooke attrapa Ginny par la main et l'entraîna dans la maison.

— La star du spectacle est arrivée, annonça Brooke.

— Ginny !

Tout le monde avait crié en même temps, les mains levées en l'air tenant déjà des verres remplis.

Ginny prit une profonde inspiration et regarda autour d'elle, mettant des noms sur les visages. Puis pour le plaisir, elle les prononça tout haut, les pointant chacune à leur tour.

— Kelli, Rose, Brooke, Tansy. Même si deux d'entre vous ont changé de nom de famille depuis la dernière soirée entre filles à laquelle j'ai assisté.

C'était ses amies depuis longtemps. Entre-temps, il y avait eu de nouvelles venues.

— Diane et moi, nous nous sommes rencontrées à Noël. Et tu es Yvette Wright, la vétérinaire.

Yvette lui fit signe de la main.

Puis Ginny examina la dernière femme dans la pièce, plus jeune de quelques années au moins que le reste d'entre elles, mais qui s'avançait avec assurance, la main tendue pour la saluer. Elle avait une magnifique peau foncée, une masse de boucles qui bondissaient librement autour de la tête.

— Charity Gruzing, n'est-ce pas ?

Charity eut l'air surprise, mais ravie. Elle lança un coup d'œil aux autres femmes.

— Vous avez raison, elle fait l'effet d'une femme vaudou étrange, dit-elle en serrant la main de Ginny. Est-ce que j'ai un badge quelque part ?

— J'ai deux nièces dans tes cours de ballet, lui rappela Ginny. Elles ont passé l'après-midi à chanter tes louanges et à faire des pirouettes contre mes murs.

— Ah, oui, Sasha et Emma sont très... enthousiastes.

— Tu as plus de patience que moi, dit Yvette. Mais tu sembles honnêtement aimer travailler avec les enfants, alors je suis contente pour toi.

— Tu es plutôt patiente aussi, répondit Charity. Je t'ai vue convaincre ce chien abandonné de monter dans ta camionnette.

Une anecdote que, semblait-il, la plupart des femmes de la pièce n'avaient pas encore entendue. Ce qui signifia qu'à la grande gêne d'Yvette, Charity entreprit de raconter toute l'histoire pendant que Brooke emmenait Ginny prendre un verre.

Quand elles furent toutes installées dans la salle de séjour confortable, toute trace des légers papillons que Ginny avait ressentis plus tôt dans la journée avait disparu.

C'était en partie dû à la présence de nouvelles femmes dans la pièce – cela lui donnait l'impression qu'elle n'était pas la seule à vouloir en savoir *plus*. Elle n'était pas la seule à avoir raté des événements récents.

En fait, quand le minuteur du four se déclencha, le stress de Ginny appartenait au passé.

— Une pizza, cria Kelli. Venez. Servez-vous à l'îlot. Il y a des trucs verts sur la table pour celles qui veulent faire semblant d'équilibrer leur repas.

Ginny se retrouva assise à côté d'Yvette.

— J'ai entendu dire du bien de toi, lui dit Ginny. Mon grand frère est bon ami avec Josiah Ryder, et Josiah a dit que tu faisais un travail fantastique. Que même les vieux grincheux t'apprécient.

Yvette hocha lentement la tête.

— C'est agréable à entendre. Le fait que Josiah est heureux. Le truc sur les vieux grincheux est un peu moins enthousiasmant, parce qu'ils restent grincheux, et je dois toujours les gérer.

— Je comprends. Avant, quand je déposais les paniers de l'ASC, certains des clients étaient grincheux et ronchonnaient alors même qu'ils disaient merci, et j'étais presque sûre qu'ils étaient agacés parce que je leur faisais manger leurs légumes.

— Un peu comme Kelli ? demanda Yvette.

— J'ai entendu, dit Kelli, qui retourna aussitôt à sa conversation avec Charity.

Elles se mirent toutes les deux à rire.

— Tu prévois de te remettre aux paniers du jardin ? demanda Yvette.

— J'y réfléchis encore, dit Ginny honnêtement. Dis-m'en plus sur toi. Est-ce que tu as des vétérinaires dans ta famille ? Tu as grandi dans un ranch ? Tu gagnais tous les prix du 4-H[1] en grandissant ?

Yvette secoua la tête.

— À des années-lumière de ça, pour être honnête. L'essentiel de ma famille est dans la fourniture d'équipement ménager. De plus, ma mère et ma sœur sont allergiques à absolument tout, alors je n'avais même pas d'animal de compagnie.

Ce n'était pas du tout ce à quoi Ginny s'était attendue.

— Waouh. Qu'est-ce qui t'a décidé à prendre une nouvelle voie ?

Yvette haussa les épaules.

— J'aime les animaux. J'aime prendre soin d'eux et faire en sorte qu'ils se sentent mieux. C'était peut-être quelque chose que ma famille n'avait jamais envisagé, mais quand je me suis vraiment posée pour réfléchir au boulot qui me rendrait heureuse pendant un paquet d'années, devenir vétérinaire correspondait à tous les points principaux.

— Je suis contente pour toi.

Ginny était sincère. Puis elle se pencha en avant et posa le genre de question qu'elle posait sans arrêt depuis deux jours.

— Quelle est la chose que tu voudrais pouvoir avoir ici à Heart Falls ?

— Une box surprise locale, dit Yvette instantanément.

Ginny n'avait aucune idée de ce que ça signifiait.

— Explique-toi.

— Ça fait fureur sur les réseaux sociaux. Des box équitables ou des box littéraires ou des box d'art. Tu souscris et, une fois par mois ou une fois par trimestre, on t'envoie une sélection de choses, expliqua Yvette, les joues légèrement rougies. J'aime bien collectionner des babioles, mais mon travail est très prenant, et je n'ai pas l'opportunité de flâner dans les magasins spécialisés. Et puis, j'aime bien l'idée de soutenir les commerces de proximité, alors quand je commande des trucs en ligne, je ne veux pas que ça voyage sur de longues distances. Petit impact environnemental, mais ça reste très amusant.

Ginny en resta bouche bée.

— Tu es brillante. De plus, tu viens d'exprimer une bonne partie de ce que je recherchais, et je ne t'ai même pas posé la bonne question. Merci.

Impulsivement, elle tendit les bras pour étreindre Yvette.

Étrangement, elle s'arrêta net juste avant d'entrer en contact avec elle.

— Oups. Est-ce que tu es du genre câlin ?

Yvette lui adressa un grand sourire.

— Pas toujours, mais je vais faire une exception pour toi.

Elle serra Ginny dans ses bras.

La fête continua un moment. Ginny mangea bien trop de parts de pizza, suivies par un des énormes petits pains à la cannelle de Tansy. Et elles discutèrent et se montrèrent des photos qu'elles avaient dans leurs téléphones, et dans certains cas, échangèrent leurs numéros de téléphone pour la première fois.

À la fin de la soirée, Ginny avait l'impression d'avoir été enroulée dans la plus grande et volumineuse couverture duveteuse du monde. Elle s'était gorgée de bonne nourriture, ses amitiés féminines consolidées ou entamées.

Cette graine d'idée qui lui chatouillait le cerveau était maintenant fermement plantée et prête à être arrosée.

Il était désormais temps de préparer le reste du jardin, métaphoriquement parlant.

DE BONNE HEURE le mercredi matin, ils étaient sur la route pour retourner à Heart Falls.

Le patron de Tucker, Raymond, était presque tombé à la renverse de recevoir non seulement l'aide de Tucker, mais aussi celle de Luke et de Jack pendant deux jours. Il leur avait offert le dîner à la fin de chaque journée de travail et avait donné en plus un bonus à Tucker avec sa dernière paie.

Une tonne de choses lui vint à l'esprit sur la manière de dépenser cet argent. Ses pensées se tournèrent avant tout vers un dîner de célébration et une escapade avec Ginny, c'était en ainsi comme ça qu'ils avaient opéré pendant des années avant qu'elle ne quitte le pays. Il réservait deux nuits dans un endroit modérément confortable – dans la limite de ses moyens. Il n'avait jamais eu assez d'argent ou de temps pour la gâter de la manière dont il le souhaitait, mais étant donné qu'ils passaient habituellement l'essentiel de leur temps dans la chambre, la propreté et le confort avaient été leur principale priorité.

Ils avaient eu beaucoup d'énergie sexuelle à dépenser. C'était encore le cas.

— Tu es perdu dans tes pensées ?

La question venait de Luke, encore une fois à la place du copilote.

Puisque Tucker ne pouvait pas vraiment expliquer qu'il se lamentait de ne pas pouvoir prévoir une fête du sexe avec la petite sœur de Luke, il chercha précipitamment une excuse valable.

— Je fais mentalement des listes de choses à faire. Beaucoup de listes. Des tonnes de listes de choses à faire.

Un petit rire légèrement diabolique arriva du siège passager.

— Tu sais, Ashton est là depuis si longtemps que ça va être plutôt amusant.

Tucker ne réfléchit même pas. Sa main se leva automatiquement et partit, son poing frappant l'avant-bras levé de Luke.

— Crétin.

— Oui, ça va être très divertissant, répéta Luke en se frottant le bras, un peu plus songeur maintenant. Tu as fait un peu de combat récemment ?

— Seulement quand je dois, répondit Tucker en lançant un coup d'œil à son ami. Et toi ?

Luke haussa les épaules.

— À l'occasion. Habituellement quand quelqu'un dépasse les bornes, mais Ashton maintient la discipline. Les ouvriers qui ne savent pas suivre les règles ne tiennent pas longtemps.

Ce qui était essentiellement ce que Tucker en avait déduit. Et cela signalait exactement à quel point la barre qu'il espérait franchir un jour était haute.

Ashton était au ranch depuis pratiquement le premier jour. Il avait travaillé aux côtés de Walter Stone et de Joseph Hayes. Et de tous ceux qui étaient là-bas, encore mieux que Caleb lui-même, l'oncle de Tucker connaissait la direction qu'ils avaient voulu prendre et les espoirs qu'ils avaient fondés quand ils avaient créé le ranch.

Pourtant, ce n'était pas de l'appréhension que Tucker sentait lui remuer les tripes à l'idée de prendre la relève, pas quand il y réfléchissait vraiment.

— Vous avez tous défini une orientation solide pour Silver Stone, dit Tucker lentement. Toi, Caleb et Walker. Vous vous l'appropriez. Pas simplement maintenant, avec le changement dans les finances. Mais à chaque étape au cours des dernières années... vous avez vraiment créé une différence.

Luke avait l'air ravi.

— Tu le penses vraiment ?

Un reniflement moqueur s'éleva du siège arrière.

— Arrête, dit Jack d'une voix traînante. Tu as besoin qu'on flatte encore un peu ton ego, trésor ?

— Enfoiré, répliqua Luke affectueusement. Et oui. Je veux qu'on nous complimente sur toutes les prouesses que nous avons accomplies.

— Bien sûr que oui, dit Jack.

Il posa une main sur l'épaule de Tucker et la serra, lui parlant dans un pseudo-chuchotement :

— Ça fait partie du rôle d'un bon contremaître. Bien joué de l'avoir compris.

Tucker savait exactement ce qui se passait, mais il croisa le regard de Jack dans le rétroviseur et lui lança un clin d'œil.

— C'est mon travail de rappeler à mes patrons ce qu'ils ont accompli ?

— Tapote-les dans le dos et donne-leur des cookies, rétorqua Jack. Les enfants travaillent beaucoup mieux quand ils sont régulièrement récompensés.

— Hé, fit Luke en se retournant sur le siège pour lancer un regard noir et sévère à son ami. De quel côté es-tu ?

— Du tien, bien sûr, répondit Jack, laconique mais sérieux. Tu veux une couverture ? Un animal en peluche ? Un verre de lait chaud ?

Luke lança son mug de café vide vers le siège arrière.

Tucker sentait l'amusement le gagner.

— Petits démons. On ne se dispute pas dans ma camionnette.

La sensation initiale d'être un spectateur extérieur en train de regarder l'intérieur avait complètement disparu au cours des derniers jours. Cette impression avait été remplacée par quelque chose de nouveau et de merveilleux. Luke était encore son meilleur ami. La présence de Jack n'avait rien retiré à cette base établie sur des années, mais à la place elle la renforçait.

Un autre de ces changements par rapport au passé qui était agréable à voir et à comprendre au plus profond de soi.

Tucker croisa de nouveau le regard de Jack.

— Parlons de ma première liste de choses à faire, si ça ne te dérange pas.

— Pas du tout, répondit Jack, que son enthousiasme patient soit béni. Je suis tout à toi.

Le trajet du retour se passa rapidement, mais il était quand même assez tard quand ils arrivèrent pour que Luke et Jack soient pressés de retrouver leurs épouses.

Tucker déplaça sa jument dans la stalle préparée pour elle, puis retourna en hâte au van.

Ginny et toutes ses affaires avaient disparu.

Un mot était posé sur la table.

« TAMARA ET CALEB *m'ont déjà fait déménager dans le cottage. J'espère que tu as fait bon voyage. Je regarde des films avec les filles ce soir. J'essaierai de te retrouver dans l'écurie à un moment demain.*

L'opération « Prouve-le » commence maintenant !

X, Ginny

. . .

LA DÉCEPTION le disputait à l'épuisement. Tucker décida de tirer avantage de la dose inattendue de calme, se prépara un repas simple et se coucha de bonne heure.

Le lendemain matin, il se retrouva embarqué dans une réunion avec Ashton et Caleb. La paperasse fut signée, et ils firent le tour des bâtiments principaux du ranch. Moins d'une semaine auparavant, quand Tucker était arrivé, Ashton lui avait fait faire la visite, mais les informations avaient un impact beaucoup plus fort maintenant.

Caleb posa une botte sur le barreau du bas de la barrière alors qu'ils se tenaient près du manège, les mains posées tranquillement sur la barre du haut tandis que lui, Ashton et Tucker marquaient une pause pour regarder Kelli et Luke travailler avec un des nouveaux chevaux.

— Elle a un don, dit Caleb.

— Oui, mais elle n'est pas la seule, acquiesça Tucker, lançant un regard expérimenté sur certains des autres ouvriers.

Son cerveau était rempli à ras bord, et malgré l'aide de Jack pour mieux définir par où commencer, l'instant semblait quand même crucial.

Ashton croisa les bras sur son torse et soupira de contentement.

— Les choses vont bien dans l'ensemble.

— Encore mieux que je ne m'y attendais, avoua Tucker.

Il choisit l'honnêteté brutale, parce qu'en travaillant avec cet homme, il vaudrait mieux ne pas tourner autour du pot avec les problèmes. Il croisa directement le regard de Caleb.

— La seule chose que je ne comprenne pas, c'est votre dispersion.

Caleb cilla.

— Explique-toi.

Tucker haussa les épaules.

— Vous avez étendu vos activités dans beaucoup de domaines. Ce n'est pas une mauvaise manière de mettre de l'argent sur la table, mais ce n'est pas ainsi que Silver Stone sera reconnu comme le meilleur dans ce qu'il fait. Vous avez un programme de reproduction, vous dressez les chevaux pour toutes les pratiques, des montures personnelles aux bêtes prenant part à des rodéos. Vous élevez du bétail, vous aviez une branche agricole semi-commerciale.

— C'était logique, dit Ashton d'une manière un peu plus bourrue que d'habitude. Se diversifier rapportait de l'argent.

— Je ne dis pas que c'était mal, insista Tucker. Mais je dis qu'il faut que vous y pensiez à l'avenir. Si vous aimez ce que vous faites, alors nous continuerons et nous trouverons des moyens de renforcer et de rendre plus lucrative chaque partie de l'exploitation. Mais, si vous ne voulez pas garder autant de marmites sur le feu, vous pourriez choisir celles que vous préférez et vous spécialiser. Puisque vous ne luttez plus pour maintenir l'équilibre dans les finances.

L'expression de Caleb semblait sévère, mais il clignait plus des yeux que d'habitude. Tucker reconnaissait ce tic, Caleb envisageait de toutes nouvelles pistes.

— Tu dis que je dois suivre mon propre conseil. Comme lorsque j'ai dit à tout le monde au réveillon de rêver à ce qu'ils aimeraient faire.

Tucker hocha la tête.

— Si tu veux échanger des idées, Ashton et moi sommes plus que prêts à t'écouter.

— Hum, fit Caleb en fixant Luke et Kelli, mais son regard semblait bien plus lointain. Je pourrais bien te prendre au mot.

La conversation se tourna vers d'autres sujets. Finalement, Ashton entraîna Tucker dans le réfectoire pour le déjeuner. Le cuistot servait un mélange éclectique de nourriture classique de ranch et des plats indiens savoureux et épicés qui créaient un arôme appétissant qui faisait pratiquement baver Tucker.

Il s'installa en face de son oncle et s'attaqua à son plat, le trou vide dans son estomac brouillant ses bonnes manières.

Quand il marqua finalement une pause, il leva les yeux et découvrit Ashton assis en face de lui, les bras encore une fois croisés sur son torse et une expression particulièrement désapprobatrice de nouveau en place.

— Désolé. Je ne m'étais pas rendu compte que j'avais aussi faim.

— Ton manque de manières à table n'est pas ce qui m'énerve, gronda Ashton.

Oui, Tucker avait deviné que ça allait arriver. Et pourtant, comme avec Caleb, il se dit que c'était mieux de commencer à prendre les choses en main. Ce qui avait été en fait un des conseils très logiques que Jack lui avait donnés.

— Tu veux dire que j'aie demandé à Caleb de réfléchir à la direction générale de Silver Stone pour l'avenir ?

Le froncement de sourcils d'Ashton s'accentua.

— Je croyais que tu avais prévu d'être mon apprenti, pas de prendre le relais à la première opportunité.

Tucker posa sa fourchette et s'essuya la bouche avec sa serviette, réfléchissant à ses paroles.

— Je veux absolument être ton apprenti, mais ce que j'ai dit à Caleb est valable pour toi aussi. Avec les changements en vue pour Silver Stone, plus ma présence, tu dois bien réfléchir à ce que tu veux. Il n'y a pas grande utilité à me former pour quelque chose qui sera obsolète dans un an.

Ashton émit un son offusqué.

Le fait que son oncle ne lui remonte pas les bretelles en cet instant était une chose positive. Tucker continua, ne dissimulant pas l'amusement dans sa voix.

— Et puis, je pense que tu n'as aucune intention de prendre complètement ta retraite.

— Et comment !

— Alors dis-moi que j'ai eu tort d'encourager les deux hommes qui ont le plus d'influence à envisager toutes les options, dit Tucker en se penchant en avant pour lancer un clin d'œil à son oncle... Rien. C'est bien ce que je pensais.

— Morveux ingrat, murmura Ashton.

Mais il prit sa fourchette et retourna à son assiette au lieu de continuer à harceler Tucker.

Et donc, ça commençait.

12

———————

Le Nouvel An arriva et passa en un éclair, et alors qu'ils entamaient le mois de janvier, Ginny se retrouva à se réfugier dans le cottage à la fin de chaque journée, bien plus épuisée qu'elle ne s'y attendait.

Trouver une nouvelle voie signifiait qu'il y avait beaucoup à faire, et tout cela semblait impliquer d'autres gens. Il y avait ses amies qui avaient l'impression qu'elles avaient des années à rattraper, et avec raison. Ses nièces et son neveu voulaient passer du temps avec elle. De plus, passer du temps avec chacune de ses nouvelles belles-sœurs – qui n'étaient, Dieu merci, en rien comme la première épouse de Caleb – était aussi très haut sur la liste des activités quotidiennes de Ginny.

Penser à cette créature à sang-froid donnait encore des cauchemars à Ginny, si elle était honnête.

Le lundi après le déjeuner, pendant qu'elle faisait la vaisselle avec Tamara, Ginny lui avoua à voix basse quelque chose dans ce sens. Le rire joyeux d'Emma résonnait dans la pièce, provoquant simultanément de la culpabilité et du bonheur dans le cœur de Ginny.

Elle regarda sa nièce.

— Je n'avais aucune idée des dommages que Wendy avait provoqués. Je suis si contente que tu fasses partie de leurs vies ! admit-elle alors que Tamara et elle travaillaient silencieusement l'une à côté de l'autre.

Tamara marqua une pause dans son lavage et posa la main sur celle de Ginny.

— Tu ne pouvais pas savoir.

— Je vivais ici, dit Ginny d'un ton bourru. J'aurais dû voir que l'attitude de Wendy montrait autre chose qu'un simple malaise avec son environnement. Quand j'ai entendu dire qu'elle avait eu un comportement abusif, je n'ai cessé de repenser à des signes que j'aurais ratés. J'aimerais de tout mon être avoir pu l'empêcher.

La vaisselle oubliée, Tamara attrapa Ginny par la main et la tira jusqu'à ce qu'elles se retrouvent face à face.

— Ce n'était pas ta faute, dit-elle clairement, mais toujours doucement, car les filles distrayaient leur frère dans la salle de séjour à quelques pas de là. Caleb fait aussi ça parfois. Il s'en veut de ne pas être parfait. Et c'est inutile, parce que cela appartient au passé. Si tu l'avais vu, tu aurais changé les choses, mais maintenant les choses sont différentes de toute manière. Nous avançons, nous ne regardons pas en arrière.

Ce qui était habituellement la façon de faire de Ginny, mais cette pensée la hantait encore.

— J'étais trop embrouillée dans ma propre tête, avoua-t-elle.

Tamara lui vola le torchon des mains, recula alors qu'elle la faisait tourner plusieurs fois, puis lui lança un *clac* bien marqué sur la cuisse.

— Ouille ! s'exclama Ginny assez fort pour attirer l'attention des enfants qui jouaient à proximité.

Tamara enroulait de nouveau le torchon autour de sa main.

— Si tu n'arrêtes pas, je vais te donner autre raison de t'inquiéter.

Ginny leva les mains, reculant.

— D'accord, d'accord. Je vais bien me tenir.

Emma se précipita pour prendre sa défense, ce qui souligna encore l'argument de Tamara.

— Tata Ginny, tu dois être gentille, la taquina-t-elle. Mamounette ne frappe papounet avec le torchon que lorsqu'il est vilain.

— Très vilain, dit Tamara, franchement amusée. Ce qui signifie que je n'ai pas à le faire très souvent.

Sasha s'approcha, Tyler sur sa hanche. Ses petits bras de bambin étaient enroulés très serrés autour du cou de sa grande sœur.

— Tyler dit qu'il veut aller chercher les chatons.

Tamara posa les poings sur ses hanches et lança un *regard* à sa fille aînée.

Sasha ouvrit et referma la bouche plusieurs fois avant de parler de nouveau.

— Oups. Désolée, maman. Tyler, dis à maman ce que tu veux faire maintenant.

Tyler dévoila ses petites dents et émit un miaulement.

— Alors je suppose que c'est ce que nous allons faire ensuite.

Tamara s'approcha et prit Ginny dans ses bras.

— Tu es une merveilleuse tata, et une merveilleuse sœur. N'oublie jamais ça, la réprimanda-t-elle doucement à l'oreille.

Emma attrapa les doigts de Ginny.

— Est-ce que tu viens dans l'écurie avec nous ? demanda-t-elle.

Cela aurait été bien d'essayer d'apercevoir Tucker, que Ginny n'avait pas vu depuis son retour, mais malheureusement, ce n'était pas une option.

— Je dois retrouver quelqu'un à la serre, informa-t-elle sa nièce.

Emma lui tapota tristement la main.

— Ne travaille pas trop dur.

Ginny riait encore du ton sérieux dans la voix de la petite fille alors qu'elle traversait la cour pour rejoindre la chaleur de la serre.

Devjeet et Janae Singh l'attendaient, avec une inquiétude évidente alors même qu'ils l'accueillaient.

Ginny ne fit pas inutilement durer le suspense.

— Je n'ai entendu que de bonnes choses sur la manière dont vous avez géré les paniers de l'ASC ces dernières années, leur assura Ginny. Je veux savoir si ça vous intéresserait de continuer à vous occuper à l'avenir.

Le couple échangea un coup d'œil avant de se tourner vers elle, excité et confus.

— N'avez-vous pas besoin de reprendre ça maintenant pour votre famille ? demanda Janae.

Ginny agita la main.

— J'ai l'opportunité d'effectuer quelques changements. J'ai pensé que nous pourrions peut-être travailler ensemble et trouver de nouveaux projets qui fonctionneraient pour nous tous. Mais je ne veux pas que vous continuiez se ce n'est pas ce que vous souhaitez.

— Nous sommes intéressés, dit Devjeet instantanément.

— Très intéressés, répéta Janae. Mais de quel genre de changements parlez-vous ?

— Cette conversation requiert une théière, répondit Ginny en leur faisant signe d'aller vers la petite cuisine sur le côté du bâtiment.

Le seul avantage dans le fait que Tucker soit débordé de travail, c'était que Ginny avait passé les dernières soirées à trouver des idées. Entre les suggestions de ses amies et tout ce qui avait couvé durant son voyage, elle était prête à mettre sur la table ce qu'elle espérait être des options intéressantes.

Ginny se lança.

— Je veux toujours que des paniers ASC soient disponibles

pour Heart Falls et toutes les communautés que vous avez atteintes. Je prévois de me concentrer davantage sur la production d'herbes, à la fois pour les thés que je faisais avant et, peut-être, pour me diversifier dans les soins de la peau et les produits pour le bain.

Devjeet hocha lentement la tête.

— Nous avons fait pousser des herbes ponctuelles à inclure dans les paniers. Vos vivaces sont encore là, mais pas très bien entretenues, j'en ai peur.

— Ce n'est pas grave, j'aimerais un peu me renouveler, mais cela signifie que je vais avoir besoin d'un endroit dans les jardins extérieurs jusqu'à ce que nous ayons le temps de nous agrandir. De plus, je vais avoir besoin de place pour des semis ici dans la serre.

— Nous avons déjà commandé des semis de légumes pour cette année, lui annonça Janae. Comme nous l'avons fait chaque année, en nous basant sur la manière dont vous l'aviez préparé pour nous la première fois. Alors vous devrez commander les nouveautés. J'ai tous les dossiers pour vous.

Ginny réfléchit rapidement.

— Nous pourrons les passer en revue, mais l'idée n'est pas que je prenne la relève. Vous prendrez quand même les décisions, et je pourrais me lancer dans de toutes nouvelles frasques.

— Mais nous pourrons partager un peu, non ? suggéra Devjeet. Si vous avez assez d'herbes à inclure dans les paniers ?

— Nous en discuterons, promit Ginny. Vous connaissez aussi ma belle-sœur, Ivy, la directrice adjointe de l'école ?

Janae hocha la tête.

— C'est l'institutrice de notre fille en CE1. Notre fils est en CM2.

— J'avais oublié qu'ils étaient aussi grands, dit Ginny en secouant la tête. En tout cas, elle a posé des questions pour commencer un jardin à l'école ce printemps. Je vais prévoir de l'aide avec quelques organisations locales pour construire les parterres surélevés, mais ce seront les enfants de l'école qui s'occuperont du jardin. Nous l'ouvrirons à la communauté pour continuer à le faire tourner pendant l'été.

Devjeet eut l'air surpris mais hocha la tête.

— Ça semble un bon pilier pour une communauté.

Ginny hocha la tête.

— Cela ne devrait pas affecter les ventes de vos paniers. En fait, vous pourriez peut-être avoir plus de souscriptions quand les enfants commenceront à demander des carottes locales.

— Les carottes d'ici ont meilleur goût, récita Janae d'une voix enfantine, imitant à l'évidence leur fille.

Tous trois parlèrent pendant plus d'une heure, et plus ils réfléchissaient, plus les idées venaient. D'autres ajustements furent effectués sur les projets tandis que la ferveur de Ginny s'emparait un peu de Devjeet et Janae et qu'ils devenaient de plus en plus excités par ses idées.

Au final, Devjeet lui serra la main et Janae la serra carrément dans ses bras avant qu'ils ne partent.

Ginny retourna tranquillement à son cottage, les mains enfoncées dans les poches, sifflant dans le froid, son souffle s'élevant en bouffées blanches dans l'air glacé.

C'était un projet à peine commencé, mais quelque chose au fond d'elle lui disait que c'était en bonne voie. Elle ne réussirait peut-être pas tout, mais celui-ci pourrait bien finir par créer une différence.

Près des écuries, deux silhouettes familières apparurent à cheval. Tucker et Ashton revenaient d'où ils avaient travaillé cet après-midi-là. Ginny avait hâte d'avoir l'occasion de voir Tucker. De lui faire un rapport sur où elle en était de l'opération « Prouve-le »...

Oh, de qui se moquait-elle ? Le gars lui manquait. Elle voulait lui parler, le serrer dans ses bras *et* lui sauter dessus.

Elle se glissa dans le cottage et remplit le poêle de bois,

essayant de repousser le froid hivernal qui s'infiltrait bien trop facilement par les minces murs en bois.

Elle tapa un message rapide.

GINNY : *Tes maléfiques chefs suprêmes doivent te donner un peu de temps libre.*

LA PAPERASSE que Janae lui avait donnée avait occupé le reste de l'après-midi de Ginny. Elle avait préparé une nouvelle commande pour les herbes supplémentaires et du matériel pour les jardins communautaires.

Elle lavait la vaisselle de son dîner quand son téléphone vibra, et elle ouvrit Facetime pour découvrir Tucker qui lui lançait un regard de braise.

— Je suis désolée, je n'accepte pas les appels vidéo venant de parfaits inconnus, le taquina-t-elle.

— C'est bon à savoir. Je m'assurerai de le déconseiller aux parfaits inconnus qui ne cessent de me demander ton numéro, dit-il en se renfonçant sur le canapé du van et en faisant doucement rouler son cou d'un côté à l'autre. Les maléfiques chefs suprêmes de ce ranch ont bizarrement ajouté des heures à la rotation journalière ordinaire.

— Pauvre bébé.

Ses doigts la démangeaient presque d'envie d'y aller pour lui masser le cou.

— Comment ça se passe, sinon ?

Il but une demi-bouteille d'eau avant de répondre.

— Bien, je pense.

Tucker se pencha en avant, les coudes posés sur ses genoux, réfléchissant intensément.

— Voyons. Tu as dit que pour l'opération « Prouve-le » nous pouvions nous plaindre d'une chose et en célébrer une autre, n'est-ce pas ?

— 20 sur 20, M. Stewart, répondit Ginny. Tu te plains ou tu te réjouis d'abord ?

— Les deux en même temps. Les activités de Silver Stone sont réglées comme du papier à musique. Ce qui signifie qu'il y a beaucoup de gens qui savent vraiment bien faire leur travail.

Ginny fit la grimace.

— Ça a l'air de mauvais augure.

— Oui. Deuxième partie, il y a quelques personnes qui ne savent pas faire leur travail, mais elles sont sacrément sûres que si, alors j'anticipe quelques disputes à l'avenir.

Ce qui était une des choses dont ils avaient parlé.

— Tu les géreras.

Il haussa les épaules.

— Oui. Je préférerais qu'ils se ressaisissent au lieu de devoir les virer, dit-il en l'examinant. Et toi ? Comment est-ce que tu domptes ton projet ?

Elle partagea avec lui ses idées pour la serre.

— Ce que j'ai à célébrer ? J'ai préparé un plan. Je ne serai plus une déesse du jardin.

Il cilla.

— Vraiment ?

— Vraiment.

Il avait fallu tout coucher sur papier pour le voir clairement.

— Plus une déesse du potager, en tout cas, précisa-t-elle. Je plonge dans la spécialisation. Des herbes... pour les thés et la cuisine pour commencer, puis je me diversifierai dans les produits pour le bain et la beauté.

— Je suis content pour toi, dit-il avec approbation. C'est un plan de développement très clair que tu as élaboré en très peu de temps. Bien joué.

Son compliment la fit rayonner. Elle se pencha et sourit.

— Tu aurais été si fier si tu m'avais vue, Tucker ! J'ai utilisé au moins dix pages et un gros marqueur épais pour écrire tout ce que je devais considérer. *Puis* j'ai utilisé l'essentiel d'un rouleau de scotch pour les coller sur les murs et pouvoir classer et reclasser mes objectifs jusqu'à ce que j'aie trouvé.

— Hummm, fit-il en remuant les sourcils. Vilaine fille, à me séduire avec ta discussion sur les feuilles de calcul et les listes.

— Je sais. C'est obscène, n'est-ce pas ? J'ai même ajouté quelques déclarations commençant par « Je suis… ». Oh, et les marqueurs avaient tous un code couleur.

Il grogna à cela, profondément et d'une voix rauque.

Ils se sourirent.

C'était bon de discuter avec lui comme ça, mais aussi légèrement agaçant.

— Tu me manques, dit-elle brusquement. C'est un peu nul que nous soyons à moins de dix minutes de marche l'un de l'autre, et que nous soyons sur Facetime.

Il plia un doigt.

— Rejoins-moi.

C'était tentant. Oh tellement tentant, et pourtant ça ne faisait même pas une semaine, putain. Ajoutez à cela qu'il venait d'admettre que le numéro d'équilibriste entre faire des changements et gagner le respect des ouvriers avait commencé ?

Elle devait être forte et s'en tenir au plan pour son bien.

Ce qui signifiait qu'une petite distraction à ce moment-là serait une bonne idée.

— Je me plaignais juste un peu. Mais ça ne veut pas dire que ça ne m'intéresse pas de passer du bon temps.

Tucker émit un petit rire.

— Je suis plutôt bien pourvu, mais ce genre de distance me dépasse.

Ginny se récria.

— Tout va bien avec ton ego.

Il lui lança un bref sourire et le cœur de Ginny bondit. Puis elle se concentra pour lui en mettre plein la vue.

— C'est une bonne chose que nous ayons les merveilles de la technologie pour nous rapprocher.

Elle défit lentement les boutons de sa chemise puis écarta l'avant pour révéler un grand décolleté.

D'un côté, regarder Ginny Stone se déshabiller ne le dérangeait pas.

Mais qu'il soit *ici* et qu'elle *là-bas* ? « Déranger » était plus qu'un euphémisme.

Alors qu'elle dégageait les pans de sa chemise en flanelle bleue, il pouvait pratiquement en sentir la douce texture sous ses doigts.

— Qu'est-ce que tu fais ? demanda-t-il.

La chemise glissa sur ses épaules et elle recula sa chaise de la table. Quel que soit l'objet contre lequel elle avait appuyé son téléphone, cette nouvelle position signifiait qu'il était aux premières loges pour voir ses seins spectaculaires dans un soutien-gorge bleu très transparent.

Il laissa tomber une main sur sa verge qui durcissait et l'agrippa fermement.

Elle se mordilla innocemment la lèvre inférieure.

— Tu veux qu'on s'amuse ?

Pour toujours. Pour l'éternité. Aucun des deux n'était la bonne réponse.

Il choisit une réponse légère et sans engagement, puisque cela semblait plus approprié.

— Tu vas me tuer, toi.

— Encore une fois, quel ego, dit-elle en baissant les yeux vers lui. Ajuste ton écran. Je veux voir.

Il glissa la paume de sa main sur son membre, soulignant le mouvement de son bras, parce que, même si son entrejambe était hors de vue, il était impossible qu'elle interprète mal ce qu'il faisait.

— Peut-être que je suis bien comme ça.

Les yeux de Ginny brillèrent.

— Bien. Alors ça ne te dérangera pas si je fais ça.

Elle se renfonça contre sa chaise, levant une main vers sa bouche. Elle glissa deux doigts entre ses lèvres sensuelles, tendant la langue alors qu'elle les léchait. Tourbillonnant autour jusqu'à ce que l'humidité brille dans la lumière. La friponne garda le regard fermement rivé au sien alors qu'elle glissait la main sur son corps. Au-delà de ses seins et sur son ventre...

Hors de vue.

— *Ginny.*

Un grognement de protestation lui échappa alors que les paupières de Ginny papillonnaient et que sa tête tombait en arrière. Ses doigts avaient dû toucher leur cible.

Elle était diabolique, ce qui signifiait qu'il devait combattre le feu par le feu.

Il se leva, regardant son téléphone pour voir exactement vers quoi la caméra était dirigée. Quand il eut un plan de son propre entrejambe, il l'ignora et recommença à regarder Ginny.

— Tu veux ça ?

Elle s'humecta de nouveau les lèvres, le regard fixé sur les mains de Tucker alors qu'il se caressait.

— Alléluia. Tu vas enfin m'envoyer une photo de ta queue.

— Rien d'aussi vulgaire que ça, répliqua-t-il. Déplace ta fichue caméra pour que je puisse voir ce que tu fais.

Tous deux se débattirent avec leurs téléphones, retirant leurs vêtements, puis il fixa du regard Ginny habillée d'une petite culotte transparente qui était assortie au soutien-gorge scandaleusement sexy.

Ginny soupira de contentement.

— Tu t'es étoffé pile comme il fallait, dit-elle.

Il ralentit ses gestes, allégeant la pression contre sa verge. Parce que la vue de ses courbes plantureuses se détendant sur sa chaise, ses doigts plongeant sous le tissu pâle avec sa main qui se déplaçait à un rythme tranquille alors qu'elle se caressait...

Le visuel à lui seul allait le faire décoller sans aucun effort.

— Enfonce tes doigts dans ta jolie chatte, ordonna Tucker.

Un frisson envahit Ginny.

— Quel langage ! le réprimanda-t-elle alors même qu'un soupir s'échappait de ses lèvres.

Elle suivit son ordre, et le son se transforma en gémissement essoufflé.

— Montre-moi ta queue.

— Bientôt, promit-il. Si je dois faire ça, je le ferai comme il faut.

Les lèvres de Ginny s'incurvèrent en sourire.

— J'aime bien ta queue, Tucker. Montre-la-moi.

— Impossible. Il n'y a rien de joli dans l'équipement masculin. Pas comme ton sexe qui devient tout gonflé et humide pour moi. S'ouvrant pour que j'aie envie de lécher chaque repli de ma langue. J'aime goûter ta pruine lorsque je taquine le petit bouton de ton clitoris pour le faire sortir de la jolie petite grotte dans laquelle il se cache.

Les doigts de Ginny remuaient plus vite sous le tissu qui était maintenant visiblement humide.

— Tu deviens plutôt poétique là, trésor.

— De jolis mots pour un joli minou. Caresse-le un peu plus fort. C'est ça. Je veux voir tes jambes trembler, dit Tucker en fourrant une main sous son jogging.

Les va-et-vient dans son poing le soulagèrent suffisamment pour que ses muscles se tendent.

Les paupières de Ginny étaient à demi closes alors qu'elle fixait la main de Tucker glissée sous son jogging. Puis la main dériva sur son torse alors qu'il passait un pouce sur son mamelon.

— Je ne t'enverrais jamais rien d'aussi vulgaire qu'une photo de ma queue, mais en vidéo c'est autre chose...

Se dandinant, il fit descendre le bord de son jogging sur une hanche, repoussant le tissu avec la main qui pompait jusqu'à ce que l'extrémité de sa verge soit exposée à chaque mouvement.

— *Tucker*.

Ginny écarta l'entrejambe de sa culotte, appuya son pied droit sur la chaise près d'elle et s'ouvrit largement à sa vue.

Seigneur, il allait mourir sur-le-champ.

— *Seigneur*.

Sans plus aucune finesse, il repoussa son jogging et se masturba intensément, regardant les doigts de Ginny pénétrer dans la perfection humide de son sexe. Son autre main caressait ses seins, l'un après l'autre.

Il passa son pouce sur l'emplacement parfait, souhaitant qu'ils ne soient pas dans des chambres séparées, des espaces séparés, souhaitant être là-bas pour se mettre à genoux et mettre sa langue...

— Si j'étais là, je te lécherais en ce moment. J'écarterais tes mains et aspirerais ton clitoris dans ma bouche. Je te baiserais avec ma langue jusqu'à...

Ginny eut un sanglot étranglé, ses doigts hésitant alors qu'elle hoquetait sous l'effet de l'orgasme.

Son plaisir fut le déclencheur dont il avait besoin. Ses hanches palpitèrent de façon incontrôlée, la pression de sa main était un substitut bien pâle pour le plaisir du corps de Ginny.

Indifférent à tout, sauf à la regarder jouir et sentir l'orgasme dans son propre corps, Tucker s'écroula sur le canapé avant de se rendre compte qu'elle s'était mise à rire doucement.

— À quoi de diabolique penses-tu maintenant ?

— C'était plutôt bon, non ? demanda-t-elle en levant un

doigt en l'air. Même si je pense que tu as échoué à l'exercice de tir.

Mince. Il se concentra et se rendit compte qu'il avait été tellement pris dans le feu de l'action qu'il avait simplement éjaculé partout. Il jura doucement.

— Zut, quelle pagaille.

Le gloussement de Ginny monta en volume.

— Dois-je être désolée ?

Il fronça les sourcils.

— Tu devrais. Tu devrais venir nettoyer cette pagaille.

— Moi ? demanda-t-elle avec une mine de parfaite innocence. Je n'ai rien à voir avec le fait que tu t'es retrouvé dans une... situation *délicate*.

Putain, cette femme. Il attrapa son tee-shirt et le lança sur le sol. Il s'occuperait de sa toilette dans un petit moment. D'abord, il voulait clarifier quelque chose.

— C'était amusant, mais ce n'est pas une solution sur le long terme, l'avertit-il.

— Je sais, répondit-elle en se redressant, se replaçant en une position normale pour un face-à-face. Seulement c'est acceptable pour l'instant.

On pouvait en débattre, mais il respecterait sa volonté pour l'instant.

À la vérité, après avoir rappelé à Luke, Caleb et Ashton de déterminer ce qu'ils voulaient vraiment, la sagesse de maintenir sa relation avec Ginny en attente devenait de moins en moins logique.

— Je veux te voir en personne cette semaine, lui dit Tucker.

Ginny hocha lentement la tête.

— Nous trouverons bien quelque chose. Je ne connais pas encore mon emploi du temps, parce que je dois prendre contact avec quelques autres personnes, mais oui. Je veux te voir aussi.

Le téléphone de Tucker sonna. C'était Alex Thorne, un des ouvriers en chef du ranch.

— Je dois répondre, dit-il à Ginny.

Elle lui lança un baiser et raccrocha.

Il décrocha, reconnaissant que ce soit un simple appel télé-phonique, pas en vidéo.

— Ici Tucker.

— Tu as le temps de venir au réfectoire ? balança Alex.

Tucker était déjà en train de se rhabiller. Les cris et le fracas à l'arrière ne semblaient pas vraiment maîtrisés.

— Je serai là dans moins de cinq minutes, promit Tucker.

Quand il arriva dans le réfectoire, les colères qui s'étaient temporairement déchaînées s'étaient suffisamment calmées pour qu'Alex ait tout sous contrôle.

Cependant, il se tenait au milieu du réfectoire entre deux tables remplies d'ouvriers qui s'attardaient bien trop longtemps après le dîner.

Tucker se joignit à lui, traversant la pièce d'une démarche ferme et avec une expression aussi désapprobatrice que possible.

— Alex.

L'homme lui adressa un grand sourire.

— Désolé de te ramener au boulot, mais Ashton a dit qu'à partir de maintenant c'est toi qui recevrais tous les appels pourris.

Tucker renifla moqueusement.

— Bien sûr.

— On ne peut pas lui en vouloir. Il semble que ce soit la parfaite décision pour former son remplaçant, répondit Alex en penchant très légèrement la tête vers la droite. Jeffrey et Jim. Je leur ai rappelé qu'ils peuvent parler de politique autant qu'ils veulent *ailleurs*.

Putain. Certaines choses ne changeraient jamais.

— La religion, la politique, l'argent... il y a toujours de quoi se prendre le bec.

— Et les femmes. Tu as oublié ça, avança Alex doucement.

La table sur la gauche est un peu moins conservatrice dans ses opinions et bien plus disposée à ignorer la règle « pas d'embrouilles dans le réfectoire ».

— Il y a quelqu'un à qui je dois parler ? demanda Tucker, faisant confiance à l'opinion d'Alex.

Non seulement Alex était un des ouvriers en chef du ranch, mais il était un coordinateur actif de l'équipe des pompiers de Heart Falls, ce qui le rendait un peu plus mesuré quand il s'agissait des relations au sein de la communauté. Il traînait avec des gens en dehors de ses compagnons ouvriers, et il semblait solide jusqu'à l'os.

Alex secoua la tête.

— Il semble que la menace que toi ou Ashton alliez vous pointer ait suffi à les calmer, cette fois.

Ou était-ce seulement le mécontentement d'Ashton ?

Une étape à la fois. Tucker passa un bras autour de l'épaule d'Alex et le guida vers les boissons.

— Je peux t'offrir un café ?

— Flambeur, plaisanta Alex. Bien sûr.

Quand ils eurent pris des boissons et se furent installés à une table près de la sortie, la plupart des hommes qui cherchaient la bagarre s'étaient esquivés aussi vite que possible. Seul Jim croisa directement le regard de Tucker, le reproche inscrit dans tout son maintien.

Tucker ne se donna pas la peine de changer d'expression. Il n'avait pas besoin qu'on lui lèche les bottes. Il avait besoin que le boulot soit fait.

Alex remua son café et émit un petit rire.

— Putain. Ce regard noir que vous avez, Ashton et toi ! Est-ce génétique, ou est-ce que ça s'apprend ?

— De quoi est-ce que tu parles ? demanda Tucker, amusé.

— Ce truc que tu fais. Qu'Ashton fait, où vous donnez l'impression que vous pourriez sortir des lasers de vos yeux, et malheur à l'homme qui a provoqué la bête.

Un reniflement lui échappa.

— Es-tu sûr que tu es un ouvrier ? Tu as un peu de...

— ... génie littéraire ? proposa Alex.

— ... bêtise en toi, termina Tucker.

Un pur éclat de rire échappa à Alex.

— Tu t'en sortiras très bien, assura-t-il à Tucker. Pendant que je suis encore là, si tu as besoin d'un coup de main, fais-le-moi savoir.

— Tu vas quelque part ?

Alex hocha la tête.

— Ashton a dû oublier de te le dire. Oui, il me laissera partir à la dernière minute. Mes parents habitent à Manitoba, et ils sont tous les deux sur liste d'attente pour de grosses opérations. Des prothèses pour la hanche et le genou. Ma sœur accueille des enfants à besoins particuliers, alors elle ne peut pas tout lâcher.

C'était logique.

— Tu vas rentrer pour les aider jusqu'à ce qu'ils aient récupéré ? J'espère que tu vas revenir, dit Tucker honnêtement.

Une expression un peu plus indéchiffrable se lut sur le visage d'Alex.

— Oh que oui, je vais revenir. Toutes sortes de choses m'attendent ici. Je ne fais qu'en repousser une partie jusqu'au bon moment, tu sais ?

« Le bon moment ». Tucker commençait à détester cette expression. Elle représentait une trop grande partie de sa vie qui avait été mise en pause, attendant le *bon moment*.

Il devait trouver un moyen de faire en sorte que le bon moment arrive le plus tôt possible...

13

Même s'il était très clair que Ginny et Tucker avaient espéré se voir régulièrement plus souvent, les jours suivants devinrent une semaine, et le temps, qui passait bien trop rapidement, ne donna pas à Ginny la moindre chance de parler à Tucker.

Elle était allée le voir à plusieurs reprises, mais à chaque fois qu'elle était sur le point de s'approcher de lui, un ouvrier, ou Ashton, ou un de ses frères se pointaient, alors elle continuait tranquillement à marcher et faisait comme si de rien n'était.

La fin du séjour de Diane et Jack était arrivée, si bien que Kelli et Luke organisèrent une dernière soirée tous ensemble où les rires et des histoires incroyables étaient la norme. Tucker était resté pour environ la moitié des réjouissances avant de devoir répondre à un appel de son oncle. Ce qui signifia que, bien que Ginny l'ait vu brièvement, ils n'avaient pas pu passer un moment ensemble.

Elle se changea les idées en racontant quelques-uns des moments les plus drôles de ses voyages, gardant son préféré pour la fin.

— Aller au spa était une vraie fête après avoir été dans la campagne française pendant un mois sans rien d'autre que de l'eau tiède dans les quartiers des travailleurs. Alors je suis à Paris, bien à l'aise dans ce peignoir qui est comme une boule de coton paradisiaque. Je me suis fait faire une pédicure et une manucure, et je suis tellement détendue que mon cerveau est en bouillie quand ils m'envoient dans une minuscule salle de sauna qui fait genre un mètre cinquante sur un mètre cinquante. La femme qui m'aide prend mon peignoir et referme la porte. Je me dis que c'est un espace assez petit, ce doit être un sauna privé.

— Oh, oh, fit Diane, les yeux écarquillés. Non ?

— Non, répondit Ginny laconiquement. Environ deux minutes plus tard, au moment où je commence à transpirer, la porte s'ouvre et une autre personne entre. Un gars, qui enlève aussi son peignoir. Suivi quelques secondes plus tard par un deuxième gars.

Kelli lança un coup d'œil à Luke, puis plaqua une main contre sa bouche comme pour piéger un commentaire vraiment obscène.

Ginny ricana.

— Je sais à quoi tu penses, et non. Ils n'étaient pas du tout dans ma tranche d'âge « convenable pour un rencard ». Ce n'était pas une chouette occasion qui m'attendait.

— Tu as eu de la chance qu'ils ne fassent pas de crise cardiaque en te voyant... Une belle femme, c'est tout ce que je dis ! déclara Jack en esquivant le faux coup de poing de Diane.

— Alors si vous cherchez un sauna à Paris, j'en ai un sur la liste de ceux à éviter, dit Ginny fermement.

— À moins que ça ne soit votre genre de trucs, dit Kelli en haussant les sourcils. Je suis étonnée que le nudisme intempestif ne soit pas ton truc.

— Le nudisme avec les bonnes personnes, ça va. Avec ces gens-là, pas vraiment.

— Est-ce qu'il faut vraiment que nous t'écoutions parler de nudité ? demanda Luke, détournant les yeux de sa sœur en secouant la tête.

— Tu es tellement prude ! le taquina Ginny. Remets-t'en.

— Tu es ma sœur, répéta-t-il, comme si aucune autre réponse ne serait jamais nécessaire.

On embrassa Ginny quand il fut temps de se dire bonne nuit, puisque Jack et Diane partaient tôt le lendemain matin.

— Tu prends soin de ma copine, maintenant, dit Diane alors qu'elle serrait Ginny étroitement avant de se rapprocher encore. Tu es une étoile brillante qui attends d'illuminer le monde. Je suis contente que tu sois là. J'espère que Kelli pourra profiter de cette lumière autant que tu voudras la partager.

Ginny se sentit intérieurement réchauffée par ce compliment.

— Kelli est géniale, et ça a été super d'apprendre à te connaître.

— Toi aussi, mon amie, répondit Diane avec un clin d'œil. Nous reviendrons.

L'anniversaire d'Ashton arriva, mais même là, Ginny n'eut aucune chance de voir Tucker car les gars disparurent pour faire une fête réservée aux hommes chez Josiah.

Ça craignait. Sérieusement. Énormément, extrêmement, et la seule chose qui faisait passer les journées, c'était qu'elle était plus occupée qu'elle n'aurait jamais cru cela possible.

Mais la fête entre hommes ramena à l'esprit de Ginny l'idée qu'elle avait mise de côté quelques semaines auparavant. Une idée qui avait aussi été ravivée alors qu'elle passait du temps à lire le journal de sa mère et commençait avec hésitation à écrire dans le nouveau qu'on lui avait offert.

*G*INNY M'A DEMANDÉ *l'autre jour si nous pouvions aller prendre le petit déjeuner au Connie's. Quand j'ai demandé ce que nous célé-*

brions, elle m'a dit que Caleb et Walter allaient chez Connie pour le petit déjeuner toutes les deux semaines, et qu'il était impossible qu'une autre femme puisse faire un petit déjeuner aussi bon que moi, donc il devait y avoir quelque chose de spécial dans cet endroit.

Une nouvelle leçon d'humilité de la part de mon enfant. Nous avons maintenant un rendez-vous entre filles au programme, parce qu'elle a raison. Je sais bien mieux cuisiner que les chefs de partie chez Connie's, mais y aller ensemble rend ça spécial.

Puis il y avait eu le sujet d'une ligne dans le nouveau journal de Ginny qui demandait : « *Qu'est-ce que je peux faire pour renvoyer l'ascenseur ?* »

Ce qui pouvait signifier toutes sortes de choses, mais à la lumière du commentaire récent de sa nièce, son idée avait du sens.

Ginny s'arrêta pour soumettre l'idée à Tamara avant d'annoncer quoi que ce soit aux filles.

— Qu'est-ce que tu penses d'organiser une sorte de soirée entre filles pour les fillettes ? demanda Ginny.

Tamara cilla.

— Continue.

— Sasha a relevé que nos soirées entre filles n'étaient que pour les adultes, et avec raison. C'est bien qu'elles sachent qu'il y a des choses pour lesquelles elles doivent faire un effort, déclara Ginny en lui faisant un clin d'œil.

— Oh. Alors tu penses plutôt à une invitation pour jouer ? demanda Tamara en réfléchissant. Ça leur fait plutôt plaisir, habituellement.

Ginny prit soin de choisir ce qu'elle allait dire, car la dernière chose qu'elle voulait était d'impliquer que Tamara ne faisait pas un travail fantastique. Parce que c'était tout le contraire, et les filles s'épanouissaient.

Malgré tout, les mots la démangeaient.

— Je pensais plutôt à un truc mères-filles, mais puisque tu en as deux, je pourrais te remplacer cette fois avec l'une d'elles. Quelque chose d'un peu plus spécial que jouer pour le plaisir.

Tamara comprit, puis sourit.

— C'est une bonne idée, surtout en ce moment. Je sais qu'Hanna adorerait le faire avec Crissy, et Talia a une nouvelle figure maternelle dans sa vie. Faisons ça.

C'est ainsi que, quelques jours plus tard, elles finirent avec quatre petites filles qui vibraient pratiquement d'excitation alors qu'elles se rassemblaient dans la cuisine de la maison de Silver Stone.

La toute menue Hanna Ford était là avec sa fille Crissy. Tamara était flanquée de Sasha et d'Emma pour accueillir Madison Joy et Talia Zhao dans la maison.

Madison affichait une expression vraiment perplexe mais heureuse. Comme si elle n'arrivait pas à croire qu'elle était vraiment là.

Talia passa les bras autour du cou de Madison et pressa sa joue contre la sienne.

— Tata Ginny, c'est ma nouvelle maman.

— Bonjour, nouvelle maman, dit Ginny tandis que Madison clignait intensément des yeux, luttant à l'évidence contre son émotion. J'ai entendu dire que tu avais récemment fait porter des ailes de fée à mon petit frère. Tu es déjà une de mes personnes préférées.

Madison se mit à rire, et l'après-midi passa avec aisance à partir de là. On prépara des cookies, on raconta des histoires. Sur l'insistance de Sasha, Tamara leur apprit à toutes comment effectuer un mouvement de lutte qui pouvait faire perdre son équilibre à quelqu'un de plus grand et fort. Même si c'était amusant, c'était également important, plantant des graines, créant une différence.

Le fait qu'Emma avait prévu de faire tomber Dustin à la première occasion était franchement drôle, en plus.

Une des joies réservées par cet après-midi fut de le raconter à Dare plus tard. Dans l'ensemble, l'idée plut à la sœur de Ginny, mais elle était également légèrement horrifiée.

DARE : *Je suis tellement contente de n'avoir que des garçons. Comment as-tu seulement su quoi organiser ?*

Ginny : *Est-ce que tu plaisantes ? Est-ce que tu as oublié Sasha et ses opinions aussi vite ?*

Dare : *À quoi est-ce que je pensais ? Alors, des pédicures ? Des manucures ?*

Ginny : *Les pédicures ont été étiquetées « dégueu » par trois des quatre plus jeunes participantes, alors Madison a trouvé la brillante idée de dessiner le contour de nos pieds sur une feuille de papier et de nous faire des pédicures virtuelles.*

Dare : *Arrête. Ça a l'air amusant.*

Ginny : *Je t'enverrai des photos de tout ça plus tard.*

Dare : *J'adorerais les voir. Et aussi, en parlant de photos... Est-ce que tu as fait des progrès sur l'étrange message de tes parents ?*

GINNY SOUPIRA. Elle avait ignoré cette partie du problème.

Ginny : *Je t'ai envoyé une photo, n'est-ce pas ?*

Dare : *Non. Envoie-moi une copie, et j'y réfléchirai un peu.*

Ginny : *Mais ne la montre pas autour de toi, d'accord ?*

ELLE NE SAVAIT PAS POURQUOI, mais cela lui semblait déplacé de montrer la page alors que c'était un cadeau pour elle, et elle ne pouvait même pas expliquer ce qu'elle signifiait.

· · ·

DARE ENVOYA un émoji qui roulait des yeux.

Dare : *Bien sûr, ça restera privé. Stupide lapin.*

Ginny : *Tu peux le montrer à ce cow-boy qui t'a mise en cloque. Ce n'est pas une situation où tu doives lui cacher des choses.*

Dare : *Tu n'es qu'une source d'ennuis, mais je t'aime, Truth.*

Ginny : *Je t'aime, Dare.*

GINNY SE GLISSA dans la serre tôt le lendemain matin, inspirant profondément et absorbant encore la sensation jusque dans son âme.

Il y avait quelques signes que Devjeet et Janae se préparaient pour la saison, mais il était encore trop tôt pour démarrer des semis. Et ils avaient à l'évidence laissé l'endroit en parfaite condition à l'automne précédent.

Même avec beaucoup de travail en vue, c'était agréable d'être dans ce lieu familier. Ginny erra lentement, se souvenant des années précédentes, prévoyant ce qu'elle ferait pousser quand les graines arriveraient.

Elle avait fait des recherches pour son idée de se diversifier dans des détergents et des cosmétiques naturels.

Elle était à l'extrémité de la serre, regardant le sol couvert de neige à l'extérieur du mur en plexiglas, quand un petit son se fit entendre. Elle se retourna à temps pour que Tucker l'attrape par les hanches et la soulève, pressant ses lèvres contre les siennes, prenant sa bouche dans un baiser affamé.

Cela faisait bien trop longtemps. Elle enfonça les doigts dans ses cheveux, faisant s'envoler son chapeau de cow-boy. Elle lui rendait coup pour coup, leurs langues s'entremêlaient, leurs souffles devenaient erratiques. Elle plaça les jambes autour de sa taille, et la chaleur entre eux continua de grimper.

Il fit volte-face et se dirigea vers le banc le plus proche, se mettant à genoux tandis que le fessier de Ginny atterrissait sur la surface basse. Sa respiration était poussive, une main glissa sous la chemise de Ginny tandis qu'il reprenait ses lèvres goulûment et prenait en même temps un sein dans sa paume.

Ce n'était pas ce à quoi elle s'était attendue. Pas du tout, mais c'était également très bienvenu alors qu'elle empoignait la chemise de Tucker et la sortait de son jean pour pouvoir poser les mains sur sa peau nue. Elle pressa les doigts sur les méplats durs de ses muscles, laissa traîner ses ongles et le faisant hoqueter.

Il écarta son soutien-gorge, souleva l'avant de sa chemise, et recula juste assez pour pouvoir la fixer, à demi nue, dans la faible lumière.

— Putain, Ginny. Ce n'était pas ce que j'avais prévu.

— C'est parfait. Ne t'arrête pas, ordonna-t-elle.

L'expression sérieuse de Tucker se fit de braise alors qu'il tendait la main vers le bouton du jean de Ginny, l'ouvrait, baissait sa braguette et la repoussait assez loin sur le banc pour pouvoir tirer le tissu jusqu'à ses chevilles.

Puis il se dressa au-dessus d'elle comme un dieu terrestre, baissant les yeux sur son corps partiellement dénudé.

—Un petit coup rapide, n'est-ce pas ?

— Oh que oui, acquiesça-t-elle.

Mais si elle avait parié qu'il libérerait simplement sa verge et s'enfoncerait en elle contre le banc, elle en aurait été pour ses frais. À la place, il enfouit la tête entre ses genoux, puis il se redressa pour que les chevilles de Ginny emmêlées dans son jean se posent sur son dos. La tête de Tucker se retrouva pile au-dessus de son sexe.

Il sourit.

— Mon petit déjeuner préféré.

Ginny se mit à rire, puis gémit, parce qu'il plongea comme s'il était affamé, sa bouche sur son sexe lui faisant des choses terriblement merveilleuses. Elle était piégée. Le tissu autour de ses chevilles la maintenait dans cette position sans qu'elle puisse rien faire. Impossible de battre en retraite sous les coups vifs de la langue et des doigts de Tucker glissant entre ses replis, entraînant un orgasme bien plus rapide qu'elle n'aurait cru cela possible.

— Oh mon Dieu !

Ginny resserra involontairement les doigts dans les cheveux de Tucker, et, pour autant qu'elle aurait pu dire, elle en arracha par poignées, mais elle jouit tellement fort que ses jambes se refermèrent en étau autour de la tête de Tucker, elle arqua le dos et des étoiles flottèrent devant ses yeux.

Puis il se redressa, s'inclinant vers l'arrière pour que le jean de Ginny quitte une de ses jambes. Un instant plus tard, il s'était protégé, et recouvrait Ginny de son corps. Sa verge épaisse l'ouvrait alors que le corps de Ginny continuait de se tendre.

Tucker posa les mains sur le banc de chaque côté de sa tête. Ginny avait les pieds autour de ses épaules, et elle était merveilleusement, obscènement exposée. Il croisa son regard et s'enfonça complètement à l'intérieur. Il se retira et recommença. Plus vite, cette fois, plus fort.

C'était tellement bon ! Ginny ferma les yeux un instant.

— *Oui.*

— Regarde-moi.

L'ordre était sorti d'une voix dure et rauque.

— Regarde-nous.

Ginny croisa de nouveau son regard, tout en enfonçant ses doigts dans son torse alors qu'il accélérait, s'enfouissant en elle jusqu'à ce qu'ils soient en feu, et qu'elle explose encore une fois. Elle était comme une fusée sur le point d'être consumée par le spectacle éblouissant des lumières, des girouettes et autres, parce que son cerveau se liquéfiait et qu'elle pouvait à peine respirer sous la force du plaisir.

Tucker émit un son torturé, les hanches figées contre elle, la chaleur et le rythme de sa réaction palpitaient en rythme avec les battements de cœur de Ginny.

Il leur fallut un moment pour redescendre.

Quand ce fut fini, Tucker se retrouva assis sur le banc avec Ginny sur ses cuisses, et aucun d'eux n'était complètement habillé ni dans son état normal. Ce qui, pour être honnête, était très bien.

Elle posa la tête contre son épaule, passant des doigts paresseux sur son menton.

— Bonjour.

Il émit un petit son amusé.

— 'jour.

C'était trop drôle.

— Allez. Ça mérite un « bon », n'est-ce pas ?

Les lèvres de Tucker tressaillirent.

— Les hommes vont penser que je suis bourré si je me promène en disant que c'est une « satanée fantastique matinée », ce qui est encore plus exact.

Ginny se mit à rire. Mais elle devait en convenir, il avait probablement raison.

Tucker n'avait pas eu l'intention de lui faire l'amour comme un malade. Il semblait que, lorsqu'il s'agissait de Ginny, ses projets avaient tendance à s'ajuster à la dernière minute sur des idées très impulsives.

Son manque de sang-froid était troublant. Malgré tout, il pouvait difficilement critiquer la manière dont ils avaient passé leurs récents instants.

Seulement, il avait passé beaucoup de temps à réfléchir à ses propres décisions. Encourager Caleb et son oncle à planifier intelligemment leurs projets avait été le coup de pied aux fesses dont il avait eu aussi besoin.

Même si Ginny avait un argument valable concernant leur timing, c'étaient également des bêtises. Il pouvait gérer les répercussions et les questions des ouvriers du ranch qui présumeraient qu'il avait eu le boulot grâce à ses relations.

Tout ce qui le retenait de balayer le plan pour *rester discrets*, c'était qu'il ne voulait pas que quoi que ce soit retombe sur elle. Voilà sa plus grande préoccupation. Les gens pouvaient être des enfoirés, et il ne pouvait pas toujours être là pour la protéger de tous les commentaires méprisants.

La seule chose qu'il ait déterminée, c'était que devenir un couple ne sortirait pas de nulle part. Ce qui rendait d'autant plus facile pour lui de commencer la mise en œuvre détaillée de ses projets. Si l'opération « Prouve-le » était ce qui les liait, Ginny et lui, pour trouver leur équilibre dans cette nouvelle réalité, il avait sa propre opération « Prouve-le » en ce qui la concernait.

Comment protégerait-il une femme forte ? Comment la soutiendrait-il, l'écouterait-il et la soulagerait-il quand même les fardeaux qu'elle n'avait pas besoin de porter ?

Et surtout, comment les empêcheraient-ils, Ginny et lui, de devenir un couple comme celui de ses parents, où ni l'un ni l'autre ne serait jamais vraiment heureux parce qu'ils auraient accepté des compromis bancals ?

Tout ça s'entrechoquait dans son cerveau alors qu'il était assis là, les endorphines sexuelles circulant toujours dans son corps. Le poids de Ginny sur ses cuisses était parfait, et la chaleur s'enroulait autour d'eux en un mélange de tendresse et de satisfaction sexuelle persistante.

Elle passa ses doigts le long de sa mâchoire.

— Nous devrions nous rhabiller. Ou je devrais aller remonter le chauffage dans la serre pour que nous n'attrapions pas froid.

— Ça semble intrigant, la taquina-t-il. Est-ce que tu montes vraiment suffisamment la température ici pour jardiner nue ?

Ginny se mit à rire alors qu'elle glissait de ses cuisses et remettait en place ses vêtements.

— Qu'est-ce que tu veux dire, est-ce que je « monte la température » ? Vous êtes dangereux, Monsieur Beau Gosse. C'est une bonne chose que nous n'ayons aucune jeune pousse, ou nous les aurions recouvertes de condensation.

— « Monsieur Beau Gosse » n'est pas un surnom approuvé, dit-il laconiquement avant de regarder autour de lui alors qu'il remontait sa braguette et remettait sa chemise dans son pantalon. Indépendamment du sexe torride, c'est toujours un peu hivernal ici.

— Nous n'avons pas besoin de monter la température tant que nous n'approchons pas du moment où nous plantons en terre, et ce n'est pas avant encore un moment, expliqua Ginny en liant ses doigts aux siens alors qu'ils retournaient vers la porte. Avais-tu besoin de quelque chose ? À part tirer un coup ?

Mince. C'était exactement ce qu'il ne voulait pas qu'elle pense. Il s'arrêta, l'attira contre lui et lui souleva le menton pour que leurs regards se croisent directement.

— Ne pense pas que le fait que nous nous entendions à merveille sexuellement signifie que c'est tout ce qu'il y a entre nous.

Ginny pencha légèrement la tête et elle posa une paume sur sa joue.

— Désolée. J'étais frivole. Je sais que nous avons dépassé le sexe.

Ça n'avait jamais été simplement que du sexe pour lui, mais ce n'était pas le moment de lui dire ça.

À la place, il se reprit enfin et fit ce qu'il était venu faire à la base.

— On parle d'aller au Rough Cut pour danser dans deux

jours. Je veux que tu viennes. Tu ne vas pas rester à la maison pour regarder Disney avec tes nièces.

— Tucker, nous ne pouvons pas...

— Je ne t'emmène pas en tant que rencard, mais je veux que tu sois là.

C'était un compromis dont il pouvait tirer profit, et il s'adaptait parfaitement à son plan pour faire comprendre lentement aux autres que Ginny était à lui. Qu'il était à elle.

Qu'ils étaient ensemble.

Heureusement, Ginny sembla saisir une partie de son idée. Elle hocha la tête.

— Je crois que mes copines ont parlé de sortir. Je vais m'assurer que ce sera le même soir, pour qu'il y ait plein de raisons pour que nous soyons au même endroit en même temps. Oh, et nous avons besoin d'une réunion officielle de l'opération « Prouve-le » bientôt.

Le grondement d'une camionnette s'arrêtant devant la serre monopolisa l'attention de Tucker.

— Je dois y aller, mais je t'enverrai un message plus tard. J'ai une idée de l'endroit où nous pourrons nous retrouver.

Les yeux de Ginny s'illuminèrent, et elle déposa un rapide baiser sur ses lèvres, se mettant sur la pointe des pieds.

— Envoie-le en message codé s'il le faut, mais j'ai hâte d'avoir de tes nouvelles.

Tucker s'éloigna à regret de sa chaleur et se dirigea vers la porte latérale juste au moment où des voix arrivaient par l'entrée principale. Ginny salua quelqu'un.

Mais il traîna des pieds alors qu'il retournait aux écuries. Il détestait que leur relation ne soit pas au grand jour.

Ce n'était pas comme s'il n'avait pas suffisamment de quoi s'occuper. Entre Ashton et Caleb, Tucker avait véritablement commencé le travail pour prendre lentement connaissance de toutes les tâches que son oncle gérait en tant que contremaître de Silver Stone.

Après presque quatorze ans passés aux commandes, Caleb était assurément le manager. Lui et ses frères déterminaient la direction des activités du ranch, mais c'était Ashton qui s'assurait que tout soit fait.

Comme un jongleur qui gardait douze balles en l'air tout en faisant tourner des assiettes, sans perdre son calme un seul instant...

Tandis que les jours passaient, Tucker admirait de plus en plus cet homme.

— Tu ne cesses de me fixer du regard. Est-ce que j'ai de la boue sur le visage ? demanda son oncle d'un ton bourru alors qu'ils s'arrêtaient à la cafétéria pour manger un morceau après une journée à inspecter chaque machine de la propriété.

Tucker haussa les épaules.

— Désolé. Je ne voulais pas. Je pensais simplement que je t'étais reconnaissant d'être prêt à rester dans le coin encore un moment.

Ashton le foudroya du regard.

— Qu'est-ce que tu as fait ?

— Rien, protesta Tucker. Comment pars-tu du fait que je te dise que je suis heureux que tu sois là pour en arriver à la conclusion que j'ai fait quelque chose de mal ?

— C'est en gros ce que tu faisais plus jeune. « Tonton Ashton, tu es tellement doué avec les chevaux. Au fait, je crois que j'ai cassé ma selle. »

Ashton avait tenté d'imiter un Tucker enfantin, incita ce dernier à renifler d'autant plus fort.

— Arrête. Ne deviens pas comédien.

Ashton leva le menton.

— Je te ferai savoir que le *Heart Falls Star* a rapporté que mon interprétation d'une chèvre était une des meilleures dans le spectacle du Pas-Si-Casse-noisettes en décembre dernier.

Luke en avait montré une vidéo à Tucker en douce, tous

deux hurlant de rire. Ce n'était assurément pas une chose à révéler son oncle.

— Je suis sûr que tu faisais une excellente chèvre.

Ashton lui lança un regard noir.

— Est-ce que tu te moques de moi, mon garçon ?

— Est-ce que je ferais une telle chose ? demanda-t-il, absolument pince-sans-rire.

Son oncle s'offusqua de nouveau, mais une trace de sourire tressaillit au coin de ses lèvres.

Tucker se préparait pour aller se coucher, ravi du travail qu'il avait accompli en douce dans le fenil ce soir-là. Un secret qu'il avait hâte de confier à Ginny.

Son téléphone sonna, un texto arrivant simultanément.

Il renfila ses vêtements et se hâta d'aller à l'écurie où Alex et Luke se trouvaient avec la rouanne pleine.

Elle était agitée et se déplaçait malaisément, avec la tête qui oscillait d'un côté à l'autre. Luke faisait de son mieux pour la calmer pendant qu'Alex s'approchait de Tucker pour le mettre au parfum.

— Ça arrive trop tôt, et ça ne se passe pas bien.

— Tu as appelé le vétérinaire ?

— Il est en route.

Luke parlait doucement, apaisant la jument.

— Du calme, chérie. Ça va aller.

Tucker se déplaça prudemment, glissant une main le long des flancs élargis de la jument alors qu'il l'examinait. Sa peau ondulait sous sa main, tressaillant alors qu'il avançait.

Ce n'était pas le domaine d'expertise de Tucker, mais il en savait assez pour être aussi d'avis qu'il avait eu des complications.

Tous trois travaillèrent ensemble du mieux qu'ils purent

pour apaiser l'inconfort de la jument. Tucker fut vraiment soulagé quand la porte de l'écurie s'ouvrit au loin, annonçant l'arrivée du vétérinaire.

Seulement, ce ne fut pas le visage familier de Josiah Ryder qui apparut. Au lieu du vétérinaire robuste qui était devenu un pilier de Heart Falls, c'était la femme bien plus petite qu'il avait engagée comme assistante.

Mais Yvette Wright s'avança avec une assurance évidente. Elle posa une main sur le dos de Luke et parla doucement à la jument.

— Hé, ma beauté. On dirait que tu as besoin d'un peu d'aide.

— Où est Josiah ? demanda Alex.

— Occupé, répondit-elle, son regard dansant sur la jument alors qu'elle retirait son manteau puis le plaçait entre les mains d'Alex. Tiens. Rends-toi utile.

Tucker cilla à son changement de ton, passé de la douceur avec la jument au dédain sec envers Alex.

Il examina le visage d'Alex. Celui-ci fixait Yvette de ce qui ressemblait fort à un air énamouré.

Oh là là. Les imbroglios apparaissaient toujours dans les moments les plus gênants.

Il ne fallut que quelques minutes à Yvette pour être prête.

— Tucker, viens m'aider, ordonna-t-elle doucement.

Elle lui donna des ordres qu'il suivit à la lettre alors qu'elle glissait une main à l'intérieur de la jument. La confusion se transforma lentement en la compréhension.

— Eh bien, trésor, pas étonnant que tu ne te sentes pas très bien. Tes bébés sont bien entremêlés. Je vais régler ça aussi vite que je peux, promit Yvette.

Cela leur prit une heure et demie, et à la fin Tucker avait l'impression que ses bras étaient passés dans une essoreuse. Il n'avait aucune idée de la manière dont Yvette pouvait rester sur pieds, œuvrant dans la jument pour démêler les membres des jumeaux exceptionnellement viables.

Quand les minuscules animaux furent arrivés, la foule autour du box s'était élargie de quelques personnes. Ashton était venu. Luke avait contacté Kelli, qui avait à l'évidence envoyé un message à Ginny au cas où elle voudrait assister aux événements.

Ginny avait apporté un thermos de chai, et une fois qu'Yvette eut fait sa toilette, elle entoura des mains le mug que Ginny lui tendait et, reconnaissante, elle en avala plusieurs gorgées.

— Merci. Ça fait du bien.

— Contente de t'aider, dit Ginny doucement.

Dans le box, Strawberry Delight se reposait maintenant confortablement et l'un des minuscules poulains s'était endormi tandis que l'autre tétait.

— C'est quelque chose qu'on ne voit pas très souvent, dit Ashton avec approbation.

Tucker n'arrivait pas à détacher les yeux du visage de Ginny. Il lisait l'émerveillement et le bonheur dans son regard alors qu'elle contemplait les pouliches nouveau-nées ainsi qu'Yvette. La jeune femme termina sa boisson, et Ginny s'avança avant elle, attrapa son manteau et aida la vétérinaire à l'enfiler.

Constamment à aider. Constamment consciente des autres...

— Ça s'est avéré être une bonne soirée, dit Luke, s'approchant pour serrer la main d'Yvette. Merci.

Yvette inclina la tête.

— Contente d'avoir pu vous aider.

Alex s'avança aussi, la main tendue.

— C'était merveilleux à voir.

Elle regarda sa main comme si elle s'attendait à se faire électrocuter, puis la serra fermement aussi.

— Merci.

Il semblait qu'Alex veuille dire autre chose, mais Tucker s'interposa. L'épuisement était inscrit partout dans le maintien Yvette.

— Allons. Je vais te ramener, proposa-t-il. Alex va conduire ta camionnette.

Yvette cligna des yeux.

— Oh, non. Ça va.

Mais comme un énorme bâillement lui échappait, Tucker leva une main et l'entraîna.

— Ne discute pas. J'aurais fait la même proposition à Josiah. Honnêtement.

Ce qui signifiait qu'au lieu de retrouver Ginny, Tucker terminait la soirée en tant que chauffeur reconnaissant à une vétérinaire très fatiguée mais ravie.

Elle appuya la tête sur le repose-tête et ferma les yeux, laissant échapper un léger soupir, heureux et satisfait.

— C'est ce qui fait que ça en vaut la peine, tu sais ? Les instants où tu n'es pas sûre que les choses vont marcher, les questions intérieures où tu te demandes si tu fais ce qu'il faut, et même la peur, dit-elle, avant de lui lancer un rapide coup d'œil. Ne dis pas à Josiah que j'ai dit ça. Sur le fait d'avoir peur.

Tucker renifla moqueusement.

— Il comprendrait totalement. Impossible que qui que ce soit dans le ranch passe une journée sans avoir peur de quelque chose. Pas quand nous essayons vraiment de vivre à fond.

Elle hocha la tête et bâilla de nouveau.

— De jolies petites pouliches. Je suis contente qu'elles s'en soient sorties.

Sur le chemin du retour, Tucker et Alex restèrent silencieux jusqu'à ce qu'ils soient presque en vue de Silver Stone.

— Je suis un idiot, avança Alex.

Tucker ne connaissait même pas la nature générale des

problèmes entre Yvette et Alex, mais il n'avait pas besoin de savoir, pas pour lui donner un conseil.

— Peut-être, répondit-il. Mais tu as déjà remporté plus de la moitié de la bataille quand tu sais que le problème vient de toi.

Alex ricana, puis hocha la tête.

— Oui, essentiellement.

Un silence paisible retomba, et Tucker inspira profondément.

C'était une bonne journée qui se terminait bien.

Le samedi, quand Ginny sortit du lit et regarda dehors, il faisait assez chaud pour qu'elle décide qu'il était temps de prendre exemple sur sa sœur Dare.

Elle se prépara un mug de thé, s'emmitoufla et alla s'asseoir sous le porche tandis que le lever du soleil étirait lentement ses doigts dorés sur Silver Stone.

La veille avait été fantastique, et elle n'avait été qu'à la périphérie de la magie. Regarder Yvette à l'œuvre avait rappelé à Ginny ce qu'elle lui avait dit au sujet de trouver ce qu'elle voulait faire pour le restant de sa vie qui la rendrait heureuse.

Il était clair qu'Yvette avait non seulement bien choisi, mais qu'elle rendait également les autres heureux grâce à son choix.

Deux magnifiques animaux qui n'auraient peut-être pas survécu, possiblement trois, étant donné que leur mère avait aussi été en danger, étaient sains et saufs dans la chaleur de l'écurie.

Ginny s'accrocha un peu plus à son mug. Elle n'avait pas de pareils talents. Rien qui puisse vraiment créer une différence, et ce manque la tiraillait obscurément.

Mais alors que ses nièces sortaient de la maison et se dirigeaient vers la colline la plus proche, luges à la main, Ginny écarta ses jérémiades momentanées. Fini de se morfondre. Elle avait une chance incroyable et pouvait profiter de choix bien agréables.

À un moment donné, elle trouverait un moyen de créer une différence.

En attendant, elle devait passer un peu de temps à gérer l'énigme. Si elle ne le faisait pas, Dare l'embêterait avec un autre rappel comme celui qu'elle avait reçu la veille.

DARE : *Je t'aime, Truth. Tu as résolu des énigmes récemment ?*

Ginny : *Je t'aime, Dare. Dégage, tu es agaçante.*

Dare : *C'est ton subconscient qui parle. Envoie-moi une copine, meuf. Ne me force pas à me déplacer.*

Ginny : *Comme si c'était une menace. Ma porte est toujours ouverte.*

GINNY CHERCHA dans sa poche et en sortit le papier plié couvert de dessins énigmatiques.

Elle avait pensé au début que c'était un genre de rébus. Mais même si elle était habituellement suffisamment futée pour les résoudre, celui-ci n'avait toujours aucun sens.

Douze images différentes, y compris celle d'une sorte d'animal équin – il était inimaginable de penser que c'était un cheval parce que son père savait sûrement mieux dessiner que ça.

Elle essaya d'écrire à quoi chaque symbole lui faisait penser au premier coup d'œil. Puis elle essaya de les dessiner en bonhommes allumettes pour voir si l'un d'eux se transformerait en lettres ou en mots.

Une demi-douzaine de tentatives plus tard, son thé avait

refroidi et elle n'était pas plus avancée qu'au début quand une petite voix l'interrompit.

— Qu'est-ce que tu fais, tata Ginny ?

Ginny leva les yeux, surprise, et découvrit Emma qui se tenait en bas du porche.

— Hé, fillette. Tu m'as prise par surprise.

Emma haussa les épaules, les pompons sur son bonnet rose rebondissant alors qu'elle bougeait.

— Tu lisais ton livre.

— Je suppose que oui, admit Ginny avant de regarder autour d'elle. Où est Sasha ?

Sa nièce regarda le sol, mais ne répondit pas.

— Emma ? répéta Ginny, plus sévèrement cette fois. Est-ce que Sasha est quelque part où elle n'est pas censée être ?

Emma hocha la tête, fixant toujours le sol.

Crotte. Mais aussi hourra que la petite soit prête à dénoncer sa sœur.

Ginny posa ses affaires et tendit une main vers sa nièce.

— Viens. Montre-moi où elle est, pour que nous puissions l'arrêter avant qu'il ne soit trop tard.

La petite fille parla doucement, bref flash-back de l'hésitation qu'elle montrait tant d'années auparavant.

— Je *ne veux pas* attirer des problèmes à Sasha.

— Je sais, ma puce, mais parfois nous attirons quelques problèmes aux personnes que nous aimons pour les empêcher d'en avoir encore plus, expliqua Ginny en serrant les petits doigts d'Emma alors que celle-ci la tirait vers l'écurie. C'est dans le règlement des sœurs. Honnêtement.

— Est-ce que tu as attiré des problèmes à *ta* sœur ?

La première fois que Dare avait décidé d'organiser une veillée pour sa famille lui vint à l'esprit. Ginny avait fait un choix et avait appelé Luke pour moucharder avant que sa sœur ne puisse être trop soûle pour marcher. C'était la même nuit, incidemment, que Ginny avait rassemblé son courage et séduit

Tucker, ce qui signifiait que ce souvenir était d'autant plus doux.

Elle sortit de ses pensées et hocha la tête avec sérieux vers sa nièce.

— Tout le temps. Même maintenant, alors que nous sommes grandes, dit Ginny avant de sourire devant l'expression de surprise sur le visage de sa nièce. Parce que je l'aime vraiment, vraiment beaucoup, tu sais.

Ce qui fit glousser Emma avant qu'elle n'ajoute sérieusement :

— Sasha voulait voir les bébés chevaux. Papounet a dit qu'il nous y emmènerait après le déjeuner, mais elle a dit qu'elle voulait vite jeter un coup d'œil maintenant.

Ils auraient dû se rendre compte qu'il serait trop dur à Sasha de résister au pouvoir d'attraction de deux poulains.

Heureusement, même si Sasha avait choisi de désobéir à la consigne permanente de rester en dehors de l'écurie à moins d'être accompagnée par un adulte, elle l'avait fait de la manière la plus intelligente possible. Ginny repéra sa queue-de-cheval dépassant du bord du fenil alors qu'elle regardait dans les box des chevaux à bonne distance. Bien loin de la circulation des ouvriers, et à une distance qui n'effraierait pas Strawberry Delight.

Ginny emmena Emma pour monter la vieille échelle latérale vers le fenil. Elles marquèrent une pause, dominant Sasha jusqu'à ce qu'elle roule sur elle-même et hoquette de surprise.

Puis elle cligna des yeux d'un air coupable et lança un regard mauvais à Emma.

— Cafteuse.

Oh, non. Il fallait tuer ça dans l'œuf. Ginny leva un doigt et parla doucement.

— Dis-moi ce que tu as fait de mal.

Sa nièce la plus âgée se redressa en position assise.

— Je suis venue dans l'écurie sans permission.

— C'était ta deuxième erreur, l'informa Ginny. Le premier crime, et le plus important, était que tu t'attendais à ce que ta sœur mente pour toi.

Les yeux de Sasha s'écarquillèrent. Emma pinça les lèvres.

Ginny les regarda l'une après l'autre, parlant toujours assez doucement pour que personne d'autre ne sache qu'elles étaient là.

— Vous êtes les meilleures amies en plus d'être des sœurs, ce qui signifie que vous devez veiller l'une sur l'autre. C'est ce qu'Emma a fait. Si vous ne pouvez pas mutuellement vous faire confiance pour faire ce qu'il faut et toujours prendre soin l'une de l'autre, même quand c'est difficile, vous raterez quelque chose de magique et spécial.

La lèvre inférieure de Sasha trembla. Elle se précipita pour aller étreindre Emma.

— Je suis désolée. Je ne voulais pas te rendre triste.

— Je suis désolée aussi, renifla Emma.

Ginny fit de son mieux pour ne pas sourire, parce que toute cette conversation était un flash-back de ces instants entre Dare et elle, et putain, elle voulait cette merveilleuse *amitié éternelle* pour les deux fillettes.

Sasha étreignit aussi Ginny et s'excusa. Puis Emma dut aussi l'étreindre, et Ginny dut les embrasser toutes les deux et essuyer leurs larmes.

Quand tout cela fut terminé, elles retournèrent vers le bord du fenil et baissèrent les yeux vers les deux petits poulains parfaits pelotonnés contre leur mère.

— On peut aller les caresser ? demanda Sasha.

Ginny secoua la tête.

— Laissons cela à votre père, quand il pensera que c'est le bon moment.

Sasha eut l'air déçue, mais elle hocha la tête docilement.

— Mais nous pourrions aller chercher des chatons, proposa Ginny.

Le sourire d'Emma s'élargit d'une oreille à l'autre, et soudain, Ginny fut entraînée vers les ballots puis dans les coins à la recherche de chatons légèrement plus gros que la dernière fois.

Elles étaient en plein milieu de câlins poilus quand Emma attrapa le papier tombé de la poche de Ginny.

— Tu as fait tomber quelque chose, tata Ginny.

Ginny le lui prit et l'ouvrit.

— Peut-être que vous pourrez m'aider à résoudre l'énigme, dit-elle d'une voix mystérieuse.

Sasha se pencha, plissant le nez alors qu'elle fixait le papier.

— C'est un casse-tête ?

— Je n'ai aucune idée de ce que ça signifie, admit Ginny. Mais pouvez-vous deviner ce que c'est ?

— C'est une chèvre, dit Emma en pointant du doigt un dessin et hochant la tête résolument. J'ai fait un dessin de Meany qui ressemblait exactement à ça.

Ginny sourit.

— Eh bien, Meany est très beau alors.

Et il semblait que le talent artistique n'était pas dans les gènes de la famille Stone.

Il y eut quelques autres suppositions, mais rien d'absolument inattendu. Sasha pensait qu'un des dessins ressemblait à un chandelier chic. Elles supposèrent qu'une était une balle avec des jambes.

Ce fut Emma, en dehors de la suggestion d'une chèvre, qui fit la découverte la plus incroyable. Elle pointa un dessin du doigt.

— Il y a des chiffres là-dedans, dit-elle.

Ginny regarda de plus près.

— Où ?

Emma posa un doigt sur le papier et suivit les chiffres alors qu'elle récitait :

— Cinq. Douze. Trente. Tu vois, il y a des petites lignes

entre eux, alors je pense que ça veut dire que ce n'est pas juste un grand chiffre.

Ginny déposa un baiser sur la tempe d'Emma.

— Intelligente petite fille. C'est une merveilleuse découverte.

Une approbation absolue arriva de Sasha.

— Emma est très intelligente. C'est la meilleure en maths, et un jour elle travaillera pour Silver Stone et fera toute la comptabilité.

Ce qui rendrait Caleb fou de joie, décida Ginny.

— Si c'est ce que tu veux faire, c'est merveilleux.

Pour ne pas être en reste, Emma fut obligée de confier aussi :

— Sasha veut dresser les chevaux.

Sa sœur fit la grimace.

— Mais je suis encore trop petite, se plaignit Sasha.

— Trop petite pour dresser les chevaux de rodéo, c'est sûr, dit Ginny fermement. Mais ça ne veut pas dire que tu ne peux pas t'entraîner au dressage en ce moment.

Sasha et Emma se regardèrent, bouche bée et les yeux écarquillés, avant de se retourner vers Ginny.

— Comment ? demanda Sasha.

Ginny haussa les épaules.

— Je croyais que tu dressais les chèvres.

Sasha émit un son vulgaire.

— Les chèvres ne sont pas des chevaux.

— Eh bien non, mais si Emma veut faire la comptabilité du ranch dans l'avenir, crois-tu qu'elle sache tout ce dont elle aura besoin plus tard ? Même si elle connaît très bien ses chiffres, et les choses comme les additions, les soustractions et les multiplications.

Emma plissa le nez.

— Je ne les ai pas encore toutes retenues, avoua-t-elle.

Sasha hocha lentement la tête.

— Si je deviens vraiment douée pour dresser Eeny, Meany et Miney, ça m'aidera à dresser les chevaux ?

— Et puis, nous avons beaucoup de chiens au ranch, signala Ginny. C'est toujours une bonne idée de les dresser pour qu'ils aient un meilleur comportement.

Elle tapota le nez de sa nièce.

— Tout ça s'additionnera, un peu à la fois.

Emma se tourna vers Sasha.

— Comme M. Tucker. Il connaît beaucoup de choses, mais papounet dit qu'il va être 'prenti avec M. Ashton jusqu'à ce qu'il soit très bon comme contremaître.

— Je veux être l'apprentie de quelqu'un, dit Sasha sérieusement.

— Tu devrais le dire à papounet, dit Emma en lui attrapant la main. Je viendrai avec toi. Et si tu dois beaucoup t'entraîner, je viendrai t'aider à t'entraîner. Parce que tu es ma grande sœur, et je t'aime.

— Je t'aime aussi, dit Sasha.

Puis la discussion se transforma en une nouvelle série d'étreintes entre petites filles. Ginny fut alors attirée dans la mêlée, et le papier avec les gribouillages fut remis dans sa poche parce qu'être au milieu de tant de bonheur et de joie présents était plus important que de résoudre un mystère du passé.

Après que Tucker se fut organisé pour pouvoir emmener Ginny danser, ou en tout cas l'inviter innocemment à danser pendant qu'ils étaient tous dans une foule, Ashton gâcha les projets de son neveu. Le jeudi, ils prirent la direction de la zone de Pincher Creek où l'oncle Frank de la famille Stone avait des terres.

Tucker ne l'appréciait toujours pas beaucoup. Il était

presque sûr que Frank ne l'appréciait pas non plus, simplement parce que Tucker avait assisté à la première fois où Caleb avait pris les commandes et refusé de céder aux requêtes de son oncle.

Heureusement, ce fut une courte visite, et Tucker ne dut se forcer à être cordial que pendant quelques nuits.

Quand ils revinrent, un autre week-end était passé, et la fin du mois de janvier approchait. Il y avait plus d'une semaine que Ginny et lui s'étaient réunis pour faire le point sur l'opération « Prouve-le », et Tucker avait bien l'intention que cela se reproduise le plus tôt possible.

L'instant d'après, on était l'après-midi et il se demandait sérieusement s'il la reverrait avant le printemps.

— Te voici.

Luke passa la tête dans le bureau où Tucker examinait le registre des employés. Une pièce qui, Dieu merci, avait une fenêtre face au Big Sky Lake. Luke tapota une des piles de papiers sur le bureau dans l'office du ranch.

— Ça a l'air menaçant, dit-il.

— Ashton m'a accordé le privilège douteux de prendre le relais de la partie de la paie dont il était responsable jusqu'à maintenant. J'aime peut-être les feuilles de calcul, mais je sais déjà que ce sera une des tâches que j'aimerais le moins, confia Tucker. Dieu merci, j'ai presque terminé.

Luke frappa ses mains l'une contre l'autre et les frotta.

— Bien. Parce que nous allons pêcher.

Tucker regarda la liste des choses à faire ouverte près de lui.

— Peut-être.

— Allez, dit Luke. Je sais que tu es occupé, mais quelqu'un de vraiment intelligent a récemment souligné la nécessité de nous assurer de prendre le temps de faire les choses qui sont importantes. Ce qui signifie que, si Ashton faisait le travail de deux hommes, tu dois penser à engager quelqu'un d'autre comme assistant.

— Putain, je ne veux pas donner l'impression de ne pas pouvoir suivre aussi peu de temps après le début, se plaignit Tucker.

— Frangin, tu travailles du matin au soir. Tu as le droit de prendre du repos.

Luke avait laissé tomber la plaisanterie et parlé bien plus sérieusement, ce qui coupa court à l'hésitation de Tucker.

— Tu as raison.

Luke lui adressa un clin d'œil.

— Finis. Je vais préparer ce dont nous avons besoin.

— Je suis partant, mais je ne veux pas aller trop loin dans le bush ni partir pour la nuit, insista Tucker.

Il était déterminé à voir Ginny ce jour-là, même s'il devait travailler jusqu'à tard dans la nuit pour que cela se produise.

— On pêche près de chez nous, répondit Luke avec un geste vers la fenêtre où la lumière du soleil se reflétait sur la surface gelée du lac. Nous forerons quelques trous et lancerons une ligne.

Parfait.

— Ça marche. J'ai besoin d'une demi-heure pour terminer, puis j'apporterai le whisky.

Luke le tapa sur l'épaule.

— Brave homme.

La pêche sur glace à moins de dix minutes de chez soi semblait être une expérience délectable, que Tucker pouvait complètement soutenir. La glace était suffisamment épaisse pour que Luke sorte un abri de pêche et une chaufferette, et deux chaises de camping confortables furent alignées au bord du trou.

Luke tendit son mug de café et attendit que Tucker y verse une bonne rasade de whisky.

— Voilà. Au fait, Ginny appelle la pêche sur glace le *pong canadien*. Tu sais, ce jeu alcoolisé où on essaie de mettre des balles de ping-pong dans des verres rouges individuels ?

Tucker ricana.

— Comment est-ce qu'elle fait le lien entre les deux ?

Luke leva son mug de café en l'air.

— Moins tu as de chance avec les balles, plus tu bois. Moins tu as de chance avec les poissons, plus tu bois. Pong canadien.

Un rire lui échappa.

— Elle est marrante.

— C'est vrai. Je suis content qu'elle soit revenue, dit Luke sérieusement. Quelque chose semblait manquer quand elle n'était pas là. Même si elle n'a jamais fait beaucoup avec le bétail, elle a toujours été au milieu de chaque événement majeur, d'une manière ou d'une autre.

Parce qu'elle prend toujours soin de tout le monde. La pensée lui vint instantanément.

Il était temps de détourner le sujet de Ginny avant que Tucker ne dise quelque chose qu'il aurait préféré taire.

— Tu prévois de terminer le sous-sol de ta maison bientôt ?

Luke se renfonça sur sa chaise, le regard fixé sur le flotteur dans le trou devant eux.

— Absolument. J'ai engagé pour un moment Dustin et Shim pour enfoncer quelques clous. J'ai pensé que s'ils terminaient la charpente, je pourrai engager quelqu'un pour faire le placo et le jointement... je déteste ces tâches-là.

— C'est quoi l'histoire avec Shim ? demanda Tucker.

C'était une question qui lui sortait constamment de l'esprit alors qu'il gérait tout le reste.

— Dustin l'a eu comme correspondant pendant le lycée, si tu arrives à le croire. Ses parents sont tous deux professeurs à l'université. Il semble qu'ils sont plutôt horrifiés que leur fils passe chacune de ses journées à retourner du fumier.

Tucker leva son mug en l'air. Les professeurs et les chercheurs avaient beaucoup en commun, semblait-il.

— Aux parents qui sont à la ramasse.

Luke cligna des yeux.

— C'est vrai. Et ce n'est pas que j'ai oublié, mais c'est juste que tu ne parles jamais d'eux. Est-ce que tes parents sont toujours aussi déconnectés qu'ils l'étaient quand tu étais enfant ?

— Pire, admit Tucker. Seulement maintenant ce n'est pas grave. Je pense qu'ils ont décidé que l'expérience de la parentalité est terminée. Ils ont élevé un membre assez productif de la société, alors maintenant on passe à la suite.

Son ami fronça les sourcils.

— Ça craint.

— Non, vraiment, ça va. S'ils avaient été plus attentifs durant mon enfance, je n'aurais pas pu passer autant de temps avec toi. Pouvoir traîner avec oncle Ashton et tes parents a créé une énorme différence dans ma vie, et j'apprécie tellement ça ! Putain, pendant des années tes parents m'ont téléphoné pendant que j'étais chez moi pour savoir comment j'allais. Je parlais probablement autant à Walter qu'à mon père, certains mois.

— Je me souviens que tu me l'avais dit, se rappela Luke avant de lui lancer un sourire désabusé. Je me rappelle que papa savait parfois ce que tu trafiquais avant que je ne te parle. Ça donnait l'impression qu'il savait tout, un peu comme un Dieu.

Tucker sourit à cette idée.

— C'était un homme très bon. Je pense souvent à lui et à Deb, et à ce qu'ils m'ont appris. Ça me permet d'autant plus d'apprécier que mes parents n'essaient pas d'interférer dans ma vie maintenant.

— Tes parents craignent quand même un peu, insista Luke.

Tucker émit un petit rire.

— D'accord. Ils craignent un peu.

Luke plissa les yeux.

— Est-ce que tu veux m'amadouer ?

— Dieu m'en garde.

— Parce que je n'ai pas besoin d'être amadoué, dit Luke, l'amusement prenant le relais. Tu es un véritable abruti.

— D'accord. Si c'est ce que tu penses.

Tucker cacha son sourire derrière son mug.

— Putain, ça m'a manqué, dit Luke en regardant Tucker. Pas que tu sois un abruti.

— Pas ça, assurément.

— Arrête, dit Luke avant que son sourire ne disparaisse et qu'il ne redevienne sérieux. C'est drôle. J'ai toujours eu mes frères près de moi. Mais Walker a fait de la compétition pendant un moment, et Dustin est un bon gamin, mais il est encore jeune. Caleb avait la tête remplie de sujets de préoccupation.

Luke croisa le regard de Luke.

— Tu es comme un frère et mon meilleur ami tout à la fois. Quelque chose clochait quand tu n'étais pas là.

Tucker prit ce commentaire au pied de la lettre.

— Je suis désolé.

Luke secoua la tête.

— Ce n'est pas ta faute. Tu devais continuer sur la voie que tu avais choisie. Ça n'a probablement pas aidé, que je sois en couple avec Penny pendant un moment.

Oui, ça n'avait pas du tout aidé. Pour Tucker, l'ex-fiancée de Luke ne cadrait pas.

— Je ne l'ai jamais appréciée, avoua-t-il.

— Tu me l'as déjà dit, annonça Luke laconiquement.

Eh bien, mince.

— Vraiment ? Je ne m'en souviens pas.

— Je pense qu'au début je me suis extasié en parlant d'elle, et tu m'as essentiellement dit d'y regarder à deux fois, résuma Luke en détournant les yeux. Tu es un homme intelligent, Tucker Stewart. Avec le recul, je sais maintenant qu'à chaque fois que tu me titilles sur quelque chose, je devrais t'écouter.

C'était un sacré compliment.

— Je suis désolé que les choses n'aient pas fonctionné, mais je suis vraiment content que tu sois avec Kelli. Elle est géniale.

— C'est la meilleure, répondit-il en regardant Tucker d'un air songeur. Maintenant nous devons te trouver quelqu'un.

Oh que non. Ou plutôt *oh que oui*, mais Luke n'était pas encore prêt à entendre cette révélation, et Tucker ne pouvait rien dire avant que Ginny ne soit d'accord.

Luke aurait probablement insisté et continué sur le sujet mais à cet instant, son flotteur se mit à bondir et tous deux durent attraper leurs lignes.

Pendant un moment, les poissons affluèrent. À chaque fois qu'ils lâchaient un hameçon dans l'eau, ils avaient une prise, alors la détente était terminée et la pêche avait commencé.

Après qu'ils eurent atteint leur quota, Tucker sortit un couteau à filet et nettoya les poissons pendant que Luke remballait leur équipement et le chargeait à l'arrière de la motoneige.

— Ça m'a manqué de ne pas pouvoir passer du temps comme ça avec toi, dit Luke. Je suis vraiment content que tu sois revenu. Peu importe à quel point les choses s'agitent, nous allons prendre du temps pour ce genre de trucs, hein ?

Tucker n'avait pas le cœur de faire traîner ça et de le taquiner. Il acquiesça sincèrement.

— Oui, nous ferons des trucs. Autant que nos... ton épouse et nos boulots le permettront.

Luke se tut pendant un moment. Ils emballèrent des poissons dans un sac à déposer pour Tamara, un pour Ashton, ainsi qu'un pour chacun d'eux à ramener chez eux.

Puis Luke surprit Tucker en l'étreignant. Il lui tapa dans le dos brièvement avant de pencher la tête vers la motoneige.

— Viens. Je vais te ramener.

— Bonne idée.

~

Tucker se glissa dans son van et attrapa ce dont il avait besoin. Puis il envoya un message à Ginny lui demandant de le retrouver dans le vieux fenil une demi-heure plus tard.

Il attendit sa réponse, qui heureusement arriva seulement quelques minutes après.

Ginny : *Qu'est-ce que tu manigances ?*
Tucker : *Viens à l'écurie, et tu le découvriras.*

15

____

Elle avait vu l'abri de pêche sur l'eau plus tôt, mais elle était délibérément restée à distance. Non seulement c'était bon pour Tucker de passer du temps loin du travail avec ses potes, mais la pêche n'était pas une des activités préférées de Ginny.

Découvrir ce que Tucker manigançait en ce moment ? Cela chatouillait tous ses centres d'intérêt.

Elle attrapa ce qu'elle devait apporter à leur réunion et sortit, avançant à grands pas dans la neige craquante jusqu'à sa destination.

Elle croisa son frère Caleb qui se dirigeait dans la direction opposée et le salua de la main.

— Dis bonjour à Tamara pour moi.

— Pourquoi ne te joindrais-tu pas à nous pour le dîner ? demanda Caleb, marquant une pause sur le chemin.

Elle réfléchit rapidement.

— Non. Merci pour l'invitation, mais je ne veux pas venir trop souvent.

Il émit un petit rire.

— Ginny, tu es de la famille. Tu vis à cinq minutes de chez

nous, alors on s'attend un peu à ce que tu viennes régulièrement.

— C'est une bonne chose que j'aime faire ce à quoi on ne s'attend pas alors, le taquina-t-elle. Sérieusement, merci pour l'invitation, et je vous accueillerai tous chez moi un de ces jours. Mais pas ce soir.

Il hocha la tête, commença à se retourner, puis marqua une pause.

— Où est-ce que tu vas ?

— À l'écurie.

Il fronça les sourcils.

— *Ginny*.

— Quoi ? demanda-t-elle innocemment.

— Qu'est-ce que tu vas faire dans l'écurie que tu veux que j'ignore ?

Il le prononça du même ton qu'il utilisait quand il avait pris la tête de la famille. À l'époque, cela l'intimidait sérieusement, mais maintenant elle était moins impressionnée.

— Je vais faire quelque chose qu'une Ginny adulte a le droit de faire sans avoir davantage d'explications à donner à son frère.

Un reniflement moqueur échappa à celui-ci.

— Bien. Dis-moi de m'occuper de mes affaires.

— Occupe-toi de tes affaires, dit-elle docilement.

Il rit carrément.

— Je dois dire que ton sens de l'humour s'est vraiment amélioré depuis que Tamara est entrée en scène.

Il lui lança un faux regard noir.

— Va faire ce dont tu ne veux pas me parler. Je dois me préparer pour le dîner.

— Je t'aime, grand frère.

Impulsivement, elle l'enlaça et lui planta un gros baiser sur la joue.

Il la tapota dans le dos.

— Je t'aime aussi, morveuse. File.

— Je file.

Les odeurs de l'écurie déclenchèrent le contentement familier. Elle prit son temps en suivant la longue ligne des stalles menant au vieux bâtiment central. Kelli était devant elle, parlant gentiment à un des chevaux en lui caressant les naseaux.

Ginny marqua une pause près d'elle.

— Habituellement, tu as terminé à cette heure de la journée.

Kelli leva les yeux.

— Hé. Oui, mon grand-père a appelé tout à l'heure, et je me suis retrouvée à lui parler pendant plus d'une heure. Je me suis dit que je devais rattraper le temps perdu maintenant, surtout que Luke était sorti pêcher avec Tucker.

— Ça me fait toujours halluciner que tu aies un grand-père, dit Ginny en hochant la tête. Et c'est un bon grand-père, en plus. J'approuve.

Kelli ricana.

— C'est bien pour papy Timothy, parce que si tu n'approuvais pas, je suis presque sûre qu'il aurait des empreintes de bottes sur le derrière en ce moment.

— Tu as bien raison, dit Ginny, levant la main et attendant que Kelli lui en tape cinq. Toi et Luke, vous allez danser vendredi ?

Kelli hocha la tête.

— Tansy sera là aussi. Rose risque d'être occupée avec leur petite sœur. L'emmener à Calgary pour un essai de prothèse ou un truc du genre.

— Nous devrions suggérer à Dustin de l'y conduire, dit Ginny innocemment. Tu sais, pour que Rose puisse venir danser.

Sa belle-sœur eut l'air confuse un instant.

— Pourquoi est-ce que Dustin voudrait y conduire Fern ?

Enfin, je sais qu'ils sont amis, mais il est occupé à traîner... Oh. Je vois ce que tu as en tête, dit-elle, les yeux brillants. Si Dustin conduit, c'est presque sûr que Shim l'accompagnera, c'est ce que tu penses ?

Ginny cligna innocemment des yeux.

— Dieu me garde d'interférer dans l'emploi du temps de quelqu'un, mais c'est peut-être une option.

Elles se regardèrent un instant puis éclatèrent de rire.

— Tu sais quoi, je le suggérerai, avança Kelli.

— Nous laisserons Tansy et Rose décider si elles veulent se mêler de la vie amoureuse de leur petite sœur.

Ginny passa en roulant des hanches et laissa Kelli à ses tâches, ralentissant alors qu'elle entrait dans la plus ancienne section de l'écurie.

Elle avait des souvenirs attachés à chaque centimètre de cet endroit. Le bois usé, les crochets sur les murs. Les odeurs, les sons, et la poussière qui dansait dans la lumière au-dessus d'elle. Tout ça lui était aussi familier que sa respiration.

Perdue dans sa rêverie, Ginny prit un tournant trop vite et percuta un des ouvriers du ranch.

— Putain, désolée. Je ne regardais pas où j'allais, admit-elle, reconnaissante qu'il ait réagi assez rapidement pour la rattraper avant qu'ils ne finissent tous deux par terre.

L'homme était grand et solide, avec une barbe brune nettement taillée, mais quand il la retint un peu plus longtemps que nécessaire, Ginny recula, balançant énergiquement un bras pour écarter sa main.

— Inutile d'être agressive.

Il la regarda de haut en bas, s'attardant trop longtemps sur sa poitrine pour être poli.

Les hommes fixaient ses seins depuis que Ginny avait commencé à s'épanouir à l'âge de treize ans. Il n'était pas le premier homme à essayer d'engager la conversation avec sa poitrine et il ne serait probablement pas le dernier.

Mais elle n'avait pas à apprécier ça.

— Hé, dit-elle en frappant des mains puis en pointant le doigt vers le haut. Mon visage est par ici.

— Je n'admire pas ton visage, chérie, dit-il d'une voix traînante avec bien trop d'assurance.

Et quand il prit bien son temps avant de vraiment lever le regard, Ginny était presque sûre qu'elle avait des éclairs qui lui sortaient des yeux.

— Comment tu t'appelles ?

— Jim Allen, répondit-il en se rapprochant d'un petit pas, la dominant de sa taille alors qu'il glissait encore une fois son regard sur son corps. Et j'ai entendu dire que tu étais une meuf fraîche et enivrante.

— Charmant. Est-ce que tu as aussi entendu dire que je suis un de tes patrons ? demanda-t-elle en reculant, parce que, autant qu'elle veuille se faire comprendre, elle n'était pas assez stupide pour penser à défier physiquement ce fumier. Surveille tes manières. Je suis désolée de t'avoir bousculé. Maintenant, retourne travailler.

Il leva une main et inclina son chapeau avec impertinence.

— Oui, m'dame.

Elle garda un œil sur lui alors qu'il se retournait et s'en allait, sortait et se dirigeait vers les dortoirs.

Eh bien, putain.

Ça n'arrivait pas souvent. Pas à Silver Stone, où une des premières discussions avec les nouveaux employés concernait les femmes travaillant au ranch. Kelli avait été une ouvrière en cheffe pendant des années, et avant que Ginny ne parte, même si elle ne travaillait pas dans les écuries, elle avait été assez souvent présente pour qu'Ashton et ses frères se soient assurés que rien ne deviendrait dangereux.

Ginny connaissait les règles. C'était un ranch, et avec des animaux qui agissaient comme... eh bien, des animaux, les blagues sexuelles étaient inévitables. Mais on leur avait dit, à

Dare et elle, dès le début qu'elles devaient signaler tout ouvrier qui dépassait les bornes acceptables de la taquinerie.

Zut, zut *et zut*. Parce que la personne à qui elle devrait signaler ça maintenant était probablement Tucker.

Elle y repensa rapidement. Jim n'avait pas vraiment dit quoi que ce soit de terrible, n'est-ce pas ? Est-ce qu'elle réagissait de façon excessive ? Il y avait eu plein de fois où elle avait été en public et où elle avait admiré un bel homme. Était-ce mal pour Jim de la mater quand elle savait qu'elle était habillée de manière à ce que les hommes la regardent ? Peut-être qu'elle avait fait quelque chose pour l'encourager...

... et rien que le fait d'en débattre mentalement signifiait que la réponse était qu'elle devait parler à Tucker. Mais putain, ce n'était pas une conversation qu'elle avait envie d'avoir.

La porte s'ouvrit derrière elle, et elle releva brusquement la tête, inquiète qu'il soit revenu.

C'était Tucker avec un sac de sport taille XXL dans une main, qui affichait une expression ravie.

— Hé. Désolé, ça m'a pris un peu plus longtemps que prévu.

— C'est bon, avança-t-elle joyeusement. Quel est le grand secret ?

Il inclina la tête vers le fenil.

— Monte. J'ai quelque chose à te montrer.

Elle rit, mais garda tout commentaire salace pour elle. Elle décida aussi qu'elle allait lui parler de Jim, mais commençons par le commencement.

Ils étaient dans la plus ancienne section de l'écurie désormais, solide comme le roc, avec seulement quelques fenêtres dans le mur ouest. Elle suivit Tucker, admirant ses larges épaules alors qu'il la menait vers un endroit où quelqu'un avait à l'évidence fait en sorte de créer un système parfait de sièges avec les ballots.

Elle entra dans la chouette petite cachette, un grand banc

confortable à dossier faisait face à la fenêtre, et il y avait un repose-pieds à l'avant. Quand Tucker chercha dans son sac marin et en sortit des coussins pour qu'ils s'assoient dessus et en mettent derrière eux, Ginny sourit.

— C'est confortable.

— C'est le quartier général de l'opération « Prouve-le », lui dit-il sérieusement.

— Tu plaisantes.

Elle ignora les coussins et bondit pour passer les bras autour du cou de Tucker, le serrant fort et appréciant la sensation lorsqu'il la serra fort aussi.

Ils se tinrent ainsi pendant quelques instants, se serrant simplement dans leurs bras. Ginny inspira profondément et sentit qu'elle synchronisait son souffle avec le sien. Leurs poitrines se soulevaient avec aisance alors qu'ils trouvaient un rythme.

Il passa les doigts sous son menton et leva son visage vers le sien.

— Tu m'as manqué.

Puis il l'embrassa. Gentiment et doucement. Tendrement même, ce qui après leur étreinte lui procurait cent sensations merveilleuses.

— Tu m'as manqué aussi, avoua-t-elle.

Puis au lieu d'intensifier les choses, il fit un geste vers les coussins.

— Nous avons des rapports à faire.

L'APRÈS-MIDI PASSÉ avec Luke n'avait fait que confirmer la décision de Tucker. Ça n'avait pas d'importance qu'il soit très occupé, à la fin de la journée, il voulait rentrer auprès de Ginny, et il se moquait de qui le savait.

Non, correction. Il voulait sérieusement que *tout le monde* sache que c'était lui qui rentrait auprès de cette femme.

Mais c'était plus que ça. Il l'avait vue, il avait vraiment vu la manière dont elle intervenait et faisait les choses, souvent sans que personne ne le remarque. Ginny était toujours là pour sa famille. Faisant toujours ce qu'elle pensait être bon pour eux.

Faire ce qui était bon pour elle ? Ces moments-là semblaient ne pas être légion. Elle savait comment se lancer à la poursuite de ce qu'elle voulait – le séduire, par exemple. Partir pour le programme d'apprentissage.

Mais elle n'avait insisté sur la discrétion de leur relation que pour rendre sa vie *à lui* plus facile. Eh bien, au diable tout ça.

Il ne voulait pas la facilité. C'était elle qu'il voulait.

Il voulait que Ginny sache qu'elle était sans doute la chose la plus importante de sa vie. C'était un peu difficile à faire alors qu'ils vivaient dans deux endroits différents et qu'ils pouvaient à peine se parler, à part par téléphone. Rien à faire.

— Tu as le regard sombre, le taquina Ginny.

Mince. Il se repositionna sur son coussin et releva les pieds, installé délibérément ainsi pour pouvoir la regarder en face.

— J'espère que tu sais que je n'ai pas l'intention de rester aussi occupé.

— Certains moments de l'année demandent plus d'énergie que d'autres, rétorqua-t-elle. Et tu veux faire du bon travail, alors t'y plonger à cinq cents pour cent est une évidence, te connaissant.

— Ça ne change pas le fait que Luke m'a enguirlandé aujourd'hui. Avec raison, ajouta-t-il rapidement comme Ginny prenait l'air indigné. C'était agréable de passer du temps avec lui. Et j'ai besoin de ce moment avec toi.

Elle remonta les genoux devant elle et passa les bras autour, souriant doucement.

— Ça me manque de pouvoir te parler en personne. Le téléphone et les textos, ça ne va qu'un temps, puis j'ai envie d'un vrai corps dans la pièce avec moi.

Il écarta les mains.

— Un vrai corps, juste ici.

Ginny grimaça terriblement.

— D'accord, avant que nous commencions, je dois te dire quelque chose. C'est juste pour te prévenir, mais je ne veux pas que ça m'échappe et que ce soit oublié.

Elle lui fit un bref résumé de son accrochage avec Jim.

Il étouffa son premier réflexe, qui était d'aller trouver immédiatement ce fumier et de lui apprendre les bonnes manières.

— Je vais parler à Ashton. Nous allons nous assurer que ça n'arrive plus.

Elle hocha rapidement la tête.

— Merci, et merci de ne pas en faire toute une histoire. Je veux me concentrer sur nous. Alors dis-moi, qu'y a-t-il sur ton rapport ?

Tucker la regarda fixement un instant.

— Je n'en ai pas encore terminé avec ce sujet, chérie. Je ne vais pas en faire une histoire, mais nous ferons ce qui doit être fait, compris ?

Ginny plissa le nez.

— Je sais. Seulement... je ne pense pas avoir fait quoi ce soit de mal, mais je ne veux pas attirer plus d'ennuis à Jim qu'il ne le mérite, dit-elle en plissant les yeux. N'essaie pas d'aller le tabasser dans un rituel de gros bras, compris ?

— Un rituel de gros bras ?

— Des poings. Des jurons. Du sang et des bleus, expliqua-t-elle, son regard se durcissant. Toi et Luke aviez l'habitude de faire ça tout le temps, et je déteste ça.

— C'est parfois inévitable.

— Ce n'est pas pour ça que ça me plaît. Et « inévitable » signifie « coincé dans le passé », où rien ne change jusqu'à ce que quelque chose change, déclara Ginny en inspirant brusquement. Ne t'attends pas à ce que j'approuve.

— Tu veux me faire une arme à base de plantes ? demanda-t-il, essayant de détendre l'atmosphère.

Ginny pencha la tête et lui lança un regard mauvais très convaincant.

— Tu n'es pas drôle.

— Je suis hilarant, insista-t-il alors même qu'il inspirait profondément et changeait de sujet, même si l'incident avec Jim était écarté, pas oublié. Je veux commencer par un succès, dit-il, les ramenant sur un territoire plus sûr. Sache qu'Ashton pense maintenant que je suis un demi-dieu quand il s'agit de réparation mécanique.

Elle se pencha en avant avec impatience.

— Quoi ? Est-ce que tu as réparé quelque chose qu'il ne pouvait pas ?

— Bien sûr, même s'il s'en est fallu de peu, dit Tucker laconiquement. J'ai cherché le problème sur Google quand il est allé aux toilettes, alors quand il est revenu, j'ai instantanément arrangé les fils qu'il avait emmêlés.

Elle poussa un cri, le son résonnant à travers le fenil alors qu'elle plaquait une main contre sa bouche.

— Oups. Désolée, notre quartier général a une acoustique très performante.

L'amusement le gagna.

— Et toi ? Quelque chose que tu as réussi ?

Elle eut l'air pensive pendant un instant.

— Il est encore trop tôt pour planter quoi que ce soit, même si j'ai bien passé la commande pour toutes les herbes et les pots dont j'aurai besoin. En dehors de ça, j'ai été plutôt relax. Cherchant un peu cet étrange cadeau mystérieux que mes parents m'ont laissé. Sans succès, j'ai le regret de le dire.

— Apporte-le à une de nos réunions, et nous pourrons l'examiner ensemble, promit-il.

— Ça serait bien, répondit Ginny en haussant les épaules. Je traîne avec mes nièces et je vais voir mes copines. Je passe du temps à apprendre à mieux connaître Tamara. Rien d'important, vraiment.

Elle ne le voyait tout simplement pas, et il se sentait fatigué de l'écouter minimiser sa propre valeur. Tucker croisa les bras sur son torse.

— Tu connais mes parents ?

Ginny s'immobilisa.

— Pas vraiment. Je ne les ai jamais rencontrés, même si j'ai un peu entendu parler d'eux au cours des années. Mais jamais de ta bouche. Ce n'était pas vraiment une chose dont nous discutions quand nous étions ensemble ces dernières années.

Elle toussa.

Il se concentra sur l'argument qu'il voulait faire valoir.

— Tu ne les apprécierais pas, dit-il avec assurance. En une demi-heure, tu traiterais mon père de rabat-joie et demanderais à ma mère s'il lui arrivait de sourire. Tu aurais raison sur la première remarque, et la réponse à la question est non.

— Eh bien, c'est affreux, déclara Ginny en lui lançant une moue de compassion. Je suis désolée. Je savais que tu venais passer les étés avec nous, mais je pensais que c'était parce qu'Ashton voulait que tu sois là... avec raison. Parce que tu es génial.

— Mes parents ne sont pas des gens qui aiment les enfants, et j'étais un désagrément.

Elle jura doucement.

— Bande d'abrutis.

Il renifla moqueusement.

— Ils n'étaient pas faits pour être parents, résuma-t-il en se penchant en avant, posant les coudes sur ses genoux. Je te dis ça parce que tu dois comprendre quelque chose. Tout le temps que tu passes avec tes nièces ? Les moments que tu partages avec Tamara ? Ce sont des choses importantes, alors tu dois arrêter de te rabaisser et te rendre compte de ta valeur.

Ginny le regarda fixement.

La colère et la frustration le saisirent brusquement, et il passa une main dans ses cheveux.

— Eh bien, putain. Ce n'est pas la conversation que je voulais avoir, mais puisque nous en sommes là, je pourrais aussi bien avancer péniblement. Oui. Ce que tu fais n'est pas toujours grandiose et flamboyant, mais c'est apprécié. À l'évidence, plus que tu ne le sais. Tu as très grand cœur, et je pense que tu es merveilleuse, Ginny. Il serait temps que toi aussi tu commences à penser que tu es merveilleuse.

Les lèvres de Ginny tressaillirent, et pendant un instant il crut qu'elle allait pleurer.

Puis le plus magnifique des sourires apparut sur son visage. Elle rampa sur les ballots de paille, comblant la distance entre eux, enfourcha ses jambes et lui passa les bras autour du cou, le serrant fort.

— Je t'apprécie, Tucker Stewart, chuchota-t-elle.

Au diable tout ça.

— Je sais.

Elle se mit à rire, recula et pressa les deux mains contre le visage de Tucker.

— Tu as raison. J'ai fait beaucoup de choses importantes cette semaine, principalement passer du temps avec ma famille. Ce que j'ai apprécié le moins, ça a été de ne pas avoir pu passer du temps avec *toi*.

— Nous sommes sur le point de changer ça, dit-il, parce que c'est ce que j'ai le moins apprécié aussi.

La méfiance se lut sur le visage de Ginny.

— Tucker.

Il lui tint étroitement les hanches.

— *Ginny*.

— Tu es encore à l'étape initiale du plus grand changement de carrière de ta vie.

— Et c'est quelque chose que je n'ai envie de faire que dans la mesure où je le fais avec toi.

L'aveu était sorti beaucoup plus rapidement que prévu, mais il était vrai.

— S'il y a des complications, je leur ferai face, continua-t-il. Mais jusqu'ici, il n'y a rien eu en dehors des habituelles petites plaintes de quelques hommes sur le fait d'avoir un autre superviseur dans leur vie. Ashton est toujours là, Caleb est solide comme le roc. Je ne pense pas que nous ayons besoin de nous inquiéter autant que nous le pensions.

— Qu'est-ce que tu dis ? demanda-t-elle en passant distraitement les doigts autour de son oreille, replaçant ses cheveux en arrière.

— Je dis que nous sortons ensemble, Ginny Stone. Officiellement.

Il lui attrapa les doigts, parce qu'elle le rendait dingue, et il les porta à sa bouche, embrassant ses jointures.

— Ce que j'aimerais faire, c'est de sauter environ cinq étapes et d'emménager dans le cottage avec toi, mais je pense que cela provoquerait un lancer de pelles dans ma direction.

Elle éclata de rire.

— Si nous sortons ensemble, tu viendras dans ma maison.

— Oui.

— Et tu y passeras la nuit, parfois.

— Oui.

Elle baissa les cils et en battit d'un air provocateur.

— Tu m'emmènes danser vendredi ?

Il passa son nez contre le sien.

— Absolument. Ça te va si nous en faisons notre premier rendez-vous officiel ?

— Bien sûr. Quand as-tu l'intention de dire à Luke que même si nous commençons à sortir ensemble, ce n'est pas le début de notre histoire ? demanda-t-elle en faisant un peu la grimace. Parce que je ne mentirai pas là-dessus. Et même si ce ne sont pas vraiment leurs affaires, cela fait partie de notre relation.

— Tu as raison. Je vais assurément parler à Luke. Bientôt.

Elle se rapprocha.

— Bien. Je vais te laisser t'occuper de ça. Et fais-moi confiance. Je n'ai pas l'intention d'annoncer subitement à qui veut l'entendre que nous couchons ensemble depuis les neuf dernières années.

— Seigneur, cela fait aussi longtemps ?

Elle sourit d'un air narquois.

— Mais connaissant cette ville, à un certain moment, l'information sortira.

— Ça me convient, dit-il, toujours un peu sous le choc que cela dure depuis aussi longtemps. Est-ce que ça compte vraiment comme neuf ans alors que tu étais partie pendant trois d'entre elles ?

— C'est un peu plus facile de dire neuf ans que de dire « neuf ans moins les trois où Ginny avait quitté le pays », tu n'es pas d'accord ?

Elle lui adressa un autre sourire narquois.

— Nous n'avons pas toujours à prendre la voie de la facilité, lui rappela-t-il.

Elle devint sérieuse pendant un instant.

— J'espère que ça fonctionnera. Je veux que ça fonctionne, admit-elle, mais si tu as besoin que nous fassions une pause, si tu as besoin que nous fassions quelque chose de différent, dis-le-moi.

Il lui attrapa le menton, et ses doigts la secouèrent doucement.

— Arrête d'essayer d'arranger les choses pour tout le monde. Ça ira. Toi et moi, nous y verrons plus clair au fur et à mesure. Ensemble.

Elle inspira profondément et hocha fermement la tête.

— Ensemble.

16

———

L a sensation de chaleur en elle ne faiblissait pas. Ginny avait l'impression d'être une adolescente qui se préparait pour un rencard. C'était pitoyable, vraiment.

Avant de pouvoir s'en empêcher, elle envoya un texto à sa sœur.

GINNY : *S'il te plaît moque-toi de moi et dis-moi de me calmer.*

Dare : *LOL. Qu'est-ce qui te défrise comme ça ? Attends... C'est ce soir, n'est-ce pas ?*

Ginny : *J'ai changé quatre fois de tenue. Et tu sais bien que c'est vraiment ridicule étant donné que ma garde-robe consiste en des jeans, des jeans et encore d'autres jeans.*

Dare : *Oh, ma puce. Nous savons toutes les deux qu'il y a je ne sais combien de sortes différentes de jeans. J'espère que tu as choisi le sexy qui rend ton popotin génial.*

Ginny : *Mon popotin a l'air génial dans tous mes jeans.*

Dare : *Voilà ma Ginny ! Bien sûr que oui. Tu vas t'amuser ce soir, et tu n'as pas à t'inquiéter. C'est de Tucker que nous parlons. C'est un gars incroyable. Je suis contente que vous sortiez de l'ombre, pour ainsi dire.*

Ginny : Génial. Maintenant j'ai cette image de lui sous l'apparence d'une araignée géante.

Dare : LOL. Je voulais juste dire que les rendez-vous sexy secrets, c'était plutôt spectaculaire, mais que ça, ça a un potentiel sur le long terme. Ça me rend heureuse.

C'ÉTAIT la partie qui fichait les jetons à Ginny. Le long terme. Elle en avait envie – elle en était sûre. Mais était-elle assez bien pour lui ?

GINNY : *C'est un gars génial, et je suis vraiment heureuse d'essayer de passer à la prochaine étape. J'espère que ça fonctionnera.*

Dare : Ça fonctionnera. Si tu as besoin de moi pour quoi que ce soit, appelle-moi. Je ferai déferler mon indignation fraternelle sur tous ceux qui en auront besoin. Maintenant vas-y. Profite de ta soirée.

Ginny : <3

ELLE RANGEA son téléphone et se tourna encore une fois vers le miroir. Son jean était récent, le bleu foncé contrastait avec la chemise bleu pastel qu'elle avait mise par-dessus un débardeur crème. Elle avait laissé ses cheveux détachés, ce qu'elle regretterait probablement après la troisième ou la quatrième danse.

Ginny attrapa un élastique et le fourra dans sa poche pour l'inévitable moment où elle retournerait à sa queue-de-cheval.

Une dernière vérification. La faible couche de cosmétiques, y compris un baume à lèvres qu'elle avait fabriqué, suffisait à lui donner l'air lumineuse et heureuse, tout en restant discret. Elle était belle, alors ce n'était pas son apparence qui l'inquiétait et qui faisait battre son cœur à toute vitesse lorsqu'on frappa un coup à la porte.

Elle l'ouvrit et découvrit Tucker qui se tenait devant elle. Il portait une veste en jean bordée de peau de mouton et ses cheveux bruns étaient légèrement ébouriffés, comme toujours. Rasé de près, sans la moindre trace d'un début de barbe.

Son visage était une pure perfection grâce à l'expression d'admiration dans ses yeux.

— Putain, tu es magnifique.

Elle rit, attrapa son manteau et l'enfila rapidement.

— Merci. Je suis contente que tes goûts aillent au sobre et décontracté.

Il entra et referma la porte derrière lui, gardant la chaleur à l'intérieur alors qu'elle enfilait ses bottes.

— Mes goûts vont aux belles femmes qui portent des vêtements qui leur font briller les yeux, corrigea-t-il en l'attrapant par la main et en l'attirant vers lui. Tu viens danser avec moi ?

— C'est le plan, le taquina-t-elle.

Il se pencha vers elle.

— Je dois te voler un baiser avant que nous partions.

Elle passa les mains sur son torse puis sur ses épaules, se rapprochant jusqu'à ce que leurs poitrines se touchent.

— Est-ce un vol si je te le donne librement ?

Il répondit de la meilleure des manières possibles. Il glissa les mains sur ses fesses, et sa bouche entra en contact avec la sienne d'une manière qui faisait battre le cœur de Ginny et illuminait toutes les attentes possibles.

Il serra doucement ses fesses avant de la lâcher et de reculer, lui attrapa de nouveau la main et l'attira vers la porte.

— Viens. J'ai entendu dire que Ryan avait quelque chose de nouveau ce soir au Rough Cut.

C'était vraiment incroyable qu'il l'aide à monter sur le siège passager de sa camionnette, qu'il lui lance un coup d'œil désapprobateur lorsqu'elle fut sur le point de boucler sa ceinture.

— Bouge, ordonna-t-il.

Puis il l'aida à se glisser sur le siège du milieu.

Oui, Ginny l'adolescente aurait totalement approuvé de pouvoir s'asseoir à côté de lui, de sentir leurs cuisses se toucher, et d'avoir le bras de Tucker autour de ses épaules alors qu'ils se rendaient en ville pour aller danser.

— Merci d'avoir réalisé un de mes rêves d'adolescente, dit-elle impulsivement.

Tucker émit un petit rire.

— Je suis content de n'avoir eu aucune idée que tu craquais pour moi à cette époque-là. Ça m'aurait fait flipper.

— Tu aurais dû entendre ma mère ! dit Ginny. Elle n'a jamais vraiment dit que j'étais trop jeune pour toi à ce moment-là. Pas avec ces mots en particulier, mais elle m'a assurément dit que je devais attendre.

Ils roulaient sur la nationale, quelques autres véhicules se dirigeaient aussi en ville. Les feux arrière rouges devant eux apparaissaient et disparaissaient par intervalles alors que la route s'élevait et redescendait.

— Ta mère était géniale, dit Tucker doucement. J'espère qu'elle aurait approuvé, pour nous.

— Je suis presque sûre que ç'aurait été le cas. Mais pas quand j'étais encore une gamine, répondit-elle en se tournant vers lui pour examiner son visage alors qu'il se concentrait sur la route. Une des choses cool à propos de ma mère, c'était qu'elle ne te donnait pas plus que tu n'en avais besoin à un instant T. Mais elle était assez claire sur ce qu'elle pensait être important.

— Est-ce que tu as lu son journal ?

— Un peu, avoua-t-elle. Parfois, ça me semble surréaliste. Comme si à tout instant elle allait passer la porte et me gronder d'avoir fouiné.

Cela soutira un vrai rire à Tucker.

— Je peux l'imaginer.

Ginny y réfléchit puis se dit que Tucker était la seule personne à qui elle pouvait faire absolument confiance là-dessus.

— J'ouvre le journal au hasard et je lis des morceaux çà et là. J'ai essayé de comprendre pourquoi, et ça m'a soudain frappé que, si je commençais par le début et que j'allais jusqu'au bout, à un certain moment j'aurais terminé.

Il lui attrapa les doigts, les entrelaça aux siens et les serra doucement.

— Tu ne veux pas que ça se finisse.

Elle posa la tête sur son épaule.

— Je suppose que non.

Ils restèrent silencieux pendant le reste du trajet, et encore une fois Ginny bénit le ciel que ce soit avec Tucker et pas avec un autre gars qu'elle aille à un premier rencard. Ce n'était pas un silence gênant, mais un instant de partage pour quelque chose de précieux et d'intime.

Quand il se gara sur le parking derrière le bar, Tucker marqua une pause, se tourna vers elle et lui déposa un baiser sur le front.

— Ta mère fera toujours partie de ton monde. Je te le promets.

Ce qui était exactement ce qu'elle avait besoin d'entendre.

— Merci, dit-elle sincèrement.

Il hocha la tête.

Ginny inspira profondément.

— Prêt pour ça ?

— J'étais prêt dès ma naissance, dit Tucker d'une voix traînante.

Si bien que Ginny riait lorsqu'il l'aida à sortir par la portière côté conducteur avec lui, puis elle posa les doigts dans le creux de son bras pour qu'il la guide sur le parking, pour monter les marches et entrer dans le bar.

Elle était venue là une semaine avant avec ses amies, pourtant alors qu'ils se dirigeaient dans leur coin avec la musique montant autour d'eux, Ginny se retrouva en proie à un étrange mélange d'appréhension et de curiosité.

Comment est-ce que ses amies allaient gérer le changement de relation qui était sur le point de se passer ?

Seule Rose était dans leur coin habituel. Elle sourit lorsque Ginny et Tucker la rejoignirent.

— Tu es venue, dit Ginny. Je croyais que tu avais un rendez-vous avec ta sœur ?

— Le rendez-vous de Fern a été avancé, nous y sommes allées hier, alors nous sommes toutes bonnes pour le service.

Le regard de Rose se baissa et elle écarquilla les yeux pendant une fraction de seconde lorsque Tucker passa le bras autour de la taille de Ginny. Son regard remonta brusquement vers celle-ci, et un lent sourire incurva ses lèvres, mais elle enchaîna typiquement à la Rose, sans faire de commentaire.

— Tansy est sur la piste de danse, à regretter ses choix de vie parce qu'elle a trouvé quelqu'un avec trois pieds gauches. Kelli et Luke sont en train de danser, et Fern est là-bas avec le reste de sa bande, faisant de l'œil à ton plus jeune frère et son copain.

Ginny regarda l'endroit que Rose avait pointé du doigt.

— Fern connaît Charity ?

Rose roula pratiquement des yeux.

— Fern connaît *tout le monde*, et sait *tout*. En tout cas d'après mamie Sonora. Mamie pense aussi que Fern a besoin d'être prudente avec ce dangereux puits de connaissances, parce qu'à un certain moment, ça va lui attirer des problèmes.

— Fern ne semble pas du genre à aller fouiner là où elle ne le devrait pas, dit Tucker prudemment.

Rose agita la main.

— Ce n'est pas ça. Je pense qu'elle est ouvertement furtive. Elle arrive au milieu d'une conversation et reste là, et pour une curieuse raison, les gens continuent à parler. Ajoute à cela que cette fille n'oublie rien, et elle pourrait avoir pratiquement de quoi faire chanter n'importe qui dans cette ville.

Tucker se tourna vers Ginny.

— Tu veux un verre ?

— Un peu plus tard. D'abord, allons danser, ordonna Ginny.

Et c'était bien un ordre, parce qu'elle l'attrapa par la main, lança un clin d'œil à Rose, puis le traîna jusqu'à la piste de danse.

Les bras assurés de Tucker l'entourèrent. Il la fit tourbillonner dans un two-step rapide au cœur de l'action, relevant les lèvres en un tout petit sourire narquois.

— Je suppose que nous allons carrément *les faire halluciner* plutôt que d'y aller doucement.

Ginny lui répondit par un grand sourire, se fiant à lui pour les empêcher de percuter qui que ce soit sur la piste de danse bondée.

— Ma mère disait toujours de ne pas faire les choses à moitié.

— Il me semble avoir entendu ce conseil une ou deux fois de la part de mon oncle, avança Tucker.

Ils dansèrent. Pendant les premiers instants, Ginny fut curieuse du genre de réaction qu'ils provoqueraient. Mais à la vérité, plus ils dansaient et plus elle était dans ses bras, bougeant sur la musique entraînante, plus Tucker baissait les yeux sur elle de cette manière intensément concentrée qui faisait picoter tous ses nerfs, plus tout cela durait, moins Ginny se souciait de voir la réaction de quiconque.

C'était là qu'elle voulait être. Point.

— Ton frère vient de nous remarquer, l'informa Tucker doucement.

Ginny s'en moquait. Ou peut-être que non, parce qu'elle passa les doigts sur la nuque de Tucker de manière un peu plus insistante.

— Si la prochaine chanson est une ballade, je te défie de m'embrasser.

Il esquissa un autre demi-sourire.

— Tu es une femme diabolique, Ginny.

— Oui, mais tu m'apprécies quand même.

Un rire franc échappa à Tucker, et il la fit tournoyer vivement, la renversant sur son bras en lui souriant, ses yeux lançant un *regard de braise, niveau dix.*

— Défi accepté.

Ce n'était assurément pas la réaction à laquelle elle s'était attendue. Elle le taquinait, il répondait, mais dans ce cas, il fit passer toutes ses attentes par la fenêtre.

Tucker la redressa, l'attira fermement contre son corps. La main pressée contre le creux de ses reins, il scella leurs poitrines l'une contre l'autre. Il ramena son autre main sur la nuque de Ginny, entremêlant les doigts dans ses cheveux pour relever son visage et pouvoir se pencher et l'embrasser. Un lent baiser sexy et exigeant qui disait clairement que c'était le genre de soirée qui se terminerait dans une chambre.

Quelque part entre leurs lèvres qui se touchaient et la langue de Tucker qui plongeait entre ses lèvres...

Quelque part entre lui qui acceptait son défi taquin et prenait le contrôle absolu...

Quelque part entre le début et la fin de tout ça, le cerveau de Ginny grilla simplement. Quand il la redressa enfin, et que tous deux se tenaient au milieu de la piste de danse pendant que des clients amusés dansaient autour d'eux, voilà ce qui se produisit.

Ginny Stone tomba amoureuse.

17

———————

Encore une fois, Tucker avait reçu un parfait exemple que fréquenter Ginny ne se passait jamais comme prévu.

La chanson suivante fut heureusement plus lente. Tucker garda Ginny dans ses bras pendant qu'ils se balançaient ensemble. Cela donnerait largement le temps à tout le monde de les regarder bouche bée, de se remettre à parler et de voir les répercussions se répandre de manière nette à travers la pièce.

Il ne fut pas terriblement surpris quand Luke et Kelli se mirent à danser soudain près d'eux. L'expression de son ami était absolument tordante.

Ce qui fut inattendu, ce fut que Luke lui vola Ginny des bras pendant que Kelli prenait sa place.

Tucker regarda Ginny s'éloigner avec réticence.

— Eh bien, zut. C'est une conversation que j'étais censé avoir moi avec Luke, se plaignit-il en tournant son attention vers Kelli. Salut. Tu passes une bonne soirée ?

— Je ne sais pas si je dois te donner un trophée ou te ligoter les pieds et les mains, lui dit Kelli gentiment.

— Allons-y pour le trophée.

Elle se mit à rire.

— J'ai cru que Luke allait pondre un œuf.

— Alors c'était ce que son expression signifiait !

Kelli ricana de nouveau.

— Tu es affreux. Et aussi, je pense que Ginny et toi ferez une super équipe, alors s'il te plaît endure toutes les absurdités qui vont se passer pendant les prochains jours jusqu'à ce que tout se tasse, d'accord ?

Intéressante observation.

— Ginny et moi, nous nous en sortirons très bien, lui assura-t-il. Je suis engagé sur le long terme. Ou en tout cas, c'est ce que nous visons, ce que Ginny n'ignore pas.

Kelli hocha la tête.

— Luke n'est pas contrarié qu'à l'évidence vous…

Ses lèvres tressaillirent alors qu'elle semblait lutter pour trouver le bon mot.

— Nous nous apprécions ? suggéra Tucker.

— Vous connaissiez charnellement semble plus approprié, suggéra Kelli.

Eh bien.

— Je ne m'attendais à un si beau baiser.

Kelli s'éventa avec ses doigts devant son visage.

— Sa-*lut*. Chacune des complices de Ginny a l'intention de t'interroger dès que possible. Juste au cas où tes oreilles siffleraient plus tard ce soir.

Il lui était impossible de retenir son sourire.

— Je l'apprécie vraiment, dit-il plus sérieusement. Je suis content qu'elle vous ait tous de nouveau dans sa vie. Elle a besoin de toi, Kelli. Elle a besoin de toi et de toutes ses amies plus qu'elle ne l'avouerait probablement jamais.

Kelli hocha lentement la tête.

— Oui, c'est vrai. Mais on ne peut pas aider quelqu'un qui ne le demande pas. Tu vois ce que je veux dire ?

Et comment.

— Nous devrons trouver comment être les meilleurs partisans secrets de l'équipe Ginny.

Kelli lui tapota l'épaule et pencha la tête vers le côté de la pièce où se trouvaient leurs affaires.

— Viens. Il est temps de faire face au peloton d'exécution.

Tucker se prépara, ne sachant pas exactement ce qui allait se passer ensuite. Mais Luke opina brièvement du chef puis ramena Kelli sur la piste de danse.

Puis, comme Ginny insistait, Tucker alla danser avec Tansy qui était carrément ravie du baiser. Puis il emmena Rose avant de la passer à Alex.

C'était une soirée normale et ordinaire à danser avec de bons amis. Le seul changement était qu'il avait la plupart du temps à ses côtés une jolie femme qu'il voulait considérer comme sienne.

Un certain nombre d'ouvriers du ranch étaient là. Ginny accepta leurs invitations à danser, revenant à chaque fois vers Tucker avec des informations amusées.

— Certains d'entre eux me cirent les pompes pour se faire bien voir vis-à-vis de toi, dit-elle avec un large sourire, lui volant une longue gorgée de sa bière. Ça te va ? demanda-t-elle en se rapprochant pour ne pas avoir à crier par-dessus la musique.

— D'être ici avec toi, ou que tu danses avec d'autres gars ?

— Les deux.

Il haussa les épaules.

— Tu aimes danser. Du moment qu'ils sont respectueux, je le supporterai ce soir.

Elle cligna des yeux de surprise.

— Ils ont des questions, continua-t-il. Certains d'entre eux vérifient probablement que ce qui se passe te convient. Ils seront plus heureux de l'entendre venant de toi.

Elle passa les bras autour de son biceps et le serra un instant.

— Tu es intelligent. Et tu as raison.

— Je suis intelligent, pourtant j'ai aussi royalement foiré, dit Tucker en voyant Alex approcher et lui faisant signe. Danse avec lui. Je dois parler à ton frère.

Ginny fronça les sourcils.

— J'ai dit à Luke...

— Il ne s'agit pas de nous, lui assura Tucker avant de lui déposer un baiser sur le front et de la faire pivoter vers Alex. Va danser.

Alex haussa un sourcil.

— C'est un incroyable timing.

— Ne sois pas un imbécile, lui dit Tucker.

Ginny ricana.

— Viens, Alex. J'ai des questions pour toi.

Maintenant, c'était Alex qui avait l'air inquiet.

— Tucker, dans quoi est-ce que tu m'embarques ?

— C'est pas moi. C'est juste elle, répondit Tucker d'une voix traînante.

Il les regarda s'éloigner en dansant et il se glissa un peu plus loin sur la droite où Luke et Kelli avaient pris possession d'une table basse. Il prit une chaise à côté de son ami et s'assit près de lui.

Il se carra sur son siège, regardant Ginny alors qu'elle riait avec Alex.

Il était placé suffisamment près pour que sa tête ne soit qu'à quelques centimètres de celle de Luke.

— Merci d'avoir été beaucoup plus intelligent que je ne l'ai été il y a quelques minutes.

Luke étira un bras le long du dossier de la chaise de Tucker et se rapprocha encore.

— Tu es mon meilleur ami, et si nous sortons maintenant, je vais t'arracher la rate par la gorge.

— Tu *essaierais* de m'arracher la rate, le corrigea Tucker. Je suis toujours un meilleur combattant que toi. Mais j'aurais dû te prévenir, et je suis désolé.

— C'est quoi ce bazar ? se plaignit Luke. Tu as de la chance que Kelli ait compris plus vite que moi quel genre de problèmes cela créerait si je piquais une crise en public.

— C'est pour ça que je m'excuse, expliqua Tucker. Putain, c'était censé être une douce transition pour que les gens nous voient, Ginny et moi, comme un couple.

— Bon boulot. Il n'y a pas le moindre doute que vous avez un faible l'un pour l'autre, dit Luke laconiquement. Depuis combien de temps ?

Putain, Tucker ne voulait vraiment pas répondre neuf ans.

— Assez longtemps pour que nous sachions que nous nous plaisons.

Son ami se mit à rire.

— Tu es un vrai baratineur. Réponds à ma fichue question. Quand as-tu commencé quelque chose avec ma sœur ?

Avec réticence, Tucker se mit à lui dire la vérité.

— Tu te souviens de l'année où Ginny a appelé du bar parce que Dare avait décidé d'organiser une veillée pour sa famille et que les choses devenaient incontrôlables ?

Luke se pencha en arrière, son corps affichant son exaspération tandis qu'il secouait la tête.

— Nom d'un chien, mec. Sérieusement ? Il y a aussi longtemps ?

Tucker haussa les épaules.

— Elle m'a dit qu'elle voulait vraiment, et puisque nous étions tous les deux des adultes...

— Ne me donne pas les détails, se plaignit Luke. Parce que je ne veux pas savoir.

Tucker resta silencieux. Il n'y avait pas grand-chose à dire à ce moment-là.

Luke prit une longue gorgée de bière, puis secoua la tête, se rapprochant pour continuer à injurier Tucker.

— Seigneur. Pas une fois au cours des presque dix dernières années tu n'as eu l'impression que tu devrais me le dire ?

— Qu'est-ce que j'étais censé dire ? demanda Tucker sérieusement.

Luke fit la grimace.

— Que dis-tu de « ta sœur me plaît » ?

Ils étaient amis depuis trop longtemps. Instinctivement, Tucker répondit de la manière dont il l'aurait fait à n'importe quelle autre réplique.

— Luke, ta sœur me plaît.

Son ami grimaça. Puis ses lèvres tressaillirent, et ses yeux se révulsèrent. Enfin, il éclata de rire, et sa main frappa l'épaule de Tucker un tantinet plus fort qu'une tape amicale de brave gars.

— Tu es un véritable abruti. Bien. Je suis content que ma sœur te plaise. Bonne chance pour la gérer parce que, même si c'est une des personnes les plus merveilleuses que je connaisse, elle est pénible.

— Merci de ne pas avoir pété un câble et de ne pas avoir rendu les choses plus difficiles pour moi et mon apprentissage.

Luke haussa les épaules et prit une autre gorgée de bière.

— Ce dont tu devrais me remercier, c'est de ne pas aller te tabasser plus tard.

— Tu veux dire que tu ne vas pas *essayer* de me tabasser.

Son ami secoua la tête avec incrédulité.

— Tu ne m'as pas dit que tu couchais avec ma sœur.

Ginny était de retour. S'installant, bien sûr, sur les cuisses de Tucker. Elle foudroya son frère du regard.

— Nom d'un chien. Nous en avons déjà parlé. Laisse Tucker tranquille. Et puis c'est moi qui l'ai convaincu. Cela a pris trois heures avant qu'il ne cède.

Luke cligna des yeux puis lança un regard noir à Tucker.

— Pourquoi est-ce que ça a pris aussi longtemps ? Tu ne pensais pas qu'elle était assez bien pour toi ?

Une grande joie envahit Tucker.

— Maintenant tu veux me tabasser pour *ne pas* avoir couché avec elle assez vite ?

— À quelque chose près, acquiesça Luke.

Ginny eut un large soupir exaspéré.

— *Luke.*

Tucker était vachement amusé.

— Y a-t-il un scénario dans ton cerveau où tu ne me tabasses *pas* ?

Luke y réfléchit un instant.

— Pas que je sache.

Kelli se mit carrément à rire. Elle poussa l'épaule de Luke puis fit un geste vers la piste de danse.

— Viens. Au lieu de menacer de tabasser les gens, nous allons brûler de l'énergie sur la piste de danse, d'accord ?

— Génial.

Ginny se mit debout, tirant Tucker derrière elle. Elle prit Kelli à part :

— Dîner chez moi demain pour nous quatre, d'accord ?

— Nous serons là avec grand plaisir, promit Kelli.

Puis Ginny retourna dans les bras de Tucker et tout se retrouva à sa place dans le monde de ce dernier.

La musique devint lente et douce. Tandis que Ginny se balançait dans ses bras, elle avait l'air pensive.

— J'espère que ça s'est mieux passé que prévu.

— J'ai foiré, admit Tucker. Je sais que ça ne pose pas de problème à Luke que nous soyons ensemble, et il ne parle pas vraiment de sexe. Mais je l'ai pris de court. Nous sommes les meilleurs amis, et jusqu'à maintenant, nous avons partagé les choses importantes dans nos vies. C'est ma faute, et je lui suis reconnaissant d'avoir réagi d'une manière qui n'interfère pas avec ce nouveau boulot. Je suis heureux qu'il soit mon ami.

Elle plissa le nez.

— Je suis désolée. Je n'aurais pas dû te taquiner pour que tu ailles trop vite.

Impossible.

— Déesse, tu me tourneboules le cerveau de manière

incroyable, mais tu n'es pas responsable de mes actes. Je suis un adulte, et si je ne peux pas réfléchir un peu plus avant d'agir, c'est ma faute. Pas la tienne.

Elle hocha la tête.

— D'accord. Je me sens quand même un peu coupable.

— Eh bien, les sentiments sont ce qu'ils sont, mais je te dis que tu dois te souvenir que ce n'est pas ta faute. Et au final, les choses ont bien tourné, dit-il en la faisant tournoyer un peu plus près de lui, savourant la sensation de la chaleur de son corps. Concentrons-nous là-dessus, d'accord ?

Elle tourna la tête et la posa sur l'épaule de Tucker, se balançant avec aisance contre lui.

— D'accord.

La super soirée sur la piste de danse se transforma en une soirée encore meilleure dans le lit de Ginny. Tucker se surprit à siffler quand il franchit la distance entre son cottage et les écuries le lendemain matin.

Bien sûr, s'il avait voulu un exemple de la vitesse à laquelle la machine à rumeurs opérait, il l'aurait eu au centuple. Lorsqu'il prit un mug de café dans le réfectoire, bien plus de sourires que d'habitude étaient dirigés vers lui. Quelques heures plus tard, il prit un tournant dans l'écurie et tomba face à face avec Dustin, qui n'affichait certainement pas un sourire.

— Il faut qu'on parle, dit Dustin d'un ton bourru, regardant Tucker d'un air accusateur.

Tucker rassembla sa patience. Il était presque sûr que le sujet ne concernait pas la liste de ses corvées.

Le jeune homme était le petit frère que Tucker n'avait jamais eu, et même si suffisamment d'années les séparaient pour qu'il ait passé plus de temps à quasiment faire du baby-sitting qu'à avoir avec lui des conversations profondes à cœur ouvert avec Dustin, il savait également ce que c'était de grandir dans la famille Stone.

Putain, Walter Stone avait été celui qui avait expliqué les

choses de la vie à Tucker, son propre père ne s'intéressant pas du tout à ce genre de questions.

Non… oubliez ça. C'était *Deb Stone* qui s'était lancée dans le premier round d'informations, à la plus grande gêne juvénile de Luke et Tucker. Sa mère de l'été avait discuté de la logistique de l'acte d'une manière simple et directe. Elle leur avait non seulement dit que la plupart des femmes avaient besoin de stimulation clitoridienne pour avoir un orgasme, mais elle leur avait aussi dit de regarder du porno adapté aux femmes s'ils avaient besoin de tuyaux.

Seigneur, Tucker pouvait encore entendre sa voix, et ses joues s'échauffèrent à ce souvenir.

Le sexe avec la bonne personne est amusant, mais il est accompagné de beaucoup de responsabilités. Si vous vous amusez tous les deux, alors vous vous y prenez bien. Si vous ne trouvez pas comment vous assurer qu'elle est heureuse la première, contentez-vous d'utiliser votre main.

Walter avait enchaîné, clairement amusé comme tout de leurs visages rouge pivoine. Il leur avait donné à chacun une boîte de préservatifs et l'ordre strict de ne jamais s'en passer.

Dustin aurait été trop jeune pour que ses parents lui expliquent eux-mêmes, mais la génération suivante ? Caleb avait une perception saine du bien et du mal quand il s'agissait de sexe. Ni Luke ni Walker n'avaient été des coureurs de jupons, mais ils n'avaient pas été méprisants envers les femmes qui appréciaient de voir les hommes de la compétition. Tamara ne semblait pas être du genre fleur fragile quand il s'agissait de vérités et de faits stricts.

Il serait franc. Tucker se dit que s'il se considérait comme un substitut de Luke en cet instant, les choses se passeraient bien.

— Je n'arrive pas à croire que tu n'aies jamais rien dit alors que, pendant toutes ces années, Ginny et toi vous vous voyiez, déclara Dustin, son froncement de sourcils s'accentuant. Je n'arrive pas à croire que tu pensais que c'était une bonne idée de coucher avec elle.

— Pourquoi ?

Dustin marqua une pause.

— Pourquoi quoi ?

— Pourquoi ce n'était pas une bonne idée ? Nous sommes adultes. Nous avons passé du temps ensemble d'une manière qui nous rendait tous les deux heureux, mais suffisamment privée pour qu'elle n'ait pas besoin d'être connue de tous.

Si un homme avait un jour semblé mal à l'aise avec un sujet de conversation... le pauvre Dustin tressaillit pratiquement.

— Mais tu n'aurais pas dû coucher avec elle à moins que ça représente quelque chose.

— Maintenant tu t'enfonces, répondit Tucker en lançant au jeune homme son regard noir le plus sec possible. Tu me dis que personne ne devrait jamais coucher avec personne à moins que cela soit une relation sérieuse et sur le long terme comme un mariage ?

Dustin était plus indigné que gêné.

— Ne sois pas ridicule.

— Est-ce que tu dis que ta *sœur* n'a pas le droit de prendre des décisions responsables d'adulte quant à savoir si elle devrait coucher avec quelqu'un qui se soucie suffisamment d'elle pour s'assurer qu'elle s'amuse et reste en sécurité ? Est-ce que tu penses qu'elle ne devrait coucher avec personne, point barre ?

Tucker marqua une pause mais n'abandonna pas, parce que c'était un argument qui allait au-delà du sexe.

— J'espère vraiment que tu pourras remettre ton cerveau à l'endroit là-dessus, parce que Ginny et ses amies doivent faire des choix qui sont bien pour elles. Songer à mouler leur comportement sur une idée démodée selon laquelle « les hommes peuvent apprécier le sexe, mais les femmes qui font la même chose sont des putains » te donne simplement une mauvaise image.

Dustin avait l'air d'hésiter entre disparaître dans un trou et frapper Tucker au visage. Ou les deux en même temps.

Avant que le gamin ne puisse se décider, Tucker haussa les épaules.

— Et aussi, *je* ne faisais pas que coucher avec elle. Cela représentait incontestablement quelque chose, continua-t-il avant de marquer une pause. Mais si rien de permanent n'en ressort, nous n'aurons toujours rien fait de mal. Compris ?

— Arrête d'être tout raisonnable. Tu me fais bouillir, se plaignit Dustin.

— Désolé d'être la voix de la raison, mais c'est important. À la fois dans la manière dont tu traites Ginny et dans celle dont tu gères ça sur le long terme.

— Je ne vais pas l'insulter, insista Dustin.

— Non, tu es assez malin pour savoir qu'elle te ferait rentrer les noix dans la rate d'un coup de pied si tu le faisais. Mais il ne s'agit pas de Ginny. C'est super que tu saches qu'il vaut mieux ne pas insulter ta sœur, déclara Tucker en examinant le jeune homme. Tu en sais assez pour ne pas insulter les autres femmes ? Ou mieux encore, es-tu prêt à dire à ceux de tes amis qui sont des abrutis et qui font des commentaires impolis d'arrêter, même si ce n'est pas ta sœur qui est visée ? Parce que quand je verrai ça, je saurai que tu as retenu la leçon.

Dustin soupira, ses épaules s'affaissant pratiquement.

— Tu as raison.

— Bien sûr que oui, dit Tucker laconiquement, cachant un sourire narquois quand la tête du gamin se redressa brusquement pour voir s'il plaisantait.

Puis Tucker leva délibérément le bras et examina sa montre.

— Tu ne devrais pas être quelque part ?

Dustin remarqua l'heure et jura doucement en se redressant brusquement. Mais avant de partir en courant, il marqua une pause et croisa directement le regard de Tucker.

— Tu es pas mal.

— Merci pour cette marque de confiance.

Tucker était sérieux.

Le gamin était déjà parti, probablement doublement effrayé désormais d'être en retard pour le travail.

La vie était vraiment drôle parfois, pensa Tucker. Ginny allait absolument s'éclater en sachant que Dustin était intervenu en sa faveur, même si c'était malavisé.

Tucker retourna à sa liste sans fin de choses à faire.

Encore une fois, en sifflant.

18

Ginny regarda fixement le journal à couverture rigide sur ses cuisses. Elle passa les doigts sur la surface puis l'ouvrit lentement sur une page vierge.

Stylo à la main, elle commença à écrire, parfaitement consciente qu'elle avait choisi un emplacement à environ un tiers du début du livre. Évitant délibérément la page un. De la même manière qu'elle évitait encore de lire les premières pages du journal de sa mère.

Elle écarta tout cela et commença à écrire.

Je sors avec Tucker Stewart.

Même l'écrire me rend toute chose, parce que je repense à tous ces petits mots que j'écrivais à Dare, m'extasiant sur combien il était beau. Fort et musclé – et c'était à l'époque où mon cerveau d'adolescente ne pouvait pas tout à fait comprendre quels amusements tous ces muscles pourraient ajouter à une relation.

Cela fait une semaine que nous sommes officiellement devenus un couple en public, et les choses se sont bien passées. Pas encore de problèmes rapportés par Tucker en termes de remarques impertinentes de la part des hommes. Mes frères se sont tous étrangement bien comportés, et le mystère de la raison à cela a été résolu l'autre jour quand j'ai découvert que la sœur cadette de Tamara, Lisa, avait, dans un passé assez récent, parié que Tucker et moi deviendrions un couple.

Cette femme est flippante. En se basant uniquement sur des histoires qu'elle avait entendues au cours des années, elle avait d'une manière ou d'une autre ajouté deux et deux et gagné cent dollars. Elle est soit très, très intelligente, soit très, très chanceuse.

En tout cas, je ne suis pas complètement sûre de ce que je suis censée écrire dans ce journal. J'ai lu une partie des trucs que maman a écrits, et ce n'était pas le genre de choses quotidiennes qui disent voilà ce qui se passe/voilà ce qui doit être fait. C'était plutôt les moments « ah ah », je suppose.

Alors quelle est ma raison « ah ah ! » d'écrire aujourd'hui ?

J'aime sortir avec Tucker. Il est terriblement sexy, et quand nous avons des relations sexuelles, c'est torride et pourtant spécial. Mais être avec lui a dépassé le cadre du sexe.

Je le surprends à me regarder parfois, et j'ai juste envie de lui demander ce que je peux faire pour le rendre heureux. Je déteste que ses parents n'aient pas été là pour lui quand il était petit. Je déteste peut-être que mes parents soient morts bien trop tôt, mais j'ai pu les avoir pendant des années très importantes. Ses parents ne sont pas morts, mais vu l'impact qu'ils ont sur son monde, ils pourraient aussi bien l'être.

Je suis un fouillis d'émotions.

Peut-être que c'est mon moment « ah ah » d'aujourd'hui, parce que je suis très heureuse de beaucoup de choses, et pourtant tellement confuse sur ce que va être la prochaine étape.

Comment est-ce que tu décidais, maman ? Comment savais-tu que c'était le moment de changer de direction dans la manière dont tu nous guidais ? De nous laisser voler de nos propres ailes ou de nous ramener au nid un peu plus longtemps ?

Comment savais-tu que tu faisais le bon choix ?

ELLE FIXA ENCORE un peu la page, soudain consciente que le feu dans son poêle était mourant. Qu'elle avait encore de la vaisselle du petit déjeuner dans l'évier, et que malgré tout ce qui allait bien dans son monde, elle était au bord des larmes.

C'est quoi ce bazar ?

Ginny se réprimanda fermement.

— Putain, tu es morose. Tu dois mettre du thé énergétique à infuser et te secouer.

Seulement, une tasse de thé plus tard, elle se sentait encore grincheuse, alors Ginny se couvrit bien et se dirigea vers l'écurie, grimpa dans le fenil et se laissa tomber dans le quartier général de l'opération « Prouve-le ».

La lumière du soleil rayonnait à travers la vieille fenêtre, rendant les ballots d'un marron doré et illuminant le petit espace comme une cathédrale.

Elle s'allongea dans la surface exiguë, ne se souciant même pas d'avoir oublié d'emporter une couverture pour protéger. Elle fixa simplement les chevrons au-dessus d'elle et ralentit sa respiration alors qu'elle écoutait le son lointain des voix et des animaux, le cliquetis des seaux à nourriture, les portes qui s'ouvraient et se refermaient, l'occasionnel hennissement ou éclat de rire.

Familier. Paisible.

Un craquement léger sur les planches la ramena en position à demi-assise lorsque Tucker se glissa dans l'espace et s'installa près d'elle. Il posa les mains sur les ballots puis s'assit silencieusement.

Ginny glissa ses doigts sur les siens.

— Hé.

— Hé. Tout va bien ?

Elle haussa les épaules.

— Je me sens troublée.

Il émit un son doux puis la souleva et la posa sur ses genoux alors qu'il appuyait les pieds sur le ballot du milieu et se penchait en arrière.

— C'est normal.

— Vraiment ?

— Déesse, lui dit-il en déposant un baiser sur le dessus de sa tête. Tu as oublié quel jour on est ?

Ginny réfléchit.

— Mercredi ?

Tucker la berça doucement comme s'ils étaient dans une sorte de rocking-chair géant.

— Nous sommes le 10 février.

Oh.

— C'est le jour anniversaire.

L'anniversaire de l'accident. Le jour où tout avait changé.

Ils restèrent silencieux encore un moment. La gorge de Ginny se serra de la manière la plus inopportune.

— Comment se fait-il que ça fasse encore aussi mal ?

— Parce que tu les aimes autant qu'avant, et que tu aimerais qu'ils soient là, dit-il doucement.

Elle n'arrivait pas à retenir ses larmes. Pourtant elle l'aurait voulu, parce que ce n'était pas elle. Comme elle l'avait dit à Tamara, elle *n'était pas* pleurnicharde, elle était forte. Elle pouvait accomplir des choses, elle pouvait aider les autres. Elle pouvait créer une différence.

Mais la seule chose qu'elle ne pouvait pas faire, c'était ramener ses parents.

— Ils me manquent tellement, avoua-t-elle, d'une voix brisée et aiguë.

Tucker l'attira plus près de lui, lui frottant doucement le dos.

— Je sais, bébé. Je sais.

Cela lui prit un moment avant d'épuiser ses larmes. Elle

avait les sinus bouchés et la gorge douloureuse, ce qui la rendit encore plus en colère contre elle-même.

Puis il y avait l'autre problème.

— Je t'empêche de travailler, se plaignit Ginny.

Tucker secoua la tête, la serrant toujours contre lui. Il lui avait fourni des Kleenex pour qu'elle puisse se débarbouiller.

— C'est ce que je fais en ce moment, et c'est important, lui assura-t-il.

Elle rangea les mouchoirs trempés dans sa poche avant de s'essuyer les yeux une dernière fois du dos de la main.

— Comment as-tu su que j'étais là ?

— Mon petit doigt me l'a dit, répondit Tucker d'une voix traînante.

Ginny roula des yeux.

— Sérieusement.

— Kelli t'a vue entrer et l'a mentionné. J'ai pensé que j'allais passer voir si tu cherchais de la compagnie.

Elle grimaça.

— Quelle merveilleuse compagnie. J'ai sangloté sur toi...

— Tu t'es confiée à moi par tes larmes, la corrigea-t-il.

Comme elle allait protester, il leva un doigt et l'agita.

— La vie n'est pas toujours faite de rires et de rayons de soleil, Ginny. Je ne veux pas être avec toi seulement quand c'est facile, tu te souviens ?

C'était un homme très, très bien. Ginny hocha la tête.

— Je me souviens.

Il lança un coup d'œil autour de lui.

— Est-ce que c'est l'heure d'une réunion de l'opération « Prouve-le » ?

Peut-être, mais il y avait une chose pour laquelle elle avait encore plus besoin de son aide.

— Est-ce que tu veux bien venir avec moi sur les tombes de mes parents ?

L'expression de Tucker devint grave. Il hocha la tête.

— J'en serais honoré.

Mais chaque chose en son temps. Ginny passa les bras autour de son cou, le serrant fort. Tout à fait innocemment, intimement, parce que cet homme était rapidement en train de devenir un havre pour son âme.

Ils auraient de la compagnie devant les tombes.

Ginny avait envoyé un message à Caleb pour lui dire ce qu'ils faisaient. Tucker avait fait de même avec Luke. Puis cela lui avait semblé logique d'envoyer un message à Walker et Dustin...

Une heure plus tard, une longue file solennelle avançait doucement à cheval sur le chemin montant le coteau où ses parents avaient été enterrés. Toute sa famille proche était là, sauf Dare. Ashton s'était joint à eux, ainsi que Kelli, et quand le groupe mit pied à terre et s'avança, ce fut un autre de ces moments doux-amers.

Quelqu'un était venu plus tôt, car la neige avait été dégagée des tombes, et des fleurs vives artificielles sortaient des jardinières près des stèles.

Après avoir impulsivement organisé le rassemblement, Ginny se sentait soudain désemparée. Qu'allait-elle faire maintenant ? Qu'allait-elle dire ?

Dustin avait l'air au bord des larmes. Walker regardait au loin, hochant doucement la tête comme s'il tenait une conversation intérieure. Kelli avait passé les bras autour du thorax de Luke, la tête posée contre son torse. Les lèvres de ce dernier étaient pressées l'une contre l'autre, et Ginny se rendit compte que lui aussi luttait pour se contrôler.

Même leur grand frère Caleb – fort, fiable, prêt à faire l'impossible parce que c'était la bonne chose à faire, Caleb –, même lui s'était légèrement détourné des tombes et serrait Tamara comme si elle était le pilier qui le maintenait debout.

Étrangement, Ginny pouvait le faire. Elle était une Stone, et ils étaient forts. Elle était une Stone, et ils faisaient une chose après l'autre. Sa famille avait autant besoin d'elle ce jour-là que lors de toutes ces années auparavant, mais en son for intérieur elle avait l'impression de ne rien avoir à donner.

Alors même qu'elle prenait une profonde inspiration, des doigts forts s'entremêlèrent aux siens. Tucker baissa les yeux vers elle un instant. Puis il regarda le rassemblement et parla de ce ton ferme et clair qu'elle en était venue à tellement aimer, et qui était fort *pour* elle.

— Est-ce que je vous ai déjà parlé de la fois où j'ai fugué de chez moi ?

Toutes les têtes se tournèrent vers eux, la curiosité remplaçant le chagrin et les souvenirs tristes qui avaient été au centre de leur attention.

Tucker passa tranquillement un bras autour des épaules de Ginny, se pencha en arrière et leva légèrement les yeux, et putain, il avait un sourire sur le visage.

— C'était le printemps. À peu près à la période où chaque année je commençais à penser que l'été n'arrivait pas assez vite. J'avais treize ans, ce qui signifie que je savais plein de choses sur les bus et que j'étais assez prétentieux pour envisager de faire de l'auto-stop si je le devais. Parce que, à la vérité, je ne m'enfuyais pas, mais je retournais plutôt à ce que je considérais comme mon vrai foyer. Silver Stone, déclara Tucker en regardant le cercle autour de lui et en croisant le regard de Luke. Entre autres, mon meilleur ami était ici, et ça ne me semblait pas juste de devoir attendre encore trois mois pour le voir.

Ashton hocha la tête, riant doucement comme s'il se souvenait de l'histoire plus vite que Tucker ne la racontait.

— J'étais malin, d'accord. J'ai préparé un sac, acheté un ticket, et fait tout le chemin jusqu'à Black Diamond. Plutôt fier de moi, parce que j'avais changé trois fois de bus et n'avais perdu aucune affaire pendant la journée et demie que ça m'avait prise.

Dustin avait l'air impressionné.

— Que s'est-il passé après que tu as rejoint Black Diamond ?

— J'ai appelé ton père, bien sûr, lui dit Tucker sérieusement. Je m'étais dit que j'avais fait tout ce chemin et qu'il était impossible qu'on me renvoie. Je *méritais* de rester.

Walker émit un petit rire.

— Oh, là là. Ça va mal finir.

— Mon moi de treize ans pensait le contraire, acquiesça Tucker avant de lancer un autre coup d'œil autour de lui, croisant le regard de tous, chacun à leur tour. Votre père est venu me chercher à l'arrêt de bus. En plus, votre mère était avec lui. Walter et Deb m'ont conduit droit dans un restaurant, et nous avons pris un repas ensemble. Le premier depuis que j'avais quitté la maison, parce que je n'avais pas prévu *si bien* que ça.

Ginny était fascinée.

— Je ne me souviens pas que tu sois venu pour une visite estivale extra-longue.

— C'est parce que ce qu'ils ont fait ensuite, ça a été de remettre mes fesses dans un bus. Mais ils ne m'ont pas renvoyé seul. Walter a voyagé avec moi, parce qu'il m'a dit qu'à l'évidence on ne pouvait pas me faire confiance pour prendre des décisions adultes, alors j'ai été traité comme un bébé, comme je le méritais.

— Ouille, grimaça Luke.

Caleb avait l'air de ne se rappeler que trop bien.

— Les foudres de papa. Il ne se mettait pas *en colère*, mais la vache, tu savais quand tu avais dépassé les bornes.

Tucker hocha la tête.

— J'avais eu l'impression de mesurer trois mètres et je n'étais plus qu'un bambin envoyé au coin après un caprice. Il m'a escorté jusque chez moi – je n'ai toujours aucune idée de la manière dont il a pu simplement prendre deux jours de congé comme ça à la dernière seconde. Seulement, voici ce que je voulais vous raconter. Pendant tout le voyage du retour, nous avons parlé. Il a parlé du ranch. Il a parlé de son meilleur ami, Joseph. Il a parlé de ses espoirs et de ses rêves, et il l'a fait comme si j'étais un adulte. Comme si je ne venais pas de foirer sérieusement et d'agir absolument comme un gamin.

Le bras de Tucker autour de la taille de Ginny se tendit un peu. Elle passa les bras autour de lui et l'étreignit. Lui rendant un peu de force pour qu'il puisse finir.

Il lui sourit.

— Votre père m'a parlé de chacun de vous. Ses gosses, dont il était si fier pour tellement de raisons. Certains d'entre vous étaient doués pour une chose, les autres pour une autre. Il a dit qu'il savait que le jour viendrait où ce serait vous qui prendriez soin de Silver Stone, mais que ça irait. Parce que vous saviez travailler ensemble. Vous faire confiance et être là les uns pour les autres.

Caleb hocha la tête.

— Ce n'était pas un loup solitaire, notre père. Il se reposait beaucoup sur maman aussi.

Il passa un bras autour de Tamara, et elle sourit.

Tucker baissa la main jusqu'à ce que ses doigts se lient à ceux de Ginny.

— Ginny m'a dit aujourd'hui à quel point ils lui manquaient. Je sais que c'est notre cas à tous. Pas seulement aujourd'hui, mais chaque jour. Mais – et je ne sais pas si ça aide – mais quand je regarde autour de moi, je les vois toujours ici. Dans le travail que vous faites, et la manière dont vous vous soutenez, expliqua-t-il en serrant la main de Ginny. Dans la manière dont vous vous aimez. C'est un héritage assez incroyable que vos parents vous ont laissé, et c'est encore vrai aujourd'hui.

Ashton hocha la tête.

— Amen.

Sur leur gauche, Luke tendit la main vers Tucker. Seulement, quand il l'attrapa, Luke l'attira vers lui, l'étreignant, lui tapant dans le dos.

— Tu as raison. C'est un bon héritage qu'ils nous ont laissé. Et une très bonne histoire.

— Je n'arrive pas à croire que tu ne nous aies pas parlé de ce voyage avant, dit Walker, un instant avant que lui aussi n'étreigne Tucker.

Tout le groupe devant les tombes se transforma en une série de câlins.

Ginny se retrouva serrée fort dans les bras de Tamara avant que sa belle-sœur ne recule et n'agite le doigt, la réprimandant gentiment d'une voix douce pour que personne d'autre ne l'entende.

— Je reconnais l'expression que tu as eue dans les yeux pendant les deux dernières semaines. C'est la même que ma sœur Karen quand elle lutte contre quelque chose. Écoute ce que ton gars vient de dire sur le fait que les Stone travaillent ensemble, comme une équipe, d'accord ? Si tu as besoin d'aide pour quelque chose, je suis là pour toi. Nous sommes *tous* là.

Assez de larmes. Ginny sourit.

— Merci. Je le ferai, dit-elle résolument. Seulement, je ne peux pas garantir que tout ce que je partagerai aura du sens.

Tamara émit un reniflement de dérision.

— Tu dois traîner plus souvent avec moi et mes sœurs. Lisa adore transformer du charabia en mots.

— J'ai remarqué ça chez elle, dit Ginny d'un ton pince-sans-rire.

Un tas d'étreintes plus tard, tout le monde remonta en selle et s'en alla.

~

GINNY TROUVA Dustin à côté d'elle.

Il avait toujours l'air au bord des larmes, mais il souriait aussi, penaud.

— Merci. Je suis venu ce matin pour nettoyer un peu et... commença-t-il avant de déglutir péniblement. Je suis content que tu aies rassemblé tout le monde. C'était ce qu'il fallait faire.

Tucker se glissa derrière elle.

Ginny étreignit une nouvelle fois rapidement Dustin.

— C'est arrivé un peu comme ça, mais j'en suis contente.

Dustin leva les yeux vers Tucker, hésitant puis parlant d'un ton un peu bourru.

— C'était une belle histoire que tu as partagée. Merci.

Tucker passa le bras autour de Ginny puis hocha la tête en réponse.

— Les fleurs étaient une délicate attention. Je suis content qu'elles aient été là. Ça signifie beaucoup que tu t'occupes de choses comme ça.

Les yeux de Dustin s'écarquillèrent.

— Comment as-tu su que c'était moi ?

Tucker haussa les épaules.

— Ashton m'apprend à lire dans les pensées.

Dustin se redressa brusquement puis ricana.

— C'est ça.

Tucker lui tapota dans le dos puis le fit pivoter vers les chevaux et le poussa gentiment.

— Allons-y. Je pense que tu as encore des tâches à terminer cet après-midi.

— Oui, monsieur.

La réponse arriva si rapidement et naturellement que Ginny dut dissimuler un sourire.

La chaleur en elle était revenue. Cela dura jusqu'à ce qu'ils aient ramené les chevaux à l'écurie et que tout le monde soit retourné à la maison ou au travail.

Ginny attrapa Tucker par la main et l'attira vers elle.

— Je sais que *tu* as probablement des tâches que tu dois finir cet après-midi, mais peux-tu venir chez moi quand tu auras terminé ? Je préparerai le dîner.

Il hocha la tête.

— Je serai là dans deux heures si ça te convient.

Ils partirent chacun de son côté.

La première chose que Ginny fit quand elle arriva chez elle fut de sauter dans la douche, l'eau très chaude tout autour d'elle la réchauffant jusqu'à ce que toute trace de tension disparaisse aussitôt.

Puis elle se prépara à nouveau un thé, associant deux autres mélanges avant de se pelotonner sur le canapé et d'encore une fois poser le journal sur ses cuisses. Ouvrant encore une fois une page au hasard pour écrire.

Je ne sais pas comment faire ça correctement, mais je suppose que ça fait partie du voyage.

Chaque jour, nous devons prendre l'aventure comme elle vient, et même si parfois le chemin n'est pas celui que nous voulons prendre, aujourd'hui j'ai appris une leçon très importante.

Les personnes qui nous accompagnent sur ce chemin sont vitales.

Je pense que c'est une chose que tu as essayé de nous apprendre, maman. Choisir des amis à l'école qui était du genre solide comme le roc, et pas ceux qui ne nous mèneraient que vers les bêtises. Je pense que c'est pour ça que toi et Jacquie Hayes vous entendiez aussi bien. Vous saviez comment vous disputer sur ce qui était important pour pouvoir apprendre l'une de l'autre.

Dare et moi ne sommes pas toujours d'accord. Nous n'apprécions pas toujours les mêmes choses... même si le fait que j'écrive dans ce truc va absolument l'éclater. Étant donné que c'est elle qui écrit dans des journaux depuis qu'elle a seize ans...

Est-ce le karma, le destin ou juste une étrange coïncidence ?

Ça n'a pas d'importance.

Ce qui compte, c'est que j'ai des gens dans mon camp qui m'aiment, se soucient de moi et ne veulent que le meilleur pour moi.

Je n'ai pas besoin d'être forte toute seule.

Ginny referma son carnet lentement, faisant glisser ses doigts entre les pages en une quasi-caresse. La sensation avait été différente. Tellement différente d'avant.

Cela lui avait semblé… normal.

Puis, comme elle n'avait aucune idée du moment où Tucker arriverait, elle se dirigea vers la cuisine et commença à préparer le dîner.

Elle pourrait aussi bien l'avouer. Même s'il y avait beaucoup de choses qu'elle ne savait pas faire, nourrir un homme – *son* homme – était une chose qu'elle appréciait vraiment.

Pour emprunter la phrase préférée de Tucker, au diable les règles.

Quand il arriva peu de temps après dix-sept heures, il marqua une pause une fois entré et renifla, appréciateur.

— Ginny, ça sent divinement bon ici.

Elle s'avança vers lui, prenant le bouquet de fleurs colorées dans sa main.

— Elles sont magnifiques, dit-elle en se mettant sur la pointe des pieds et déposant un baiser sur sa joue. Merci.

Pendant qu'il retirait ses bottes, elle alla mettre les fleurs dans un vase et les arrangea sur la table, puis revint et l'emmena avec elle vers la table chargée de la cuisine.

Il marqua une pause, une main sur le dossier de la chaise.

— Waouh. Tu as mis le paquet.

Ginny se mit à rire.

— J'avais quelques trucs dans le congélateur, mais oui. Je me suis dit que tu méritais tes plats favoris.

Elle avait réchauffé un reste de rôti, préparé du chou-fleur épicé et une montagne de purée.

— Il y a aussi des haricots verts en cocotte au romarin, et en dessert de la tarte aux baies.

Il lui tenait encore la main et la porta à ses lèvres pour l'embrasser doucement.

— Juste pour être clair, j'adore vraiment, sincèrement tes idées.

Après cette journée haute en émotions, c'était bon de rire.

— Écoute, je n'y peux rien si tu as fait une affaire fantastique. J'ai un super corps, j'adore le sexe et j'adore cuisiner. Soyons honnêtes, tu as touché le gros lot, Tucker.

Il l'attira contre lui et l'étreignit brièvement mais fermement.

— Je ne vais pas te contredire. Comme je l'ai dit, tu es la femme la plus intelligente que je connaisse.

Si écrire dans le journal plus tôt lui avait semblé normal, ceci était encore mieux.

Ginny n'allait pas l'avouer à haute voix, mais elle se l'admit à elle-même. Elle appréciait l'idée d'être une femme au foyer. Voyager n'avait jamais été une question d'aventure et de liberté, mais de trouver ce petit bout de foyer dans tous les endroits qu'elle visitait.

Après le dîner, Tucker lava la vaisselle pendant qu'elle rangeait, bavardant tranquillement avec elle des tâches qu'ils avaient hâte d'accomplir la semaine suivante.

Puis ils se pelotonnèrent dans son canapé, Ginny nichée sous le bras de Tucker, la tête posée sur son torse alors qu'il allumait Netflix et qu'ils s'installaient pour regarder un film.

Douillet. Paisible.

Après la fin du long-métrage, Tucker éteignit l'écran et déposa un baiser sur sa tempe.

— Je veux rester pour la nuit.

Elle leva les yeux et suivit la racine de ses cheveux d'un

doigt, repoussant une boucle. Glissant le bout de ses doigts plus bas pour gratter légèrement son début de barbe.

— Je remarque que tu n'as pas parlé de dormir, le taquina-t-elle doucement.

— Nous y viendrons à un moment, promit-il.

Il l'accompagna à la chambre, la regarda dans les yeux pendant tout le temps où il lui défaisait ses boutons, la déshabillait et retirait ses propres vêtements.

Ses muscles fermes et puissants se pressaient contre ses courbes. Tucker se rapprocha d'elle jusqu'à la recouvrir de son corps.

De lents baisers enivrants suivirent, ainsi que le contact de Tucker, mêlant les plaisirs entre ses doigts, ses lèvres, sa langue et ses dents. Ginny ferma les yeux et laissa ses mains dériver, le taquinant en retour jusqu'à ce que tous deux vibrent d'excitation.

Tucker les fit rouler sur le côté puis attira la jambe de Ginny sur sa hanche, les entrelaçant dans son étreinte alors qu'il les faisait glisser l'un contre l'autre par de lents coups de reins, ses mains posées brièvement sur ses seins avant qu'elles ne glissent sur son ventre vers le sommet de son sexe.

Elle inspira brusquement sous l'éclair vif du désir.

— Juste là. C'est ça, l'encouragea-t-il. Laisse-toi aller. Je te rattraperai, promit-il.

Ginny n'aurait pas pu s'arrêter même si elle l'avait voulu. Comme le ruissellement du printemps, tout gonfla jusqu'au point de non-retour, jusqu'à ce qu'ensemble ils basculent dans l'abîme et tombent dans une cascade de plaisir.

Ils restèrent allongés ensuite pendant un long moment, se caressant, se regardant dans les yeux.

Tucker s'éloigna juste assez longtemps pour s'occuper du préservatif avant de revenir et de la reprendre dans ses bras. Face à face, cœurs battant en rythme.

Elle regarda les paupières de Tucker se fermer lentement,

une trace de sourire s'attardant sur les lèvres de ce dernier. Le plaisir l'épanouissait comme une jeune pousse printanière.

Il était profondément endormi, alors que Ginny le fixait encore, passant toujours les doigts sur son corps.

— Je t'aime, chuchota-t-elle, rien que pour tester les mots.

Cela aussi semblait très, très normal.

19

———

Quelques jours plus tard, Alex fit venir Tucker pendant la pause-café.

— J'ai une requête à te transmettre de la part d'un ami.

— Ça semble intrigant, dit Tucker.

— Mon ami Ryan... le propriétaire du Rough Cut. Lui et sa petite amie ont décidé de se marier.

Tucker avait fait de son mieux pour se mettre à jour de tout ce qui se passait dans le coin, ce qui impliquait tous les principaux acteurs de la communauté. Oncle Ashton, étonnamment, s'était avéré une merveilleuse source d'information, et étant donné que Ryan faisait aussi partie des pompiers volontaires avec lesquels Ashton donnait de son temps chaque semaine, les aventures de la récente relation du propriétaire du bar avaient été minutieusement discutées.

— Ryan et Madison vont se marier ? Mec, c'est rapide, dit Tucker. Elle ne s'est pas pointée en décembre ?

Alex haussa les épaules.

— Quand c'est bon, c'est bon. En plus, ils sont bons amis depuis qu'ils sont jeunes, dit-il en lançant un regard sans équivoque à Tucker. Tu pourrais bien connaître quelqu'un comme ça. Quelqu'un qui est actuellement en couple avec une femme avec qui il a passé beaucoup de temps quand ils étaient jeunes, et qui sait où ça peut mener ?

— Assez, dit Tucker.

Mais il était amusé. C'était agréable d'avoir quelqu'un comme Alex qui était prêt à badiner avec lui avec davantage qu'un « oui, monsieur ».

— De quoi Ryan a-t-il besoin ? demanda-t-il.

— Ils organisent le mariage au Red Boot Ranch, mais ils espèrent que tous leurs amis se joindront à la fête. Peux-tu t'assurer que tout le monde sur la liste aura son samedi ?

Tucker siffla.

— Waouh, c'est ce qu'on appelle effectuer le travail au pas de charge.

— Ryan est en train de parler d'essayer d'avoir un bébé immédiatement. Sérieusement, cet homme est très axé sur l'action, pourrait-on dire, déclara Alex avec un large sourire. Et ce n'est pas moi qui raconte des ragots. Ryan dit absolument à tout le monde la même chose. Madison a abandonné l'idée de l'empêcher de trop en dire. Elle trouve que c'est drôle.

— Hé, peu importe ce qui fonctionne dans une relation de couple, dit Tucker. Donne-moi la liste, et je vais voir ce que je peux faire.

Ce qui signifiait que s'il devait faire un double service, il le ferait. En ce qui le concernait, les initiatives impulsives de dernière minute comme celles-ci devaient être encouragées...

Une seconde plus tard, il se reprit.

— Putain, je dois avoir de la fièvre.

Alex fronça les sourcils.

— Quoi ?

Tucker appuya une main contre son front.

— Je viens de me surprendre à penser qu'être spontané et impulsif était une bonne chose. Le Tucker d'il y a deux ans vient d'avoir une indigestion et est allé directement vérifier quelques feuilles de calcul pour se calmer.

Alex éclata de rire.

— Tu es pas mal, dit-il en examinant Tucker avec satisfaction. C'est bien de t'avoir dans le coin. Sérieusement.

— Merci. Fournis-moi la liste dès que tu pourras.

Tucker s'en alla, parce que s'il devait jongler avec l'emploi du temps, il devait d'abord effectuer quelques autres tâches.

— Sans faute, lança Alex derrière lui.

Tucker venait de sortir de la chaleur de l'écurie de dressage pour entrer dans un passage plus sombre entre les bâtiments quand une masse fonça sur lui et le poussa contre le mur.

Tucker se déplaça instinctivement, s'éloignant de cette force tout en remontant ses mains en un geste protecteur alors qu'il retrouvait son équilibre.

— Sale enfoiré. Bien sûr que tu allais te cacher derrière ses jupes. Je sais qui en a dans ta relation.

Un poing jaillit vers lui.

Tucker se baissa sur le côté, clignant fortement des yeux pour voir clair.

— Jim. C'est quoi ce bazar ? Recule et parlons-en, ordonna Tucker.

À la place, un autre coup de poing vola vers son visage. Tucker le dévia, mais pas assez fort, et le coup entra en contact avec son épaule, le faisant légèrement chanceler.

— Elle t'a dit de te débarrasser de moi, n'est-ce pas ? demanda Jim.

— Je ne sais toujours pas de quoi tu parles, dit Tucker, reculant rapidement vers la seconde porte.

Même s'il pouvait se défendre, il préférait éviter de se battre contre des employés, à moins que ce ne soit absolument nécessaire.

Jim releva brusquement le menton.

— La Stone, cette garce froide. Je ne l'ai même pas touchée.

Je suppose que j'aurais dû, étant donné que tu as réussi à atteindre une jolie place de choix en couchant avec elle. La prochaine fois que je la verrai, je ne serai pas aussi poli. J'irai peut-être la retrouver dans sa serre pour m'amuser un peu, hein ?

Ce qui signifiait que ce fichu enfoiré avait vu Tucker et Ginny coucher ensemble. Il n'avait pas dû discerner grand-chose, pas avec le verre dépoli, mais la fureur de Tucker s'envola.

Jim avait franchi la ligne dont on ne pouvait pas revenir avec le reste de ce qu'il avait dit. Pourtant, étrangement, au lieu de le tuer, Tucker ouvrit la porte derrière lui et la lumière se déversa dans l'espace.

— Ramène tes fesses dehors.

Jim se précipita sur lui, attrapa le bras de Tucker au dernier moment, l'attirant à portée d'un coup de poing.

— Bats-toi, espèce de tapette. Diminuer mes heures ? Me faire refaire la formation ? Tout ça c'est la faute de cette fichue garce.

Tucker et Luke avaient passé de nombreuses années à se battre. À se battre parce qu'ils voulaient apprendre, à se battre parce que parfois ils étaient sérieusement énervés l'un contre l'autre.

Jim s'était peut-être retrouvé dans quelques bagarres de bar, mais il ne s'était jamais vraiment *battu*. C'était évident alors que Tucker reculait et se mettait en position.

— Tu ne veux pas faire ça, dit-il. Va-t'en, et je laisserai Ashton s'occuper de toi. Mais c'est terminé. Tu ne travailleras pas une journée de plus à Silver Stone.

— Va crever, cria Jim, grondant comme un chien enragé.

Il aurait mieux fait de le frapper simplement au lieu d'essayer d'avoir l'air féroce. Tucker évita le coup suivant et plaça un coup sec satisfaisant contre les côtes de Jim.

Une foule s'avançait vers eux, c'était ce que Tucker avait

espéré en l'attirant dans un lieu plus exposé. Il ne voyait aucune objection à démolir cet homme, mais légalement, il devait rester du bon côté de la loi pour le bien du ranch. Ce qui signifiait rester en mode défensif.

Mais contre un adversaire imprudent, défensif signifiait de blesser suffisamment Jim pour qu'il arrête ses bêtises. Tucker esquiva un autre crochet imprécis, frappa Jim dans le ventre et l'envoya tituber en arrière.

— Laisse tomber, ordonna encore Tucker.

Jim se précipita vers lui, hurlant de colère. Ses poings volaient, ses genoux se démenaient. Tucker esquivait du mieux qu'il pouvait, mais certains des coups déchaînés arrivaient à le toucher. Quand certains des ouvriers du ranch tirèrent Jim en arrière, Tucker avait été frappé par pur hasard à l'œil et au nez et du sang gouttait sur ses lèvres.

— Que se passe-t-il, putain ? demanda Ashton en apparaissant.

— Il s'est dit que puisqu'il couche avec la sœur du patron, il peut faire ce qu'il veut, accusa Jim en pointant Tucker du doigt. Elle s'est énervée contre moi l'autre jour. Je n'avais rien fait, mais je savais qu'elle allait raconter des mensonges pour que je me retrouve dans le pétrin.

Ashton croisa les bras sur son torse et s'avança directement devant Jim. Il l'examina avec dédain. Tucker était heureux de voir que le visage de Jim était plus abîmé que le sien, même s'il n'avait fait que se défendre.

— Si tu parles du fait que tu as été mis à l'épreuve et que tu devais refaire la formation, c'était moi, dit Ashton.

Jim redressa brusquement la tête.

— Vous ?

— Moi. Parce que c'est ce que nous faisons habituellement par ici quand un homme ne fait pas son boulot mais qu'il a le potentiel de rectifier le tir, expliqua Ashton avant de secouer la tête. Mais ces sottises sont une violation claire de tout ce que tu as accepté quand tu es venu dans ce ranch. Tu es viré.

Jim jura, mais Ashton l'ignora. Il lança un coup d'œil vers les ouvriers qui se tenaient à proximité.

— Mason. Cooper. Accompagnez Jim à sa chambre pour qu'il puisse quitter les lieux. Sois dans mon bureau dans une heure et je te ferai ton dernier chèque.

— Vous ne pouvez pas me mettre à la porte, se plaignit Jim.

— Je ne te mets pas à la porte, dit Ashton calmement. Tu as enfreint les termes de ton contrat, alors tu viens de te licencier. Maintenant dégage d'ici. Si tu ne pars pas volontairement, nous appellerons la police montée.

Jim cracha sur le sol devant Tucker.

— Fumier.

— Fais attention à la manière dont tu agis, maintenant, dit Tucker doucement, imitant son oncle. L'élevage est une communauté très unie, et il n'y a pas beaucoup d'endroits qui voudront gérer ce genre de comportement. Si tu veux un nouveau boulot quelque part dans le coin, tu vas avoir besoin de changer d'attitude.

Jim s'en alla. Il ne s'en alla pas silencieusement, mais il s'en alla, donnant des coups de pied dans ce qui se trouvait sur son chemin jusqu'à ce que les deux hommes de chaque côté de lui s'avancent et l'encadrent pratiquement dans la cour enneigée.

Les hommes toujours rassemblés regardaient Ashton et Tucker comme s'ils attendaient de voir ce qui se passerait ensuite.

— Les fauteurs de troubles se révèlent toujours.

Ashton le prononça assez fort pour que tout le monde autour d'eux l'entende.

Tucker lança un coup d'œil autour de lui, croisant les regards des hommes.

— Des questions ?

Une main s'éleva à l'arrière.

— Vous sortez vraiment avec Ginny Stone ?

Tucker émit un petit rire, passa une main sur sa bouche et examina le sang qu'il avait essuyé.

— Vraiment. Alors surveillez vos manières, comme vous le feriez avec n'importe quelle femme qui viendrait à Silver Stone, compris ?

— Oui, monsieur, répondit rapidement le jeune homme, avant de sourire. Serait-il déplacé de dire que je suis content pour vous ?

Ashton émit un son qui ressemblait remarquablement à un rire étouffé avant de grogner un autre ordre :

— Retournez au travail, vous tous.

Tucker attendit que la foule se disperse.

— Ça te va si je termine de m'occuper de Jim ?

Son oncle le fixa du regard un instant puis hocha lentement la tête.

— Ne fais rien qui te ferait arrêter.

— J'essaierai.

Aussi tentant qu'il soit d'y aller seul, il était probablement mieux d'avoir un équilibre des pouvoirs en place. Tucker appela Luke et lui demanda de le retrouver au réfectoire.

Son ami arriva rapidement, regardant le visage ensanglanté de Tucker avec curiosité et inquiétude jusqu'à ce que celui-ci lui explique ce qui s'était passé, puis la colère monta.

— Il est parti ? demanda Luke.

— Il fait ses valises. Je veux m'assurer qu'il part en comprenant bien la situation.

Une sensation de crainte l'envahit alors même que Tucker prenait cette décision. Sa colère et son sens de la justice rendaient l'étape suivante logique et inévitable, mais cela allait potentiellement lui créer des problèmes dont il ne pourrait pas sortir indemne. Ginny n'allait pas approuver.

— C'est à moi de gérer ça, compris ?

Luke hocha la tête avec réticence.

— Ne le tue pas.

— Aucune garantie, murmura Tucker.

La porte des quartiers de Jim était ouverte. Mason et Cooper se tenaient à l'extérieur, les bras croisés, fronçant fermement les sourcils.

Ils se redressèrent quand Tucker et Luke apparurent.

— On s'en occupe, dit Luke doucement, faisant un geste vers le réfectoire. Prenez un café si vous en avez besoin, puis retournez au travail.

Ils regardèrent Tucker avant de hocher la tête avec approbation, partant rapidement comme on leur avait ordonné.

Jim avait dû entendre quelque chose, car il passa la porte, leur souriant avec mépris alors qu'il balançait des sacs à l'arrière de sa camionnette.

— Vous êtes venus jubiler ?

Luke recula.

Tucker fit un geste vers la chambre.

— Tu as tout vidé ?

Jim croisa les bras sur son torse.

— Qu'est-ce que tu veux ?

Tucker écarta les mains en un geste de provocation.

— Puisque tu n'es plus un employé, je ne suis plus ton chef. Ce qui signifie que si tu veux tenter quelque chose, je vais t'en donner l'occasion.

Un sourire méprisant et diabolique apparut sur le visage de Jim.

— Putain ouais, je veux tenter quelque chose.

Jim se déplaça comme l'élastique d'un lance-pierre, faisant voler son poing vers la mâchoire de Tucker, mais ce dernier se tourna au dernier moment, laissant l'essentiel de l'impact le frôler.

Puis il leva les poings et s'avança.

— À mon tour.

Jim lui envoya un autre coup de poing, mais Tucker l'écarta

facilement avant d'enfoncer son poing dans le visage de Jim. Celui-ci s'effondra sur le sol, les bras projetés en arrière, les jambes de travers. Il resta immobile pendant un instant, stupéfait, avant de détaler comme un crabe.

Il était trop lent. Tucker l'attrapa par l'avant de sa chemise, le souleva et lui assena un coup brutal.

Et un autre.

La tentation de continuer était forte, parce que même si Jim n'avait été que modérément impoli avec Ginny quand il était en sa présence, sa menace d'aller la retrouver et de lui faire du mal était tordue. C'était le genre d'homme avec qui ça dégénérerait. Et un jour, quelque part, les choses iraient trop loin.

Et si Tucker n'était pas là pour protéger Ginny ? Et si une autre personne finissait victime de l'attitude pourrie de Jim ?

— Tucker, ça suffit, dit Luke doucement.

La voix de la raison trancha à travers la brume de colère de Tucker.

Son ami avait raison, Seigneur.

Tucker remit Jim sur pieds une dernière fois et le poussa vers sa camionnette. Celui-ci attrapa la portière et s'y agrippa pour se soutenir.

— C'était pour avoir menacé ma nana, dit Tucker doucement. C'est ton dernier avertissement. J'ai assez de contacts, alors crois-moi quand je te dis que tu seras surveillé. Si *un jour* tu intimides, tu effraies ou tu lèves la main sur qui que ce soit – une femme, un homme, peu m'importe –, j'en entendrais parler. Tu n'apprécieras pas ce qui se passera quand je te retrouverai.

Tucker tourna les talons et s'éloigna sans un regard en arrière.

Le sang martelait si fort dans ses oreilles qu'il ne se rendit pas compte que Luke marchait à côté de lui, son visage habituellement heureux devenu pensif.

Ils étaient presque arrivés près du manège quand Luke posa une main sur l'épaule de Tucker et la serra.

— J'ai dit à Kelli que je la retrouverai dans un moment. Elle a cette folle idée que je vais la laisser monter sur le dos de ce nouveau bronco que nous avons amené.

— Putain. Cette femme est intrépide, dit Tucker.

— Ça me fiche la trouille parfois, acquiesça Luke.

Il attira Tucker sur le côté de l'écurie, où se trouvait un évier et lui tendit un mouchoir.

— Essuie le sang avant de faire peur à quelqu'un.

— Un soupçon de peur pourrait être une bonne chose, gronda Tucker.

Luke attendit qu'il ait retiré les preuves superficielles de la bagarre, puis se racla la gorge.

— Merci.

Tucker lança un coup d'œil à son ami.

— Pour quoi ?

Luke inclina la tête vers les logements du personnel.

— Pour ne pas avoir tué ce fumier, mais aussi pour lui avoir fichu la trouille. Kelli me fait peut-être peur par la manière dont elle agit parfois, mais je n'ai pas à me demander si elle risque de se faire agresser juste derrière chez nous. C'est en grande partie grâce à Ashton, et c'est clair que tu as le même état d'esprit, expliqua-t-il en lui tendant la main. Alors, merci.

Tucker ignora sa main et choisit de l'étreindre, le tapant fermement entre les omoplates.

— Oh, je t'aime aussi, trésor.

Luke le repoussa, et tous deux luttèrent gentiment un moment.

Un sifflet aigu résonna, suivi par un rire.

— Hé, mettez-vous au boulot, feignasses, ou je vous dénoncerai à Ashton.

Kelli approcha à grands pas, légère et heureuse, et Tucker ressentit une profonde satisfaction l'envahir jusqu'aux orteils.

Oui, Luke avait raison. Il y avait certaines choses que son oncle Ashton faisait depuis des années qui valaient absolument la peine de rester une priorité. Pour le bien de Kelli. Celui de Ginny. Pour les petites filles de Caleb qui feraient un jour partie du quotidien de Silver Stone.

Pendant une seconde, la vision d'une petite fille avec les cheveux bruns et les grands yeux marron de Ginny apparut dans son esprit, et Tucker resta debout uniquement par la force de sa volonté.

Seulement, il connaissait aussi l'opinion de Ginny sur la bagarre. Et si ses actions venaient de détruire ses chances de bonheur avec la femme qu'il aimait ? Une peur d'un niveau qu'il n'avait jamais connu le percuta une fraction de seconde avant qu'il ne la repousse.

Ginny n'était pas comme ses parents. Ginny était raisonnable... en quelque sorte. Il devait croire que ce qu'ils avaient construit ensemble était assez solide pour gérer une différence de point de vue.

Mais il n'y aurait pas de compromis là-dessus. Rien de moins que sa sécurité, et la sécurité des autres, n'était acceptable.

Il espérait simplement que lorsque les choses se seraient calmées, il serait encore debout.

20

———

Il se passait quelque chose.

Non seulement les têtes se tournaient pour la suivre lorsque Ginny passa devant les stalles pour aller desseller son cheval, mais des murmures la suivaient aussi.

— Laisse-moi te prendre ça, dit Alex en se hâtant de l'aider à soulever la selle, prêt à la porter à la sellerie.

— Merci, dit-elle en l'attrapant avant qu'il ne puisse disparaître, se rapprochant pour lui chuchoter sa question : Pourquoi est-ce que tout le monde agit soudain comme si nous étions à l'église ?

Alex cligna des yeux une seconde, cherchant à l'évidence à trouver une réponse ne prêtant pas à controverse.

— Alex, l'avertit-elle. Mens-moi, et j'arrangerai un rendez-vous à Yvette, et ce ne sera pas avec toi.

Il en resta bouche bée. Il la referma sèchement.

— Tu es cruelle.

— Motivée, renvoya Ginny avant de le prendre en pitié. Je ne ferai pas ça. Je vois bien que tu l'apprécies, et de ce que j'ai entendu, elle ne te déteste pas. Pas trop.

Il soupira.

— C'est compliqué.

Elle ricana.

— Je ne te le fais pas dire.

Puis elle plissa les yeux.

— Ou plutôt si. Qu'est-ce qui se passe avec le poulailler ? Ils agissent tous comme si j'étais sur le point de m'enflammer comme un pétard.

Alex hissa la selle sur son épaule.

— Un des ouvriers a été viré.

— Vraiment ?

Elle réfléchit, mais n'arriva pas à imaginer pourquoi cela signifiait que les yeux soient rivés sur elle. À moins que...

— Jim ?

— Putain, tu es douée, dit Alex en reculant. C'est tout ce que je te dirai. Parle à Tucker.

— Merci pour ton aide, lança-t-elle derrière lui.

— Quand tu veux.

Un instant plus tard, son téléphone vibra à l'arrivée d'un message.

TUCKER : *Tu as du temps pour une réunion de l'opération « Prouve-le » ?*

Ginny : *Quand j'aurai brossé Prancer, bien sûr.*

Tucker : *On se retrouve dans notre cachette secrète.*

L'ÉCHANGE la fit sourire et augmenta sa curiosité. Que le grand et fort Tucker lui envoie un message pour le retrouver dans leur cachette était assez hilarant.

Ce ne fut que lorsqu'elle prit le tournant de leur lieu de rencontre à l'écart que l'adrénaline arriva et noya tout reste d'amusement.

— Qu'est-il arrivé à ton visage ?

Il leva un regard penaud.

— Content de te voir aussi.

Elle se laissa tomber sur le ballot à côté de lui et caressa doucement le coin de son œil.

— Tucker.

Il recouvrit sa main de la sienne et posa leurs doigts joints sur sa cuisse.

— Rapport d'opération… les choses sont arrivées à un point critique aujourd'hui avec un dissident solitaire. On s'est occupé de lui. C'est mon oncle qui a entamé le processus, mais j'admets que je l'ai terminé. Jim Allen ne t'importunera plus, toi ni qui que ce soit d'autre à l'avenir.

Mince.

— Ça a l'air plus effrayant et définitif que je pense que tu n'en avais l'intention. Il respire encore, non ?

Tucker renifla doucement d'un ton moqueur.

— Luke s'en est assuré. Je n'étais pas aussi inquiet.

Ginny resta silencieuse, rassemblant ses pensées pendant qu'elle examinait l'homme devant elle. Il était tendu à en être rigide.

Pourquoi maintenant, quand il avait à l'évidence fait ce qu'il pensait être nécessaire ?

— Je n'aime pas les bagarres, dit-elle, les mots bien plus tranchants qu'elle n'en avait eu l'intention.

— Je sais.

Il ne se défendit pas ni n'offrit de prétextes. Il resta simplement là, les yeux emplis de tristesse. Comme s'il attendait qu'elle… quoi ? Le punisse ? Rompe avec lui ?

Tu parles.

Elle soupira lourdement.

— Comment te dire que je m'inquiète que tu puisses être blessé sans impliquer que tu ne peux pas te défendre ? Ou que tu ne peux pas prendre soin de moi ? Parce qu'aucun des deux n'est vrai.

Tucker marqua une pause. Le pli entre ses sourcils s'approfondit.

— Tu n'aimes pas quand je me bats parce que je pourrais être blessé ? C'est ça qui t'inquiète ?

Elle fit la grimace.

— Mec, je t'ai vu après que tu t'es bagarré avec Luke. Ça n'a pas toujours été joli, même si je m'attends à ce que ce soit actuellement plus de la chance de la part de mon frère que de ses compétences. Ne lui dis pas que j'ai dit ça.

La confusion de Tucker ne fit que grandir au lieu de diminuer.

— Mes parents ont dit que se battre était le signe clair d'un manque d'intelligence et d'un individu dénué de moralité.

— Enfoirés.

Les mots lui échappèrent avant qu'elle ne puisse les retenir.

— Eux, pas toi. Est-ce qu'ils t'ont vraiment dit ça en face ?

Il hocha la tête, refusant de croiser son regard.

— L'été où j'avais quatorze ans, je suis rentré avec des bleus, et j'ai reçu le plus grand de tous les sermons. Ils ont failli m'empêcher de revenir. Il a fallu qu'Ashton et ton père appellent en insistant pour que mes étés continuent.

— Ce sont de vraies balivernes, en plus d'être cruel, et à cent pour cent faux, dit Ginny, prête à partir en guerre pour lui. C'est une bonne chose que je ne sache pas où ils vivent.

Elle pourrait reconsidérer sa règle de ne pas se battre si ça signifiait de pouvoir leur botter les fesses.

— Je ne comprends pas, dit Tucker doucement.

— Je suis une très bonne tireuse. Je me demande s'ils considéreraient un derrière plein de plombs comme une manière plus civilisée de gérer les imbéciles.

Elle lança un regard noir au loin, envoyant des pensées mauvaises sur les ondes vers ces parents incroyablement bêtes. Puis elle secoua la tête avant de se concentrer et de regarder Tucker droit dans les yeux.

— Pour revenir au sujet qui nous occupe... Avec la manière dont tu t'es musclé ? Promets-moi que tu ne donneras pas de vrai coup de poing à mon frère. Le profil de Luke ne peut pas se permettre un nez soit cassé. D'un autre côté, si vous vous battiez vraiment, je parie que tu te retiendrais quand même en souvenir du passé, puis ce serait *lui* qui abîmerait ton joli visage, et je ne veux pas de ça non plus, dit-elle en levant les mains d'un air dramatique. Tu vois les dilemmes que tes bagarres me provoquent ?

Une seconde plus tard, elle se retrouvait dans les airs et atterrissait sur ses cuisses.

De ses deux mains, il prit son visage entre ses paumes et inspira profondément et longuement.

— Tu es incroyable.

Il était impossible de résister.

— Je sais.

Les lèvres de Tucker tressaillirent.

— Tu n'es vraiment pas en colère ?

Elle réfléchit à ses paroles.

— Tes parents se trompaient. Non seulement sur la bagarre, mais sur beaucoup de choses. Leur manière de ne jamais être là pour toi quand tu grandissais, leur manière de te rejeter. Tout ça c'est mal. Tu le sais, n'est-ce pas ?

Tucker hocha lentement la tête.

— Pourquoi est-ce que me dire ça te faisait aussi peur ? chuchota-t-elle. Pourquoi ?

Il déglutit péniblement. Son homme si sûr de lui et puissant était mal à l'aise comme si pour lui c'était une question de vie ou de mort.

— Je l'ai déjà dit. Tu es une des personnes les plus intelligentes que je connaisse. Et si...

Il s'interrompit. Il détourna les yeux d'elle comme s'il ne voulait pas qu'elle voie à quel point il souffrait intérieurement.

— Et si je ne méritais pas d'être avec toi ?

À cet instant, Ginny haïssait bel et bien ses parents.

— La seule chose que tu ne mérites pas, ce sont les imbéciles qui sont tes géniteurs, dit-elle franchement. Est-ce que mes parents t'ont un jour donné l'impression que tu étais médiocre ?

Tucker ne marqua même pas de pause. Il secoua instantanément la tête en dénégation.

— Bien sûr que non. En fait, tu es bien moins agaçant que n'importe lequel de mes frères, ce qui veut dire que tu étais probablement le préféré de mes parents.

Un doux reniflement moqueur échappa à Tucker.

— Promets-moi que tu réussiras à esquiver plus vite si cette situation se représente un jour, dit-elle doucement, mais de tout son être. Tu dois faire ce que tu penses être juste, même si ça ne me plaît pas. Je comprends. J'ai quand même le droit de m'inquiéter, d'accord ?

À l'instant où son dernier mot franchit ses lèvres, la bouche de Tucker se retrouva contre la sienne et il l'embrassait à en perdre la raison. Mais il grogna, et pas d'une manière agréable, quand il la laissa enfin respirer et posa le front contre le sien.

— J'ai mal à la lèvre, dit-il.

C'était vachement amusant.

— Désolée, mais c'est ce que je disais.

Il renifla moqueusement.

— D'accord. Je promets de ne pas endommager ton frère de manière permanente à l'avenir. *Toi*, tu dois me promettre qu'à aucun moment tu n'iras tirer sur mes parents ou les empoisonner, parce que ce serait simplement un gâchis d'énergie. Et enfin, je promets d'être prudent et de n'utiliser mes pouvoirs que pour le bien.

Ginny ricana.

— Tu *es* un super-héros. Je le savais.

Il émit un « hum » alors que ses mains caressaient le dos de Ginny, s'installaient sur ses hanches et l'attiraient contre lui. Le contact intégral avec certaines parties de son corps était très intéressant.

— Tu es une déesse. Veux-tu faire de la magie avec moi ?

Du sexe dans l'écurie quand elle était presque sûre qu'au moins la moitié des ouvriers savaient où ils étaient et ce qu'ils faisaient ?

Il y avait plus d'une façon pour son homme de prouver qu'il savait comment prendre soin d'elle, supposait-elle. Même si elle fit de son mieux pour réduire ses gémissements et ses cris au maximum.

Les trois ou quatre jours suivants filèrent alors que Tucker était de nouveau occupé et Ginny se plongea dans les recherches et l'organisation de sa nouvelle aventure. Mais même vérifier les recettes et concevoir des systèmes de livraison de produits pour ses infusions à base de plantes n'occupaient qu'un certain nombre d'heures.

Tout le temps supplémentaire était mis au service de la résolution de cette fichue énigme. Seulement, elle eut beau essayer toutes les méthodes, ça ne suffisait toujours pas. Il était temps de sortir l'artillerie lourde.

Ginny prit une photo du papier usé de l'énigme de son anniversaire et l'envoya enfin à sa sœur.

Puis elle en imprima une demi-douzaine de copies qu'elle plia et fourra dans ses poches pour pouvoir les sortir et les fourrer sous le nez de tous ceux qu'elle croiserait et leur demander des idées.

« 2 sur 3 ».

Le message clair du Post-it la titillait encore et encore. Si la page de l'énigme était le *un*, et les journaux le *deux*, ça signifiait qu'il y avait un *trois* quelque part. Elle ne pouvait pas supporter l'idée que le dernier cadeau de ses parents reste une énigme totale.

Au café, au marché, partout où Ginny alla, elle montra la page aux gens. Tout le monde fit de son mieux, mais aucune des suggestions ne l'aida, et sa frustration continua à augmenter malgré les autres progrès autour d'elle.

Des progrès comme Tucker Stewart lui lançant un regard de braise de l'autre côté de la table pendant qu'il avalait avec reconnaissance le poulet rôti du dîner qu'elle leur avait préparé. Tucker, lavant la vaisselle à ses côtés et lui racontant tout ce qu'il avait fait ce jour-là. L'écoutant avec un véritable intérêt tandis qu'elle lui faisait part de ses activités.

Tucker, la prenant dans ses bras et la portant dans la chambre, riant ensemble jusqu'à ce qu'ils ne puissent rien faire d'autre que d'émettre des sons inarticulés, submergés par le plaisir.

En dehors de l'énigme non résolue, Ginny devait admettre que sa vie était carrément parfaite.

Quand les températures extérieures remontèrent enfin assez pour profiter des soirées en extérieur, Tucker passa un bras un peu plus étroitement autour d'elle alors qu'ils étaient assis ensemble sous le porche pour regarder le coucher du soleil.

— Tu veux encore l'examiner ?

— S'il te plaît, répondit-elle en appuyant la tête sur son torse. Je dois te rendre dingue avec cette énigme sans fin.

— Ça ne me dérange pas, dit-il en passant une mèche de cheveux derrière son oreille. Et j'attends avec impatience le moment où tu la résoudras. Tu seras brûlante.

— Tu aimes quand je suis brûlante ? demanda Ginny en pressant une paume contre sa joue. Question bête.

Il ricana.

— Petite coquine.

Mais il passa les doigts sous son menton et lui releva le visage pour pouvoir l'embrasser, et encore une fois toutes les énigmes et les mystères perdus depuis longtemps s'évanouirent. Rien d'autre que son goût, son contact...

Elle avait une addiction à Tucker qui ne voulait pas diminuer.

Il émit un léger « hum » quand il recula enfin pour qu'elle puisse respirer.

— Où en étions-nous ?

— Qui s'en soucie ? marmonna Ginny tout en se tournant pour enjamber ses cuisses.

Un petit sourire narquois apparut.

— Allons, allons. On ne se laisse pas distraire.

— Quel homme diabolique, se plaignit Ginny.

— Tu sais quoi ? Examinons-la depuis le tout début, et si nous trouvons quelque chose de nouveau, je te donnerai une récompense.

— Ha, renifla Ginny. Oh, regarde, j'ai découvert quelque chose de nouveau.

Tucker fit claquer sa langue.

— Essaie encore. Le soir de Noël, Tamara t'a donné un cadeau. Tu le rapportes au van...

— Attends...

Oh Seigneur. Comment avait-elle raté ça ? Ginny releva suffisamment son postérieur pour sortir son téléphone de sa poche arrière. Tucker la regarda d'un air interrogateur alors qu'elle appelait Tamara.

— Hé, j'ai une question pour toi.

— Qu'y a-t-il ? demanda sa belle-sœur.

— Je te mets sur haut-parleur, l'avertit Ginny avant de le faire puis de continuer : Tucker et moi explorons l'énigme. Quand tu m'as donné mon cadeau, est-ce que tu m'as dit qu'il y avait d'autres paquets qui avaient été rangés ?

— Il y en avait. Pour Caleb, Luke et Walker. Je les leur ai donnés il y a des lustres. Je ne suis pas sûre que ça t'aide, déclara Tamara en émettant un instant un « hum ». Je peux te dire ce que Caleb a eu parce que c'était assez étrange pour qu'on se pose des questions.

— Ça pourrait nous aider, dit Tucker.

— Des Lego. Environ une douzaine.

L'excitation de Ginny diminua légèrement.

— Argh. Ça devient de plus en plus compliqué.

— N'est-ce pas ? Étant donné que Caleb aurait eu vingt ans quand votre mère a tout emballé, des Lego ne semblent pas être un cadeau logique, soupira Tamara. Ils ont été ajoutés dans le seau principal de Lego, mais je peux les retrouver si tu veux voir s'il y a d'autres indices dessus.

— C'est un talent étonnant bien que sous-évalué, dit Tucker.

— Ils étaient peints comme des ballots de pailles, répondit Tamara en riant. Les seuls dans la pile.

Intéressant.

— Peux-tu me les mettre de côté, s'il te plaît ? demanda Ginny. Maintenant, je dois découvrir ce que les autres gars ont eu.

— Bonne chance, souhaita Tamara avant de raccrocher.

— Je vais contacter Luke si tu veux, et tu peux appeler Walker, proposa Tucker.

— D'accord. Fais-moi un rapport dans cinq minutes, ordonna Ginny.

— Oui, m'dame, répondit-il, les yeux brillants. Humm, ça me donne des idées.

Elle lui fit un signe de la main alors qu'elle composait sur le numéro de son frère.

— Nous pourrons faire des trucs pervers plus tard.

— Tu promets ? Tu me laisseras sortir les cordes ? demanda-t-il avant de renifler moqueusement. Salut, Luke. Non, ignore ça.

Il roula des yeux.

— J'ai dit ignore ça, ou je vais céder et te dire exactement ce que je prévois de faire avec ta sœur.

Ginny éclata de rire, malheureusement pile au moment où Walker répondit à son appel.

— Putain, morveuse. Les bonnes manières téléphoniques existent pour une bonne raison, ronchonna Walker.

— Désolée. J'ai une question rapide, et je te promets de rester dans des décibels raisonnables.

Cinq minutes plus tard, Tucker attendait qu'elle termine son appel avec Walker.

— Ça devient encore plus difficile, se plaignit Ginny. Walker a reçu une décoration de Noël. Carrée, comme un coffre au trésor qu'on mettrait dans un aquarium.

Tucker secoua la tête.

— Je ne vois pas de thème. Luke dit que son cadeau était un cheval fait au point de croix.

— Est-ce qu'il ressemblait à un cheval ? ronchonna Ginny. Ou est-ce que mon père l'a massacré pour qu'il ait cinq pattes et trois têtes ?

— C'est frustrant, je sais, déclara Tucker en déposant un baiser sur son front. Bon, j'ai dit quelque chose au sujet d'une récompense pour de nouvelles informations, et il y a eu une mention d'une corde, et de sexe pervers. Je vote pour que nous rentrions et que nous voyions en quel genre d'espiègleries ces trois choses peuvent se combiner.

— Tu me distrais encore, dit Ginny, mais elle s'était mise debout et le tirait derrière elle dans la maison. Déshabille-toi. Je vais aller chercher la corde.

— Jolie tentative, répondit-il en l'attrapant par la main et l'attirant tout contre son corps pendant un instant. Déshabille-toi.

Elle recula assez pour lui lancer un regard appréciateur de haut en bas avant de tendre la main vers ses propres boutons.

— Et si nous nous déshabillions tous les deux ?

Se retrouver nue avec Tucker était vraiment le meilleur moyen de noyer ses déceptions.

UNE AUTRE BONNE distraction avait été prévue quelques jours plus tard. Quelques-unes de ses amies se rassemblèrent chez Kelli pour aider Ginny à travailler sur certains de ses produits pour le corps à base de plantes.

Car sa future orientation avait commencé à devenir claire. Cela impliquait qu'elle avait beaucoup à apprendre mais s'amusait aussi beaucoup.

Kelli se tenait devant la cuisinière et remuait le contenu de la casserole devant elle lentement comme indiqué, reniflant avec précaution.

— Je ne suis pas très bonne cuisinière, avertit-elle.

Ginny se mit à rire.

— C'est pour nourrir l'extérieur du corps, pas l'intérieur, tu te souviens ? Continue, tu as presque terminé.

— Merci de nous avoir installées devant l'îlot, parce que je m'inquiétais du fait que nous allions mélanger les trucs que nous pouvons manger avec ceux que nous ne pouvons pas, la taquina Tansy.

Elle et Yvette retiraient activement les feuilles des tiges comme Ginny leur avait montré. Aucune des herbes n'avait fraîchement poussé dans le jardin de Silver Stone, pour l'instant, mais Ginny pensait que commettre des erreurs avec du matériel acheté en magasin blesserait moins son ego.

— Tu as plein d'expérience en cuisine, dit Yvette. Si c'était moi qui devais décider si c'est un produit pour le corps ou un assaisonnement pour pizza, alors nous aurions des problèmes.

— Attends que je t'embrouille vraiment et que nous préparions une crème pour le corps au basilic, dit Ginny en souriant.

— Est-ce que je *veux* sentir la pizza ? demanda Yvette.

— Est-ce que tu plaisantes ? Combien de personnes adorent les pizzas ? demanda Kelli en jetant un coup d'œil par-dessus son épaule pour lui lancer un clin d'œil entendu. Je suis presque sûre que c'est un bon moyen de faire en sorte que quelqu'un te croque.

Tansy et Yvette ricanaient pendant que Ginny regardait autour d'elle avec satisfaction. Elle avait encore du chemin à faire, et pourtant chaque pas était devenu une part de l'aventure.

Faire une chose après l'autre fonctionnait.

Il ne s'agissait pas uniquement des concoctions à base de plantes non plus, il s'agissait de la communauté, de passer du temps avec ses amies et d'autres personnes, et de créer une petite différence, un jour à la fois.

Ginny versa prudemment la préparation dans des dispositifs de test, un pour chacune d'elles. Les filles reniflèrent, appréciatrices.

— Ça sent délicieusement bon.

— Une crème pour les pieds à la menthe poivrée. J'attends mon prochain massage des pieds par Luke avec impatience. Hé, ça me fait penser, dit Kelli en attrapant quelque chose sur le plan de travail latéral pour le tendre à Ginny. Il a dit que tu voulais voir le point de croix qu'il avait reçu dans ce mystérieux paquet-cadeau.

— *Oooh*, d'autres énigmes à résoudre, dit Tansy en se frottant les mains avant de plisser le nez. J'ai des mains à base de plantes.

Des rires flottèrent dans la pièce tandis que Ginny acceptait la broderie artisanale, l'examinant de près.

— C'est totalement le travail de ma mère.

Une seule pouliche, marron avec une crinière noire. Simple, rien de sophistiqué. Elle le retourna et découvrit une date inscrite à l'arrière au marqueur, encadrée au-dessus et en dessous par la forme d'une mouette.

— Le 28 février. C'est ça. Luke a eu de la chance de ne pas être né une année bissextile.

— Mais il est bien du signe des Poissons. Jusqu'à la moelle, insista Kelli.

— Il aime les sports nautiques, hein ? demanda Tansy aussi pince-sans-rire que possible.

Son expression stoïque s'écroula un instant plus tard tandis que des hurlements de rire résonnaient dans la pièce.

Kelli agita un doigt vers elle.

— Tu es terrible.

— Oui, acquiesça Tansy, la main tendue vers le point de croix.

Elle l'examina tandis qu'elle parlait, le retournant.

— Poissons... oh mon Dieu, Ginny, où est ta page de gribouillages ?

L'espoir arriva brusquement alors que Ginny lui tendait une copie.

— Tu vois quelque chose ?

Tansy hocha la tête, examinant la page, puis posa ferme-ment le doigt sur une image.

— C'est la moitié du symbole et de la constellation des Pois-sons, cette dernière dessinée avec une liberté artistique certaine.

— Quoi ? Attends... le *zodiaque* ?

— Je pense.

Cela semblait soudain très logique.

— C'est ça... c'est l'indice dont nous avions besoin.

Ginny tourna sur elle-même avant de serrer Tansy dans ses bras et de lui déposer un baiser baveux sur la joue et secoua en l'air la page en lambeaux.

— Si tout ça est en rapport avec le zodiaque, alors les talents pour le dessin de mon père craignent peut-être, mais je pense qu'il y a un livre dont nous avons besoin dans la biblio-thèque de la maison. S'il est encore là.

Kelli agita les bras comme si elle rassemblait des oies.

— Qu'est-ce qu'on attend ? Il est temps d'envahir les lieux.

Cinq minutes plus tard, Tamara examina les quatre femmes qui vibraient pratiquement d'impatience sous son porche, puis s'écarta.

— Bien sûr, vous pouvez entrer.

Ginny n'attendit pas pour lui en expliquer davantage. Elle retira simplement ses bottes et fila vers le bureau, où la bibliothèque murale contenait toujours une multitude de livres datant de l'époque de ses parents. Elle trouva celui qu'elle voulait à l'écart sur la rangée du haut, puis revint avec dans la cuisine.

— *Le Livre complet du zodiaque*, dit Ginny en le déposant sur la table. Pas si complet que ça, maintenant qu'il est périmé depuis presque vingt ans, mais pourvu que ce soit l'indice dont nous avions besoin.

Les autres femmes se rassemblèrent autour de l'îlot, regardant avec fascination Ginny tourner les pages puis secouer le livre en le tenant par la couverture. Mais aucun papier n'en tomba.

— Les chiffres qu'Emma a trouvés, lui rappela Tamara. Peux-tu les utiliser ?

— C'est vrai, répondit Ginny en pointant le doigt. Emma a aussi dit que ce dessin était une chèvre. Quel signe du zodiaque ressemble à une chèvre ?

— Vers décembre. Le Capricorne, avança Yvette. Je pense qu'on l'appelle en fait le poisson-chèvre, ce qui excuse peut-être le dessin de ton père.

— Rien n'excuse ses dessins, dit Ginny laconiquement.

Un instant plus tard, elle avait ouvert le livre à la première page du capricorne.

— Les chiffres ? demanda-t-elle.

— Cinq... douze... trente, répondit Yvette en levant les yeux. Page, paragraphe, ligne ?

— La page d'abord, suggéra Kelli. Pour qu'on puisse voir s'il y a un indice.

Ginny compta soigneusement les pages, et quand elle vit qu'il y avait moins de douze paragraphes sur cette page, à la place elle compta les lignes pour le second chiffre.

Elle écrivit la trentième lettre de cette ligne sur un morceau de papier que Tamara lui avait trouvé.

— Ça fait une. Plus que onze signes.

Quand les quatre premières lettres formèrent vraiment un mot – WORK – Ginny avait la tête qui tournait un peu. Quand elles eurent trouvé la moitié des symboles, la pièce était devenue encore plus peuplée. Caleb et Luke étaient venus, ainsi que Tucker.

Ginny arrêta ce qu'elle faisait pour accepter son baiser, à peine consciente que ses frères échangeaient des regards.

— Je ne voulais pas vous interrompre.

— Est-ce que tu plaisantes ? demanda Tucker en s'installant près d'elle. C'est important. Le succès est imminent.

Quand ils inscrivirent les six dernières lettres, le message était clair, mais absolument inutile.

W-O-R-K

T-O-G-E-T-H-E-R

Kelli fronça les sourcils.

— « Travaillez ensemble » ? *Qui est-ce* qui travaille ensemble ? Toi et tes frères ? Une décoration, un point de croix et un jouet pour enfant ?

Tamara plissa le nez.

— Je ne comprends pas.

Ginny ne pouvait pas supporter de voir les gens à qui elle tenait aussi déçus.

— Je suis si heureuse maintenant, déclara-t-elle.

Elle se rendit compte qu'elle ne mentait pas ou qu'elle n'essayait pas d'améliorer les choses.

Elle leva la feuille en l'air et croisa le regard de Tucker.

— Nous avons résolu une partie de l'énigme insoluble. Je suis si fière de nous ! Et peut-être qu'un jour nous trouverons un autre indice qui nous permettra de comprendre la prochaine partie. Qu'est-ce qui pourrait être mieux que ça ?

Tucker passa une main sur sa nuque et se pencha lentement.

— Toi, Ginny Stone, tu es une perle rare.

— En effet, déclara-t-elle en lançant un clin d'œil à Kelli, qui s'était glissée sous le bras de Luke.

Ginny regarda ses amies et sa famille autour d'elle.

— Et si tout le monde venait chez moi pour faire la fête autour d'un feu de camp ? J'ai préparé des gâteaux ce matin, et j'ai des marshmallows. Vous n'avez pas vécu tant que vous n'avez pas préparé des guimauves grillées fourrées au brownie.

Des acclamations résonnèrent et il y eut des hochements de tête. La réunion se déplaça à l'extérieur de son petit cottage.

Entre les sucreries et la bonne compagnie, la plus grande vérité de toutes devint claire.

Peut-être que l'énigme n'était pas encore résolue, mais en ce qui concernait Ginny, elle avait déjà trouvé un trésor.

21

L es derniers jours du mois de février approchaient, et des frasques se préparaient. L'anniversaire de Luke, et celui de Tucker, n'étaient pas loin, alors on échangeait des idées derrière des portes closes et hors de portée des oreilles de deux hommes curieux.

Non. Pas *deux*.

Honnêtement, Luke était un véritable enquiquineur, surgissant d'un peu partout à chaque fois que Ginny et Kelli essayaient de faire des projets.

Tucker ? Il semblait ne pas avoir la moindre idée que qui que ce soit voulait le célébrer avec lui... une autre raison de mépriser ses parents.

Surtout après avoir lu le passage que Ginny avait trouvé dans le journal de sa mère quelques jours plus tôt. Rien que d'y penser, cela l'énervait et rendait le besoin de planifier une super surprise d'autant plus important.

Comme pour appuyer sur un bleu douloureux, Ginny ouvrit le journal pour le relire.

. . .

Je suis tellement énervée en ce moment que je pourrais bien être victime d'une combustion spontanée.

Tucker a appelé cet après-midi pour nous remercier du cadeau d'anniversaire que nous lui avons envoyé. Il nous a surpris en nous appelant avant que nous puissions le faire... Nous nous attendions à ce qu'il soit occupé par sa fête d'anniversaire jusqu'à la fin du dîner.

Il semble que « quelque chose se soit présenté » et ses parents ont annulé la fête. Alors au lieu de nager avec ses amis, Tucker est à la maison pendant que ses parents assistent à un événement à l'université.

Je comprends. Les urgences au travail arrivent, mais maudits soient ces gens. Il avait déjà abandonné ce qu'il voulait vraiment faire pour plaire à leurs préjugés, et maintenant il n'a rien ?

Ils n'ont aucune idée de combien leur fils est spécial. Avec les bêtises qu'il supporte, il devrait être un tyran rebelle au lieu d'un jeune homme équilibré. Il a si bon cœur et tellement de potentiel ! Chaque fois qu'il est ici, je vois clairement qu'il a l'intention de tirer avantage de chaque bonne occasion qu'on lui fournit.

Il y a un peu de Walter en lui, en fait, et j'en suis contente.

Ce qui signifie qu'en plus d'être en colère, je suis en mode résolution de problèmes. Walter et moi sommes déjà d'accord... Tucker aura sa fête d'anniversaire quand il arrivera cet été. Nous n'appellerons pas ça comme ça, mais tout de même.

Il mérite de s'amuser. De plus, je suis presque sûre que nous pourrons convaincre le reste de la bande de se joindre à nous, fête officielle ou pas.

Faire des frasques et résoudre des problèmes semblaient être des tâches similaires en cet instant pour Ginny. Elle était aussi déterminée que sa mère l'avait été.

Tucker avait besoin d'une fête d'anniversaire surprise.

— Nous pourrions louer un espace au Rough Cut pour que les gars puissent jouer au billard, suggéra Kelli.

— Ça s'est passé un peu comme ça à la fête d'Ashton, dit Ginny d'un ton bougon. Enfin, c'est une bonne idée, mais ce que j'aimerais vraiment, c'est faire de cette fête quelque chose qui rappelle le passé et célèbre l'avenir.

— Hé, Kel, tu ne m'as jamais dit que ma sœur allait passer.

Luke entra nonchalamment dans la cuisine et posa les coudes sur l'îlot, leur souriant follement. Il était censé être allé chercher quelque chose pour Ashton, alors apparaître de façon inattendue dans la cuisine comme ça signifiait qu'il essayait de se mettre en travers de leur chemin.

— Salut, sœurette. Quelle surprise. Content de te voir.

— Tu es un vrai trou du cul, lança Ginny sèchement à son frère.

— Oui, mais c'est mon trou du cul, répliqua Kelli. Alors ne va pas l'empoisonner.

Ginny posa les poings sur ses hanches.

— C'est arrivé une fois, il y a *longtemps*. Je ne sais pas pourquoi vous continuez tous à l'évoquer.

Luke se glissa derrière Kelli et passa un bras autour de sa taille.

— Nous pensons que c'est mieux de garder une longueur d'avance sur un danger potentiel, répondit-il en lançant un clin d'œil à Kelli. Je suis content d'être ton trou du cul. Ça signifie que celui-là est à moi, hein ?

Un petit couinement échappa à Kelli, et elle sursauta comme si Luke lui avait pincé les fesses.

— Tiens-toi bien.

— Je n'ai aucune idée de la raison pour laquelle tu penses que je vais commencer maintenant, dit-il d'une voix traînante.

Ginny roula des yeux.

— Puisque tu as bonne mémoire pour certaines choses, voyons jusqu'où elle remonte. Qu'est-ce que nous avons fait pour ton quatorzième anniversaire ?

Luke marqua une pause, clignant des yeux de surprise.

— C'est une étrange question.

Ginny haussa un sourcil.

Il eut l'air pensif, fronça les sourcils, puis ses yeux s'écarquillèrent.

— Ah ouais. Je suis presque sûr que c'est l'année où nous sommes allés dans le parc d'attractions en intérieur. Baby-foot, karting en salle, ce genre de choses.

L'inspiration la frappa brusquement.

— Parfait.

L'expression de son frère exprima l'inquiétude.

— Qu'est-ce que tu fais ?

— Je ne sais pas de quoi tu parles, répondit Ginny en clignant innocemment des yeux.

— Tu me fais marcher. Et je vais prétendre que tu n'es pas agaçante. Et aussi, maintenant que tu as évoqué les anniversaires, dit Luke malicieusement, j'ai une requête.

Kelli se pencha en arrière contre le plan de travail et croisa les bras sur sa poitrine.

— C'est autorisé ?

Un sourire sûr de lui et prétentieux apparut sur le visage de Luke.

— Tu aimes ça quand je te dis ce que je veux.

Oh, beurk.

Ginny émit un son vulgaire.

— Comment se fait-il que tu sois autorisé à faire des commentaires quasi sexuels près de moi, alors que moi si je pense seulement au mot « sexe », tu te tortilles ?

— Tu délires, dit Luke. Je suis un adulte mature qui ne se tortille pas.

Oh vraiment ?

Ginny se tourna vers Kelli.

— Si tu veux prévoir une escapade, Tucker et moi pouvons vous recommander de super hôtels dans un rayon de deux heures. Tu sais, les endroits dans lesquels nous nous retrouvions pour nos rendez-vous secrets pour pouvoir passer des heures et des heures...

Luke enfonça les doigts dans ses oreilles et commença à chanter fort.

— La la la la la la la.

Kelli hurla de rire puis le poussa vers la porte.

— Toi. Va t'amuser, et ce commentaire-là n'a aucune connotation sexuelle. De plus, je t'avertis maintenant, si tu veux que j'accepte les informations de Ginny sur ces rendez-vous secrets, tu ferais mieux d'être prêt à nous aider à organiser une surprise dans quelques jours, compris ?

Il utilisa la main de Kelli pour l'attirer contre son corps, l'embrassant intensément avec beaucoup d'amour avant de la lâcher et de lancer un clin d'œil à Ginny.

— Toujours prêt à aider, et si la surprise vise à faire plaisir à Tucker, c'est encore mieux.

Son frère s'en alla, sifflant comme un fichu merle.

Kelli secoua la tête alors même qu'elle souriait à Ginny.

— Il se comporte parfois comme un idiot, mais putain, je l'aime.

— C'est un mec bien, acquiesça Ginny. Bon, je vais te dire à quoi je pense, puis tu me diras comment nous pourrons l'améliorer. Nous commençons par transformer la fête de Luke en une fête surprise pour deux. Tucker ne s'y attendra pas, mais il sera là sans faute pour faire la fête avec Luke.

Kelli en resta bouche bée.

— C'est parfait. C'est rusé, et ça ne dérangera pas Luke, j'en suis sûre. Et l'idée de l'arcade ?

— J'ai l'impression que je sais ce que Tucker aurait demandé pour fêter ses quatorze ans s'il avait eu une occasion de dire ce qu'il voulait vraiment. De plus, je sais exactement comment rendre ça possible.

Elles passèrent l'heure suivante à s'organiser, faisant des

listes de courses et passant des coups de fil. Rien de trop compliqué, c'était très faisable et très amusant.

Tucker n'allait pas savoir ce qui lui tomberait dessus.

Ou plus littéralement, il saurait exactement ce qui lui tomberait dessus, et cela le rendrait heureux.

Ginny avait hâte de concrétiser ce projet.

Tucker géra les urgences de dernière minute, y compris une erreur dans la commande de la cuisine du réfectoire qui devait être envoyée à la première heure lundi matin.

Livrer tard trop peu de provisions au réfectoire n'était pas une bonne idée. Tucker ne savait pas s'il avait plus peur de ce que les hommes feraient, ou du cuisinier, JP. C'était probablement la méthode la plus sûre de se retrouver avec une émeute sur les bras.

Ce qui signifia que, lorsqu'il grimpa les marches de la maison de Luke, il y avait déjà une bonne collection de camionnettes à l'extérieur. Luke s'éclaterait en ayant tous ses amis présents pour célébrer son anniversaire, et Tucker était très content de pouvoir y participer cette année-là.

C'était la seule chose qu'il s'était mis à vraiment détester dans le fait d'avoir son anniversaire en hiver. Tous les enfants qui fêtaient leur anniversaire en été se plaignaient parce qu'ils ne pouvaient jamais inviter leurs amis d'école. Si Tucker avait eu son anniversaire en été, cela aurait signifié qu'il l'aurait célébré avec les Stone.

La vérité apparaissait sous bien des formes. Qu'il soit présent à Silver Stone à ce moment-là était presque le meilleur cadeau qu'il aurait pu demander, même si ce n'était pas encore son anniversaire.

Il inspira profondément l'air frais hivernal avec satisfaction.

Un pas dans la maison, et le bonheur le frappa encore plus

fort tandis qu'il inspirait l'odeur appétissante qui flottait dans l'air, et le son des rires qui résonnaient à travers la pièce lui emplit les oreilles.

— Enfin ! dit Luke en s'avançant, la main tendue pour l'accueillir.

Il cria par-dessus son épaule vers la cuisine :

— Sortez la bouffe. Tucker est là.

— Vous n'auriez pas dû m'attendre, le réprimanda Tucker.

Mais il étreignit Luke et le tapota fermement dans le dos.

— Joyeux anniversaire, vieillard.

— Tu es un vrai enfoiré, marmonna Luke. Vieillard, mon œil.

Tucker le lâcha et lui tendit un paquet cadeau.

— J'ai entendu dire que les vieux commençaient à perdre la vue, à force de plisser les yeux sous le soleil. Peut-être que ça t'aidera.

Walker s'avança, saluant Tucker en riant doucement.

— J'ai toujours entendu dire que c'était quelque chose d'autre qui faisait perdre la vue aux mecs[1].

— On n'a plus vraiment besoin de *ça* ces temps-ci, aucun de nous, lança Luke malicieusement avant de grogner exagérément alors qu'il se frappait le front avec sa paume. Bon Dieu, je viens de faire une blague sexuelle devant l'homme qui fréquente ma sœur.

— Je te l'ai dit, tu as des problèmes.

La voix de Ginny porta à travers la pièce ainsi qu'une salve de rires féminins.

Luke l'ignora et déballa son cadeau, sifflant doucement en découvrant des jumelles compactes.

— Très chouette. Merci.

— Laisse-les dans ta sacoche. Comme ça tu n'auras pas à me demander sans arrêt d'identifier nos animaux quand nous sommes à plus de quinze mètres, suggéra Tucker d'une voix traînante.

Luke le tapota sur l'épaule, puis lui fit faire demi-tour vers la pièce bondée.

Il y avait beaucoup de visages familiers. Des gens dont Tucker avait fait la connaissance au cours des derniers mois, y compris les trois beaux-frères de Tamara.

Ginny arriva et se plaça sous son bras.

— Contente que tu aies pu venir.

— Impossible que je rate ça.

Il lui déposa un baiser sur la tempe et lui parla doucement, pour qu'elle seule l'entende :

— C'est une étape importante. De pouvoir être ici, je veux dire.

Elle l'étreignit puis le poussa vers la cuisine où tout le monde remplissait son assiette. Il semblait que la première tâche de la soirée était de manger autant de pizza, d'ailes de poulet et autres plats d'adolescents que possible. Le dessert était des *dirt cakes*[2] de taille individuelle : un pudding au chocolat mélangé à un gâteau assez riche, avec des bonbons gélifiés en forme de vers et d'insectes éparpillés sur la surface de chaque moule.

Ce ne fut qu'après qu'ils furent tous rassasiés qu'on apporta le reste des cadeaux.

Tucker ne prêta presque aucune attention pendant que Luke déballait ses cadeaux, plus intéressé à regarder Ginny. Elle était assise sur ses genoux, parlant doucement à Julia, la plus jeune sœur de Tamara.

Tucker était au chaud et détendu, le ventre rempli de nourriture qui ne pouvait être que considérée comme des friandises riches en calories. Sa nana était appuyée contre lui pendant qu'elle discutait. À l'aise, tandis qu'il passait les doigts de haut en bas sur sa cuisse en une caresse taquine.

À chaque fois, il la caressait un peu plus haut, jusqu'à ce qu'il glisse le bout de ses doigts sur ses fesses à chaque passage. Les joues de Ginny se coloraient lentement de chaleur.

Oh, ouais, c'était amusant.

— Hé, Tucker.

Tucker détourna les yeux du visage rougissant de Ginny pour trouver Luke qui roulait des yeux. Agacer Luke était au minimum un bonus.

— Oui ?

Son ami lui tendit un paquet.

— Celui-là a *ton* nom dessus.

Quoi ?

— Vraiment ?

— Vraiment, répondit Luke en le secouant légèrement et en se levant pour se rapprocher de lui. Tiens. C'est ton prénom, tu vois ? « Tucker ». Clair comme le jour.

Tucker regarda la boîte d'un air confus.

— Oui, je vois bien qu'il y a mon prénom dessus. Mais pourquoi ?

— Qu'est-ce que j'en sais ? Mais je ne vais pas l'ouvrir.

Luke fourra le cadeau contre le torse de Tucker puis le lâcha, le forçant à l'attraper ou à le laisser tomber.

Un petit son échappa à Ginny.

Tucker lui lança un coup d'œil, sentant sa méfiance grandir.

— Qu'as-tu fait ?

Elle pressa une main contre sa poitrine, ouvrant la bouche légèrement pour former un O.

— Moi[3] ?

— Oui, *toi*[4]. Friponne.

— Moi, friponne ? répéta Ginny en riant tout en se levant précipitamment et s'installant sur la table basse devant lui. Eh bien, peut-être. Maintenant, ouvre-le.

Tout le monde avait interrompu ce qu'il faisait pour venir regarder. Tucker haussa les épaules et déballa le cadeau.

À l'intérieur se trouvait un masque avec des panneaux à lumière verte et un pistolet à eau qui était trop lourd et brillant pour qu'on le remplisse d'eau.

— Oh mon Dieu, vraiment ?

Luke frappa dans ses mains et utilisa une voix de commentateur pour être entendu par-dessus des discussions.

— Je vous défie tous, mais surtout Tucker, à l'ultime bagarre au laser game d'anniversaire.

— Que le meilleur héros du jour gagne, ajouta Ginny.

— Ou au moins meure en se battant jusqu'au bout, avança Caleb.

Le chaos régna pendant les minutes suivantes tandis que Luke expliquait les règles – trois vies, les coups seraient enregistrés sur le pistolet ou le masque –, puis tous, masques sur le visage, mirent la main dans un sac pour en sortir un numéro et établir l'ordre pour jouer.

Zach, le mari de Julia, manipula quelque chose sur la télé, et soudain un écran divisé montrait trois vues différentes d'un endroit étrangement éclairé qui semblait vaguement familier.

— Est-ce que c'est ton *sous-sol* ? demanda Tucker.

Luke hocha la tête, glissa son équipement sur son front et pointa les escaliers du doigt.

— Nous avons agrafé des cartons aux poteaux muraux nus, alors ça ressemble davantage à un labyrinthe qu'à un sous-sol en ce moment. Mais ne vous appuyez pas trop fort sur quoi que ce soit ou vous passerez au travers, et ça ne sera pas joli.

Tucker secoua la tête, incrédule. Il voulait jouer au laser game depuis toujours. C'était génial.

— Tu vas morfler, dit-il à Luke sur le ton de la conversation. Juste pour avertissement.

Luke projeta la tête en arrière et hurla diaboliquement avant de lancer un regard qui tue à Tucker.

— Je t'attends.

Tucker haussa un sourcil.

Son ami ricana.

— D'accord, tous ceux qui ne jouent pas ce tour-ci, asseyez-vous et profitez du spectacle.

Le premier round commença. En plus de Tucker et Luke, il y avait quatre autres joueurs : Dustin, Josiah, Karen Coleman et Tansy Fields.

Au bas des escaliers, Tucker marqua une pause pour admirer le travail qui avait été nécessaire pour la mise en place. Trois ouvertures de tailles différentes menaient dans le sous-sol en lui-même. De la musique s'élevait autour d'eux en un rythme dur et palpitant qui couvrirait les bruits. Dans un micro, pour être clairement audible, la voix de Zach porta dans l'air :

— Équipe une : Karen, Tucker, Josiah. Masques en place, puis entrez maintenant dans le labyrinthe.

Tous trois se saluèrent, puis se glissèrent dans les semi-ténèbres.

Le cœur de Tucker palpitait, et il était presque sûr que ses joues allaient lui faire mal d'avoir souri aussi fort. Son pistolet laser avait trois bandes de lumières vert vif le long du canon, et une lueur verte brillait sur sa tête.

Donc on ne tirait pas sur les coéquipiers verts. Compris.

Il s'avançait prudemment, prenait les tournants puis se faufilait par des passages étroits. Il recula dans une alcôve latérale dans l'espoir qu'elle lui permettrait de se cacher.

La voix de Zach résonna de nouveau.

— Équipe deux, masques en place. Il y a un anneau vert et un anneau rouge dans le labyrinthe. Trouvez l'anneau de votre équipe et retournez à la base pour obtenir un succès supplémentaire. Équipe deux, entrez maintenant dans le labyrinthe.

Mince. Tucker aurait dû mieux écouter. Le « trouvez un truc et ramenez-le » était inattendu. Cela signifiait donc qu'il ne pouvait pas simplement rester là et attendre que l'ennemi vienne à lui.

Il sortit lentement de sa cachette avec réticence, essayant désespérément de séparer le son de la musique du danger potentiel de...

La main avec laquelle il devait tirer s'illumina, et un *zap* aigu résonna. Il avait été touché par la gauche. Tucker se retourna et tira en même temps, visant accidentellement bien trop bas pour toucher quoi que ce soit.

Sauf que Luke était à quatre pattes, et les tirs rapides de Tucker le touchèrent trois fois de suite et ses lumières rouges disparurent instantanément.

— Eh bien, putain, dit Luke en riant, puis il s'étala exagérément et se mit à trembler en une agonie feinte.

Tucker émit un petit rire, mais salua son ami avant de s'avancer lentement dans le labyrinthe.

Trois virages plus tard, il se retrouva pris dans les tirs croisés entre Josiah et Dustin, et Tansy et Karen. Quand la musique s'arrêta et que les lumières s'allumèrent, la seule encore debout était Karen.

Elle leva le pistolet vers ses lèvres et souffla sur le canon avant de sourire.

Toute cette affaire avait pris moins de sept minutes.

Pendant les deux heures qui suivirent, chacun prit son tour, au début des groupes au hasard descendaient, suivis par des équipes qui avaient été organisées avec bonhomie à l'avance.

La meilleure confrontation de la soirée, de l'avis de Tucker, fut quand les femmes prirent le contrôle du labyrinthe. Les quatre sœurs Coleman – Tamara, Karen, Lisa et Julia – attrapèrent Kelli et Ginny. Lisa changea d'allégeance et rejoignit Ginny et Kelli dans l'équipe deux.

Tucker et ses amis regardèrent l'action sur l'écran. Le rythme était dément et rapide, des cris, des hurlements et des rires féminins retentissaient suffisamment fort pour s'élever à travers le plancher. Quand l'équipe deux eut enfin éliminé l'équipe un – il avait fallu beaucoup d'énergie pour mettre Karen hors service –, Lisa, Ginny et Kelli n'avaient plus chacune qu'une vie. Mais elles avaient aussi trouvé l'anneau bonus.

— Bien joué, les filles, dit Lisa en leur en tapant cinq.

Puis elle sortit tranquillement son pistolet et tira sur ses deux coéquipières.

Pendant longtemps on entendit des hurlements de rire, surtout quand Lisa fila du sous-sol en faisant tourner l'anneau autour d'un de ses doigts.

Josiah secoua la tête, mais il riait aussi.

— On ne te laissera jamais oublier ça, l'avertit-il alors qu'elle lui présentait joyeusement sa récompense.

— La vie est dangereuse, répondit-elle avec un sourire narquois.

Mais elle essaya bien de s'enfuir, sans succès, quand ses sœurs et ses coéquipières l'encerclèrent, l'attrapèrent et la jetèrent dehors dans une congère.

Toute la soirée, Luke et Tucker s'étaient mis dans des équipes opposées. Quand la messe fut dite, ils avaient joué six fois et le score entre eux était à égalité, trois à trois.

Maintenant, il était assez tard pour que les couples commencent lentement à s'en aller pour rentrer chez eux jusqu'à ce que seuls restent quelques retardataires. Dustin et Shim bataillaient avec Fern et Tansy pour la quatrième fois de suite.

Luke porta une bière à ses lèvres, regardant les écrans avec amusement.

— Ces garçons sont masochistes.

— Complètement, acquiesça Tucker. Oh, regarde. Dustin est sur le point de se faire descendre.

Fern était diabolique avec son laser. Sans qu'on sache comment, elle l'avait attaché à sa prothèse, et elle avait l'air d'une héroïne de *Star Wars* tout en éliminant le frère de Luke, encore une fois.

Dans la cuisine, Kelli et Ginny discutaient, hochant la tête, et leurs rires se répandaient librement. Près de Tucker et Luke, le feu crépitait doucement.

— C'était une bonne fête, dit Tucker doucement. Merci de l'avoir partagée avec moi.

— *C'était* une bonne fête. Est-ce que nous devons faire encore une partie pour découvrir qui est l'ultime champion ?

Alors même qu'il posait la question, Luke buvait lentement sa bière, sans bouger le moindre muscle. À l'évidence à l'aise là où il se trouvait.

Tucker regardait l'écran du laser-tag d'un œil, mais son attention restait davantage concentrée sur la pièce. Sur son ami et Kelli. Sur Ginny, qui irradiait comme la lumière du soleil partout où elle allait.

— Non. Nous dirons que nous sommes à égalité pour aujourd'hui. Mais la *prochaine* fois, tu souffriras.

— D'accord, répondit Luke en étirant ses jambes, tournant la tête juste assez pour croiser le regard de Tucker. Joyeux anniversaire, frangin.

Une chaleur digne d'une journée d'été l'envahit. Tucker acquiesça en hochant la tête.

— Joyeux anniversaire à nous.

22

Cela avait été une autre journée bien chargée, mais productive. Ginny admirait les rangées de récipients alignés sur sa table de cuisine avec satisfaction. Les jolies étiquettes avec le magnifique logo que Fern Fields avait conçu pour elle brillaient d'un vert pâle étincelant.

Cadeaux de Déesse.

Au cours du mois écoulé, Ginny avait reçu une demi-douzaine de réponses à ses requêtes d'informations concernant des produits d'artisans locaux, et même si la possibilité d'assembler un coffret cadeau était encore hors de portée, Ginny continuait d'explorer, continuait à réfléchir et à rêver.

En bonus, travailler de chez elle signifiait qu'elle n'était jamais loin de la détente. Elle cessait de travailler à quinze heures, se versait une tasse de thé et l'emportait avec ses carnets sous le porche. Elle devait encore se pelotonner sous une chaude couverture, mais la lumière du soleil était agréable. Cela avait été un mois de mars inhabituellement chaud, et même s'ils étaient encore loin du moment où la verdure s'épanouirait à l'extérieur au lieu d'être confinée de force dans la serre, c'était comme si de la magie tourbillonnait dans l'air. Elle inspirait profondément de l'air pur, qui rafraîchissait son âme, tout comme son corps.

Tournant les pages du journal de sa mère d'abord, Ginny trouva une histoire qui la fit rire aux éclats, tellement c'était le genre de sa mère, et un souvenir clair de l'époque où elle devait avoir environ treize ans, le passage du journal faisant revenir des détails de cette soirée d'été en un merveilleux Technicolor.

J'ai trouvé un lot de fiches de cuisine datant des années 1930-1970. Seigneur, je n'arrive pas à décider si les cuisiniers qui les ont créées étaient sadiques, ou s'ils amusaient simplement et n'auraient jamais cru qu'on les prendrait au sérieux.

J'ai décidé qu'il fallait que j'en fasse une pour la famille, mais les complications sont arrivées quand il a fallu décider laquelle était assez à côté de la plaque pour les faire tiquer. Des garçons adolescents mangeraient n'importe quoi, après tout.

J'ai décidé d'en essayer quatre à la fois.

Pauvre Walter. Quand j'ai posé le repas sur la table, il avait l'air de douter de ma santé mentale. Malgré tout, il a servi prudemment une portion de chaque plat sur une assiette et l'a fait passer.

Caleb n'a pas semblé remarquer. Luke et Tucker ont échangé un regard mais ont attaqué comme si tout était normal. Walker a souri d'un air narquois mais a commencé à manger résolument. Dusty a demandé une seconde tomate fourrée aux haricots.

Ginny m'a regardé fixement pendant très longtemps avant qu'un son ne lui échappe. J'ai cru pendant une seconde qu'elle s'étouffait, mais c'était des gloussements.

Savez-vous à quel point c'est dur de garder un visage sérieux quand votre fille ricane comme une folle pendant que les hommes mangent de la gelée au poulet à la crème en forme de châteaux miniatures ? Ou une tarte sablée au saumon d'un rose très vif ?

Je pense que chaque année, pour la Fête du Canada, je préparerai une de ces monstruosités démodées.

. . .

GINNY ESSUYA SES LARMES, parce que ce repas avait vraiment été très mauvais. Les goûts, les couleurs – tout avait été incroyablement affreux. Quand elle regarda dans la poche sur cette page et trouva les fiches de cuisine en question, elle se remit à rire.

La prochaine fois que Dustin et Shim viendraient pour le dîner, elle allait totalement préparer la recette de poulet à la crème.

Ricanant encore, elle écarta le journal de sa mère et prit le sien, ouvrant comme d'habitude une page à environ un tiers du début.

En haut de la page, des mots la titillèrent.

« Mon plus grand regret ? »

Il était intéressant qu'elle puisse revenir encore et encore à chacun de ces messages, et à chaque fois sa réponse serait légèrement différente. Si elle avait lu cette question un an auparavant, pendant ses voyages, elle aurait peut-être regretté de ne pas avoir posé toutes les bonnes questions avant même d'être partie.

Mais ici et maintenant, la réponse qui apparaissait le plus clairement était ce qu'elle ressentait au fond d'elle, et qu'elle était loin de l'avoir assez partagé.

À quel point elle aimait et appréciait Caleb pour tout ce qu'il avait fait, pas seulement pour elle, mais pour Dare aussi. À quel point elle appréciait la compagnie de Walker et Ivy, tout ce que son grand frère Luke et Kelli la pile électrique représentaient pour elle. À quel point Dustin la faisait rire et sourire, et que son avenir plein de possibilités était une chose qu'elle avait hâte de l'encourager à explorer. À quel point Tamara comblait par magie ses besoins d'avoir une figure maternelle et une bonne amie en même temps.

À quel point elle aimait Tucker. Corps et âme.

Celui-ci était trop important pour passer dessus précipitamment.

Ce sentiment en elle n'avait rien de nouveau. D'une certaine façon, elle avait probablement aimé Tucker depuis qu'elle était une jeune fille frivole. Mais le véritable moment où cela avait changé, elle s'en souvenait très clairement.

Sur la piste de danse. À la fin du mois de janvier. À cet instant, elle avait su que tout ce qu'il avait dit avant était absolument vrai.

Il avait pris possession d'elle. Directement, sans aucun doute, il lui avait dit clairement que c'était elle qu'il voulait. Au diable les conséquences, au diable le fait qu'elle essayait de lui faciliter la vie.

Je te veux même si ce n'est pas facile.

Elle lança un coup d'œil à son carnet.

« Mon plus grand regret ? »

Elle était presque sûre que Tucker savait qu'elle tenait à lui. Il savait parfaitement qu'elle aimait qu'il soit là. Mais étant donné son passé, étant donné ses *parents*, combien de fois dans sa vie avait-il vraiment entendu ces mots ?

Elle leur avait mis un frein, et c'était mal.

Ginny laissa tomber le journal sur le banc et se leva brusquement.

Voilà ce que la magie produisait, car le message de sa mère ne semblait pas être une occasion de s'épancher, mais d'établir une fondation solide sur laquelle construire.

Celui-là semblait être un encouragement à réparer une erreur.

Elle enfila ses bottes et son manteau, et sortit dans la journée ensoleillée.

Traverser le chemin entre le cottage et la maison principale du ranch fut vite fait. Elle frappa brièvement puis entra, heureuse de découvrir Tamara dans la cuisine avec Caleb à ses côtés.

Ginny marqua une pause pendant une fraction de seconde quand elle se rendit compte qu'elle les avait interrompus alors qu'ils s'embrassaient. Mais d'un autre côté, qui s'en souciait ?

— Je dois vous dire quelque chose, annonça-t-elle.

Les joues de Tamara avaient rosi, mais elle resta collée contre Caleb.

— Oui ?

Ginny s'avança vers Caleb et le regarda droit dans les yeux.

— Tu es incroyable, et je suis si contente que tu sois mon grand frère.

Elle se tourna vers Tamara.

— Je pense que tu es la belle-sœur la plus cool du monde, et je suis si contente que tu fasses partie de cette famille ! Je vous aime tellement.

Puis elle leur fit une accolade et les serra fort pendant un instant.

Un petit rire profond échappa à Caleb.

— Eh bien, c'est une bonne chose.

— Ça l'est, dit Ginny joyeusement alors même qu'elle se libérait et retournait vers la porte.

Elle agita la main majestueusement en l'air en partant.

— Désolée de vous avoir interrompus. Continuez de vous bécoter.

Des rires fusèrent derrière elle alors qu'elle refermait la porte de la maison.

Les deux confessions suivantes se firent par téléphone. Ivy et Walker étaient chez eux, et c'est quasiment en criant qu'elle leur fit son annonce après que Walker eut docilement mis le téléphone sur haut-parleur.

— Je vous aime. Vous êtes les meilleurs, et vous allez être de super parents. Mais pour l'instant, vous êtes de super frère et sœur, et j'ai hâte à l'avenir de profiter davantage de mon temps avec vous.

Le grondement profond d'amusement de Walker envahit la ligne.

— Il est un peu tôt pour la boisson, n'est-ce pas, fillette ?

Ginny émit un son de dérision.

— Je dois filer. On se parle bientôt.

— Nous t'aimons aussi, dit Ivy doucement avant de raccrocher, le son des rires résonnant encore une fois aux oreilles de Ginny.

Luke travaillait, ainsi que Kelli, ce qui signifiait qu'elle leur annoncerait plus tard.

Mais Tucker… Elle savait où il se trouvait. Comme s'il était le pôle Nord et qu'elle était en phase avec lui, le retrouver ne prit que quelques minutes.

Une foule s'était rassemblée à la barrière pour regarder Luke travailler avec une des nouvelles montures. Tucker se tenait au milieu des hommes, les ouvriers autour de lui affichant un mélange de nonchalance et de pure adulation.

Elle ne leur en voulait pas. Tucker était tout ce que son moi de treize ans avait imaginé chez un homme. C'était très chouette qu'il soit grand, brun, avec de larges épaules, mais c'était le reste qu'elle en était vraiment arrivée à apprécier. Sûr de lui alors qu'il indiquait les actions de Luke, expliquant patiemment la méthode de dressage au jeune homme près de lui.

Tucker avait dû apercevoir son geste, évidemment. Cet homme était conscient de tout ce qui se passait autour de lui, y compris son approche irrégulière où elle alternait entre marcher à grands pas et courir.

Il se redressa et se tourna vers elle.

— Ginny ? Tout va bien ?

Elle se jeta pratiquement sur lui. Oubliez l'idée d'avoir l'air calme ou sophistiquée, les mots se libérèrent brusquement.

— Je t'aime.

Des ricanements masculins résonnèrent, et soudain la foule

des hommes devant la barrière semblèrent tous avoir des tâches urgentes à faire, s'éloignant davantage pour leur laisser de l'intimité.

Tucker en était bouche bée.

— Déesse ?

Ginny secoua la tête.

— Non. Tu es habituellement très doué pour donner la bonne réponse au bon moment. Alors quand je te dis je t'aime, tu le répètes, d'accord ?

Les lèvres de Tucker tressaillirent.

— À quoi pensais-je ?

— Je n'en ai aucune idée, s'écria-t-elle, alors que l'amusement s'élevait et qu'un rire montait en elle. Tucker Stewart, je t'aime.

Son expression était devenue absolument indéchiffrable.

— Tu n'as aucune idée de combien je suis tenté de simplement répéter ce que tu as dit, mot pour mot.

Elle le frappa gentiment sur l'épaule.

— Ne sois pas un âne, dis *mon* nom.

— Ginny Stone, dit-il docilement.

— Tu vas me forcer à t'arracher un mot à la fois, n'est-ce pas ? demanda-t-elle.

— D'accord.

C'était l'homme le plus frustrant et le plus merveilleux de toute la planète.

— Répète après moi. « Ginny Stone, je t'aime. »

Il la fit tourner dans ses bras et la pressa contre le poteau de la clôture le plus proche.

— Avec tout ce que j'ai en moi. Maintenant et pour toujours. Jusqu'à ce qu'il n'y ait plus un souffle dans mon corps, et si c'est possible, encore plus longtemps que ça.

Oh putain, il était doué, comment une nana pourrait se mettre en colère après que son homme lui avait dit quelque chose d'aussi incroyable ?

Ginny prit son visage entre ses mains.

— J'aurais dû te le dire plus tôt. J'aurais dû te le dire il y a des années, parce que quelque chose en moi t'a toujours aimé.

— Une étape à la fois, lui rappela-t-il avec un clin d'œil. Je t'aime, Ginny.

Puis il l'embrassa.

Ils avaient échangé tellement de baisers au cours des années ! De doux et innocents. De diaboliquement sexy, à presque en déclencher une combustion spontanée. Ils avaient échangé des baisers sereins, avançant tranquillement jusqu'à ce qu'une étincelle qui consumait l'énergie les enflamme.

Mais ce baiser parlait d'une éternité. D'amour et d'être ensemble pour toutes les bonnes raisons.

Pas de regrets.

Un souffle d'air chaud passa près de l'oreille de Ginny, et Tucker émit un petit rire. Ses lèvres s'incurvèrent en sourire alors qu'elles restaient pressées contre les siennes.

— Je pense qu'on nous dit de circuler.

Ginny lança un coup d'œil par-dessus son épaule et découvrit qu'un des chevaux s'était approché pour voir ce qu'ils faisaient, passant ses naseaux à côté de sa joue et entre elle et Tucker.

— Je n'ai pas demandé un cheval chaperon, dit-elle, lançant un coup d'œil autour d'elle et découvrant Luke qui leur souriait.

— Hé, tu as interrompu notre contremaître en plein milieu d'une tâche. Je n'y peux rien si tu te retrouves interrompue quand tu es en plein milieu de quelque chose aussi.

Tucker se redressa, attirant Ginny contre lui.

— Je m'excuserais bien, mais après toutes ces années, Ginny est *enfin* revenue à la raison et m'a dit qu'elle m'aimait, alors c'était un tantinet important.

Ginny se pinça l'arête du nez.

— Je n'arrive pas à croire que tu viens de dire ça.

— Elle a ce truc au sujet de l'intimité. Je ne comprends simplement pas, dit Tucker. Très timide et effacée, notre Ginny.

— J'ai remarqué, dit Luke laconiquement.

Il agita une main vers l'endroit où le reste des ouvriers avaient commencé à siffler et applaudir.

— Nous avons tous remarqué, ajouta-t-il.

Un rire remonta depuis ses orteils et lui monta à la tête. C'était du genre contagieux, parce que Luke se mit aussi à rire, et Tucker fixa le sol et secoua la tête comme si tous deux avaient perdu l'esprit, mais elle savait qu'il était amusé.

Il n'avait pas besoin de sourire d'une oreille à l'autre pour qu'elle sache ce qu'il ressentait, ce qu'il pensait.

À quel point il l'aimait.

LE PRINTEMPS ARRIVA. Tucker oscillait entre l'épuisement et la béatitude, chaque jour commençant par des corvées tôt le matin et s'étirant souvent jusque tard dans la nuit.

Mais peu importe l'heure à laquelle il terminait, ses journées se finissaient aussi avec Ginny à ses côtés dans le cottage, et il se réveillait enroulé autour d'elle. Et cela faisait que ça en valait la peine.

Un matin, Alex arriva précipitamment dans le bureau.

— C'est le moment.

Tucker cligna des yeux une seconde.

— Putain, à la manière dont tu vibres, j'aurais cru que tu avais un bébé en route.

Son ami sourit.

— Non, ça c'est Ryan et Madison.

— Seigneur, ils vont vite en besogne...

Tucker s'interrompit tandis qu'Alex s'esclaffait carrément.

— D'accord, mauvaise formulation.

— Désolé de te rire au nez avant de filer, mais papa est prêt pour passer des tests préliminaires dans deux jours. Et maman vient de m'envoyer un message. Son médecin pense que son rendez-vous sera dans la semaine.

Waouh.

— Bonnes nouvelles, même si tu vas nous manquer pendant ton absence, confia Tucker honnêtement.

Alex lui tendit la main et serra fermement celle de Tucker.

— Je reviendrai. Il y a beaucoup de choses que je dois encore accomplir.

— Tu as besoin que je m'occupe de quelque chose pendant que tu seras parti ?

Le sourire d'Alex devint penaud.

— Je ne pense pas que ce soit une bonne idée de te demander d'interférer si Yvette commence à sortir avec un des ouvriers, mais je suis quand même tenté.

Tucker lui tapota l'épaule pendant qu'il l'accompagnait à la porte.

— Désolé, je ne peux pas te faire de promesse à ce sujet. Mais j'essaierai de chanter tes louanges aussi souvent que possible.

— C'est plus que je n'aurais pu l'espérer.

Alex inclina son chapeau et s'en alla.

Des changements se produisaient, bien que ce ne soient pas tous ceux que Tucker espérait. Son oncle, par exemple, restait peu loquace et récalcitrant en ce qui concernait sa relation. Ou son absence apparente.

Au moins cette femme avait-elle cessé de faire du macramé avant que son logement ne soit enterré dessous.

Mais convaincre une personne de soixante et quelques années de se bouger les fesses était au final loin sur la liste de Tucker. Puisqu'il appréciait qu'on ne se mêle pas de sa vie amoureuse, il faisait preuve de la même considération avec Ashton.

Le dernier week-end d'avril, les Stone organisaient une fête commune d'anniversaire pour Caleb et Tamara, qui se trouvaient avoir leur anniversaire à un jour d'intervalle. La famille entière était invitée, ce qui incluait Tucker, un fait qui le réjouissait.

Traversant la courte distance entre le cottage qu'il partageait désormais essentiellement à plein temps avec Ginny et la maison principale, il se surprit à deux doigts de sautiller. Marcher main dans la main avec Ginny était tellement normal que Tucker n'arrivait pas à croire qu'il avait tenu aussi longtemps sans qu'elle soit à lui.

Le chaos du repas et de la fête était une pure joie.

Après le dîner, Ginny l'attira dans la buanderie pour avoir un peu d'intimité. Elle lui passa les bras autour de la taille et lui sourit.

— Tu souris beaucoup, Superman. Tu vas perdre ta terrifiante réputation si tu ne fais pas attention.

Il haussa un sourcil.

— Superman ?

Ginny se couvrit la bouche et ricana plus fort.

— Tu as l'air tellement perturbé en ce moment.

Des éclats de rire résonnèrent dans la pièce principale, et Tucker recula pour voir ce qui se passait.

Dustin était assis sur le canapé dans la salle de séjour, une nièce de chaque côté, alors qu'il pointait du doigt dans le vieil album photo posé sur ses cuisses. C'était Sasha qui faisait tout ce bruit.

Dustin lui lança un faux regard noir.

— Tu retires ça.

— Avec quoi tourmentes-tu ton oncle maintenant ? demanda Tamara.

Tout le monde regarda Sasha, qui continuait à sourire.

— Il est totalement irrécupérable en matière de mode, maman. Regarde. Il porte un survêtement duveteux. Oncle Luke a l'air affreux aussi. Je veux savoir s'il a gardé un de ses gilets ou de ses jeans javellisés, parce que je pourrais le porter à l'école maintenant et gagner tous les prix rétro.

— Ha, ha, fit Dustin en prétendant ronchonner, mais il lança un clin d'œil à Tamara. Je suppose que tu as raison. Je n'ai pas toujours été la gravure de mode la plus classe de la famille.

— C'est quoi « javellisé » ? demanda Emma.

Sasha tendit la main sur l'album pour lui montrer du doigt.

Pendant ce temps, Dustin continuait à fixer la page et la confusion se transforma en une franche jubilation.

— Hé, Ginny. Je crois que j'ai un autre indice à ajouter à ton énigme.

Cela attira l'attention de tout le monde.

Ginny se précipita, Tucker sur ses talons.

— Il y a quelque chose dans l'album ?

— En quelque sorte, dit Dustin. J'y ai pensé l'autre jour. Pourquoi est-ce que *moi* je n'avais pas de cadeau dans la boîte ? Tu sais, celle que Tamara a trouvée avec des trucs pour tous les autres, tous emballés dans le même papier ?

Ginny marqua une pause.

— Je ne sais pas.

Son petit frère lui lança un grand sourire.

— Parce que je l'avais déjà ouvert.

La pièce se fit silencieuse.

Dustin eut un petit haussement d'épaules.

— Corrigez-moi si je me trompe, mais je ne pense pas que maman était du genre à faire quoi que ce soit sans raison. Si elle a donné à Ginny une énigme qui impliquait des cadeaux pour tous ses enfants, et qu'ils ont tous été emballés en même temps, et que nous étions censés *travailler ensemble* pour résoudre l'énigme, c'est logique que j'aurais dû avoir un cadeau aussi.

Ils baissèrent tous les yeux vers l'album photo.

— C'est ta fête d'anniversaire, non ? demanda Ginny.

Dustin hocha la tête.

— Décembre, ce qui signifie que j'ai ouvert un cadeau supplémentaire qui faisait en réalité partie du paquet mystérieux de Ginny. Puis Luke aurait ouvert le sien en février, Walker en mars, Caleb en avril et Ginny en juin.

Il y avait eu tant de déceptions auparavant que Tucker ne voulait pas que Ginny se fasse de faux espoirs pour qu'ils soient encore trompés. Pourtant, peut-être, peut-être, que cela allait vraiment arriver.

— Alors qu'est-ce que tu as reçu ?

Dustin pointa la page du doigt, puis souleva tout l'album en l'air pour que tout le monde puisse voir.

Tout mignon, un Dusty de huit ans exhibait un sourire composé d'un mélange de dents de lait et définitives. Contre sa joue, il tenait un chat calico en peluche.

— Il est étrangement réaliste, dit Tucker.

— Je me souviens de ce truc, dit Ginny. Tu l'as traîné partout pendant une éternité.

— Je l'ai encore, avoua Dustin, plus doucement. Je l'ai mis dans la boîte avec le reste de mes affaires de bébé que maman avait gardées.

Caleb posa une main sur l'épaule de Dustin, mais resta muet.

Luke leva plusieurs doigts.

— D'accord, « travaillez ensemble » était l'indice. Caleb a reçu des ballots de pailles et j'ai reçu un cheval. Ajoutez le chat de Dustin, et le premier endroit auquel je pense, c'est l'écurie.

— Seigneur, j'espère que non. Je ne vois pas comment quoi que ce soit pourrait y être encore caché après toutes ces années, déclara Ginny en s'appuyant plus fort contre Tucker.

Il enroula un bras autour d'elle et la serra contre lui.

— Continue. Walker... comment est-ce que ton coffre au trésor s'intègre au thème de l'écurie ?

Le frère de Ginny secoua lentement la tête.

— Il n'est pas fait dans le même bois que l'écurie, ce n'est même pas un vrai coffre, répondit-il en fronçant les sourcils. Pourquoi est-ce que j'ai l'impression de rater quelque chose ? Comme si quelque chose taquinait mes souvenirs.

Tucker se tourna vers Ginny.

— Et ton cadeau. N'oublie pas de l'inclure.

Elle cligna des yeux.

— Le mien ? Comment est-ce que les journaux pourraient bien s'y intégrer ?

Il la tapota sur le nez.

— Non, déesse. Les journaux étaient la deuxième partie. Tu as reçu la page de l'énigme *et* un collier.

Elle en resta bouche bée.

— J'avais complètement oublié.

— Tu ne nous avais pas dit que tu avais reçu autre chose, dit Kelli.

Ginny chercha dans sa chemise et en sortit le morceau de bois qu'elle avait commencé à porter constamment.

— Je n'y pensais pas comme à un cadeau.

À l'instant où elle le tint dans sa paume, un cri bruyant résonna à travers la pièce.

— Nom d'un chien, c'est ça, cria Walker. Je pense que je connais la réponse. À tout ça.

Il tourna les talons et se dirigea vers la porte.

— Walker ? demanda Ginny.

— Venez, insista-t-il. Nous allons à l'écurie faire un voyage dans nos souvenirs.

Ça devait faire un sacré spectacle. Toute la famille Stone, tous les onze, plus Tucker, s'approchant de l'écurie principale et grimpant dans le très vieux fenil. L'endroit où Tucker avait tant de souvenirs d'été emplis d'amour et de rires.

Étonnamment, Walker les mena droit au quartier général de l'opération « Prouve-le ».

Il sourit en lançant un coup d'œil à sa sœur.

— Il semble que Caleb ne soit pas le seul à être doué pour construire des forts en paille.

Ginny pencha la tête vers lui.

— Tucker a des talents.

Kelli renifla moqueusement.

Tamara lui lança un regard, mais elle avait les lèvres relevées aux coins. Elle laissa Tyler jouer dans l'espèce de parc formé par les ballots.

— Tu as l'intention de nous révéler le grand mystère, Walker ?

— Attends, dit-il en se penchant vers la fenêtre, examinant de près les panneaux. Ginny, c'est à toi de faire cette découverte. Viens là.

Ginny serra les doigts de Tucker avant de le lâcher et de rejoindre son frère à la fenêtre.

— Il est temps de faire le grand dévoilement, Houdini.

Walker regarda ses frères et sa sœur.

— D'abord un aveu. Quand j'étais petit, maman m'a surpris à creuser des trous dans son jardin pour enterrer un trésor. Ce qu'elle a dit être créatif, mais un mauvais moyen d'avoir un champ de carottes. Alors elle m'a donné un coffre au trésor et m'a dit de trouver des endroits où le cacher, mais pas son jardin. C'était une boîte magique, alors si quelqu'un la découvrait, il ne l'ouvrirait pas sans avoir la clé secrète.

Ginny fronça les sourcils, posant une main sur l'appui en bois sur le bord droit de la fenêtre.

— Un coffre au trésor magique ?

— Fait en bois. J'ai arrêté de l'utiliser à un moment et je l'ai rendu, mais je lui avais donné certains de mes emplacements de cachettes préférés. Je pense qu'elle l'a utilisé pour ton cadeau.

Tout le groupe se pencha en avant avec Ginny alors qu'elle examinait de plus près le mur. Et quand elle mit les doigts autour de ce qui ressemblait à une partie du rebord de la fenêtre et tira dessus, Tucker retint son souffle.

Entre ses doigts, elle tenait une boîte de la taille d'une brique.

— Ma parole, dit-elle en levant les yeux vers Tucker. Nous l'avons trouvé.

— Maintenant utilise ta magie et ouvre-la, dit-il doucement.

Tout le monde s'installa sur les ballots. Luke et Kelli se pelotonnèrent l'un contre l'autre, Ivy et Walker faisant de même. Tamara et Caleb étaient entourés de leurs enfants, les yeux écarquillés et les sourires impatients.

Dustin s'assit sur le côté, les pieds relevés, les coudes posés sur les genoux.

— Est-ce une boîte truquée ? Walker, tu sais comment elle fonctionne ?

Walker secoua la tête.

— C'est son moment. Je sais que Ginny peut trouver, dit-il doucement.

Ginny enleva son manteau et l'étala sur le ballot qui était habituellement leur repose-pieds. Elle posa la boîte au milieu, la retournant lentement tandis qu'elle l'examinait.

Ses yeux s'illuminèrent lorsqu'elle trouva quelque chose.

— C'est merveilleux.

Elle fit passer le collier par-dessus sa tête et plaça le morceau de bois de forme étrange dans une petite fente sur un côté de la boîte.

Le dessus de la boîte pivota. Le côté s'ouvrit, et un sac de couleur vive tomba sur son manteau.

— Un trésor, dit Emma, excitée.

Les yeux de Ginny s'emplirent de larmes. Tucker ne put s'en empêcher, il se baissa près d'elle et lui passa un bras autour de la taille, la soutenant du mieux qu'il pouvait.

— Emma a raison. C'est un trésor venant de ta mère.

Une inspiration groupée résonna à travers l'espace tandis

que Ginny ouvrait le sac et faisait tomber le contenu dans sa paume.

Des pierres colorées brillèrent dans la lumière de la fenêtre.

— Oh, fit Ginny en levant les yeux vers tout le monde. C'est la bague de famille de maman.

Elle la glissa à son doigt et leva la main en l'air.

Tucker pensa que c'était Luke qui, approbateur, avait commencé lentement à applaudir. Mais qui que ce soit, le reste d'entre eux suivit. Des rires s'élevèrent aussi, et les minutes qui suivirent furent remplies de bonheur, dont Tucker était follement reconnaissant de faire partie.

Quand tout le monde eut fini de s'étreindre et de se tapoter dans le dos en se félicitant, Tucker fut amusé de découvrir que les quatre couples s'étaient réinstallés, pendant que tonton Dustin faisait son devoir en emmenant les filles et Tyler souhaiter bonne nuit aux chatons.

Tamara prit la main de Ginny et admira la bague.

— Elle est très jolie, mais est-ce que vous savez pourquoi il y a huit pierres ? Vous êtes cinq, plus vos parents.

— Maman a reçu cette bague quand j'avais environ dix ans, je me souviens simplement avoir pensé qu'elle était merveilleuse parce qu'elle étincelait, répondit Ginny en secouant la tête. Caleb ? Le sais-tu ?

Il eut l'air pensif pendant un instant.

— Je ne me souviens pas qu'ils nous aient dit quoi que ce soit à part que papa l'avait acheté pour maman pour tous nous représenter. Je ne comprenais pas vraiment ce que représentait la bague, alors je ne savais pas qu'elle était légèrement décalée.

— J'ai pensé qu'ils avaient peut-être perdu un bébé, mais nous n'avons jamais eu d'explication. Et nous n'avons jamais demandé, admit Walker.

— Eh bien, elle est magnifique, dit Tamara. Et c'est un cadeau merveilleux pour tes seize ans.

— Plus le journal, lui rappela Ginny. Peut-être que je trouverai une explication pour la bague dans un des passages.

Puis elle tourna ses yeux brillants vers Tucker, se pressa étroitement contre lui et l'entoura de ses bras, silencieuse mais heureuse.

Il se rapprocha, ignorant le fait que toute sa famille était juste là, les regardant attentivement, parce que cet instant était trop important pour le laisser passer.

— Je t'aime, déesse. Je suis très heureux pour toi en ce moment.

— Je t'aime aussi, chuchota-t-elle, levant le visage pour recevoir un baiser avant de poser la tête sur son torse et de laisser échapper un énorme soupir. Joyeux anniversaire à moi.

23

———

18 juin, trentième anniversaire de Ginny

Les oiseaux chantaient, bavardant entre eux. L'un, sur un arbre à proximité, disait « hé toi », et une seconde plus tard, un autre plus loin dans le bush répondait « hé toi ».

Tucker se redressa un peu sur la selle pour étirer son dos, inspirant profondément et appréciant vraiment où il se trouvait.

— Tu as besoin d'aide en fin de journée pour tout installer ? demanda Luke en se balançant, à l'aise, tandis qu'il chevauchait à côté de Tucker, dissimulant nonchalamment un bâillement. Putain, j'ai besoin d'une sieste avant la fête.

— Évidemment. Les personnes âgées comme toi devraient toujours faire une sieste l'après-midi.

Un ricanement l'accueillit.

— Tu as le même âge que moi, lui signala Luke.

— Tu as vu le monde cinq jours avant moi. Un homme fatigue plus vite à cause de ça, dit Tucker d'un ton pince-sans-rire. Ne t'inquiète pas. Je vais m'assurer qu'on ne te surprendra pas à baver dans ton sommeil.

Luke rapprocha doucement son cheval pour lui donner un coup de poing fraternel sur l'épaule.

— Crétin.

— Abruti.

Son ami dirigea son cheval vers sa maison.

— Sur ce... Appelle si tu as besoin d'aide.

— Entendu.

Tucker retourna au cottage – *à la maison* – et n'était-ce pas un vrai enchantement de le reconnaître ? Ginny l'avait mis au pied du mur et avait exigé qu'il arrête de faire semblant d'habiter ailleurs qu'avec elle.

Emménager n'avait pas été une épreuve, même si Tucker regardait maintenant le petit cottage avec des idées d'amélioration qui correspondraient à leur nouvel avenir.

Un avenir ensemble.

Un avenir qu'il aurait aimé définir un peu plus clairement, et ce jour-là conviendrait aussi bien qu'un autre.

Ginny était debout devant la table de pique-nique qu'il avait construite, elle tenait une cuillère en bois et mélangeait dans un énorme saladier assez de salade de pommes de terre pour nourrir la horde d'invités qui déferlerait à son barbecue d'anniversaire.

— Tu as besoin d'un coup de main ? demanda-t-il.

Elle marqua une pause et lui offrit ses lèvres pour un baiser. Puis, souriant avec satisfaction, elle réfléchit.

— Le repas est sous contrôle pour l'instant. Kelli et Tamara préparent le reste des salades, les steaks sont en train de mariner, alors jusqu'à ce que les barbecues aient besoin d'être mis en route, tu es libre.

Exactement ce qu'il ne voulait pas... être libre. Il ne voulait pas être libre, mais attaché, sans parler des promesses d'éternité.

Tucker lança un coup d'œil autour de lui, mais pour une fois, par le plus grand des miracles, il n'y avait aucune nièce Stone ni d'ouvriers de Silver Stone en vue.

Il lui prit la cuillère et la posa dans le saladier. Puis il mit un genou à terre près d'elle, tenant ses mains entre les siennes.

Leurs doigts ripèrent, la mayonnaise pour la salade les avait enduits d'une couche huileuse à la moutarde avec des morceaux de thym pour faire bonne mesure. Il recommença, serrant plus fort alors même que l'amusement montait.

Bien sûr, ils allaient finir tartinés de nourriture si Ginny était impliquée.

— Déesse.

Ginny fronça les sourcils une seconde, puis rit.

— Vraiment ?

— Tu m'aimes, je t'aime. C'est logique.

Elle poussa un éclat de rire.

— Tu marques des points pour la demande la moins romantique du monde.

Tucker haussa un sourcil.

— Qu'est-ce qui te fait penser que je fais ma demande ? Je voulais simplement savoir si je pouvais avoir ta recette de salade de pommes de terre.

Elle se laissa tomber sur le banc de pique-nique, riant si fort qu'elle cherchait son souffle. Ses joues devinrent rose pivoine, et elle souriait, les larmes aux yeux.

— Je t'aime, Superman.

— Je sais, ce qui signifie que ce serait une décision vraiment intelligente si tu m'épousais.

Elle inclina la tête sur le côté. Adorable, sexy. Tout ce qu'il avait toujours voulu.

— Et si je voulais de toi comme petit ami un peu plus longtemps ?

Il abandonna sa position agenouillée et s'assit près d'elle sur le banc.

— Rien ne peut être simple avec toi, n'est-ce pas ?

— Probablement pas. Pourtant tu sembles prêt à signer pour subir davantage cette délicieuse torture, signala Ginny en essuyant ses paumes négligemment sur sa chemise avant de lui prendre le visage. Est-ce que je veux être avec toi ? Absolument.

— Alors épouse-moi.

— Je croyais que nous nous fiancerions un an après la nuit où Tamara m'a offert ton postérieur nu en cadeau de Noël, suggéra Ginny. Même si nous ne le lui mentionnerons pas, d'accord ?

— Le réveillon de Noël ? Non, c'est inacceptable.

Se disputer ne faisait pas partie du programme du jour, mais il ne s'arrêterait pas non plus avant d'avoir son accord. D'une manière ou d'une autre, cela ne se passerait pas dans six mois.

— Je suis à toi, dit-il simplement.

— Tu as bien raison, oui, acquiesça-t-elle.

— Si tu ne veux pas le faire aujourd'hui parce que c'est ton anniversaire – je te rappellerai toutefois que c'est une merveilleuse occasion pour que tout le monde le sache rapidement –, nous pourrons officiellement nous fiancer dans une semaine environ, puis nous marier à Noël prochain.

Elle devint pensive.

— Est-ce que ça semble morbide si j'ai plutôt envie de me marier en février ?

Tucker passa les doigts sur sa joue.

— Ce n'est pas morbide du tout. Tu veux un nouveau souvenir plus heureux pour contrebalancer celui qui est triste.

Ginny sauta naturellement sur ses cuisses et entreprit de l'embrasser à lui en faire perdre la raison, l'excitant et le mettant sens dessus dessous, si bien que ses oreilles sifflaient quand ils reprirent enfin leur souffle.

Il tendit la main dans sa poche et en sortit l'écrin qu'il avait caché en prévision de ce jour.

— Épouse-moi, Ginny. La semaine prochaine, le mois prochain, en février prochain. Les détails n'ont pas d'importance, mais je veux te passer la bague au doigt.

— Laisse-moi voir, dit-elle, ouvrant l'écrin et prenant une inspiration admirative. Oh mon Dieu, Tucker, elle est magnifique !

— Tout comme toi.

Il prit la bague en diamant sur son coussin rembourré et la glissa à son doigt.

Ginny leva la main et le diamant étincela dans la lumière du soleil. Puis elle lui fit de nouveau face.

— Juste pour rendre ça officiel, oui. *Oui,* je veux t'épouser, parce que tu es exactement la personne dont j'ai besoin. Celle du passé, du présent, et de l'avenir.

— Je t'aime.

Il le chuchota cette fois, tant d'années de souvenirs construits entre eux couronnées par cet instant.

— Je suis à toi, répéta-t-il.

C'était l'entière vérité.

La cour entre la maison principale du ranch et le petit cottage de Ginny était remplie d'amis venus célébrer son anniversaire et passer du temps au soleil en ce magnifique mois de juin.

Et, de manière imprévue, pour fêter les fiançailles de Ginny et Tucker.

L'ajout de dernière minute au programme avait été reçu avec toutes formes de réactions, en passant par des cris d'approbation, par Luke qui frappa violemment Tucker dans le dos, et par des baisers adorables tandis qu'Emma et Sasha accueillaient leur futur oncle dans la famille.

Où qu'elle regarde, Ginny voyait des visages joyeux et des gens chers à son cœur. Mais une chose lui manquait encore.

Ce qui fut la raison pour laquelle, quand la camionnette de sa sœur arriva dans la cour, Ginny vibrait pratiquement d'excitation.

Jesse et Dare avaient fait le trajet depuis Rocky Mountain House pour sa fête d'anniversaire. Ils avaient emmené leurs trois garçons, et Ginny avait non seulement hâte de prendre de leurs nouvelles, mais de humer les joues de quelques bambins.

Les bébés étaient sur sa liste « un jour ». Ce qui signifiait de profiter des enfants de sa sœur pour repousser l'envie profonde qui avait commencé à bouillonner tout au fond d'elle.

Se fiancer, c'était assez d'excitation pour l'instant.

— Ne va pas te faire écraser, l'avertit Tucker avec un petit rire quand elle se leva brusquement et s'apprêta à courir au-devant de la voiture.

Ginny se retint assez longtemps pour que Jesse gare la camionnette, puis elle ouvrit la portière de Dare et étreignit puissamment sa sœur.

— Tu es enfin là. Oh mon Dieu, c'est tellement bon de te voir !

— Est-ce que tu vois autre chose que mon postérieur ? la taquina Dare, mais elle la serrait tout aussi fort. Bienvenue dans la trentaine, bébé. Tu vas t'y plaire.

— Tucker, appela Jesse.

Il fit le tour de la camionnette, portant un des jumeaux dans ses bras tandis que Joey, âgé de trois ans et demi, filait et sprintait à de toute sa vitesse de bambin vers ses cousins en haut de la colline.

— Viens me serrer la main puis m'offrir le verre que tu me dois.

Ginny fronça les sourcils à l'adresse de Tucker.

— Pourquoi est-ce que tu lui dois un verre ?

Son beau-frère ajusta le nourrisson qu'il tenait.

— C'est une dette permanente. J'ai l'intention de l'encaisser pendant toute l'éternité.

Tucker haussa un sourcil, mais se tourna pour répondre à Ginny.

— Tu as dit à Dare que nous couchions ensemble. Elle le *lui* a dit, ce qui signifie que pendant plus de trois ans, il a dû garder le secret.

— Tu sais à quel point c'était difficile d'avoir un scoop aussi juteux et de ne pas cracher le morceau à chaque fois que je voyais tes frères ? Tu m'en dois totalement une, expliqua Jesse en passant un bras autour des épaules de Ginny puis en la serrant. Hé. Comment va mon empoisonneuse préférée ?

— J'ai la pêche, répondit-elle avec un sourire.

— C'est un bon parfum. Ça distrait des convulsions et de la paralysie qui suivent, déclara Jesse en tendant une main à Tucker. Il était temps que tu fasses ta demande.

— Je ne savais pas que tu m'attendais, dit Tucker d'un ton pince-sans-rire. Désolé, trésor, je suis pris.

Des rires s'élevèrent autour d'eux comme toujours. Tous les quatre, portant les jumeaux de presque un an, ils remontèrent la colline pour rejoindre la fête. Tamara s'approcha, serra son cousin et Dare dans ses bras, puis tendit le petit bambin Royce à Kelli avant de voler le petit Ryan.

Quelques minutes plus tard, Ginny et Dare étaient assises devant le cottage, les bébés en sécurité dans les bras de leurs belles-sœurs. Joey jouait avec Tyler sous l'œil vigilant de Sasha.

Tucker et Jesse se tenaient sur la pelouse à mi-chemin entre la fête et le cottage, comme s'ils se tenaient prêts à se déplacer sur-le-champ du côté où on aurait besoin d'eux.

Ce qui... résumait essentiellement la situation, se rendit compte Ginny. Leurs mecs défendaient leurs propres valeurs. Prêts à faire ce qui était juste.

Dare lança un coup d'œil derrière elles vers le cottage où elle avait vécu dans son enfance.

— Je suis contente qu'il soit à toi maintenant. À toi et à Tucker.

— Je ressens une douce tristesse d'être ici sans toi, mais je te jure que je peux encore sentir l'amour irradier des murs, dit Ginny doucement.

Dare hocha la tête. Puis elle tendit la main.

— Montre-moi.

Poser les doigts avec sa bague de fiançailles flambant neuve dans la main de sa sœur fit danser des bulles dans le ventre de Ginny.

— Je n'avais vraiment aucune idée qu'il m'avait déjà acheté une bague.

— Tu es heureuse ? demanda Dare avant d'écarter la question d'un geste. Qu'est-ce que je raconte ? Bien sûr que tu es heureuse. Tu es si heureuse que tu en es radieuse.

Inutile de nier la vérité.

Dare désigna l'autre main de Ginny.

— Maintenant la bague du trésor.

Ginny changea de main, et Dare laissa échapper un « hum » de joie.

— Elle est magnifique, avec ses huit pierres.

Ginny pencha la main tandis que la lumière du soleil se reflétait sur les pierres, scintillant vivement.

— Je l'adore vraiment, mais ce n'est pas simplement la bague. C'est la manière dont, à chaque fois que je la vois, ça me rappelle tout ce à quoi elle est liée. L'énigme, l'organisation de maman, son journal, et celui qu'elle m'a fait, expliqua-t-elle en levant les yeux vers ceux de Dare. Lire les pensées de maman m'a rappelé encore et encore la chance que j'ai vraiment eue. On m'a donné des racines solides. Je suis entourée par des gens qui m'aiment vraiment. Tu es une amie éternelle et une sœur pour moi... Cela me rend tellement heureuse !

Dare passa les bras autour du cou de Ginny et la serra fort.

— Je t'aime aussi. J'aime que tu sois ma sœur.

La douce joie d'entendre cela était une émotion violente comme une crue de printemps.

Une expression malicieuse apparut sur le visage de Dare.

— Tu as aussi un mec sacrément sexy à tes côtés. Ajoute ça à ta liste.

C'était un côté drôle des six derniers mois.

— Ces temps-ci, en fait, je fais *vraiment* des listes. Je suppose que Tucker déteint sur moi.

— Ha, essaie encore. Tu as *toujours* fait une liste quand il s'agissait de cet homme, dit Dare. Et il a toujours jeté ses listes aux quatre vents pour te rendre heureuse. C'est une des raisons qui font que vous êtes parfaits l'un pour l'autre.

Encore une douce pensée.

— Même après toutes les frustrations impliquées dans la résolution de l'énigme, je ne souhaite rien jeter, avoua Ginny. En fait, je suis un peu triste de ne pas avoir d'autres boîtes à ouvrir. D'autres choses venant de maman et papa. Ils nous ont vraiment donné des racines solides.

— C'est vrai, et je suis reconnaissante aussi, mais surtout, *Dieu* merci, dit Dare en laissant tomber sa tête en arrière et laissant échapper un grognement qui plana dans l'air... J'ai cru que tu n'allais jamais le dire.

Que se passait-il ? Ginny répéta ses paroles dans sa tête, mais elle ne savait pas de quoi Dare parlait.

— Qu'est-ce que j'ai dit ?

— Jesse ! cria Dare vers son mari en se penchant en avant. Un miracle vient de se produire. Sors-les de la camionnette et apporte-les ici. S'il te plaît ?

Jesse émit un cri, puis fit signe à Tucker.

— Viens. Ce sera ta responsabilité de trimballer des trucs à partir de maintenant, alors tu pourrais aussi bien t'entraîner.

Tucker lança un coup d'œil à Ginny, mais elle ne put que hausser les épaules.

— Aucune idée, mais s'il te pousse à l'arrière et s'en va, je promets de te retrouver avant qu'il ne puisse voler un tracteur et t'enterrer.

— Elle est tellement violente, celle-là, dit Jesse en lançant un clin d'œil à Ginny. Non, je ne vais pas me débarrasser du corps. Il semble bien se tenir. Pour l'instant.

— Relativement, dit Tucker.

Jesse riait encore quand il s'avança et déposa un carton aux pieds de Ginny.

— Juste ici, Tucker.

Un second carton atterrit au-dessus du premier.

— Tu nous refiles de la comptabilité, Dare ? demanda Tucker.

Dare se racla la gorge et regarda Ginny dans les yeux.

— Quand j'ai déménagé à Rocky, j'ai vidé ce cottage. Entièrement, même des trucs que ma mère avait mis dans le minuscule grenier. Ces deux cartons étaient là-haut.

Ginny les regarda, mais n'avait toujours aucune idée de ce qui se passait.

— Et tu les as rapportés parce que… ?

— Elle les a rapportés parce que j'ai dit que ce n'était pas grave de tricher un peu, dit Jesse doucement. Si elle le devait.

— On n'en est pas arrivées là, dit Dare avec un grand sourire. Il y a une étiquette sur le côté qui dit « Ne pas ouvrir. À donner à Ginny ou à Deb quand elles les demanderont ». Jusqu'à maintenant, tu n'as pas demandé. Quand ton cadeau mystérieux s'est pointé à Noël, je me suis demandé si les deux n'étaient pas liés. Ce qui est la raison pour laquelle je ne cessais de t'enquiquiner pour que tu résolves l'énigme.

Tucker s'installa près d'elle, et Ginny sentit monter une autre vague d'excitation.

— Tu crois que ?

— Que c'est le cadeau numéro trois qui te manque ? demanda Tucker en haussant les épaules. Il n'y a qu'un moyen de le savoir.

Le bord du carton était scotché. Elle le retira et souleva le rabat.

Une douzaine de journaux rouges étaient soigneusement alignés à l'intérieur.

— Oh mon Dieu !

Dare jeta un coup d'œil dedans et hoqueta.

— D'autres journaux ?

— Waouh, fit Tucker en posant une main sur la cuisse de Ginny et tenant bon, lui donnant un appui tandis que son cœur s'envolait.

Une rapide vérification le confirma : les deux cartons contenaient des journaux. Ginny prit un carnet de la pile et l'ouvrit au hasard. L'écriture familière de sa mère couvrait encore une fois la page d'histoires, de souvenirs et de récits d'amour.

Elle fixa le morceau de magie ordinaire entre ses mains avant de se tourner vers sa sœur.

— C'est un trésor dont j'ignorais avoir besoin. Merci de l'avoir gardé pour moi pendant toutes ces années.

— Je t'aime, Truth, dit Dare doucement.

— Je t'aime, Dare, répondit Ginny avant de lever les yeux vers ceux de Tucker.

Il lui était impossible de dire un mot de plus, pas même pour lui dire à quel point elle l'aimait, à quel point elle était reconnaissante qu'il soit là, et qu'il ait promis d'être toujours là. Sa gorge se serra dans un excès de joie, de tristesse et d'intense contentement.

Il semblait qu'elle n'avait pas besoin de mots.

— Je sais, déesse, dit Tucker avec un clin d'œil. Je sais.

Trois mois plus tard.

Les marches en bois craquèrent, et Tucker abandonna l'idée de la surprendre. Il s'avança lentement vers le petit coin

toujours niché sur le côté du fenil et découvrit Ginny exactement là où il s'y attendait, à faire ce qu'il s'imaginait.

Elle leva les yeux du journal qu'elle était en train de lire,
essuyant inutilement les larmes sur ses joues.

— Hé, toi.

— Hé.

Il remarqua ses larmes, mais aussi son doux sourire. Il
remarquait tout chez cette femme qui était son cœur et son
âme. Il s'installa près d'elle et se pencha pour l'embrasser
rapidement.

— Ça va ? demanda-t-il.

— Oui, répondit-elle en lançant un coup d'œil au quartier
général de l'opération « Prouve-le ». Je suppose que je dois
accepter que ceci va disparaître bientôt.

— Je ne sais pas. Je pense que j'ai de l'influence auprès des
pouvoirs en place. Il est important d'avoir des lieux pour que...
les chats... puissent jouer.

Un rire échappa à Ginny à ce moment-là, repoussant la
tristesse.

— C'est bien.

— Regarde les choses en face. Les fenils sont polyvalents en
temps normal. La famille Stone pousse ça à l'extrême.

Ginny hocha la tête.

— Des forts secrets quand nous étions petits. Le quartier
général de l'opération « Prouve-le » cette année. Des cachettes
au trésor d'anniversaire mystérieux. C'est une pensée douce-
amère que tant d'années auparavant, ma mère est montée ici et
a caché mon cadeau, tout en pensant à notre famille. Elle riait
probablement devant la confusion qu'elle allait provoquer,
mais je sais qu'elle avait prévu d'applaudir très fort quand le
mystère aurait été enfin résolu.

— Elle serait fière que tu y sois arrivée.

— Nous y sommes arrivés ensemble, dit-elle en liant ses
doigts aux siens. Je t'aime.

Pouvoir le répéter était tout pour lui.

— Je t'aime aussi.

Il se pencha, avec l'intention de lui offrir un baiser, mais elle s'éloigna et leva le carnet dans son autre main.

— J'ai lu le passage le plus fascinant du journal de maman. Celui-là, il faut que tu l'entendes.

Les baisers suspendus temporairement – très temporairement s'il avait son mot à dire –, Tucker se redressa et attira les pieds de Ginny sur ses cuisses tandis qu'il lui offrait toute son attention.

— Vas-y.

Elle se racla la gorge, leva le regard vers lui avec un éclat dans les yeux, puis lut à haute voix.

WALTER M'A OFFERT *une bague familiale pour Noël. Je n'ai rien dit devant les enfants parce qu'heureusement aucun d'eux ne l'a remarqué, mais il fallait que je le taquine.*

La bague possède huit pierres, pas sept.

Je lui ai demandé s'il avait une maîtresse dont j'ignorais l'existence, et pendant une minute ou deux, il n'a eu clairement aucune idée de quoi je parlais. Cet homme est adorable quand il est troublé.

Puis il m'a dit qu'il avait foiré, mais qu'au final il avait décidé que ce n'était pas vraiment une erreur. Vous voyez, il avait fait une liste des enfants et de tous nos anniversaires puis l'avait envoyée à la boutique. Tous nos enfants... dans le sens où il avait automatiquement inclus le nom et l'anniversaire de Tucker.

Nous sommes restés là un moment après qu'il m'a dit ça et je me suis rendu compte qu'il avait raison. Ce garçon n'est peut-être pas de ma chair et de mon sang, mais il est à moi comme si je lui avais donné naissance. Je suis fière que Tucker fasse partie de cette famille, et j'espère que dans le futur, nous pourrons trouver un moyen de faire en sorte que ce ne soit pas que pour l'été, mais quelque chose de permanent.

Il mérite une grande famille heureuse autour de lui, et il fait déjà partie de Silver Stone. Quand ce sera approprié, nous nous assurerons que cela se produit.

PLUS GINNY LISAIT, plus la gorge de Tucker se serrait tandis que l'émotion l'envahissait. Avoir l'approbation, et l'amour de Deb et Walter déclaré aussi clairement représentait...

Représentait *tout* pour lui.

Il prit une profonde inspiration et se concentra pour se contrôler.

Ginny se repositionna, passa les bras autour de lui et le serra fort. Sa joue se pressa contre la sienne, leurs poitrines se soudant. Rien de sexuel, mais ils sentaient intimes et unis. Une seule âme, un seul cœur.

Il la serra contre lui et laissa les larmes couler. Juste en cet instant. Juste une fois.

Au final, ils eurent tous les deux besoin de Kleenex pour se débarbouiller et être prêts pour la suite.

— Tu es heureux ? demanda-t-elle en grimpant de nouveau sur ses cuisses.

— Très, avoua-t-il.

— Bien, dit-elle, l'espièglerie dansant dans ses yeux. Tucker ? Je te veux. Aujourd'hui, demain. Pour toujours. Je t'aime tellement.

Puis elle l'embrassa jusqu'à ce qu'il ne puisse plus réfléchir. Ginny, généreuse et chaleureuse, le taquinant jusqu'à ce qu'il n'y ait rien à faire et aucun endroit où aller en dehors d'ici et maintenant. Pressés intimement l'un contre l'autre d'une autre manière. Leurs corps se réchauffant, leurs baisers et leurs souffles haletant jusqu'à ce que Ginny se couvre la bouche de la main et que son visage se torde de plaisir, jouissant puissamment autour de lui, l'emmenant au septième ciel.

Ensemble. Pour toujours.
Pour l'éternité.

ÉPILOGUE

Juin, deux ans plus tard, ranch de Silver Stone

Satisfait comme seul un homme pouvait l'être avec une canne à pêche en main et un après-midi de repos devant lui, Dustin Stone s'allongea sur le rivage et se couvrit le visage avec son chapeau de cow-boy.

Le soleil avait réchauffé l'herbe, et l'odeur du début de l'été emplissait ses sens. La tranquillité l'étreignit alors qu'il somnolait et rêvassait à moitié, les oreilles emplies du chant des rossignols.

Le calme fut interrompu par un message en provenance de son meilleur ami, Shim. Un autre bip retentit et Dustin sortit paresseusement le téléphone de sa poche.

Shim : *tu ne me l'avais pas dit. Nom d'un chien, sérieusement ?*
Shim : *au cas où tu en aurais besoin. Tiens : [lien]*

Dustin regarda fixement le message, perplexe. Il cliqua sur le lien que Shim avait inclus et atterrit sur l'un de ces articles racoleurs conçus pour vous faire visionner tout et n'importe quoi. Le titre à lui seul le fit sourciller.

Dix cow-boys célibataires et milliardaires que vous devez rencontrer !

Son téléphone bipa une fois, puis de nouveau. Cette fois, c'était la tonalité qu'il avait assignée à un autre ami, ainsi qu'un troisième message de Shim. Dustin ignora les deux et continua à lire, sans trop savoir quel genre de blague Shim lui jouait.

Les poils sur la nuque de Dustin se hérissèrent quand il cliqua sur la quatrième page.

Il y avait des photos de lui. Une lors d'une vente aux enchères de chevaux avec Luke et Kelli, et une autre de lui seul, l'air sérieux. Quelqu'un avait décidé de plaquer ces photos partout sur les réseaux sociaux ? Dustin roula des yeux. C'était stupide, les sujets sur lesquels les gens étaient prêts à gaspiller leur temps.

Son regard fila sur les mots de l'article. Il se demandait à quel point cela pouvait empirer.

Il fut servi.

Jetez votre dévolu sur cet #ÉtalondeSilverStone

Il est peut-être jeune, mais en tant que partie prenante de la nouvelle success story de Silver Stone, Dustin Stone, vingt-quatre ans, est un célibataire très convoité. Le ranch semble avoir trouvé un véritable trésor caché après un début tragique. Cette exploitation familiale de deuxième génération gagne sérieusement ses galons dans la communauté de l'élevage équin. De plus... nous avons entendu dire qu'il y avait maintenant des droits pétroliers ajoutés à l'ensemble, et... eh bien, il n'y a qu'un seul Stone célibataire qui doit encore trouver sa partenaire idéale. Vous pouvez toutes voir que, physiquement parlant, il a ce qu'il faut pour attirer l'attention de n'importe qui.

Alors, qui sera la chanceuse ? À qui l'argent de Silver Stone ?

Dustin se laissa retomber sur le sol, les mains tendues sur les côtés, tourné vers le ciel. Il gémit. Ses amis et ses frères allaient lui en faire voir de toutes les couleurs avec cette histoire.

~

Découvrez la famille Stone. Ils luttent pour préserver le ranch de Silver Stone depuis qu'un accident a fauché leurs parents lorsqu'ils étaient encore jeunes.

Caleb, Luke, Walker, Ginny et Dustin. Ils sont quatre frères et une sœur, propriétaires et gérants de leurs terres aux abords de la petite ville canadienne de Heart Falls, dans le sud de l'Alberta. Il y a de nombreuses leçons à apprendre en chemin vers le bonheur éternel.

~

Le Ranch de Silver Stone
tome 1: Au cœur du ranch
tome 2: Retour au ranch
tome 3: La Fiancée du ranch
tome 4: Le Ranch de l'amour
tome 5: Promesse au ranch

~

Vivian fait actuellement traduire ses nombreuses séries. Merci de consulter son site web pour toutes les dernières informations.
www.vivianarend.com/fr

À PROPOS DE L'AUTEUR

Avec plus de 3 millions de livres vendus, Vivian Arend est une auteure de best-sellers figurant aux classements du New York Times et de USA Today. Elle a écrit plus de 70 romances contemporaines et paranormales.

Ses livres sont des romans intégraux qui peuvent se lire indépendamment de toute série et ne se terminent pas sur un suspense. Ce sont des histoires pleines d'humour et d'émotions, avec des moments sensuels et des fins heureuses. Vivian estime avoir le plus beau métier au monde. Elle habite en Colombie-Britannique, au Canada, avec son mari depuis plusieurs années (l'inspiration de chacun de ses héros et un compagnon volontaire pour toutes sortes d'aventures).

NOTES

Prologue

1. NdT : Stone signifie « pierre » ou « caillou » en français.

Chapitre 1

1. NdT : Heart Falls signifie « chutes du Cœur ».

Chapitre 6

1. NdT : Jour férié célébré le 26 décembre dans de nombreux pays anglophones.
2. NdT : *Truth & Dare* est la version anglophone du jeu « Action ou vérité ».
3. NdT : En français dans le texte.

Chapitre 7

1. NdT : Chanteur, compositeur, guitariste, musicien et producteur de musique country américain.

Chapitre 10

1. NdT : L'interjection « eh » est considérée comme une caractéristique de l'anglais canadien.

Chapitre 11

1. NdT : Au Canada, les 4-H sont un organisme à but non-lucratif qui vise au développement positif des jeunes.

Chapitre 21

1. NdT : Référence au mythe qui dit que trop de masturbation rend aveugle.
2. NdT : Gâteau américain fait de biscuits fourrés et de pudding avec d'autres ingrédients pour créer un dessert qui ressemble au sol ou à la terre (d'où il tire son nom)
3. NdT : En français dans le texte.
4. NdT : Idem.